SANDRA BROWN

Ihr zweiter Tod

Autorin

Sandra Brown arbeitete als Schauspielerin und TV-Journalistin, bevor sie mit ihrem Roman »Trügerischer Spiegel« auf Anhieb einen großen Erfolg landete. Inzwischen ist sie eine der erfolgreichsten internationalen Autorinnen, die mit jedem ihrer Bücher die Spitzenplätze der »New York Times«-Bestsellerliste erreicht! Ihr endgültiger Durchbruch als Thrillerautorin gelang Sandra Brown mit dem Roman »Die Zeugin«, der auch in Deutschland zum Bestseller wurde. Seither konnte sie mit vielen weiteren Romanen ihre Leser und Leserinnen weltweit begeistern. Sandra Brown lebt mit ihrer Familie abwechselnd in Texas und South Carolina.

Von Sandra Brown bereits erschienen (Auswahl)

Sicher bist du nie · Vertrau ihm nicht · Dein Tod ist nah · Sein eisiges Herz · Verhängnisvolle Nähe · Stachel im Herzen · Tödliche Sehnsucht · Sanfte Rache · Blinder Stolz · Eisige Glut · Kalter Kuss ·Sündige Gier

Sandra Brown

Ihr zweiter Tod

Thriller

Deutsch von Christoph Göhler

blanvalet

Die Originalausgabe erschien 2022 unter dem Titel »Overkill«
bei Grand Central Publishing, New York.

MIX
Papier | Fördert
gute Waldnutzung
FSC® C014496

Penguin Random House Verlagsgruppe FSC® N001967

1. Auflage 2025

Neumarkter Straße 28, 81673 München
produktsicherheit@penguinrandomhouse.de
(Vorstehende Angaben sind zugleich Pflichtinformationen nach GPSR)

Redaktion: René Stein
Umschlaggestaltung und motiv: © www.buerosued.de
BSt · Herstellung: DiMo
Satz, Druck und Bindung: GGP Media GmbH, Pößneck
Printed in Germany
ISBN 978-3-7341-1440-3

www.blanvalet.de

Prolog

Die Orgie war in vollem Gang.

Angefangen hatte alles relativ gesittet um zehn Uhr. Gegen Mitternacht waren die Grenzen des guten Geschmacks unter dem Einfluss von Alkohol, diversen Drogen und nackter Fleischeslust ins Wanken geraten.

Inzwischen, in den frühen Morgenstunden, hatten die Gäste jeden Anschein von zivilisiertem Benehmen aufgegeben. Die meisten hatten diverse Kleidungsstücke abgelegt – und ausnahmslos jegliche Hemmungen. Rap dröhnte aus den diskret in dem stattlichen Anwesen verteilten Lautsprechern, so als würden die Wände selbst die Kakofonie vertuschen wollen. Die Bässe wummerten durch das ansonsten so sittenstrenge Buckhead. Seit Stunden hatte das zuständige Revier des Atlanta Police Departments Beschwerden wegen Ruhestörung entgegennehmen müssen.

Der Gastgeber des Bacchanals hatte alle eingeladen. Die meisten der Feiernden, die sein Haus bevölkerten, hatte er noch nie gesehen, eingeschlossen jene junge Frau, die ihm angeboten hatte, die nächste Line Kokain von der Innenseite ihres nackten Schenkels zu schnupfen.

Schon eine ganze Weile lungerten sie zusammen auf einem

Sofa in einer abgeschiedenen Ecke, wo sie sich nicht nur das weiße Pulver, sondern auch eine Flasche Wodka teilten. Letztere hatte Anlass zu zahllosen phallischen Anspielungen gegeben.

Falls die junge Frau ihm irgendwann ihren Namen verraten hatte, war er inzwischen zu high, um sich daran zu erinnern. Als er sich nach ihrem Beruf erkundigen wollte und gefragt hatte, was sie so machte, hatte sie geantwortet: »Das hier.«

»Das hier?«

»Abfeiern.«

Perfekt. Sie war gekommen, um Party zu machen, und zufällig war er darin Spezialist.

Sie sah super aus. Ihre dunklen Augen waren schwarz umrahmt wie die von Kleopatra. Ihre glatten, schwarz glänzenden Haare reichten ihr fast bis auf den so wahnsinnig heißen Hintern. Üppige Brüste waren in dem tiefen, lockeren Ausschnitt ihres hautengen Kleides zu sehen. Der goldglänzende Stoff war spinnwebendünn, sodass sogar ihre Warzenhöfe durchschimmerten.

Als er ihr ein Kompliment zu ihrem Kleid gemacht hatte, hatte sie ihm erklärt, sie hätte es »auf dem roten Teppich« getragen, allerdings wusste er nicht, auf welchem roten Teppich, und es war ihm auch egal. Während er das Kokain schnupfte, genoss er von ihrem Schenkel den Ausblick unter ihren kurzen Rock.

Das Mädchen hatte Abenteuerlust und keinen Anstand.

Er atmete tief ein, setzte sich auf, warf den Kopf in den Nacken und brüllte einen obszönen Fluch an die Decke, um seine Leidenschaft zu zeigen.

Sie trank kichernd aus der Wodkaflasche, schob ihren nackten Fuß an seinem Schenkel aufwärts und hielt erst inne, als ihre Zehen beinahe sein Geschlecht berührten. »Hast du gespinkst, als du unten warst?«

»Was glaubst du denn?« Er grinste. »Ich bin ein böser Junge.«

»Böse Jungs sind genau mein Fall.«

»Ach ja?«

Sie zog die perfekt geschwungenen Brauen hoch.

Er lachte. »Dann wirst du uns lieben.«

Er drehte sich nach seinen beiden besten Freunden um und sah sie am anderen Ende des Raums am Büfett stehen, das aussah, als wäre ein Wolfsrudel darüber hergefallen. Ein Mädchen schlief nackt und zusammengerollt auf einem Salatbett, auf dem zuvor eisgekühlte Shrimps gelegen hatten. Seine Freunde garnierten ihren schlummernden Leib mit übrig gebliebenen Zitronenscheiben.

»Komm mit«, sagte er und nahm Kleopatra an der Hand.

Sie sträubte sich. In die Sofapolster gedrückt, hob sie ein Knie an und schwenkte es hin und her. »Wieso bleiben wir nicht hier?«, beschwerte sie sich.

»Nicht privat genug.« Er zog sie aus den Polstern und schlang den Arm um ihre Taille, als sie gegen ihn taumelte.

Auf dem Weg zum Büfett drehte sie sich kurz um. »Ich hab meine Sandalen vergessen.«

»Denen passiert schon nichts. Ich möchte dir meine Freunde vorstellen.« Als sie beim Büfett ankamen, sagte er: »Jungs, wir gehen nach oben und machen Erwachsenenspiele. Wollt ihr auch … *kommen*?« Er lachte über seine Anzüglichkeit.

Die beiden musterten Kleopatra mit glasigem Blick. Der

große Blonde mit dem schläfrigen Lächeln, dem keine Frau widerstehen konnte, meinte träge: »Klar doch.«

Der andere blickte auf das im Salatbett schlafende Mädchen. »Und was ist mit ihr?«

»Mit der kannst du dich später beschäftigen«, meinte der Gastgeber. »Falls du dann noch die Energie dazu hast.«

»Garantiert nicht«, schnurrte Kleopatra und ließ ihre Fingerspitzen über seinen Kragen wandern. »Ich halte die ganze Nacht durch.«

»So mag ich meine Mädchen«, sagte der gut aussehende Blonde.

Sie sah ihn an wie die meisten Frauen: Als wollte sie ihn von Kopf bis Fuß ablecken. »Wir werden viel Spaß haben.«

Der Gastgeber spürte einen eifersüchtigen Stich, aber der ließ sich mit einer weiteren Line Kokain und einem tiefen Schluck Wodka betäuben. Er und nicht sein unwiderstehlicher Kumpel wäre derjenige, der Kleopatra im Gedächtnis bleiben würde.

»Ich hab das Koks drüben auf dem Tisch vergessen. Hol es und ihre Sandalen dazu«, sagte er zu dem Dritten. »Wir nehmen den Aufzug. Keine Ahnung, ob auch nur einer von uns die Treppe schaffen würde.«

Das Kokain und die goldenen Sandalen wurden herbeigeschafft. Das Quartett bahnte sich einen Weg durch die anderen Gäste, die entweder schon ihren Rausch ausschliefen oder sich ihren eigenen sündigen Vergnügungen widmeten.

Der Aufzug befand sich unter der geschwungenen Treppe und war allein dem Hausherrn vorbehalten. Die Kabine war nahtlos und unsichtbar in die Wandvertäfelung eingearbeitet. Sie war klein. Die vier zwängten sich hinein, wobei Kleopatra ihren kurvigen Körper zwischen den Gastgeber und den Blonden zwängen musste. Der Dritte legte in einer Art Gruppenumarmung die Arme um die anderen.

Kurz darauf waren sie im ersten Stock. Sie drängten aus der Kabine und taumelten durch den breiten Flur zum Schlafzimmer. Der Gastgeber trat als Erster ein, verbeugte sich tief und bat die anderen mit einem einladenden Armschwenken herein. Er schloss die Tür und verriegelte sie.

Dann drehte er mit dem Gesicht Kleopatra zu sich und erklärte ihr lächelnd: »Bei unseren Spielen gibt es genau eine Regel. Ich bestimme.«

Sie schob die dünnen Träger ihres Kleides über die Schultern und ließ den Stoff an ihrem Körper zu Boden gleiten, dann stolzierte sie nackt durchs Zimmer, legte sich aufs Bett und reckte die Arme über den Kopf. »Na dann los.«

Kapitel 1

Als Zach Bridgers Leben auf den Kopf gestellt wurde, saß er gerade auf den Cayman Islands an einer Poolbar, trank ein kaltes Bier und entspannte zu Jimmy Buffetts »Cheeseburger in Paradise«.

Es war erst halb neun Uhr morgens, aber sein Date der Woche hatte einen idealen Sonnenbadeplatz für den Tag ergattern wollen und ihn darum in aller Frühe aus dem Bett gezerrt. Andere Gäste in dem protzigen Resort hatten offenbar den gleichen Gedanken gehabt. Im Freiluftrestaurant hatte sich schon eine Schlange vor dem Frühstücksbüfett gebildet, und auch die Bar machte gute Geschäfte.

»Ist das nicht Ihre Ex?«

Zach hatte gerade genüsslich die Auslage von gut geölten Frauenkörpern inspiziert, drehte sich jetzt aber dem Barkeeper zu, der mit seinem Ziegenbärtchen zu dem Fernseher hin nickte. In der rechten oberen Ecke des Bildschirms, direkt hinter der Schulter der Nachrichtensprecherin, war ein Foto von Rebecca zu sehen.

Zach reagierte sowohl auf die Frage des Barkeepers als auch auf das Bild mit einem undefinierbaren Grunzen. Er konnte die Frau, die mit ihren dunklen Augen die Kamera betörte, nicht mit dem Wort »Ehefrau« in Verbindung bringen. Es wollte ihm nicht in den Kopf, wie er ihr je ewige Liebe, Ehre und Treue hatte schwören können. Beide hatten ihr Gelübde gebrochen. Allerdings hatte er Rebecca danach mit einem ansehnlichen Haufen weltlicher Güter überhäuft.

»Die fünf Jahre seit unserer Scheidung waren die besten meines Lebens«, sagte er lapidar.

»Kann ich nachfühlen.« Der Barkeeper ließ ein seelenverwandtes Grinsen aufblitzen. »Seit meiner sind es drei Jahre.« Er nahm Zachs Plastikbecher, füllte ihn mit Bier auf und sah dann kurz über die Schulter auf den Fernseher, auf dem inzwischen ein anderes Bild von Rebecca zu sehen war. »Seit Neuestem hängt sie mit einem Eishockeyspieler ab. Einem von diesen Typen ohne Vokal im Namen.«

»Der arme Kerl«, sagte Zach.

Der Barkeeper lachte leise. »Ich glaube, sie haben sich schon wieder getrennt.«

»Ich hab den Überblick verloren.«

Zack hatte Rebecca nicht mehr persönlich gesehen, seit sie nach ihrer Scheidungsverhandlung aus dem Gericht gestöckelt war – sie durch den Haupteingang, um sich den dort wartenden Paparazzi zu zeigen, während er von seinem Anwalt durch einen Hinterausgang geschleust worden war, um der Presse zu entgehen.

Gelegentlich hörte er ihren Namen zufällig in einer dieser hyperaktiven Promi-Shows. Gewöhnlich wurde sie als glitzerndes Accessoire am Arm eines Mannes gezeigt, der gerade in den sozialen Medien trendete.

Der Barkeeper wischte einen nassen Fleck weg. »Offenbar haben Sie damals ihren Appetit auf Berufssportler geweckt.«

Zach hob zustimmend sein frisch gezapftes Bier.

»Wir sollen uns bei prominenten Gästen zurückhalten. Kein Gedöns machen, Sie wissen schon. Aber ich muss Ihnen sagen, ich bin ein Riesenfan von Ihnen.«

»Haben Sie einen Stift?«

»Äh, ja, sicher.« Der Barkeeper zauberte einen Kugelschreiber hervor. Zach zog eine Cocktailserviette aus dem Halter auf der Theke und kritzelte ein Autogramm darauf.

Mit einer schnellen Wischbewegung ließ der Barkeeper die Autogrammserviette verschwinden. »Danke, Mann.«

»Kein Problem.«

Zach hatte eben das Glas zum Trinken angesetzt, als er sah, dass sich die Bilder im Fernseher verändert hatten. Jetzt wurde ein Livevideo gezeigt, das von einer Drohne oder aus einem Hubschrauber übertragen wurde. Die Kamera kreiste über einem anscheinend extrem weitläufigen Grundstück, das rundum von Streifenwagen und Krankenwagen umstellt war. In dem Textband unten am Bildschirm las er mehrmals Rebeccas Namen.

Zach stellte das Bier ab und schob die Sonnenbrille in die Stirn. »Können Sie das mal lauter stellen?«

Der Barkeeper kam seiner Bitte nach, sodass die Nachrichtensprecherin sogar über den »Good Vibrations« aus den Boxen zu verstehen war, die in diesem Moment sagte: »Die Behörden haben mitgeteilt, dass der Notruf heute Morgen um drei Uhr acht einging, der Anrufer aber noch nicht identifiziert werden konnte.«

Zach und der Barkeeper wechselten einen Blick. Zach löste sich von seinem Barhocker und trat hinter die Bar, um besser hören und sehen zu können.

»Die Sanitäter trafen dreizehn Minuten nach Eingang des Notrufs im Haus der Clarkes ein und fanden Rebecca Pratt in einem Gästezimmer im ersten Stock vor. Einzelheiten sind noch nicht bekannt, aber sie soll nicht ansprechbar gewesen sein. Sie wurde ins Emory University Hospital gebracht, aber bisher war nichts darüber in Erfahrung zu bringen, was der Grund dafür ist oder wie ernst es um ihren Zustand bestellt ist. Die Polizei ist am Tatort und befragt alle Teilnehmer der Feier in der Nobelvilla. Es waren schätzungsweise zwischen vierzig und sechzig Gäste anwesend. Die Polizei berichtet, dass in mehreren Räumen Rauschgift und Drogenutensilien gefunden wurden. Eine Straftat kann nicht ausgeschlossen werden. Rebecca Pratt war in letzter Zeit oft an der Seite berühmter Persönlichkeiten zu sehen und ist Single, seit sie sich 2017 von dem Quarterback Zach Bridger scheiden ließ. Der ehemals beim Super Bowl als *Most Valuable Player* ausgezeichnete Spieler hat sich noch nicht zu dem Vorfall geäußert. Sollte es neue Entwicklungen geben, werden wir sofort darüber berichten. Und nun zu der politischen Schlammschlacht in Washington, die sich nach einigen Kommentaren entwickelt hat, in denen …«

Zach nahm dem Barkeeper die Fernbedienung ab und schaltete den Fernseher stumm. Inzwischen hatten die Beach Boys den Stab an Lionel Richies »All Night Long« weitergegeben, aber in Zachs Umgebung waren sämtliche Gäste erstarrt und alle Unterhaltungen verstummt.

Zach wurde bewusst, dass alle ihn anstarrten.

Er kam hinter der Bar hervor, setzte die Sonnenbrille wieder auf und vermied jeden direkten Augenkontakt. Er und Rebecca hatten ihrer kurzen, aber turbulenten Ehe keine

Träne nachgeweint. Aber offenbar waren sie die Einzigen, die damals einen Schlussstrich gezogen hatten.

Sie hatte wieder ihren Mädchennamen angenommen, trotzdem blieben ihre Namen verbunden, und nur selten wurde einer von beiden in den Medien erwähnt, ohne dass auf den anderen verwiesen wurde, ob es ihnen nun gefiel oder nicht. Ihm gefiel es ganz und gar nicht. Tatsächlich war es ihm zutiefst zuwider, weil ihm Rebeccas heutiger Ruf nur noch peinlich war. Aber das war eben der Preis des Ruhms.

Auch wenn er tief in sich gehen musste, um ein anderes Gefühl ihr gegenüber als Gleichgültigkeit zu entdecken, hatte er ihr nie etwas Böses gewünscht. »Nicht ansprechbar« klang gar nicht gut. Er schlenderte zum Pool zurück und versuchte, sich unterwegs ins Gedächtnis zu rufen, wo er sein Date der Woche abgelegt hatte und wie das Mädchen hieß.

Schließlich entdeckte er sie. Sie plauderte mit einem schlanken, haarlosen, europäisch aussehenden Mann in knapper Badehose, der sich auf ebenjenem Liegestuhl fläzte, aus dem Zach keine zwanzig Minuten zuvor aufgestanden war.

Während er sich einen Weg durch die anderen Sonnenbadenden bahnte, läutete sein Handy. Er wurde oft damit aufgezogen, dass er nie ohne anzutreffen war. Es war wie an seiner Hand festgewachsen.

Er erkannte auf dem Display die Vorwahl von Atlanta und vermutete, dass ihn ein Reporter anrief, der irgendwem ein paar Scheine zugesteckt hatte und so an seine Nummer gekommen war. Höchstwahrscheinlich wollte jemand einen kurzen Kommentar von ihm zu Rebecca und zu der Schlagzeile des Tages.

Schnell legte er sich ein paar passende Worte zurecht, an

denen niemand Anstoß nehmen konnte und die gleichzeitig betroffen, aber auch distanziert klangen. Dann drückte er die Sprechtaste.

»Zach hier.«

Keine dreißig Sekunden später wünschte er, er hätte das Gespräch nie angenommen.

Er brauchte fast zwölf Stunden vom Pool des Hotels auf Grand Cayman bis ins Krankenhaus in Atlanta.

Er hatte keine Skrupel, sein Date zurückzulassen; sie schien sich ausgezeichnet mit der Badehose zu verstehen. Zum Abschied erklärte er ihr, sie sollte ihren restlichen Aufenthalt genießen und einfach seine Kreditkarte belasten, deren Nummer das Hotel gespeichert hatte. Er gab dem Concierge dreihundert Dollar Trinkgeld und ließ sich dafür einen Platz auf dem nächsten Flug in die Staaten sowie einen Wagen mit Fahrer vor und nach dem Flug buchen.

Am Flughafen Atlanta wartete eine unverfänglich aussehende schwarze Limousine auf ihn. Nach der obligatorischen Begrüßung merkte der Fahrer, der bereits Instruktionen bekommen hatte, an welchem Gebäude des Krankenhauskomplexes Zach abgesetzt werden sollte, recht schnell, dass seinem Passagier nicht der Sinn nach Unterhaltung stand.

Zach hatte sich auf eine chaotische Szene gefasst gemacht, aber das Getümmel vor dem Krankenhaus überstieg seine schlimmsten Befürchtungen. Und seine Ankunft verstärkte das Tohuwabohu zusätzlich. Sobald er aus dem Wagen stieg, kam die Journalistenmeute wie eine Flutwelle über ihn, oder vielleicht eher wie eine Rotte Haie, die frisches Blut gewittert hatte.

»Wann haben Sie es erfahren, Zach?«

»War es eine Überdosis?«

»Hatte sie Depressionen nach der Trennung von …«

Die Reporterin rief einen ihm unbekannten Namen, der so klang, als käme er ohne jeden Vokal aus. Zach hielt den Kopf gesenkt und ließ sich nicht einmal dazu hinreißen, mit einem »Kein Kommentar« auf das Sperrfeuer von Fragen zu reagieren. Er pflügte durch die Reporter und Kameraleute, bis er hinter der gläsernen Eingangstür Bing stehen sah.

Ned »Bing« Bingham hatte ihn an der Clemson University trainiert. Das Band, das sie damals geschmiedet hatten, war noch stärker geworden, nachdem Zach es zu den Profis geschafft hatte. Obwohl Bing sich inzwischen zur Ruhe gesetzt hatte, war er immer noch der Mensch, an den Zach sich wandte, wenn die Scheiße am Kochen war.

Er sah, wie Bing den uniformierten Sicherheitsleuten an der Tür einen Befehl zubellte. Die Sicherheitsleute reagierten augenblicklich, so wie fast jeder, dem Bing einen Befehl erteilte. Sie öffneten Zach die Tür, und er zwängte sich durch den Spalt, während die Pressemeute enttäuscht, aber umso aufgeheizter zurückblieb.

Dass er hier auftauchte, verlieh der Story zusätzliche Würze, dadurch wurde sie in die Stratosphäre der absoluten Sensationen katapultiert. Gewöhnlich nahm Zach die unersättliche Sensationsgier der Medien stoisch hin. Aber dies waren keine gewöhnlichen Umstände, und er verübelte den Reportern ihr aufdringliches Auftreten, denn sie verletzten damit nicht nur seine Privatsphäre, sondern auch die von Rebecca und ihren Eltern.

Er dankte den Sicherheitsleuten, die ihn eingelassen hatten, und ging dann auf seinen Freund und Mentor zu. »Was für ein erfreulicher Anblick, Bing.«

»Kann ich nicht erwidern. Du siehst beschissen aus.«

»Ich fühle mich auch so. Jemand aus der Krankenhausverwaltung hat mich angerufen und mir erklärt, dass ich so schnell wie möglich herkommen müsste.«

Bing nickte düster. »Vierter Stock.«

Er winkte Zach zu den Aufzügen. Auf dem Weg durch die Lobby registrierte Zach die schamlos in die Höhe gehaltenen Handys, die auf ihn gerichteten Kameras. Jede Geste, jede Gesichtsregung, alles, was er sagte oder tat, würde schon Sekunden später im Cyberspace kreisen.

Bing und er hatten den Aufzug für sich allein. Als sich die Türen schlossen, sagte er: »Danke, dass du gekommen bist.«

Bing runzelte die Stirn, wobei das in seinem ledrigen, faltigen Gesicht kaum zu erkennen war. »Ich hab dir doch geschrieben, dass ich komme.«

»Ich hab gesehen, dass du geschrieben hast, aber mein Handy explodiert vor Nachrichten, also hab ich sie gar nicht mehr gelesen. Jedenfalls bin ich verflucht froh, dass du hier bist.«

»Du steckst in der Scheiße. Wo sollte ich denn sonst sein?«

Seine vertraute barsche Art wirkte beruhigend. »Weißt du, was passiert ist?«

Bing schüttelte den Kopf. »Entweder weiß es noch niemand, oder sie rücken nicht damit raus.«

»Wer ist Clarke?«

»Eban, der Sohn von Sid Clarke. Ein großes Tier nach hiesigen Maßstäben. Und stinkreich, nach universellen Maßstäben. Eban war mit Rebecca im Schlafzimmer, als sie das Bewusstsein verlor.«

»In den Nachrichten hieß es, sie sei nicht ansprechbar.«

Bing sah ihn deprimiert an. »Während ich hier auf dich gewartet habe, konnte ich was aus den Polizisten rauskitzeln, die vor ihrer Tür Wache halten. Einer von ihnen hat mit den Sanitätern gesprochen, die sie hergefahren haben. Sie haben ihm erklärt, dass ihr Herz noch schlägt.«

Zach sagte nichts, sondern wartete in stummem Grauen ab.

Bing seufzte. »Aber für sie sah es so aus, als wären oben die Lichter endgültig ausgegangen.«

Zach hielt die Hand vor den Mund. »Jesus.«

»Genau.«

Zach sah auf die beleuchtete Zifferntafel neben der Aufzugtür. Sie passierten gerade den dritten Stock, darum beeilte er sich: »Die Anruferin aus der Verwaltung sagte etwas von einem Dokument.«

»Es geht um die Vorsorgevollmacht.«

»Rebecca und ich sind seit fünf Jahren geschieden. Damit sollte die Vollmacht automatisch hinfällig sein. Wieso ist sie noch gültig?«

»Keine Ahnung, Zach, aber ihr Daddy hat eine Kopie davon und wedelt wutschäumend damit herum.«

Der Aufzug wurde langsamer, und Zach bat hastig: »Komm zum Punkt.«

Bing sah ihn mitleidig an. »Der Punkt ist, dass du jetzt entscheiden musst, ob die Geräte abgeschaltet werden sollen oder nicht.«

Kapitel 2

Vier Jahre später …

Der Ausblick auf den Wasserfall war an diesem Morgen spektakulär. Nach einem der nassesten Sommer seit Menschengedenken in North Carolina schossen Unmengen von Wasser über die Felsklippe und achtzig Meter tief ins Flussbecken. Die durch die Gischt dringenden Sonnenstrahlen brachen sich in einem Regenbogen.

Zach stand am Rand der Klippe und blickte über den tiefen Abgrund, der sich zwischen seinem Standort und dem Wasserfall auftat. Über Nacht hatte ein Sturm heftigen Regen herangetragen. Der Boden war so gesättigt, dass er unter den Sohlen seiner Wanderstiefel schmatzte.

Aber inzwischen war die Wetterfront nach Osten abgezogen, und der Himmel strahlte in kristallklarem Blau. Die Luft war frisch und kühl. Es roch nach Holzfeuer, und er sah jenseits der Schlucht eine dünne Rauchfahne aus einem Kamin steigen. Ein dichter, dunkler Nadelwald bedeckte den Berghang. Vereinzelt fügten Laubbäume in voller Herbstpracht leuchtende Farbtupfer hinzu.

Die reinste Reizüberflutung.

Die ihn grausam daran erinnerte, dass die Footballsaison begonnen hatte.

Sein Sturz vom Olymp der Footballspieler hatte vor vier Jahren und direkt nach jenem schicksalhaften Anruf begonnen. Zwei Jahre später war er ganz unten aufgeschlagen und hatte seine Sportlerkarriere an den Nagel hängen müssen. Bis heute spürte er den bitteren Nachgeschmack.

Er fluchte in den Kaffeebecher, den er an seinen Mund gesetzt hatte. Der aufsteigende Dampf nahm ihm für eine Sekunde die Sicht, aber nicht einmal das ferne Tosen des Wasserfalls konnte das Brummen eines näher kommenden Autos übertönen.

Ein SUV hielt direkt hinter den Pfeilern aus aufgestapelten Flusssteinen, die den Fußweg zu seinem Haus flankierten. In dieser bergigen Gegend waren die Straßen eng und kurvig, und fast jeder hier fuhr eine Art Geländewagen.

Aber dies war kein Standardmodell, sondern neu und mit einem schwarz lackierten fetten Kühlergrill und dazu passenden Felgen ausgestattet. Beides zusammen schrie: *Aufgepasst. Ich bin ein harter Hund.*

Zach kommentierte dieses Imponiergehabe mit einem verächtlichen Schnaufen. Drei Viertel seines Lebens hatte er damit zugebracht, Spielern der Defense auszuweichen, die nur ein Ziel hatten: den Quarterback außer Gefecht zu setzen. Aber er war niemals wehrlos zu Boden gegangen und würde es auch heute nicht tun. Wer der Typ auch sein mochte, und ganz gleich, wie glatt seine Verkäufersprüche waren, die Antwort würde Nein lauten.

Sie stieg aus. *Sie.*

Die ersten drei Abgesandten, die GreenRidge Incorporated losgeschickt hatte, waren joviale onkelhafte Typen gewesen, die nostalgisch über Zachs ruhmreiche Zeiten auf dem Spielfeld schwadroniert hatten.

Nachdem der leutselige Ansatz nicht zum Erfolg geführt hatte, hatten sie einen coolen Dude im Sportwagen und mit Pilotenbrille ausgesandt, der Wolken von Eau de Cologne und genauso viel wolkiges Blabla ausgedampft hatte.

Ihm war eine Frau um die fünfzig mit mütterlicher Ausstrahlung gefolgt, die ihm angeboten hatte, ihm einen Sonntagsbraten zu machen. Danach eine attraktive Geschiedene, die sich durchs Leben kämpfen musste, zwei Kinder auf dem College hatte und deren Ex ständig mit den Alimenten im Verzug war. Auch ihr unverhohlener Appell an Zachs weiches Herz war fehlgeschlagen.

Als Nächstes war eine Sexbombe gekommen. Er hatte den Verdacht, dass sie eher auf Stundenbasis und nicht auf Kommission arbeitete, denn ihre nicht allzu subtile Körpersprache hatte deutlich signalisiert: *Wenn du hier unterschreibst, kannst du alles von mir haben.* Er hatte den Vertrag wie auch ihr Angebot dankend abgelehnt.

Und sie hier war offenbar die Nachfolgerin der Sexbombe. Ihr Eintreffen vermieste ihm den friedlichen Morgen, aber er war auch neugierig, welchen Ansatz sie wählen würde. Er stellte den Kaffee auf dem Baumstumpf ab, den er genau zu diesem Zweck hier postiert hatte, und verschränkte abwartend die Arme.

Sie kam hinter der Motorhaube ihres SUV hervor und lächelte ihn an. »Mr. Bridger? Zachary Bridger? Guten Morgen.«

»Ich verkaufe nicht.«

Sie war jetzt auf einer Höhe mit den Natursteinpfeilern,

blieb dazwischen stehen und schüttelte leicht den Kopf. »Verzeihung?«

»Es ist nicht zu verkaufen. Vielleicht drehen Sie also besser um, bevor Sie noch versinken.« Er deutete auf die Absätze ihrer High Heels, die sich in den wassergetränkten Erdstreifen zwischen den Pflastersteinen gebohrt hatten.

Das schien sie nicht zu beunruhigen. Und auch nicht abzuschrecken. Sie zog erst einen Absatz aus dem Schlamm, dann den anderen und ging dann auf Zehenspitzen weiter, was bei der Höhe ihrer Absätze bestimmt nicht einfach war.

Nicht dass die High Heels sie viel größer gemacht hätten. Als sie ihn erreicht hatte, musste sie trotzdem den Kopf in den Nacken legen, um ihm ins Gesicht zu sehen. So wie fast alle Menschen. Aber sie musste den Kopf weiter zurückbiegen als die meisten.

»Mr. Bridger, mein Name ist Kate Lennon.«

Sie reichte ihm eine Visitenkarte. Er nahm sie entgegen und steckte sie ungelesen in die Tasche seines Flanellhemds. Ihre ausgestreckte Hand ignorierte er.

»Wann gebt ihr endlich auf?« Er schwenkte eine Hand über das Panorama. »Warum sollte ich je von hier wegziehen wollen?«

Sie zog die Hand zurück, ließ den Ausblick auf sich wirken und schaute dabei mehrere Sekunden lang auf den Wasserfall, ehe sie sich ihm wieder zuwandte. »Ich kann mir nicht vorstellen, was Sie dazu bewegen könnte. Dieses Fleckchen ist atemberaubend.«

»Genau. Und was noch wichtiger ist, es gehört mir, und es wird mir bis zu meinem letzten Atemzug gehören. Kapiert?«

Falls ihr Zurückzucken irgendwas verriet, dann hatte sie kapiert. Gut. Damit war das geklärt.

Trotzdem hatte er das Gefühl, eine Fee geohrfeigt zu haben. Mit ihrem Elfenhaar, dem herzförmigen Gesicht und so weiter. Und das ununterbrochene Brausen des fernen Wasserfalls entschuldigte seine Lautstärke kaum. Eigentlich gar nicht. »Hören Sie, ich möchte nicht unhöflich sein, aber …«

»Aber Sie sind es. Unhöflich, meine ich.« Sie zupfte einen verschlossenen grauen Umschlag aus ihrer übergroßen Schultertasche. »Ich persönlich nehme Ihnen das nicht übel, aber unter den gegebenen Umständen ist Ihr Verhalten eindeutig unangebracht.«

Schnell und präzise wie ein Center beim Football klatschte sie ihm den Umschlag an die Brust. Er presste ihn intuitiv an sein Hemd, weil er keinen Fumble riskieren wollte.

»Der Umschlag enthält mehrere Dokumente, aber besonders wichtig ist …«

»Ich hab sie schon mal gesehen«, unterbrach er sie.

»Ja, aber das ist einige Zeit her.«

»Ich habe ein gutes Gedächtnis.«

»Exzellent. Das wird Ihnen helfen …«

Er riss den Umschlag mitsamt allen Dokumenten in zwei Hälften und ließ sie zu Boden segeln.

Sie senkte langsam den Kopf und blickte auf die beiden Hälften, dann hob sie den Kopf genauso langsam wieder an und starrte ihm genauso unverwandt in die Augen wie er ihr.

Und er hatte gedacht, der Himmel wäre kristallblau.

»Morgen Vormittag um zehn Uhr.«

Er baute sich etwas breitbeiniger, selbstbewusster auf, was allerdings nichts brachte, da sie ihm bereits den Rücken zugedreht hatte. »Morgen um zehn ist *was?*«

»Da sprechen wir uns. Die Adresse steht hinten auf der Visitenkarte. Zimmer zwei-null-drei.«

»Machen Sie sich keine Hoffnungen.«

Er wollte ihr etwas hinterherrufen, etwas Handfestes, aber er wurde abgelenkt von ihren Wadenmuskeln, die unerwartet klar definiert und außerdem stark genug waren, um sie auf Zehenspitzen zu ihrem SUV zu tragen.

Und dann fiel ihm ihr Hintern auf. Politisch korrekt oder unkorrekt, er war eindeutig kein Mönch, und der Anblick zeigte Wirkung.

Er wartete ab, bis sie ihren SUV gewendet hatte und auf demselben Weg verschwand, auf dem sie gekommen war. Dann hob er die Hälften des Umschlags auf und nahm sie mit ins Haus.

Aus purer Neugier warf er die Papiere nicht sofort in den Papierkorb. Stattdessen ließ er sie auf die Kücheninsel segeln, schenkte sich Kaffee nach und setzte sich auf den Hocker an der Theke, auf dem er immer saß. Niemand außer Bing hatte je auf einem der anderen Hocker gesessen.

Er nahm einen Schluck Kaffee und zog dann die Blätter aus den beiden Umschlaghälften. Die offiziell aussehenden Seiten waren zusammengeheftet worden, nur das Begleitschreiben lag lose bei. Er legte die beiden zerrissenen Hälften übereinander. Bevor er auch nur einen Blick auf den Text warf, inspizierte er die Unterschrift. *Kate Lennon* stand in schwarzer Tinte unter einem getippten: *Mit freundlichen Grüßen, Kathryn Cartwright Lennon.*

»Also, Kate Lennon, was hast du mir zu bieten?«

Und dann las er den Briefkopf.

Das Gerichtsgebäude in der Stadtmitte wirkte ehrwürdig und durchaus imposant für ein größtenteils ländliches, dünn besiedeltes County, das im Schatten der Blue Ridge Mountains im Westen von North Carolina lag. Die Fassade war aus rotem Backstein und hatte über dem Eingang ein Giebeldreieck, das von vier weißen Säulen getragen wurde.

Allerdings hatte Kathryn Lennon ihn nicht hierher bestellt. Die Adresse, die sie handschriftlich angefügt hatte, befand sich direkt gegenüber. Und dieses Gebäude gehörte zu den hässlichsten, die Zach je gesehen hatte.

Die zwei Stockwerke sahen aus, als hätte jemand sie platt gedrückt, damit sie zwischen das Flachdach und den Bürgersteig passten. Eine Fassade, die diesen Namen verdient hätte, gab es nicht, nur eine Fensterreihe, die sich links und rechts einer Glastür erstreckte, auf der mit goldenen Lettern festgehalten war, dass sich hier das Büro des Bezirksstaatsanwalts befand.

Drinnen roch es wie in allen alten Verwaltungsgebäuden: muffig, metallisch und modrig. Zach nahm zwei Stufen auf einmal. Der lange Korridor im Obergeschoss war mit abgewetztem Teppichboden belegt, der seine Schritte dämpfte, während er auf Zimmer 203 zusteuerte. Die Tür war angelehnt. Er lockerte kurz seine Schultern, ließ den Kopf kreisen und klopfte dann an.

»Herein.«

Er drückte die Tür auf, blieb aber auf der Schwelle stehen. Das Büro war klein und uncharmant wie das ganze Gebäude, aber immerhin roch es besser. Eine Duftkerze flackerte auf dem Fensterbrett hinter dem Eckschreibtisch.

Kate Lennon wandte sich von dem Computer auf dem Seitentisch ab und drehte ihren Stuhl dem eigentlichen Schreibtisch zu. Und ihm.

Sie sah praktisch genauso aus wie gestern. Kurzes platinfarbenes Haar, das über dem Scheitel fedrig nach oben stand und an den Seiten glatt über ihre Wangen fiel. Kleine Ohrstecker. Eine funktionale Uhr am linken Handgelenk, ein dünnes Armband am rechten. Eine taillierte Kostümjacke, die mit den zweireihigen Messingknöpfen auf dem dunkelblauen Stoff beinahe militärisch wirkte.

Er konnte nicht unter den Schreibtisch sehen, aber er hätte gewettet, dass die untere Hälfte ihres Kostüms genauso eng anlag wie der Rock gestern und dass sie wieder High Heels trug, die genauso arrogant wirkten wie der Kühlergrill ihres SUV.

Neu war die rot gerahmte Brille, die sie absetzte und auf den Schreibtisch legte, bevor sie ihn kühl begrüßte: »Guten Morgen, Mr. Bridger. Danke, dass Sie pünktlich gekommen sind.«

»Kein Problem. Ich konnte es kaum erwarten.«

»Bitte schließen Sie die Tür, und setzen Sie sich.«

Er trat ein, drückte die Tür etwas energischer zu als nötig und setzte sich auf den Stuhl vor ihrem Schreibtisch. Dabei rumpelten seine Knie gegen die Verblendung. Weil sie nicht mitbekommen sollte, wie peinlich ihm das war, gab er sich verärgert und schob den Stuhl übertrieben umständlich zurück, um Platz für seine langen Beine zu haben.

Falls sie es bis dahin nicht bemerkt hatte: Er war angefressen.

»Ich würde Ihnen ja Kaffee anbieten, aber die Brühe, die sie in der Kaffeeküche brauen, ist wirklich grausam, und …«

»Nein danke.«

»Wasser? Ich habe …«

»Nein danke.«

Sie faltete die Hände auf dem Schreibtisch und senkte den Kopf, als würde sie stumm um Geduld beten oder bis zehn zählen. Dann sah sie wieder auf und fragte: »Haben Sie das Dokument gelesen?«

»Ja, Madam. Ich habe in der Küchenschublade eine Rolle Klebeband gefunden und es wieder zusammengeklebt. Es war nicht das, was ich erwartet hatte.«

»Was hatten Sie denn erwartet?«

»Eine Markteinschätzung, einen Grundbuchauszug, eine Flurkarte. Etwas in der Richtung.«

»Ich verstehe nicht.«

»Ist auch nicht nötig. Wir können diesen Teil überspringen. Er tut nichts zur Sache.«

»Na schön«, sagte sie. »Ich hatte mehrere Passagen markiert, die ich …«

»Neongelb. Unübersehbar.«

»… mit Ihnen besprechen muss. Haben Sie sich damit vertraut gemacht?«

»Ich wusste bereits, was darin steht.« Er griff in die Innentasche seines Blazers, zog die zusammengeklebten Seiten heraus, legte sie auf den Schreibtisch und schob sie ihr mit einer abwehrenden Geste zu. »Ich kann mir beim besten Willen nicht vorstellen, weshalb Sie bei mir zu Hause aufgekreuzt sind und mir das vor den Latz geknallt haben.«

»Das ist die Kopie einer Patientenverfügung, Mr. Bridger.

Unterzeichnet von der Vollmachtgeberin und zwei Zeugen.«

»Meinetwegen könnte sie in Stein gemeißelt sein. Sie ist nicht mehr von Bedeutung.«

»Lassen Sie sich versichert sein, das ist sie.«

»Lassen Sie sich versichert sein, das ist sie nicht. Seit Jahren nicht mehr. Vier Jahren, um genau zu sein.«

»Ich hätte Sie nicht aufgesucht, wenn sie nicht noch gültig und extrem wichtig wäre. Die einzelnen Punkte des Dokuments …«

»Sie brauchen mich nicht daran zu erinnern. Das hat Doug Pratt bereits erledigt. Dem ganzen beschissenen Universum hat er jeden einzelnen Punkt vorgetragen. Es war eine eindrucksvolle Szene, die er da im Krankenhausflur aufgeführt hat. Ein Dutzend Leute haben sie mit ihren Handys aufgezeichnet und an den Meistbietenden verhökert. Sie haben diese Videos bestimmt schon gesehen.«

Sie antwortete nicht, aber er erkannte an ihrer leicht schuldbewussten Miene, dass sie von seinen vielen hitzigen Gefechten mit Rebeccas Vater wusste. Alle hatten Brandblasen hinterlassen, aber die erste war besonders schmerzhaft gewesen.

Offenbar hatte Doug damals von seiner Ankunft im Krankenhaus erfahren, denn er hatte im vierten Stock vor dem Aufzug auf ihn gewartet. Die Aufzugtüren hatten sich noch nicht ganz geöffnet, da war er schon voller Hass und Zorn mit Anklagen und Vorwürfen auf Zach losgegangen, bevor dieser auch nur die grausamen Details der Situation oder von Rebeccas Zustand erfahren hatte.

Die von den Umstehenden aufgenommenen Videos waren

im Fernsehen übertragen und unendlich oft in allen sozialen Medien verbreitet worden. Sie kursierten bis heute und würden das bis ans Ende der Zeit tun.

Er wiegte sich leicht auf seinem Stuhl vor und zurück, um seinen Zorn im Zaum zu halten. »Damals habe ich Rebeccas Schicksal in die Hände ihrer Eltern gelegt, denn die hätten meiner Meinung nach von Anfang an darüber entscheiden sollen. Ich weiß nicht, wieso Sie sich mit dieser Sache befassen, Ms. Lennon, aber Sie müssen nicht mit mir, sondern mit Pratt sprechen.«

Sie zögerte kurz, schob die Seiten dann wieder über den Schreibtisch und drückte sie mit der flachen Hand auf die Tischplatte, um sie vor ihm in Position zu halten.

»Das Originaldokument ist noch gültig, und damit sind es auch die Bestimmungen, die darin festgehalten sind, Mr. Bridger. Ausgestellt wurde es im November …«

»… vor neun Jahren, inzwischen fast vor zehn.« Auf einmal wurde ihm der vollgestellte Raum zu eng, darum schob er den Stuhl zurück und stand auf. »Nur ein paar Monate – man hätte fast noch die Tage zählen können – nach dieser …« Er deutete auf die Papiere. »Wie haben Sie das noch genannt?«

»Vorsorgevollmacht. In diesem Fall eine medizinische Vollmacht.«

»Richtig. Also, praktisch bevor die Tinte getrocknet war, hatten Rebecca und ich uns getrennt. *Scheiden lassen.* Wir waren nicht mehr verheiratet. Wir waren gar nichts mehr.«

»Das ändert nichts, Mr. Bridger. Zwar wären in dem Bundesstaat, in dem dieses Dokument aufgesetzt wurde, diese Vollmacht, jedes Testament sowie alle anderen Verfügungen mit der Scheidung automatisch ungültig geworden, aber nur solange *keine anderweitige Verfügung* getroffen wurde.«

Sie legte eine Pause ein, um ihre Worte wirken zu lassen. »Rebecca Pratt Bridger erließ eine sogenannte Vorbehaltsklausel, dass Sie selbst im Falle einer Scheidung ihr Bevollmächtigter bleiben sollten, was bei einer Vorsorgevollmacht durchaus möglich ist. Sie gab auch keinen Ersatzbevollmächtigten an. Sie hat allein Ihnen die Entscheidung über alle medizinischen Maßnahmen und über ihr mögliches Lebensende anvertraut, falls sie irgendwann nicht mehr in der Lage sein sollte, diese Entscheidungen selbst zu fällen.«

Er schnaubte abfällig. »Lassen Sie sich nicht täuschen. Vertrauen hatte nichts damit zu tun. Oder Gefühl. Oder Zuneigung. Rebecca hat in ihrem ganzen Leben nichts Uneigennütziges getan. Indem sie diese Vorbehaltsklausel, wie Sie es nennen, unterschrieb, hat *sie* sich die Kontrolle über *mich* gesichert, nicht andersherum.«

Er drehte eine winzige Runde durch den Raum und kam danach mit dem Gesicht zur Wand zu stehen. Erst fuhr er sich mit den Fingern durch die Haare, dann stemmte er die Hände in die Hüften, ließ den Kopf hängen und atmete mehrmals tief durch, um die Fassung wiederzugewinnen.

Er hatte geglaubt, er hätte mit allem abgeschlossen, er hatte geglaubt, für ihn sei die Sache erledigt, nachdem er mit Rebeccas Eltern und mit sich selbst einen brüchigen Frieden geschlossen hatte. Aber ab und zu wurde er hinterhältig an damals erinnert, und jedes Mal traf ihn die Erinnerung mit derselben Wucht wie an jenem Tag vor vier Jahren, als er vor eine Entscheidung gestellt wurde, an der selbst Salomon verzweifelt wäre.

Ms Kate Lennon hatte sich ein paar Sympathiepunkte verdient, denn immerhin ließ sie ihm Zeit, zu verarbeiten, dass sie gerade die schlimmsten, folgenreichsten Tage seines Lebens heraufbeschworen hatte.

Gewöhnlich lagerten diese Erinnerungen in seinem Unterbewusstsein wie in einem tiefen, dunklen Kaninchenbau. Und dort ließ er sie möglichst ruhen, denn immer, wenn er sich dorthin vorwagte, kostete es ihn ungeheure Kraft, wieder aus diesem Loch herauszukrabbeln. Jeden Tag während der letzten vier Jahre hatte er sich damit abgemüht. Manchmal hatte er es fast geschafft, doch regelmäßig zerrte ihn etwas – oder jemand, so wie diese engelsgesichtige Botin der Hölle – zurück in den Abgrund. Er musste sie zur Einsicht bringen.

Er wandte sich ihr wieder zu. »Ms Lennon, offenbar ist Ihnen nicht klar, dass Rebecca und ich uns im Streit getrennt hatten. Als endlich alles vorbei war, haben wir uns aus tiefstem Herzen gehasst. Wir wollten nichts mehr miteinander zu tun haben. Absolut nichts. Und schon gar nicht …« Er deutete wieder auf die Vollmacht. »Schon gar nicht hätten wir uns gegenseitig so wichtige Entscheidungen anvertraut.«

»Dann hätten Sie die Vollmacht gemeinsam widerrufen sollen.«

»Genau das habe ich auch getan. Direkt nach der Scheidung.«

»Aber Rebecca nicht.«

»Ich habe sie über unsere Anwälte immer wieder daran erinnert.«

»Vergeblich, so wie es aussieht.«

»Die Scheidungspapiere hatte sie sofort unterzeichnet. Damals wartete schon ihr nächster Lover hinter dem Vorhang. Nicht dass mir das viel ausgemacht hätte. Ich wollte nur noch raus aus dieser Ehe, darum habe ich damals alles bezahlt, was ihr Drachen von Scheidungsanwältin verlangte. Und zwar nicht über mehrere Jahre hinweg. Ich wollte die Sache ein für alle Mal hinter mich bringen, deshalb beglich ich alles auf einen Schlag, und damit war der Fall erledigt. Danach hatten wir keinen Kontakt mehr. Null. Keinen einzigen.«

Er verstummte und wandte kurz den Blick ab, dann sah er ihr wieder ins Gesicht. »Nicht, bis ich fünf Jahre später auf den Cayman Islands Urlaub machte und aus heiterem Himmel nach Atlanta beordert wurde, wo man mir eine schreckliche Verantwortung übertrug, die ich liebend gern abgelehnt hätte und die Rebecca mir auf keinen Fall in die Hände hatte legen wollen, ganz gleich, was sie *anderweitig verfügt* hatte, was sie damals übrigens aus reinem Trotz getan hat. Sie wissen genau, was passiert ist, als ich im Krankenhaus auftauchte. Die öffentliche Moralpredigt ihres Vaters sagte alles, meinen Sie nicht auch? ›Gott, und nur Gott, wird Rebecca zu sich rufen, wenn ihre Zeit gekommen ist!‹« Er hielt wieder inne und atmete tief durch. »Ihre Prognose war verheerend. Tragisch. Gegen die Empfehlungen sämtlicher Ärzte, die sie untersucht und diagnostiziert hatten, habe ich mich daran gehalten«, sagte er und deutete wieder auf das Dokument, »genau, wie ihre Eltern es von mir verlangten. Danach überließ ich ihnen nur zu gern alle weiteren Entscheidungen.«

Kate Lennon holte tief Luft und hielt sie sekundenlang an, ehe sie wieder ausatmete. Sie klopfte auf das Dokument. »Mit einer mündlichen Erklärung lässt sich das hier nicht widerrufen, Mr. Bridger. Hätten Sie Ihre Verantwortung wirklich abtreten und Ihr Amt als Bevollmächtigter niederlegen wollen, dann hätten Sie und die Eltern eine gerichtliche Petition einreichen müssen, um die Vollmacht an die beiden zu übertragen.«

»Ich hätte bestimmt nichts dagegen unternommen, aber damals überschlugen sich die Ereignisse, es ging drunter und drüber, und vor Gericht zu gehen wäre völlig überflüssig gewesen, weil ich mich den Wünschen der Familie nicht widersetzt hatte.«

»Dann ist dieses Dokument immer noch wirksam.«

»Okay, aber ich habe Ihnen eben erklärt, dass ich eine Vereinbarung mit den Pratts getroffen habe. Wo liegt also das Problem?«

Sie stand hinter dem Schreibtisch auf, als wollte sie etwas offiziell verkünden. »Es gibt eine neue Entwicklung, auf die ich Mr. Pratt bereits hingewiesen habe. Und ich wollte sie Ihnen persönlich mitteilen.«

»Warum?«

»Weil es gut möglich ist, dass Sie daraufhin die Entscheidung widerrufen möchten, die Sie vor vier Jahren gefällt haben. Vielleicht werden Sie zu dem Schluss kommen, dass es tatsächlich in Rebeccas bestem Interesse ist, sie nicht länger am Leben zu erhalten.«

Kapitel 3

Auf ihren Vorschlag hin gingen sie über den Platz in ein schnuckeliges Café namens Wholly Ground. Es war Zach schon zuvor aufgefallen, aber weil er nicht in solchen Lokalen verkehrte, war er noch nie hier gewesen. Sie bestellte irgendwas Koffeinfreies mit fettarmer Milch und Vanillearoma. Er einen gewöhnlichen schwarzen Kaffee.

Unter den Gästen waren zwei ältere Herrschaften, die gemeinsam über einem Kreuzworträtsel brüteten, ein Trio von Frauen in Sportkleidung und mehrere junge Leute mit Ohrhörern und Laptops, die wahrscheinlich am hiesigen College studierten.

Kate Lennon fügte sich hier hervorragend ein, er hingegen fühlte sich in dem beengten Ambiente fehl am Platz. Gott sei Dank erkannte ihn niemand. Er hatte keine Lust, Autogramme zu geben, mit einem Fremden für ein Selfie zu posieren oder gar Fragen zu beantworten, was er mit seinem Leben vorhatte.

Im Augenblick wollte er nur wissen, was Kate Lennon vorhatte.

Sie bestand darauf, zu zahlen, und er ließ sie. Während sie ihm den verschlossenen Kaffeebecher reichte, fragte sie ihn, ob es ihm recht wäre, wenn sie sich nach draußen setzten.

Er nickte und ließ sie vorangehen. Sie traten durch eine Tür in einen Innenhof, der mit vermoosten Backsteinen gepflastert und von efeubewachsenen Mauern eingeschlossen war. Außer ihnen war niemand hier.

»Hier werden wir nicht belauscht«, sagte sie, nachdem sie sich an einem schmiedeeisernen Tisch niedergelassen hatten, der kleiner war als eine durchschnittliche Pizza.

Er merkte, dass sein streichholzdünner Stuhl auf den unebenen Steinen kippelte. »In Ihrem Büro hätte uns auch niemand belauscht.«

Sie stellte ihre Tasche neben dem Stuhl ab, zu ihren Füßen, die wie erwartet in High Heels steckten. Die untere Hälfte ihres Kostüms bestand heute nicht aus einem eng anliegenden Rock, sondern aus einer engen Hose, die ihrer schlanken Figur nicht weniger schmeichelte.

»Ich dachte, Sie würden lieber an der frischen Luft bleiben.« Sie löste den Plastikdeckel von ihrem Kaffee, pustete in den Becher und trank einen Schluck, wobei ein Schaumbart an ihrer Oberlippe zurückblieb. Gedankenverloren leckte sie ihn ab.

Sein Blick folgte unwillkürlich ihrer Zunge, aber die Ablenkung hielt nur kurz an. »Die frische Luft ist wirklich angenehm«, sagte er. »Aber ich will vor allem, dass Sie diese Vollmacht widerrufen, und zwar endgültig. Wir werden diese Petition einreichen, von der Sie gesprochen haben. Bestimmt werden Doug und Mary einverstanden sein, sie sind mit Sicherheit froh, wenn sie offiziell die Vormundschaft für Rebecca übernehmen können.«

Sie legte den Kopf schief und sah ihn verwundert an. »Wussten Sie das nicht? Mary Pratt ist verstorben.«

Das saß wie ein Kinnhaken. »Mary ist gestorben? Wann?«

»Vor ein paar Monaten. Im April.«

»Das hat mir niemand erzählt. Woran denn?«

»In der Todesanzeige stand: ›nach langer Krankheit‹, aber nicht, was für eine Krankheit es war oder wie lange sie daran litt.«

Er drehte den Kopf zur Seite. Es überraschte ihn, wie sehr es ihn traf, dass ihm das niemand erzählt hatte.

Sie schien seine Gedanken zu ahnen. »Mr. Pratt hätte Sie höflichkeitshalber informieren sollen.«

»Wahrscheinlich dachte er, dass er mir keinerlei Höflichkeit schuldet. Also kümmert er sich inzwischen allein um alles?« Wobei mit »alles« Rebecca gemeint war.

»Schätzungsweise.«

Er griff nach seinem Kaffee, zog den Deckel ab und stellte den Becher zurück, ohne getrunken zu haben. »Vier Jahre sind eine unendlich lange Zeit, wenn ein geliebter Mensch in Rebeccas Zustand verharren muss. Hat Doug seine Einstellung inzwischen überdacht?«

»Als ich mit ihm gesprochen habe, deutete nichts darauf hin, dass er seine Meinung geändert haben könnte.«

Zach atmete etwas leichter. Solange Doug so stur blieb, blieb Zach die letzte, schwerste Entscheidung erspart.

Aber er hatte immer noch keine Erklärung für dieses Gespräch. »Und was wollen Sie von mir, wenn sich nichts am Status quo geändert hat? Wieso mischt sich plötzlich die Staatsanwaltschaft ein?«

»Dazu komme ich gleich.«

»Bitte.« Er lehnte sich gegen die lamellierte Rückenlehne, nahm die Haltung eines aufmerksamen Zuhörers ein und hoffte gleichzeitig, dass der wacklige Stuhl nicht unter ihm zusammenbrechen würde.

»Bevor ich zu Ihnen kam«, sagte sie, »habe ich überprüft, ob Ihre Vollmacht vielleicht doch irgendwann zurückgezogen wurde. Sie haben keine Nachricht über einen Widerruf bekommen?«

»Nein.«

»Nach der Scheidung setzte Rebecca ein neues Testament auf, in dem ihre Eltern als Alleinerben benannt wurden.«

»Oh, ich weiß von dem geänderten Testament. Doug hat mir das bei einer seiner öffentlichen Tiraden um die Ohren gehauen. Er meinte, er und Mary würden Rebeccas Leben nicht verkürzen, nur weil sie ›abkassieren‹ wollten.«

»Rebecca änderte damals zwar ihr Testament, aber sonst nichts. Ich finde das eigenartig.«

»Ich nicht«, sagte er. »Sie wollte bestimmt sichergehen, dass ich keinen Heller von ihrer üppigen Scheidungsabfindung zurückbekomme.« Dann merkte er, wie rüde das klang, und seufzte. »Hören Sie, ich will nicht schlecht über sie reden. So ein Arschloch bin ich nicht. Ich bin nur ehrlich, weil ich Ihnen den nötigen Kontext geben will, damit Sie meine Beweggründe verstehen.«

»Ich verstehe Sie durchaus, und ich weiß Ihre Ehrlichkeit zu schätzen.«

»Es war auch für Rebecca nicht gerade ein Picknick, mit mir verheiratet zu sein. Glauben Sie mir.«

»Ich bin nicht hier, um über Sie oder Ihre Ehe zu urteilen.«

»Ehe ist ein großes Wort für das, was uns verband. Wir waren ganze zehn Monate verheiratet, ehe wir uns wieder scheiden ließen, und die letzten drei Monate bestanden aus einer einzigen Kette von blutigen Schlachten.« Er trank zum ersten Mal von seinem Kaffee, der inzwischen kalt geworden war. »Also, wieso sind Sie zu mir gekommen? Warum ausgerechnet jetzt? Offenbar dachten Sie, dass irgendwas an dem verdammten Dokument faul ist, sonst hätten Sie nicht geprüft, ob es irgendwann widerrufen wurde.«

»Ich dachte, Ihnen sei vielleicht nicht klar, dass es immer noch in Kraft ist, oder dass Sie es vergessen hätten, aber dass dieses Thema Sie in jedem Fall aus der Fassung bringen würde.«

»Ohne Scheiß. Und es hat die Sache nicht vereinfacht, dass Sie wie ein Racheengel mit einem Stapel amtlicher Papiere aufgekreuzt sind.«

Gewitterwolken bildeten sich in den klarblauen Augen. »*Geplant* hatte ich, mich Ihnen behutsam, sogar mitfühlend zu nähern. Bedauerlicherweise haben Sie sich wie ein absoluter Esel aufgeführt. Ich hatte gehofft, dass Sie sich bis heute Vormittag wieder in den Griff bekommen würden. Was aber nicht der Fall ist. Und jetzt stehen wir uns wie unerklärte Gegner gegenüber, Mr. Bridger, obwohl ich eigentlich gehofft hatte, dass wir uns gegenseitig in einer Situation helfen könnten, die sensibel, kontrovers, explosiv und emotional extrem belastend zu werden droht.«

Die besten Tackler in der Geschichte des American Footballs hatten sich an ihm die Zähne ausgebissen, aber sie hatte ihn mit ein paar spröden Sätzen von den Beinen geholt. Eine Elfe hatte ihn zu Fall gebracht.

Er hielt ihrem genervten Blick stand und fragte, als sie ihren Blick genauso wenig senkte: »Woher kommt eigentlich das Cartwright?« Als sie ihn überrascht ansah, erklärte er: »Auf dem Begleitschreiben stand Ihr voller Name. Ist das Ihr Mädchenname?«

»Mein zweiter Vorname.«

»Das ist ein Vorname?«

»Wie er in meiner Geburtsurkunde steht.«

»Was hat Ihre Eltern an Sue oder Beth oder Jane gestört?«

Sie schenkte ihm den Anflug eines Lächelns. »Gar nichts. Das sind sehr schöne Namen.«

»Für kleine Babys. Cartwright andererseits …«

»Ich wurde nach meinem Großvater mütterlicherseits benannt.«

»Hm. War der auch Anwalt?«

»Richter.«

»Hm.« Er trank wieder einen Schluck Kaffee und setzte den Becher übertrieben vorsichtig ab. »Zu meiner Verteidigung muss ich sagen, dass ich gestern, als ich mich wie ein absoluter Esel aufgeführt habe, nicht wusste, was in dem Umschlag steckte, den Sie mir an die Brust gedrückt hatten. Ich dachte, Sie wären als Köder vorgeschickt worden.«

»Als Köder?«

Er wedelte abwehrend mit der Hand. »Das hat hiermit nichts zu tun.«

»Die Grundbuchauszüge und topografischen Karten?«

Er sah keinen Grund, ihr die Sache nicht zu erklären, und zuckte mit den Achseln. »Die Unternehmensgruppe, die auf der anderen Seite des Bergs eine neue Siedlung errichtet, hat auch auf meine Bergseite ein Auge geworfen.«

»Der Ausblick ist bestimmt begehrt.«

»Und diese Leute lassen sich nicht abwimmeln.«

»Sie glauben, dass jeder Mensch seinen Preis hat.«

Er legte die Fingerspitzen um den Rand des Bechers und drehte ihn abschnittsweise. »Wir drücken uns vor dem eigentlichen Thema, habe ich recht?«

»Ja.« Sie setzte sich aufrecht hin, atmete tief durch und entspannte sich wieder.

Dabei wurde sein Blick auf die beiden Messingknöpfe oben an ihrem Sakko gelenkt. Die topografische Anordnung, die ihm sofort in den Sinn kam, hatte nichts mit seinem Berg zu tun.

»Unter diesen Umständen«, sagte sie, »verzeihe ich Ihnen Ihr unhöfliches Verhalten.«

»Danke.« Er tat so, als hätte er nicht auf ihren Busen gestarrt. »Fortan werde ich mich bemühen, mich nicht mehr wie ein absoluter Esel aufzuführen, und mich darauf beschränken, mich wie ein gewöhnlicher Esel aufzuführen.«

Wieder schenkte sie ihm ein angedeutetes Lächeln, während sie den Kopf senkte und mit ihrem Ohrstecker spielte, einer kleinen goldenen Perle. Bei jeder anderen Frau hätte die Geste kokett gewirkt. Aber bei ihr wirkte es so, als müsste sie kurz ihre Gedanken sammeln. Als sie ihn wieder ansah, war sie durch und durch professionell.

»Beginnen wir mit der Ausstellung der medizinischen Vollmacht. Wie kam es dazu?«

»Ist das wichtig?«

»Möglicherweise.«

»Für das, worüber wir sprechen wollen? Irgendwann? In nicht allzu ferner Zukunft, hoffe ich?«

»Das hörte sich nach absolutem Esel an.«

Er lachte kurz auf, stemmte dann die Unterarme auf den Tisch und beugte sich vor, wobei er inständig hoffte, dass der Tisch nicht umkippen würde. »Sie wissen, dass ich Footballprofi war?«

Sie sah ihn vielsagend an.

»Okay. Wir spielten auswärts in Detroit. Im zweiten Quarter prallte unser Safety, ein Wahnsinnstyp namens Chadwick mit einem Wahnsinnstalent, mit einem Runningback des gegnerischen Teams zusammen. Beide liefen volles Tempo, denn der Runningback war schon unterwegs in Richtung Endzone, und Chadwick war unsere letzte Hoffnung, einen Touchdown zu verhindern. Jedenfalls prallten sie zusammen, und Chadwick brach sich die Wirbelsäule. Man konnte es bis zum Spielfeldrand hören. Seither ist er querschnittsgelähmt.«

Sie murmelte etwas Unverständliches, das Mitgefühl ausdrückte.

»Der Heimflug schien kein Ende zu nehmen. Als ich endlich nach Hause kam, weckte ich Rebecca und sagte ihr, dass wir uns unterhalten müssten. Sie war im Tiefschlaf, hatte eine halbe Flasche Wodka intus. Und vermutlich ein paar Pillen. Sie war grätig, sie sagte, sie hätte keine Lust, zu reden, und ob das nicht bis zum Morgen warten könnte. Ich sagte Nein. Ich sagte ihr, wir würden so schnell wie möglich zum Anwalt gehen. ›Gleich morgen‹, sagte ich. Sie fragte wieso. Ich sagte ihr, wir müssten uns gegenseitig eine Generalvollmacht ausstellen. Ich kannte den Begriff damals noch nicht, aber so etwas hatte ich im Sinn.« Er starrte in seinen Kaffee. »Football ist ein Kontaktsport. Du brauchst nur einmal nach links zu laufen, wenn du nach rechts laufen solltest, und schon bist du für alle Zeiten aus dem Spiel. Deine Karriere ist zu Ende, dein bisheriges Leben ist zu Ende, Punkt. Dieses Risiko ist immer da, wenn du am Ball bist. Allerdings gehst du ein noch größeres Risiko ein, wenn du ins Auto steigst, um Milch zu holen. Oder wenn du dich unter die Dusche stellst, verflucht noch mal.« Er verstummte, weil er mit Widerspruch rechnete. Als keiner kam, sprach er weiter.

»Was Chadwick zugestoßen war, hat mir zugegebenermaßen schwer zugesetzt. Der Unfall passierte schneller als ein Wimpernschlag, aber es war ein lebensverändernder Wimpernschlag, und danach gab es kein Zurück. Ich dachte nicht ans Aufhören, aber mir ging sehr wohl durch den Kopf, was ich wollen würde, wenn ich mir eine Kopfverletzung zuziehen sollte und danach komplett gelähmt wäre. Oder nicht mehr ansprechbar. Ich wollte eine Vollmacht ausstellen, aber ich wollte die Entscheidung keinesfalls Rebecca überlassen, die sich schon schwertat zu entscheiden, in welcher Farbe sie ihre Zehennägel lackieren sollte. Ich fragte meinen alten Coach Ned Bingham, ob er mein Bevollmächtigter sein wollte. Und meinen Agenten setzte ich als Ersatzbevollmächtigten ein.«

»Und Rebecca hat Ihnen das nicht verübelt?«

»Sie wusste nichts davon. Es war ihr egal. Unsere Ehe war damals schon gefährlich ins Wanken geraten.«

Kate Lennon zog eine Braue hoch. »Hört sich nach einem Erdbeben an.«

»Stimmt. Unsere Trennung hätte fast die Richterskala gesprengt.« Er lachte humorlos, kniff ein Auge zusammen und betrachtete sie eingehend. »Sind Sie überhaupt alt genug, um sich daran zu erinnern?«

»Ich war im College, als Sie den Super Bowl geholt haben. Und kein Gesetzbuch konnte damals gegen die neueste Ausgabe von *People* anstinken.«

Stöhnend zog er die Finger über sein Gesicht.

»›Sexiest Man Alive‹«, zitierte sie und schnalzte mit der Zunge.

»Mein Name stand ganz unten auf der Liste. Auf Platz zweiundvierzig, wenn ich mich recht erinnere.«

»O nein, Sie waren auf Platz fünf, und die Konkurrenz war in diesem Jahr besonders stark.«

Er schnaubte und grinste kurz, fand das aber tatsächlich nicht besonders lustig. Er hatte zwar damals im Rampenlicht gestanden, aber gleichzeitig war sein Privatleben in aller Öffentlichkeit und vor Millionen Augen vor die Hunde gegangen. Es war schwer, über irgendetwas zu lächeln, was sich in der kurzen, aber extrem explosiven Zeit mit Rebecca zugetragen hatte.

»Zurück zu den Vollmachten«, sagte er. »Tatsächlich schwänzte Rebecca damals den Anwaltstermin. Ich ging trotzdem hin und ließ alle meine Vollmachten aufsetzen und notariell beglaubigen, mit allem Drum und Dran. Der Anwalt schickte mich mit einem Standardformular nach Hause, das sie ausfüllen sollte. Ich ging es mit ihr durch, erklärte ihr die Grundlagen, besprach dann jeden einzelnen Punkt mit ihr und machte ihr deutlich, wieso er wichtig war.«

»Warum wurden in ihrer Vollmacht alle Abschnitte bezüglich der lebenserhaltenden Maßnahmen durchgestrichen?«

»Sie nannte das ›deprimierenden Kram‹ und weigerte sich, darüber zu sprechen. Ich drängte sie immer wieder, das zu klären, aber irgendwann gab ich auf. Nicht besonders schlau, ich weiß, aber ich machte mir mehr Sorgen, dass mir etwas zustoßen könnte als ihr. Sie sagte, sie wollte mich als Bevollmächtigten einsetzen, und ich war einverstanden. Erst viel später erfuhr ich, dass sie später zusätzlich eine ›anderweitige Verfügung‹ abgegeben hatte und ich damit für alle Zeiten ihr Bevollmächtigter bleiben sollte. Sie hat ihre Unterschrift von zwei schwachköpfigen Freundinnen bezeugen lassen. Ich kann mir gut vorstellen, wie sie sich darüber amüsiert haben, dass sie mich für alle Zeiten an die Kette gelegt hatte.«

Kate Lennon lachte nicht, sondern erklärte todernst: »Vielleicht hätte Rebecca die Sache ernster genommen, wenn sie gewusst hätte, dass sie Eban Clarke begegnen würde.«

Kapitel 4

Als hätten sie durch diesen Namen einen Windgeist heraufbeschworen, frischte die Brise auf und wirbelte um sie herum. An den Mauern um den Innenhof raschelten die Efeublätter, die schon herbstlich rostrot leuchteten. Kate Lennon zog einen Schal aus ihrer Tasche, den sie kunstvoll um ihren Hals schlang.

»Falls Ihnen kalt ist, können wir auch reingehen.«

»Danke, es geht.« Sie stemmte die Fingerspitzen gegeneinander und legte ihr Kinn darauf ab. »Erzählen Sie mir, wie Sie sich fühlten, als Sie das von Rebecca erfuhren.«

»Jesus. Mies. Ich saß an einer Bar neben einem Hotelpool, als es im Fernseher kam. Seit unserer Scheidung waren Jahre vergangen. Von Rebecca hörte ich damals nur noch, wenn in den Medien über ihre Eskapaden berichtet wurde, aber dieser Moment hat sich angefühlt, als wäre ich unter einen Sattelschlepper geraten. Ich liebte sie damals schon lange nicht mehr, ich hätte auch nicht mehr sagen können, warum ich je geglaubt hatte, ich würde sie lieben, und die Zeit mit ihr war in meiner Erinnerung eine einzige Katastrophe, die ich irgendwie überlebt hatte. Aber trotzdem. Sie war mal meine Frau gewesen. Ihr Leben hing an einem seidenen Faden. Also ja, ich war geschockt. Ich versuchte, das Geschehene zu begreifen, versuchte, mir vorzustellen, was ihr Grauenvolles zugestoßen war. Dann, nur ein paar Minuten nach dieser Nachrichtensendung, wurde ich angerufen.«

»Wer rief Sie an?«

»Jemand aus dem Krankenhaus. Sie stellte sich vor und sagte … Also, ich weiß nicht mehr genau, was sie sagte, aber ich verstand, was sie mir mitteilen wollte, und in diesem Moment fiel mir diese beschissene Vollmacht ein, und ich fühlte mich, als würde ich unter einer Tonne Scheiße begraben.« Er sah sie an. »So fühlt es sich immer noch an.«

Sie kommentierte die letzte Bemerkung nicht.

Er nahm den Deckel seines Kaffeebechers vom Tisch und spielte damit. »Verzeihen Sie die deutlichen Worte.«

»Ich bin nicht zimperlich.«

Er bog die Plastikkappe zusammen und ließ sie wieder auf den Tisch fallen. »Nein, zimperlich sind Sie wirklich nicht.«

Er sagte das so scharf, dass sie die Brauen zusammenzog. »Ich bin auf Ihrer Seite, Mr. Bridger.«

»Ach wirklich? Vielleicht heben Sie am besten die Hand, wenn es so weit ist.«

Sie ging darüber hinweg. »Doug Pratt brachte eine Kopie von Rebeccas Vollmacht mit ins Krankenhaus.«

»Diese Vollmacht, in der alle Passagen über lebenserhaltende Maßnahmen durchgestrichen waren. Ich weiß noch, wie mir damals durch den Kopf ging, dass Rebecca nie glücklicher war, als wenn sie für Aufsehen sorgte, und dass sie das sogar jetzt noch tat. Klingt schrecklich, ich weiß.«

Kate Lennon machte eine verzeihende Geste.

»Die Ärzte versetzten sie in ein künstliches Koma, um dem

Gehirn Zeit zur Erholung zu geben, wie sie sagten. Sie schlossen sie an die Herz-Lungen-Maschine an und meinten, sie würden ein paar Tage abwarten, dann die Maschinen abhängen und Rebecca aus dem Koma holen, um sich ein genaueres Bild zu machen. Und während dieser Tage ereiferten sich Doug und Mary und all die selbst ernannten Lebensschützer, die vor der Klinik demonstrierten, dass Rebecca diese Passagen aus einem ganz offensichtlichen Grund gestrichen hätte und dass ich an ihre Wünsche gebunden sei und alles unternehmen müsste, um sie am Leben zu erhalten. Aber die Ärzte brachten Rebeccas ›mutmaßliche Willensentscheidung‹ ins Spiel. Das heißt …«

»Sie hätten nach bestem Wissen und Gewissen entscheiden sollen, was Rebecca mutmaßlich gewollt hätte, auch wenn sie keine Anweisungen hinterlassen hatte.«

»Genau. Die Ärzte hielten mir vor Augen, was für ein Leben sie führen würde, falls sie tatsächlich überleben sollte, aber im selben Atemzug betonten sie auch, dass die Geräte nicht abgestellt werden sollten, bis die Organspende-Vermittlungsstelle entschieden hatte, wer auf deren Liste welches Organ bekommen sollte. Jedes Mal, wenn die Sprache darauf kam, wurde Mary hysterisch und flehte mich an, ich sollte ›ihre Tochter nicht ermorden‹. Regelmäßig tauchten irgendwelche Geistlichen im Krankenhaus auf und beteten für Rebeccas Seele und meine moralische Erleuchtung. Und dann …«

Er verstummte, schaute auf den verbogenen Deckel und schubste ihn ein Stück weit über die Tischplatte.

»Und dann … was?«

Er bohrte Daumen und Mittelfinger in die Augenhöhlen und schüttelte leicht den Kopf.

»Dann was?«

Er senkte die Hand wieder. »Die Medien. Sie glauben gar nicht, wie übel die sich aufführten. Ohne einen Funken Respekt oder Mitgefühl oder Anstand. Stattdessen schrien sie ununterbrochen und wie besessen die gruseligsten Details, die geschmacklosesten Gerüchte in die Welt. Doug konnte mich zwar nicht ausstehen, trotzdem taten er und Mary mir leid. Sie mussten sich all die Gemeinheiten anhören, die über Rebecca und ihren lockeren Lebensstil verbreitet wurden, über ihren angeblichen Alkohol- und Medikamentenmissbrauch und über ihre vielen Affären. Die beiden waren zutiefst religiöse Menschen. Es muss die Hölle für die beiden gewesen sein, sich anhören zu müssen, wie schlecht über ihre Tochter geredet wurde.«

»Wie hatten Sie sich davor mit Rebeccas Eltern verstanden?«

»Überhaupt nicht.« Er schnaubte. »Ich will kein Blatt vor den Mund nehmen. Sie hassten mich vom ersten Tag an, und mir war das vom ersten Tag an scheißegal. Trotzdem hätte man meinen können, dass das nach dieser Katastrophe vergessen gewesen wäre, dass auf beiden Seiten so etwas wie Mitgefühl aufkommen würde, dass uns diese Sache verbinden statt spalten würde …« Er stemmte die Ellbogen auf die Tischplatte und massierte seine Stirn. »Klar, ich verstehe die beiden. Sie wurden komplett aufgerieben. Also erklärte ich ihnen letztendlich, dass ich ihre Haltung respektieren würde, dass es vielleicht wirklich Rebeccas Willen entsprechen würde, wenn ich nichts unternahm, und dass ich mich nicht weiter einmischen würde, solange sie es nicht wollten. Und damit zog ich mich zurück.«

»Wenig später ließen die beiden Rebecca von Atlanta in eine Pflegeeinrichtung nach New Orleans verlegen.«

»Sie haben Ihre Hausaufgaben gemacht.«

»Ich habe eine Kopie des Briefes, in dem Sie Ihr Einverständnis gaben.«

Er zog eine Schulter hoch. »Es war eine naheliegende Entscheidung. Rebecca war in New Orleans geboren und aufgewachsen, und die Pratts lebten immer noch dort.«

»Ich weiß auch, dass die Einrichtung sie nicht aufnehmen wollte. Ursprünglich.«

»Der verantwortliche Arzt hielt Rebeccas Lebensfähigkeit für ›extrem eingeschränkt‹.«

»Bis Sie garantierten, zeitlich unbegrenzt für die Pflegekosten aufzukommen.«

Er verlagerte sein Gewicht auf dem wackligen Stuhl und richtete den Blick auf einen Vogelfutterspender, der an einem Ast hinter Kate Lennons Schulter hing. Es war kaum noch Futter darin. Er sah sie wieder an. »Der Betrag wird automatisch von einem eigenen Konto abgebucht. Ich habe persönlich nichts damit zu tun.«

Sie ließ ein paar Sekunden verstreichen. »Ich hatte vorhin etwas von einer neuen Entwicklung gesagt.«

»Ach ja, richtig. Die besagte Entwicklung. Hoffentlich hin zum Guten. Bitte sagen Sie mir irgendwas Positives. Ich bin nicht gierig. Eine positive Sache genügt mir.«

»Es tut mir wirklich leid, dass ich Sie mit alledem auf einmal belasten muss.«

»Ja, mir auch.« Er sah auf die Uhr. »Tatsächlich habe ich ein zeitliches Limit für schlechte Neuigkeiten, und das haben wir längst überschritten.« Die Stuhlbeine scharrten über die

Backsteine, als er den Stuhl vom Tisch wegschob. Aber noch bevor er aufgestanden war, hatte sie sich über den Tisch gebeugt und hielt ihre Hand über seinen Arm, als würde sie ihn festhalten wollen.

»Bitte«, sagte sie. »Lassen Sie mich das abschließen.«

»Indem Sie mir erklären, wozu dieser bezaubernde Spaziergang in die Vergangenheit gut gewesen sein soll?«

»Ja.«

»Na endlich.« Er breitete die Arme aus und klang prompt wieder wie ein störrischer Esel. »Dann mal raus mit der Sprache.«

Diesmal ging sie darüber hinweg und kam direkt auf den Punkt. »Kannten Sie Eban Clarke schon vor dem Vorfall?«

»Nein. Ich hatte noch nie von ihm oder seiner Familie gehört, bis in den Nachrichten von seiner Villa gesprochen wurde.«

»Warum kamen Sie damals nicht zur Verhandlung?«

»Waren Sie am Prozess beteiligt?«

»Nein. Ich habe die Akte erst kürzlich auf den Tisch bekommen. Und während ich mich in den Fall einarbeitete, erfuhr ich, dass Sie nicht zur Verhandlung erschienen sind. Warum nicht?«

»In seinem verkommenen Universum war Eban Clarke ein absoluter Promi. Ich war ein noch größerer in meinem. Mir war klar, dass die Verhandlung eine Medienschlacht werden würde, auch ohne mein Erscheinen. Wäre ich dort aufgetaucht, hätte das die Sensationsgier nur noch angeheizt. ›Der Ex-Mann und der Geliebte bekriegen sich im Gerichtssaal.‹ Das wollte ich weder mir noch den Pratts zumuten. Trotzdem verfolgte ich den Prozess genau. Wenn Sie mich fragen, kam dieser Hurensohn viel zu billig davon. Und ich traute meinen Augen nicht, als ich vor ein paar Monaten eine Benachrichtigung bekam, dass es eine Anhörung zu einer vorzeitigen Entlassung geben würde.«

»Ich habe dem Staatsanwalt assistiert, der bei dieser Anhörung den Staat und Rebecca vertrat«, erklärte sie ihm nun. »Sie hätten ebenfalls dabei sein und etwas vorbringen können, aber Sie haben das abgelehnt.«

»Ich bin nicht persönlich erschienen, aber ich habe dem Richter geschrieben, wie ich über die Sache denke.«

»Ja, Ihre Erklärung wurde bei der Anhörung verlesen. Sie baten den Richter, Clarke im Gefängnis verrotten zu lassen.«

»Nur hat er nicht auf mich gehört«, sagte er.

»Vielleicht wäre Ihre Meinung mehr ins Gewicht gefallen, wenn Sie sie persönlich vorgetragen hätten.«

»Das bezweifle ich. Fakt ist, dass Clarkes Strafe reduziert wurde. Mein letzter Wissensstand ist, dass der Richter noch entscheiden wollte, wie weit.«

»Also, inzwischen hat er entschieden. Unter Anrechnung der zwei Jahre, die Clarke bereits verbüßt hat, und aufgrund eines Straferlasses für gutes Verhalten wird er entlassen.«

»Auf Bewährung?«

»Ohne jede Auflage.«

»Das ist doch ein verdammter Witz.«

»Ich wünschte, es wäre einer, Mr. Bridger.«

»Sie wollen mir erzählen, er darf als freier Mann aus dem Knast spazieren?«

»Leider ja.«

»Und wann?«

»Heute.«

Kapitel 5

»Vielleicht war es nicht die allerbeste Idee, ihm zur Entlassung einen Porsche zu schenken, der eine Viertelmillion kostet«, meinte Upton.

Sid Clarke goss lächelnd zwei Bourbons ein, einen für sich selbst, den anderen für Upton, den Anwalt der Familie. »Es ist ein Turbo. Ein Spitzenmodell.«

»Silber und mit roten Ledersitzen. Ich habe ihn vor dem Haus stehen sehen. In meinen bitte einen Spritzer Wasser.«

Da sie den Whisky sonst immer pur tranken, sah Sid seinen Freund verwundert an.

»Das verwässert die Kalorien«, sagte Upton.

»Glaubst du doch selbst nicht. Das ist Selbstbeschiss.«

»Darin bin ich gut.«

Sid fügte lachend den erbetenen Spritzer Wasser hinzu, ging dann mit den Gläsern zu Upton und stieß mit ihm an. »Prost.«

»Prost.«

Sie tranken. Sid sank in den Ledersessel neben dem von Upton Franklin, der nicht nur Sids hoch bezahlter Rechtsbeistand war, sondern auch sein Lebensberater, Tennispartner,

Golfkumpel, Pokerrivale und bester Freund, seit sie sich im ersten Semester an Georgias elitärster Privatschule kennengelernt hatten.

Ihre Freundschaft hatte darauf beruht, Mitschüler zu schikanieren, die ihnen aus irgendeinem Grund unsympathisch waren, und humorlosen Fakultätsangehörigen Streiche zu spielen, die übertriebenen Wert auf tadelloses Benehmen und die Beachtung sämtlicher Regeln legten. In ihrem Abschlussjahr galten sie als die heimlichen Könige der ganzen Schule und hatten dank ihrer genialen Schreckensherrschaft sogar den Direktor eingeschüchtert.

Nach ihrem Eintritt ins Geschäftsleben hatten sie weiterhin ihre Umgebung unter Druck gesetzt, nun allerdings mit raffinierteren Methoden. Sid schmiedete die Pläne, ahnungslosen CEOs ihre Firma unter dem Hintern wegzukaufen. Upton war der scharfsinnige Jurist, der alle Gesetze und Regulierungen zu umschiffen wusste. Inzwischen umfasste das internationale Konglomerat, das sie auf diese Weise zusammengerafft hatten, zahllose Firmen in diversen Branchen und war mehrere Milliarden schwer.

Die beiden waren Brüder im Geiste und von rücksichtslosem Ehrgeiz und elitärem Anspruchsdenken getrieben. Weshalb Sid die kritische Bemerkung zu Ebans neuem Auto überraschte.

»Was stört dich daran, Up?«

Upton ließ seinen verwässerten Whisky im Glas kreisen. »Wenn du mich um Rat gefragt hättest, hätte ich dir vorgeschlagen, ihm etwas weniger Kostspieliges und Auffälliges zu kaufen. Eine schicke Uhr. Ein Schachspiel aus Marmor. Einen teuren Rassehund.«

Sid lachte leise. »Ich hab's also übertrieben. Und wenn schon? Er war im Gefängnis.«

Der Anwalt runzelte die Stirn. »Genau das ist der Punkt, Sid.«

»Der sich mir entzieht.«

»Manche könnten es für geschmacklos halten, Eban zu seiner vorzeitigen Entlassung einen schicken Sportwagen zu schenken.«

»Ich pfeife darauf, was manche denken könnten.«

»Ganz offensichtlich«, sagte Up, »aber vielleicht solltest du das nicht tun. Ich rate zu etwas Diskretion. Zurückhaltung. Eban sollte möglichst keine Aufmerksamkeit auf sich ziehen. Ungeachtet seiner vorzeitigen Entlassung …«

»Immer wenn du ›ungeachtet‹ sagst, weiß ich, dass der Anwalt aus dir spricht.«

»Ich spreche als Anwalt und als Freund. Ungeachtet der frühen Entlassung ist Eban vorbestraft. Das Mädchen …«

»… war kein *Opfer*. Die Sache war ein tragischer Unfall und genauso ihre Schuld wie Ebans.«

»Die Geschworenen waren anderer Ansicht.«

Sid feixte. »Jeder außer diesen zwölf wusste Bescheid. Das war nicht das erste Rodeo, auf dem Rebecca Pratt geritten ist.«

Upton sah Sid unter seinen dunklen, zusammengewachsenen Brauen hervor an. »Aber ihr letztes.«

Sid gestand das durch einen kurzen Fluch zu, ehe er von seinem Bourbon trank. Als er das Glas wieder absetzte, sagte er: »Sie war betrunken und high, und sie ging aus freien Stücken in dieses Schlafzimmer, zusammen mit drei Männern, die ausgesagt haben, dass sie genauso betrunken und high waren.«

»Weil sie auf diese Weise nur eingeschränkt für den katastrophalen Ausgang der Geschichte verantwortlich waren«, sagte Up.

»Hast du die DNA-Spuren vergessen? Sie hatte mit allen dreien Sex.«

»Ja, Ebans Verteidiger hat das in seinem Plädoyer noch einmal hervorgehoben. Er hat die Sexpraktiken recht detailliert beschrieben.«

»Er hat eine nymphomanische Schlangenfrau beschrieben«, meinte Sid lachend.

»Sid … Bitte.«

»Na schön, das war unangebracht. Belassen wir es dabei, dass sie eine gut dokumentierte Vorgeschichte als Partygirl hatte, und das ist der am wenigsten beleidigende Begriff, mit dem ich sie beschreiben kann. Bei Ebans Verhandlung haben Theo und Cal unter Eid ausgesagt, dass die ganze Sache *ihre* Idee war.«

»Aber diese Aussage war nur in ihrem eigenen Interesse, nicht wahr?«, wandte Up ein. »Ihr Anwalt handelte damals gerade einen Deal aus, bei dem sie mit einer Bewährungsstrafe davonkommen sollten.«

»Im Gegensatz zu Eban.«

»Weil er derjenige war, der das Experiment zu weit trieb.«

»Führ dich nicht so verflucht selbstgerecht auf, Up. Als hätten wir beide nie so was gemacht.«

»Haben wir, ja. Aber keine der Frauen ist danach ins Koma gefallen. Anders als Rebecca Pratt, und selbst wenn Eban jetzt wieder ein freier Mann ist, werden die Menschen das nicht vergessen. Ihm muss bewusst sein, dass er unter Beobachtung steht. In einem brandneuen Porsche durch die Gegend zu brausen …«

»Genau das hatte ich vor.«

Mit diesen Worten kam derjenige, der Gegenstand ihrer Unterhaltung war, ins Arbeitszimmer geschlendert, ein breites Lächeln auf dem Gesicht und in die elegantesten lässig schicken Sachen gekleidet, die sich mit Sids schwarzer American Express Card kaufen ließen. Eban würde in wenigen Monaten dreißig, und es machte Sid stolz, wenn er die Menschen sagen hörte, dass sein Sohn ihm mit den Jahren immer ähnlicher wurde. Sie hatten den gleichen schlanken Körperbau, die gleiche breite Stirn und das gleiche Kinngrübchen. Nur ihre Augenfarbe unterschied sich. Die kühlen graugrünen Augen hatte Eban eindeutig nicht von ihm.

Eban blieb auf halbem Weg durchs Zimmer stehen und sah beide nacheinander an.

»Ganz offensichtlich bin ich auf der falschen Party gelandet. Ich dachte, ich soll euch bei der Happy Hour Gesellschaft leisten. Ihr seht aber ganz und gar nicht happy aus. Sondern eindeutig schlecht gelaunt.«

Sid deutete zur Bar. »Hol dir was zu trinken.«

»Oh, auf jeden Fall.« Eban rieb sich energisch die Hände und trat an das eingelassene Barfach in der eleganten deckenhohen Schrankwand, die sich über die gesamte Wand außer der Fensterfront zog.

Er ließ klirrend Eiswürfel in ein Glas fallen und griff nach der Wodkakaraffe. »Wieso das miesepetrige Gesicht, Up? Und übrigens war das ein Witz. Ich habe nicht vor, durch die Gegend zu brausen. Ich werde meinen Wagen so behutsam einfahren wie einen brandneuen Kinderwagen. Pfadfinderehrenwort.«

Er kam mit seinem Drink zur Sitzgruppe und stieß mit

beiden Männern an, bevor er sich aufs Sofa fallen ließ. Dann nahm er einen Schluck aus einem der eleganten Kristallgläser seiner verstorbenen Mutter, zollte dem Wodka mit einem lang gezogenen »Ah« Anerkennung und ließ den Kopf gegen die plüschige Kopflehne sinken.

»Nur der Gedanke an Momente wie diesen hat mich während der langen Nächte im Kerker aufrecht gehalten.« Er schauderte übertrieben. »Gott, bin ich froh, dass ich meine Schuld gegenüber der Gesellschaft abgegolten habe.«

»Darauf trinke ich.« Sid hob das Glas. Er merkte, dass Up seines nur widerstrebend anhob. Nachdem alle getrunken hatten, sagte Sid zu Eban: »Frida hat zum Abendessen ein Prime Rib gemacht. Ihr Willkommensgeschenk für dich.«

»Klingt köstlich. Sie kann mir morgen Sandwichs damit belegen. Heute Abend gehe ich feiern.«

Sid spürte den Blick, den Up in seine Richtung schickte, aber er tat so, als hätte er ihn nicht bemerkt. »Ich dachte, du würdest mit uns essen.«

»Tut mir leid. Ihr beide werdet das Prime Rib bestimmt allein runterkriegen, aber ich habe schon was vor.«

Scheinbar beiläufig fragte Sid: »Was Großes?«

»Cal und Theo wollten mit mir essen gehen. Mein Gott, es kommt mir vor, als wären wir ewig nicht mehr zu dritt unterwegs gewesen.« Er schüttelte einen Eiswürfel in seinen Mund und zermalmte ihn.

Upton räusperte sich. »Vielleicht solltest du zu diesem Neuanfang auch neue Freundschaften aufbauen, Eban.«

»Mal sehen.« Er blendete beide mit einem kurzen Lächeln und sagte gleich darauf: »Seht euch eure Gläser an. Fast leer.

Das darf nicht sein.« Er stand auf, nahm ihre Whiskygläser und ging damit zur Bar, um beiden nachzuschenken.

Während sie die nächste Runde tranken, wurde Eban auf den neuesten Stand gebracht, was ihre Geschäftspartner und Bekannten so trieben.

Irgendwann warf Eban fröhlich ein: »Immer noch wie in *Zwei glorreiche Halunken*.«

Die nächste Stunde verstrich unter geselligem Geplauder. Der einzige Dämpfer war Upton, der untypisch reserviert dabeisaß. Eban schien es nicht zu bemerken, Sid allerdings ärgerte sich, denn er verstand seinen Freund nicht.

Nachdem Eban seinen zweiten Wodka getrunken hatte, stand er auf. »Ich treffe mich in einem unserer alten Stammlokale mit den Jungs. Vielleicht haben sie heimlich ein paar aus der alten Truppe zusammengetrommelt, ich will also nicht zu spät kommen, falls es wirklich eine Überraschungsparty gibt.«

Er stellte sich hinter Uptons Sessel, legte ihm von hinten die Hände auf die Schultern und drückte sie liebevoll. »Bis später, Onkel Up. Danke, dass du mit mir gefeiert hast.«

Upton hob einen Arm und tätschelte Ebans Handrücken. »Pass auf mit deinem neuen Geschoss.«

»Wenn du dein Blatt richtig ausspielst, fahre ich dich irgendwann damit spazieren. Vielleicht darfst du sogar ans Steuer.« Er ging zu Sid, der aufstand und sich mit einem Händedruck von Eban verabschiedete. Als sie den Händedruck lösten, sah Eban, dass Sid ihm eine Geldklammer mit mehreren Hundertdollarscheinen in die Hand gedrückt hatte.

Er pfiff durch die Zähne. »Danke, Dad.«

»Amüsier dich, aber denk an Ups Worte, und pass auf.«

Eban steckte die Scheine ein und ging zur Tür. Dort blieb er stehen und blies den beiden einen Kuss zu. »Und bleibt nicht zu lange auf.« Sein Lachen war noch im Korridor zu hören.

Sid setzte sich wieder und lächelte, als er den Motor in der Auffahrt röhren hörte. Er sah Upton an, der stirnrunzelnd in seinen zweiten Drink starrte, den er kaum angerührt hatte.

»Na schön, ich verwöhne ihn«, sagte Sid. »Du hast deutlich gemacht, dass du nicht einverstanden bist. Aber er hat es verdient …«

»Sid.« Upton hob abwehrend die Hand. »Ich kann nicht glauben, dass du tatsächlich eine Diskussion darüber anfangen willst, was Eban verdient hat. Oder was irgendeiner von uns verdient hat.«

»Wieso hast du so eine Laune? Reiß dich verflucht noch mal zusammen. Trink aus.«

»Nein danke, mir reicht's.« Up stellte sein Glas auf dem Tischchen neben seinem Sessel ab.

Sid sah ihn nachdenklich an. Sie waren alte Jugendfreunde. Upton blies sich nie grundlos auf, und er war auch kein Miesepeter. Er schmollte nicht. Er machte sich wirklich Sorgen.

»Erzähl mir, was dir auf der Seele liegt.«

Nachdem Upton in der letzten halben Stunde jeden Blickkontakt vermieden hatte, sah er Sid jetzt offen in die Augen. »Du glaubst, Ebans vorzeitige Entlassung sei ein Grund zum Feiern.«

»Etwa nicht?«

»Schon. Aber ich glaube, euch ist beiden nicht klar, was das für Konsequenzen haben könnte.«

»Nämlich?«

»Sagt dir der Name Kathryn Lennon irgendwas?«

»Nein. Sollte er? Wer ist das?«

»Eine kluge, gerissene, ehrgeizige Staatsanwältin, die der Generalstaatsanwalt persönlich ausgewählt hat.«

»Eine zukünftige Politikerin?«

»Nein. Sie interessiert sich viel mehr für Kriminalfälle, und sie hat keine Angst, sich die schwierigsten vorzunehmen. Mit anderen Worten, Sid: Sie ist Ebans schlimmster Albtraum.«

Kapitel 6

Zach arbeitete sich den anspruchsvollen Abhang hinauf. Es war die letzte, aber auch die steilste und schwierigste Etappe seines strapaziösen Trainings. Seine Beinmuskeln brannten, sein Herz hämmerte, und die Lunge arbeitete auf Hochtouren, um seine Muskeln mit Sauerstoff zu versorgen. Der in dieser Höhe knapp war.

Mehrmals in der Woche stieg er von seinem Haus schnell, aber mit sicherem Schritt zum Fluss ab und danach wieder hinauf. Erbarmungslos kämpfte er sich jetzt über die letzten hundert Meter.

In der Zeit nach seinem ruhmlosen Abgang aus der NFL hatte er knapp zehn Kilo zugelegt. Nach jenem schicksalhaften Tag, an dem ihn sein Auftritt bei dem Sportsender in den vorzeitigen Ruhestand gezwungen hatte, war er eines Morgens mit einem mörderischen Kater aufgewacht. Nachdem er sich fünf Minuten erst übergeben und dann so lange gewürgt hatte, bis nichts mehr kam, hatte er sich in dem bodenlangen Spiegel seines Bads kritisch in Augenschein genommen. Das verfluchte Ding kannte keine Gnade. Wer zum Teufel war das aufgeschwemmte, aufgequollene, mitleiderregende Zerrbild eines Mannes, das ihn da aus blutunterlaufenen Augen anstarrte?

Der Typ widerte Zach an. Er war eklig. Er musste verschwinden.

In diesem Moment nackter Selbsterkenntnis hatte Zach beschlossen, dass er den Weg, den er eingeschlagen hatte, nicht weitergehen wollte. Schon weil er all jenen, die geunkt hatten, dass er sich irgendwann selbst zerstören würde, keinesfalls die Befriedigung geben wollte, überheblich vom Spielfeldrand zuschauen zu können, wie er unaufhaltsam verlotterte.

Immerhin war er noch standhaft genug, sich zu schwören, dass er sein Leben wieder in den Griff bekommen würde. Vielleicht würde man sich wegen seiner vielen Bauchlandungen und Peinlichkeiten über ihn lustig machen. Das hatte er verdient. Aber es sollte keinesfalls heißen, Zach Bridger sei vom Thron gestürzt und geradewegs im Rinnstein gelandet.

Direkt nach dieser Offenbarung hatte er den gesamten Alkohol in seinem Haus weggeschüttet und eine Einkaufsliste mit gesunden Nahrungsmitteln erstellt, mit denen er den Dreck in seinem Kühlschrank und Vorratsraum ersetzen wollte. Obendrein hatte er ein strenges, unbarmherziges Trainingsprogramm ausgearbeitet, dem selbst Bing Achtung gezollt hätte. Vielleicht hätte Bing es sogar übertrieben gefunden.

Das erste Training – das für ihn in früheren Jahren als Aufwärmübung durchgegangen wäre – hätte ihn beinahe umgebracht.

Aber innerhalb von acht Wochen war er die zusätzlichen zehn Kilo losgeworden und im Lauf der folgenden Monate noch einmal zehn. Seither hatte er das gleiche Gewicht wie in den Jahren vor seiner Profikarriere und außerdem kaum ein Gramm Fett am Leib. Er war schlanker und vielleicht nicht ranker, aber dafür eindeutig härter geworden, körperlich wie seelisch.

Jetzt bewältigte er mit brennenden Schenkeln die letzten qualvollen Meter vor dem Felsband, das er sich als Ziel gesetzt hatte. Er verlangsamte sein Tempo und ging im Kreis, während er wie jedes Mal mit der Smartwatch seine Schrittzahl, die gelaufene Zeit und seinen Puls checkte. Er setzte seine Basecap verkehrt herum auf und wischte sich mit dem Saum seines T-Shirts den Schweiß vom Gesicht. Nachdem er einen Schluck Wasser aus der Trinkflasche genommen hatte, die er an seinem Gürtel eingehakt hatte, lehnte er sich gegen einen rauen Fichtenstamm, schloss die Augen und wartete darauf, dass sich seine Atmung normalisierte.

Er versuchte, seinen Geist zu leeren und seine Gedanken treiben zu lassen. Stattdessen konzentrierten sie sich sofort auf Kate Lennon. »Sie können Kate zu mir sagen«, hatte sie ihm erklärt. Allerdings hatte er danach überhaupt nichts mehr zu ihr gesagt, denn nachdem sie die Bombe mit Eban Clarkes Entlassung hatte platzen lassen, hatte er ihr Treffen beendet.

Er war so schnell aufgestanden, dass er um ein Haar sein Stühlchen umgeworfen hätte. Stattdessen erwischte er mit dem Oberschenkel die Kante des winzigen Tisches und brachte ihn gefährlich ins Kippeln. »Ich muss los«, sagte er nur. »Ich muss mich beeilen, sonst schließt der Markt.«

»Der hat bis um sieben geöffnet.«

»Ich meine den Markt an der Börse«, hatte er knapp geantwortet.

Daraufhin hatte sie »Oh« gesagt und auf ihre Uhr gesehen. »Mir ist auch die Zeit davongelaufen. Ich habe in fünfzehn Minuten eine Zoom-Konferenz.« Sie hatte ihre Tasche geschultert, in der ein Wochenendeinkauf Platz gefunden hätte. »Aber wir beide haben noch so einiges zu besprechen.«

»Nein, Ms. Lennon, das haben wir nicht.«

Daraufhin hatte sie ihm angeboten, sie Kate zu nennen.

Er war nicht darauf eingegangen, sondern hatte nur gesagt: »Auf Wiedersehen. Und danke für den Kaffee.«

Und dann hatte er die Flucht ergriffen, weil er weder sie noch die anderen Gäste drinnen im Wholly Ground in Angst und Schrecken versetzen wollte. Denn er hatte kurz vor der Explosion gestanden. So wie damals nach dem Zusammenprall mit dem Right Guard der Green Bay Packers, der ihn absichtlich so brutal attackiert hatte, dass ihm der Helm vom Kopf geflogen war.

Ehe er überhaupt begriffen hatte, was er tat, war er zum Gegenangriff übergegangen. Es hatte sich angefühlt, als würde er auf eine Matratze einprügeln; seine Teamkollegen hatten ihn mehr oder weniger von dem Arschloch abschälen müssen. Die Schiedsrichter hatten wie verrückt in ihre Pfeifen geblasen, und die Head-Coaches der beiden Teams hatten beinahe einen Schlaganfall bekommen. Der Right Guard war vom Platz gestellt worden. Trotzdem war Zach nie so wütend gewesen wie damals. Nicht bis heute Morgen, als er erfahren hatte, dass sie diesen Hurensohn Eban Clarke freigelassen hatten.

Am liebsten hätte er dafür auf das ganze Rechtssystem eingeprügelt.

Kate – pfeif drauf, warum sollte er sie nicht Kate nennen? – hatte offenbar geahnt, dass ein so katastrophales Fehlurteil bei ihm sämtliche Sicherungen durchbrennen lassen würde, denn sie hatte ihn ohne Protest ziehen lassen und ihm nur hinterhergerufen, dass sie sich bald mit ihm in Verbindung setzen würde.

Er war nicht stehen geblieben, um ihr zu entgegnen, dass sie das bleiben lassen sollte, dass es überflüssig war, noch länger darüber zu reden. Rebecca lag immer noch bewusstlos im Koma. Clarke war frei. Es brachte nichts, über Clarkes Freilassung nachzudenken, sich darüber zu unterhalten, alles zu zerreden.

Jeder Gedanke daran erfüllte nur einen Zweck, nämlich dass er sich schlecht fühlte. Er hatte Jahre gebraucht, um sich aus dieser Dunkelheit herauszukämpfen, und selbst jetzt hatte er es gerade mal ins Zwielicht geschafft. Er wollte nicht ins Dunkel zurückgezerrt werden, von niemandem, und schon gar nicht von Kate Lennon, dieser Katastrophenmeldung in Menschengestalt.

Auch wenn sie einen äußerst niedlichen Hintern hatte und er zu gern zugeschaut hatte, wie sie sich den Vanilleschaum von der Oberlippe geleckt hatte. Und so wollte er zwar dieser Frau nie wieder begegnen, dennoch war die Vorstellung, neben ihr zu liegen, durchaus verlockend.

Er knurrte einen Strom von Flüchen, stieß sich von seinem Baumstamm ab und ging den Pfad entlang, den seine Füße im Lauf der Zeit durch den Wald angelegt hatten. Er kannte den Weg wie das Adergeflecht auf seinem Handrücken und mied die Hindernisse darauf inzwischen beinahe instinktiv.

Doch als er sich seinem Haus näherte, hörte er etwas, das ihn erst langsamer gehen und dann komplett anhalten ließ. Das war kein natürliches Geräusch gewesen. Kein Blätterrascheln im Wind, keine schnatternde Schimpftirade eines Eichhörnchens, nicht das Flattern eines Vogels auf dem Weg von einem Ast zum anderen und auch nicht das unablässige weiße Rauschen des Wasserfalls.

Es war ein von Menschen gemachtes Geräusch gewesen.

Er setzte die Kappe wieder richtig herum auf und zog den Schirm bis knapp über die Brauen, dann ging er den vertrauten Weg weiter, wobei er darauf achtete, auf keinen Zweig oder losen Stein zu treten, um sich nicht zu verraten.

Langsam bewegte er sich durch den Wald, bis allmählich sein Haus in Sicht kam. Erst die Lichtung, eine Schürze aus pflegeleichtem Rasen, der das Haus umgab. Dann die Nordwand, die von dem Schornstein aus Naturstein überragt wurde. Dann die Veranda, die sich über die gesamte Südseite erstreckte.

Zach blieb stehen.

In der Mitte der Veranda befand sich die überdimensionale Haustür. Die Tür wurde von großen Fenstern flankiert, zwei auf jeder Seite … und durch eines davon spähte gerade ein Mann in Uniform. Er hatte die Hände zu Scheuklappen geformt und gegen die Scheibe gedrückt.

Sein breitkrempiger Hut hatte es sich in Zachs Schaukelstuhl gemütlich gemacht, und das ärgerte Zach mehr als alles andere.

Ohne sich zu bewegen, schaute er nach links. Ein Ford Bronco parkte am Ende der Zufahrt. Die schweren Reifen waren schlammverkrustet. Auf dem Dach trug er eine ganze Batterie an Lichtern, vorn einen massiven Frontbügel und auf der Tür ein offizielles Wappen.

Auf Zachs Veranda gab es eine knarrende Diele. Jetzt ging

ihm auf, dass er das Knarren gehört hatte und nicht den Automotor in seiner Zufahrt, und das verriet ihm wiederum, dass der Deputy schon auf seinem Grundstück herumgeschnüffelt hatte, während er selbst noch vom Fluss aufgestiegen war.

Zach trat unter den Bäumen hervor. »Was Interessantes entdeckt?«

Der Mann fuhr herum. Seine Miene verriet, wie peinlich es ihm war, erwischt worden zu sein, dann zuckte er grinsend mit den Achseln. »Mr. Bridger? Zach Bridger? Ihr Wagen steht hier.« Er deutete mit dem Daumen über die Schulter auf Zachs Pick-up. »Ich dachte, Sie wären vielleicht zu Hause und hätten mein Klopfen nicht gehört.«

Von wegen. Zach ging zur Veranda, sagte aber nichts. Erst wollte er hören, was dieser Typ mit der glänzenden Marke zu sagen hatte.

Während der Deputy die Stufen herunterkam, nahm Zach ihn unter die Lupe. Er war kürzer und gedrungener als Zach und verbrachte offensichtlich viel Zeit mit Krafttraining. Sein Bürstenhaarschnitt ließ auf eine Vergangenheit beim Militär schließen. Seitlich am Hals hatte er ein Tattoo, eine Art Symbol, das Zach aber nicht zuordnen konnte. Und sein wiegender Gang wirkte schon fast streitlustig.

Auch er hatte Zach inspiziert. »Waren Sie wandern?«

»M-hm.« Zach sah an dem Mann vorbei auf das Fenster, durch das er gespäht hatte. »Was haben Sie da gemacht?«

Der Officer überbrückte die letzten Meter und streckte die rechte Hand vor. »Deputy Sheriff Dave Morris.«

Zach schüttelte seine Hand.

Der Deputy grinste. »Ich weiß natürlich, wer Sie sind.«

Zach nahm das mit einem knappen Nicken zur Kenntnis.

»Sie wohnen inzwischen schon eine ganze Weile hier.«

»Seit drei Jahren.«

»Merkwürdig, dass sich unsere Wege nie gekreuzt haben.«

»Eigentlich nicht«, sagte Zach. »Ich bin nicht oft unten im Ort.«

»Ja, aber ich bleibe nicht unten im Ort. Ich bin viel unterwegs, in der ganzen Gegend hier.« Er schwenkte den Arm. »Aber ich habe gehört, Sie bleiben lieber für sich. Mögen keine Gesellschaft.«

»Von wem haben Sie das gehört?«

Sein Gegenüber antwortete nicht. Stattdessen schaute er nach Westen, wo die Sonne gerade hinter der Bergkuppe jenseits des Flusses untergegangen war und Zachs Grundstück jetzt mit Schatten belegte.

Schließlich wandte Morris sich ihm wieder zu und zog seinen Gürtel hoch, an dem das Arsenal eines gesamten Police Departments zu hängen schien. Mit dieser Geste wollte er mutmaßlich anzeigen, dass er gleich zum Anlass seines Besuchs kommen würde.

»Mr. Bridger, die Leute an der Ostflanke des Bergs …«

»Es gibt niemanden mehr an der Ostflanke. GreenRidge Incorporated hat sie alle vertrieben.«

»Ich meinte die Leute von GreenRidge Incorporated.«

Das hatte Zach natürlich gewusst, aber er sagte: »Ach, Verzeihung.«

»Also, es gab auf deren Grundstück einige Fälle von, ähm, Vandalismus.«

»Vandalismus.«

»Bis jetzt noch nichts Ernstes, aber durchaus lästig und

insgesamt auch teuer, die entstandenen Schäden zu reparieren, zu ersetzen und zu beseitigen.«

»Welche Schäden?«

»Es wurden Schilder entfernt oder beschmiert. Fenster von Gebäuden im Rohbau eingeworfen. Gestern Abend wurden einige ziemlich unflätige Nachrichten auf einen Bagger gesprüht.«

Zach sah ihn nur stumm an.

»Also hat man mich gebeten, hier vorbeizuschauen und zu fragen, ob Sie was Ähnliches bemerkt haben, ob vielleicht auch auf Ihr Grundstück jemand eingedrungen ist.«

»Erst vor fünf Minuten.«

Morris ließ die leutselige Maske fallen. »Ich bin kein Eindringling.«

»Dann ein Fenstergucker.«

»Ich repräsentiere das Sheriff's Office.«

»Sie sind in offiziellem Auftrag hier.«

»Verdammt richtig.«

»Dann bringen Sie das nächste Mal einen Durchsuchungsbefehl mit, wenn Sie in mein Haus stieren wollen. Aber Sie werden bei mir keine Farbdosen finden, weil ich keine besitze. Und wenn ich ein Schild oder einen Bagger besprühen würde, dann würde ich diesen GreenRidge-Typen keine ›unflätigen‹ Nachrichten hinterlassen, sondern eindeutig obszöne.«

»Jeder weiß, dass Sie ein sturer Bock sind.«

Zack legte die Hand auf sein Herz. »Das trifft mich jetzt wirklich.« Er ging an dem Deputy vorbei, stieg die Verandastufen hoch und griff nach dem Hut, der in seinem Schaukelstuhl lag. »Vergessen Sie den nicht.« Er ließ ihn wie eine Frisbeescheibe in Morris' Richtung segeln.

Genau in diesem Moment hielt ein vertrautes Fahrzeug hinter dem Wagen des Deputys.

Zach stöhnte leise auf. Dieser Tag würde als beschissenster aller Zeiten in die Geschichtsbücher eingehen.

Kapitel 7

Kate hatte nicht die leiseste Idee, was ein Deputy hier machte. War das ein Freundschaftsbesuch, oder war er in offizieller Missicn hier? Sie stieg aus dem Wagen und ging zwischen den Steinsäulen in den Vorgarten.

Nein, freundschaftlich war hier nichts. Absolut gar nichts. Die Spannung war deutlich zu spüren. Sie zwang sich zu einem Lächeln. »Hallo, die Herren. Sie kennen sich? Störe ich?«

Zach stand im tiefen Schatten der Veranda wie eine stumme, feindselige Gottheit. Aber der Deputy schlenderte lächelnd auf sie zu. »Hi, Kate.«

»Hallo, Dave.«

»Was bringt dich denn hierher?«

»Ich habe etwas mit Mr. Bridger zu besprechen.«

»Ach wirklich?«

»Wirklich.«

Da sie sich offenkundig nicht darüber auslassen würde, was sie zu besprechen hatten, fragte er: »Wie war die Forelle?«

»Fantastisch! Perfekt gegrillt, genau wie versprochen.«

»Freut mich zu hören.«

»Danke für die Empfehlung.«

»Jederzeit.«

Zach hatte noch keinen Ton von sich gegeben, was nervenaufreibend und provokant war, sie aber angesichts ihrer vorangegangenen Begegnungen nicht besonders überraschte. Sie lächelte weiter den Deputy an. Kurz nach ihrer Ankunft hier hatte man sie einander vorgestellt. Seither hatten sie sich öfter im Büro der Staatsanwaltschaft oder in der Nähe gesehen und duzten sich inzwischen.

»Und hast du schon die Zipline ausprobiert?«, fragte er nun.

»Mir hat bisher der Mut dazu gefehlt.«

»Da ist nichts dabei. Ich könnte mitkommen. Ich würde dich bestimmt nicht hängen lassen.«

Sie lachte höflich.

»Aber es müsste bald sein«, sagte er. »An Halloween schließen sie und machen erst um Ostern rum wieder auf. Wirf mal einen Blick in deinen Terminkalender. Und lass mich wissen, welcher Tag dir passt.«

Ihr Blick zuckte in Richtung Veranda. »Mache ich, danke.«

Er setzte den Hut auf und strich über die Krempe. »Dann bis demnächst. Und pass auf den Straßen auf. Die können gefährlich sein, wenn man sich hier nicht auskennt. Pass auf, dass du hier oben nicht in den Nebel gerätst.«

»Ich werde dran denken.«

Er schaute über die Schulter zurück. »Wir sehen uns, Bridger.«

»Na sicher.« Es klang eher wie: *Nicht wenn ich es verhindern kann.*

Kate rief zu ihm hoch. »Ich komme gleich zu Ihnen. Ich muss nur noch ein paar Papiere aus meinem Wagen holen.«

Sie und der Deputy gingen gemeinsam zu den abgestellten Autos.

»Hast du nicht schon Dienstschluss?«, wollte er von ihr wissen.

»Mein Terminkalender platzt aus allen Nähten. Ich habe unglaublich viel zu tun.«

»Und was hast du mit Bridger zu besprechen?«

Sie lächelte weiter und erwiderte fest: »Das ist vertraulich.«

Er nahm ihre Antwort gefasst auf, warnte aber: »Nimm dich vor ihm in Acht. Er ist kein angenehmer Mensch.«

»Er hat einige sehr unangenehme Erfahrungen gemacht.«

Der Deputy schniefte verächtlich. »Fällt mir schwer, Mitleid mit einem MVP im Super Bowl zu entwickeln.« Er sah sie an, als erwarte er eine Reaktion. Als keine kam, sagte er: »Also, dann viel Erfolg, Kate.«

»Bis dann.«

Er ging zu seinem Wagen, stieg ein und winkte ihr beim Anfahren kurz zu. Kate öffnete die Beifahrertür ihres Wagens, aber Papiere holte sie keine heraus.

Der Weg zur Veranda war mit flachen Steinen gepflastert. Sie setzte ihre Schritte diesmal genau darauf und schwenkte, als sie vor den Verandastufen stand, eine Weinflasche, die sie am Flaschenhals hielt. »Ich habe die hier mitgebracht.«

»Wozu?«

»Zum Trinken?«

»Haben Sie's noch nicht gehört? Ich bin ein Säufer.«

»Okay, dann trinke ich allein, und Sie stellen sich weiter bockig. So oder so müssen wir reden.«

»Wir haben genug geredet.«

»Wir haben eben erst angefangen.«

»Worum es auch geht, es kann warten, bis …«

»Nein, kann es nicht. Die Zeit läuft uns davon.«

»Wieso?«

»Bei Eban Clarke besteht Fluchtgefahr.« Was die Wahrheit war, wenn auch nicht die ganze Wahrheit.

»Er wurde entlassen. Ohne Auflage. Er kann gehen, wohin es ihm gefällt.«

»Richtig.«

»Und was …?«

»Die Sonne ist untergegangen, und es wird allmählich kühl hier draußen.« Sie hob die Flasche wieder an. »Wollen Sie mich nicht ins Haus bitten?«

Er ließ sie zehn Sekunden warten, dann murmelte er etwas, wobei sie nur das Wort ›bockig‹ heraushörte, und drehte sich zur Haustür. Er tippte einen Code in das Tastenfeld am Türstock, das Schloss klickte, und er drückte die massive Tür auf und bat sie herein.

Drinnen war es dunkel, doch dann drückte er auf einen Schalter, und in den verschiedensten Winkeln des weitläufigen Raums gingen Lichter an. »Wahnsinn!«, entfuhr es ihr. »Das ist ja unglaublich.«

»Danke.«

Sie ging ein paar Schritte, blieb dann im Raum stehen und drehte sich langsam einmal im Kreis. Die Wände bestanden aus ungehobelten halbrunden Holzstämmen, deren Zwischenräume mit cremefarbenem Mörtel verputzt waren. In die Wand rechts von ihr war ein riesiger Kamin eingelassen, an der Wand links lief eine breite, offene Treppe nach oben.

Auf den Holzdielen dazwischen lagen mehrere Teppiche

wie bunte gemusterte Inseln. Durch ein zwei Stockwerke hohes Panoramafenster konnte sie die Schlucht und den Wasserfall in seiner ganzen Pracht bestaunen. Im Obergeschoss umlief auf drei Seiten eine Galerie den Raum.

Als sie ihre Drehung vollendet hatte, sagte sie: »Ich muss gestehen, ich bin überwältigt und tief beeindruckt.«

»Was haben Sie denn erwartet?«

»Was Hübsches, aber keine Einrichtung, die in *Architektur heute* abgedruckt werden könnte. War das Ihr eigener Entwurf?«

»In den Grundzügen. Den Rest hat ein Architekt übernommen.«

»Es ist unglaublich schön ausgeführt. Und das Beste daran ist, dass es so gut zu Ihnen passt.«

Er zog die Brauen hoch. »Wieso das?«

»Na, ich meine …«

Sie meinte, dass sie sich nicht vorstellen konnte, wo ein Mann wie er besser aufgehoben wirken könnte. Seine halb langen Locken quollen unter einer offenbar heiß geliebten Baseballkappe hervor, denn sie sah aus, als hätte sie Jahrzehnte im Einsatz überlebt. Oder im Krieg. Sein T-Shirt sah genauso alt aus. Ein an den Ärmeln zusammengebundenes Flanellhemd hing an seiner Taille. Seine armeegrünen Cargo-Shorts waren nach unzähligen Waschgängen ausgeblichen. Seine Wanderschuhe hatten rote Schnürsenkel; dicke Socken ragten oben heraus. Und er roch nach Wald und Harz und frischem Schweiß.

Er wartete schweigend ab.

Sie suchte nach einer unverfänglichen Erklärung und sagte dann: »Na, ich meine die Größe und so weiter.«

»Oh.« Er nickte. »Die wenigsten Sachen sind für Männer über eins neunzig geschaffen.«

Sie lachte. »Ein Problem, das mich weniger betrifft.«

Er musterte sie. »Nein, wahrscheinlich könnten Sie sich verlaufen, wenn Sie hier drin losspazieren würden.« Er machte eine winzige Pause. »Und dann müsste ich Sie suchen gehen.«

Er sagte das ohne jedes Schmunzeln. Ohne Augenzwinkern. So ganz ohne Ironie bekam seine Aussage ein unerwartetes Gewicht. Unbeabsichtigt, zweifellos.

Beide wandten gleichzeitig den Blick ab. Kurz stand eine verlegene Stille zwischen ihnen, dann begannen sie gleichzeitig zu reden.

»Sind Sie noch …«

»Was hatten …«

Er gab ihr ein Zeichen, zuerst zu sprechen.

»Ich wollte fragen, was Deputy Morris mit Ihnen zu besprechen hatte.«

»Sie meinen *Dave*?«

Diesmal klang er bemüht ironisch, aber sie schluckte den Köder nicht. Stattdessen fragte sie, was er hatte sagen wollen.

»Ich wollte Sie fragen, ob Ihnen immer noch kalt ist. Ich könnte Feuer machen.«

Sie sah zum Kamin. »Liebend gern, wenn es nicht zu viele Umstände macht.«

»Gar keine. Es liegt schon alles bereit, muss nur noch angezündet werden. Die Bar ist da drüben. Der Korkenzieher liegt in der Schublade.«

Auf dem Weg zum Kamin setzte er seine Kappe ab, ließ

sie auf einen Beistelltisch segeln und wuschelte durch seine Haare. Außerdem löste er das Flanellhemd um seine Taille und zog es über, ohne es zuzuknöpfen. Anschließend stellte er den Kaminschirm zur Seite, ging auf die Knie und hielt ein Feuerzeug an den Zunder unter den fachmännisch aufgestapelten Scheiten.

Sie trat an die in die Wand eingelassene Bar. Sie war mit einem kleinen Kühlschrank und Eiswürfelbereiter ausgestattet. Über der Granittheke reihten sich die Gläser in dezent beleuchteten Glasregalen. Vier Whiskytumbler, vier Weingläser. In einem eigenen Fach stand eine einsame Flasche mit Bourbon, der dank der weichen Beleuchtung umso milder aussah.

Als sie hörte, dass er auf dem Weg zu ihr war, zog sie schnell die Schublade auf und holte den Korkenzieher heraus.

»Lassen Sie mich das machen«, sagte er, als er neben ihr stand.

»Ich schaffe das schon.«

»Davon bin ich überzeugt.« Er nahm ihr trotzdem Flasche – ein Pinot Noir – und Korkenzieher ab, drehte geschickt den Korkenzieher ein und zog ihn heraus. Dann nahm er ein Weinglas aus dem Regal und schenkte ihr großzügig ein. Während er ihr das Glas reichte, sagte er: »Ich hätte Sie eher als Weißweintrinkerin eingestuft.«

»Wieso?«

»Keine Ahnung. Einfach so. Vielleicht weil Sie so helles Haar haben.«

Ihre Blicke trafen sich ein, zwei Sekunden, dann sah sie auf die Flasche mit dem Bourbon. »Für einen Säufer haben Sie ausgesprochen teuren Whisky.«

Er zog einen Mundwinkel nach oben. »Ich habe zwar dem

Leben als liederlicher Säufer abgeschworen, aber nicht dem guten Whisky.« Er nahm sich ein Whiskyglas und schenkte sich zwei Fingerbreit ein. »Zu besonderen Gelegenheiten gönne ich mir sehr wohl einen Drink.«

»Und was für eine Gelegenheit wäre dies?«

»Das erste Kaminfeuer in diesem Jahr.«

»Ach so.«

Sie gingen an den Kamin. Das aufflammende Feuer warf seinen flackernden Schein in den Raum. Er deutete auffordernd auf das Sofa davor, während er sich in einen Sessel leicht schräg zum Feuer setzte – oder eher hinlümmelte.

»Ich nehme an, das ist Ihr Lieblingsplatz?«, fragte sie.

»Im Herbst und Winter.«

»Und im Frühling und Sommer?«

»Ist es der Schaukelstuhl auf der Veranda.«

»Kein Fernsehsessel?«

»Aber klar doch. Oben im Fernsehzimmer.«

Sie lächelten sich zu und tranken. »Sie haben meine Frage nach Deputy Morris nicht beantwortet. Kennen Sie sich schon länger?«

»Nein. Das war unsere erste Begegnung. Und sie war nicht gerade prickelnd.«

»Den Eindruck hatte ich auch. Was war los?«

Statt ihr zu antworten, stellte er eine Gegenfrage: »Er hat Ihnen die Forelle empfohlen? Warum überrascht mich das nicht?«

»Was haben Sie gegen Forellen?«

»Sie sind glitschig.«

Sie lachte. »Wir sind uns in einem Restaurant im Ort begegnet. Er kam gerade aus der Tür, als ich hineinwollte.«

»Sie sind gut befreundet?«

»So würde ich es nicht sagen.«

»Mehr als gut befreundet? Sie haben was am Laufen?«

Sie prustete in ihren Wein. »Guter Gott, nein!«

»Nicht weil er es nicht versucht hätte, würde ich tippen.«

Tatsächlich hatte Dave Morris mehr Interesse an ihr gezeigt, als angemessen und angenehm war. Seine Flirtversuche hatten sie nicht betört, sondern abgestoßen. Aber das würde sie nicht mit einem Mann besprechen, der sie noch nicht ein einziges Mal mit ihrem Vornamen angesprochen hatte.

»Morris hat das Gleiche gemacht wie Sie gestern«, sagte er in ihre Gedanken hinein.

»Was habe ich gestern denn gemacht?«

»Als Sie hier ankamen, sagten sie: ›Mr. Bridger? Zachary Bridger?‹ Als wüssten Sie nicht, wer ich bin. Was täten Sie vor meinem Haus, wenn Sie nicht wüssten, wer ich bin?«

»Sie haben recht. Ich möchte mich entschuldigen. Ehrlich. Natürlich habe ich Sie erkannt.«

»Warum haben Sie dann so getan, als würden Sie mich nicht erkennen?«

»Ich war nervös.«

»Nervös? Sie?« Er schnaubte lachend. »Darauf wäre ich im Leben nicht gekommen.«

»Sehr gut. Ich wollte selbstbewusst erscheinen.«

»Und wieso waren Sie nervös?«

»Warum wohl? Sie sind Zach Bridger.«

»Nein.« Mit reuevoller Miene erklärte er: »Der war ich mal.«

»Sie sind immer noch ein Star.«

Er zog nachlässig eine Schulter hoch. »Für manche.«

Sie trank einen Schluck Wein und sah ihn über den Glasrand hinweg an. »Meine Mitbewohnerin im College hatte ein Poster von Ihnen über dem Bett hängen.«

Er stöhnte. »Dieses Ding. Das war für eine Spendenaktion. Die Liga verkaufte das Poster, um Geld für die Krebsforschung zu sammeln und um Aufmerksamkeit zu erregen.«

»Aufmerksamkeit erregte es allerdings.« Sie lachte. Das Foto hatte ihn mit tief sitzenden Jeans und einem Komm-doch-näher-wenn-du-dich-traust-Lächeln gezeigt, das jede Frau automatisch auf sich bezog. »Es war der Killer.«

Er verzog das Gesicht. »Können wir bitte das Thema wechseln? Ich kann nicht glauben, dass ich das sage, aber ich würde noch lieber über Morris sprechen, unseren vertrauenswürdigen Deputy.«

»Als ich hier vorfuhr, sah es so aus, als wollten Sie beide gerade in den Ring steigen.«

»Als ich von meiner Wanderung zurückkam, stand er auf meiner Veranda, hatte die Augen mit den Händen abgeschirmt und linste durch das Fenster da drüben.« Er deutete mit dem Glas in die Richtung.

»Wieso?«

»Genau das wollte ich auch von ihm wissen.« Er erläuterte ihr den Grund für den Besuch des Deputys.

»Ich nehme doch an, Sie haben nicht …«

Er sah sie strafend an. »Einen Bagger mit beleidigenden Graffiti beschmiert? Nein, das war ich nicht. Nicht nur ich bin sauer auf diese Truppe, die einen Golfplatz mitten in den Wald schlagen und den Berg mit Siedlungen vollpflastern will.«

»Das soll auch auf Ihrer Seite des Berges passieren?«

»Eher friert die Hölle zu.«

Er stellte sein Glas auf dem Couchtisch ab und stand auf, um nach dem Feuer zu schauen, das inzwischen angenehm knisterte. Mit einem Schürhaken schob er die Scheite zurecht. Funken schossen in den Kamin. In den frischen Flammen leuchteten die kupferroten und goldenen Strähnen in seinen braunen Haaren auf, und Kate musste unwillkürlich an die vielversprechende Haarspur auf dem Poster denken, die unter dem Nabel abwärts verlaufen war.

Sie nahm wieder einen Schluck Wein, dann noch einen und räusperte sich schließlich. »Wie lief's heute an der Börse?«

»Mal aufwärts, mal abwärts, zum Schluss ganz okay.« Er kehrte zu seinem Sessel zurück, ließ sich wieder in die üppigen Polster fallen und sah sie mit leiser Ironie an. »Sind Sie extra nach Feierabend hier hochgefahren, um mich das zu fragen? Sie können auf dem Handy nachschauen, wie es heute an der Börse gelaufen ist.«

»Erwischt.« Sie beugte sich vor und stellte ihren Wein neben sein Glas auf den Couchtisch. Sie hätte nicht auf leeren Magen trinken sollen, jetzt spürte sie ein leichtes Sodbrennen. Aber der Wein war nicht allein dafür verantwortlich, dass sie so nervös war.

Sie fürchtete sich vor den nächsten Minuten. Sie hatte lange überlegt, wie sie das Thema am besten ansprechen sollte, und war zu dem Schluss gekommen, dass es keinen einfachen Weg gab. Trotzdem würde sie sich lieber vorsichtig vortasten, als sich kopfüber ins kalte Wasser zu stürzen.

»Haben Sie je den Ausdruck ›ein Jahr und einen Tag‹ gehört?«, fragte sie ihn.

»Nein.«

»Also, es gab früher ein weitverbreitetes Gesetz, einen rechtlichen Brauch, der im Lauf der Zeit an Bedeutung verlor, aber immer noch in gewissen Bereichen Gültigkeit hat, je nachdem …«

»Kommen Sie zum Punkt.«

»Also gut.« Sie hatte sich ein Beispiel zurechtgelegt. »Sagen wir, es hätte um 1880 einen Banküberfall gegeben. Der Bankräuber hätte mehrmals aufs Geratewohl seine Pistole abgefeuert, um die Bankangestellten einzuschüchtern, und dabei den Angestellten am Schalter getroffen. Der wurde dadurch schwer verletzt, überlebte aber.«

»Ich glaube, den Film habe ich gesehen.«

Sie ließ sich nicht beirren. »Der Bankräuber wurde wegen des Banküberfalls und schwerer Körperverletzung angeklagt und zu fünf Jahren verurteilt.«

»So weit kann ich folgen.«

»Der Bankangestellte erholte sich nicht von seiner Schussverletzung. Immer wieder kam es zu Infektionen und Komplikationen, und die Beeinträchtigungen wurden immer schwerwiegender.«

Zach setzte sich betont langsam auf und beugte sich vor. »Worauf wollen Sie hinaus? Mir gefällt das nicht.«

»Bitte haben Sie Geduld. Ich lege gerade das Fundament. Ähnlich wie Sie heute Morgen, als Sie Ihre Ehe mit Rebecca beschrieben haben. Um den nötigen Kontext zu geben, sagten Sie.«

Er runzelte die Stirn. »Das ist nur fair. Erzählen Sie weiter.«

»Falls sich der Zustand des Bankangestellten weiter verschlechterte und er innerhalb eines Jahres starb, konnte der

Bankräuber noch einmal wegen Totschlags oder gar Mordes vor Gericht gestellt werden. Aber falls der Bankangestellte *ein Jahr und einen Tag* nach dem Überfall noch am Leben war, konnte der Räuber nicht mehr für seinen Tod verantwortlich gemacht und nicht noch einmal angeklagt werden.«

»Dieser eine Tag macht so einen Riesenunterschied? Das ist doch Justiz-Bullshit.«

»Darum wird dieses Gesetz auch kaum noch in dieser Form angewandt. Dank des medizinischen Fortschritts überleben die Menschen heute viele Verletzungen, die früher tödlich gewesen wären. Es gibt Fälle, bei denen die Opfer von Gewaltverbrechen jahrelang überlebten, ehe sie schließlich ihren Verletzungen erlagen. Auch wenn der Angreifer bereits wegen eines geringeren Vergehens verurteilt wurde, kann er nach dem Tod des Opfers noch einmal wegen Mordes oder Totschlags angeklagt werden, wenn sich beweisen lässt, dass die Verletzungen, die während des Verbrechens zugefügt wurden, das Opfer letztendlich getötet haben. Viele dieser Fälle landeten schließlich beim Obersten Bundesgericht. Sie wurden zu Präzedenzfällen.«

Er ließ sich das durch den Kopf gehen und fragte dann: »Und was hat das alles mit Eban Clarke zu tun?«

»Durch seine Handlungen wurde Rebeccas Leben in Gefahr gebracht. Er hat zwar nur seine Hände verwendet, aber auch Hände können Verletzungen oder den Tod herbeiführen. Darum können auch sie als Waffe gelten. Die Anklage und der Schuldspruch lauteten auf schwere Körperverletzung – ein Verbrechen. Allerdings kam der Richter, der die Haftverkürzung prüfen sollte, zu dem Schluss, dass Clarke nicht die ›Absicht‹ gehabt hätte, Rebecca zu verletzen. Deshalb hätte er nur wegen einfacher Körperverletzung verurteilt werden dürfen, was wiederum kein Verbrechen, sondern ein Vergehen ist. Vergehen werden mit Haft unter einem Jahr bestraft. Eban Clarke hat sechsundzwanzig Monate abgesessen. Und darum …« Sie zog die Schultern hoch.

»Was für ein abgefucktes Justizsystem lässt einen Typen wie ihn unbehelligt laufen?«

»Nun, es mag nicht perfekt sein«, umschrieb sie seine Bemerkung, »aber immerhin *haben* wir ein Justizsystem, und das könnten wir dazu nutzen, Eban Clarke die Strafe zukommen zu lassen, die er verdient hat. In meinen Augen wäre das lebenslänglich.«

»Das wünschte ich mir auch. Aber man darf niemanden zweimal wegen desselben Verbrechens vor Gericht stellen.«

Sie atmete tief ein und sagte dann leise: »Nicht wenn er jetzt angeklagt und wegen Mordes vor Gericht gestellt würde.«

»Er kann nicht wegen Mordes angeklagt werden, solange Rebecca noch …«

Er verstummte. Die Erkenntnis hatte ihn durchzuckt wie ein Blitzschlag.

Sie hoffte, dass er spürte, wie sehr sie in diesem Moment mit ihm fühlte, und sie hoffte, dass ihre Stimme das ausdrückte. »Eban Clarke kann seine gerechte Strafe nicht bekommen, solange Rebecca noch am Leben ist.«

Kapitel 8

Eban hatte die obligatorische Happy Hour mit seinem Vater und Onkel Sid über sich ergehen lassen, aber währenddessen heimlich die Sekunden gezählt, bis er ihnen endlich entkommen konnte.

Er hatte geschwindelt. Nicht seine Freunde hatten dieses Abendessen geplant, sondern er selbst. Und er hatte darauf bestanden, dass Cal und Theo ihm Gesellschaft leisteten. »Ich will keine Ausreden hören«, hatte er gedroht.

Zur Feier des Tages hatte er ein Restaurant ausgesucht, das früher eins ihrer Stammlokale gewesen war. Es lag im Herzen von Buckhead, war exklusiv, teuer und hip, ein Ort zum Sehen und Gesehenwerden.

Als er in seinem neuen Wagen vorfuhr, winkten ihn die Jungs vom Parkservice ehrfürchtig auf den VIP-Stellplatz direkt neben der Überdachung am Eingang. Gott, er liebte es, wenn vor ihm gekatzbuckelt wurde. Wie hatte er das vermisst! Da das angebliche »Opfer« seines »Verbrechens« die Ex-Frau von Zach Bridger gewesen war, hatten ihm die Bridger-Fans in Reidsville wenig Ehrerbietung entgegengebracht. Und dort war so ziemlich jeder ein Bridger-Fan gewesen, unter den Wachleuten wie unter den Insassen.

Aber jetzt war Eban Clarke frei und wieder unterwegs, und die ganze Welt sollte das erfahren.

Doch als er das Restaurant betrat, spürte er einen dumpfen Schlag in die Magengrube. Während seiner Abwesenheit hatte das Lokal eine Metamorphose durchgemacht. Auch wenn er nicht den Finger darauflegen konnte, warum inzwischen andere Vibes in der Luft lagen.

Nein, eigentlich konnte er das sehr wohl. Der Laden hatte überhaupt keine Vibes mehr. Er hatte kaum noch einen Puls.

Am Empfang stand eine brünette Hammerbraut in einem kurzen, eng anliegenden schwarzen Kleid, das einen tiefen Einblick gewährte. Aber ihre Augen leuchteten nicht erkennend auf, als er auf sie zugeschlendert kam. Stattdessen fragte sie nach seinem Namen und setzte ihn auf eine Liste. Eine *Liste*!

Der frühere Barkeeper, der einen perfekten Dirty Martini gemixt hatte und genauso schmutzige Witze erzählen konnte, war durch einen gesichtslosen Roboter ersetzt worden. Er hatte nichts zu erzählen, und seinem Martini fehlte der Biss.

Ebans Laune verdüsterte sich zusehends.

Dann erschienen Cal und Theo am Eingang. Das Mädchen am Empfang deutete träge zur Bar. Eban rutschte von seinem Barhocker und breitete die Arme aus. »Endlich! Wieso habt ihr so lange gebraucht?«

Er packte Theo und drückte ihn an seine Brust, klopfte ihm mehrmals auf den Rücken und hielt ihn dann auf Armeslänge vor sich hin. »Wo sind deine Haare geblieben?«

»Fick dich.«

Eban lachte und wandte sich an Cal. »Komm her, alter Wichser.« Er drückte auch Cal an sich. Als er ihn wieder freigegeben hatte, fragte er: »Sag, dass das nicht wahr ist. Du hast geheiratet? *Geheiratet?*«

»Stimmt.«

»Absichtlich oder aus Versehen?«

»Ich hatte Angst, dass sie nie Ja sagen würde.«

»Und wie ist das Eheleben so?«

»Ich bin glücklicher als je zuvor.«

Eban wandte sich an Theo und bemerkte aus dem Mundwinkel: »Was soll er sonst schon sagen?«

Theo lachte leise, und Cal lächelte, aber Ebans Bemerkung löste nicht das Pingpong von gutmütigen Frotzeleien aus, das Eban erwartet hatte.

Das Mädchen vom Empfang kam zu ihnen und sagte: »Ihr Tisch wäre jetzt bereit, Sir.«

Sir? Für wie alt hielt sie ihn?

Sie platzierte die drei in einer halbrunden Nische mit Eban in der Mitte, wo sie mit einer Runde Drinks auf seine vorzeitige Entlassung anstießen. Aber bis sie den Teller mit frischen Austern vertilgt hatten, fragte sich Eban, wohin seine Freunde verschwunden waren und wer die beiden trübseligen Gestalten waren, die sie ersetzt hatten.

Vor allem Cal hatte sich zur Spaßbremse entwickelt. Wer nach Argumenten gegen den Ehestand und die Monogamie suchte, brauchte nur den alten Cal mit dieser humorlosen und verkniffenen Gestalt zu vergleichen. Die Ehe hatte ihm jede Lebenslust und jeden Humor geraubt.

Der alte Cal Parsons war für jeden Spaß zu haben gewesen; er hatte alles und vor allem jede ausprobiert. Groß, blond und schlaksig, hatte er den Frauen nur ein laszives Lächeln schenken müssen, und schon waren sie aus dem

Höschen gehüpft. Mit seinen Erfolgen beim anderen Geschlecht hatte er in sämtlichen Verbindungen an der University of Georgia Neid erweckt.

Vor allem bei Eban Clarke.

Seine Frau, wie sie auch heißen mochte, hatte ihn ruiniert. Er war zum humorlosen Spießer mutiert.

Theo Simpson war von Natur aus zurückhaltend und fleißig. Er war nie ein Draufgänger gewesen, und nur Ebans und Cals schlechter Einfluss hatte ihn davor bewahrt, als hoffnungsloser Bücherwurm zu enden. Unter ihrer Anleitung und ihrem Antrieb hatte er seine Schüchternheit wenigstens teilweise abgelegt, aber jetzt fragte sich Eban, ob er sich womöglich in das ehemals kontaktscheue Wesen zurückverwandelt hatte.

Mit dem für ihn typischen schiefen Grinsen lauschte er aufmerksam Ebans Gangstergeschichten über seine Zeit im »Zoo« und über die »Halbmenschen«, denen er dort begegnet war.

Theo lachte zwar an den richtigen Stellen, aber unter seinem Lachen war seine irritierende angeborene Zurückhaltung zu spüren. Immer wieder sah er zu Cal hin, als suchte er dessen Zustimmung. Sein Verhalten begann, Eban zu wurmen, denn seit sie während ihrer ersten Woche an der UGA Freundschaft geschlossen hatten, war er der unangefochtene Anführer in ihrem Trio gewesen.

Natürlich hatte er auch immer sämtliche Rechnungen bezahlt, weshalb seine Anführerschaft nie infrage gestellt worden war.

Sie verspeisten ihre Surf-and-Turf-Steaks und bestellten Desserts. »Wie wär's mit einer Runde Louis XIII, um die Mousse au Chocolat runterzuspülen?«

»Für mich nicht«, sagte Cal.

»Komm schon. Der geht auf mich.«

Cal schüttelte den Kopf. »Danke, Eban, aber ich muss noch fahren.«

Eban lachte auf. »Du fährst betrunken besser als nüchtern.«

Cal lächelte angestrengt. »Ich bin aus der Übung.«

Eban verdrehte die Augen. »Jesus.« Er wandte sich an Theo. »Aber du bist doch dabei?«

»Ich setze auch aus, aber bestell dir ruhig einen.«

Nur weil er es sich leisten konnte und weil er sich gegenüber dem Roboter hinter der Bar als Mann von Welt präsentieren wollte, bestellte Eban einen Cognac für sich.

Die Kellnerin trug das Glas feierlich auf einem Silbertablett an ihren Tisch. »Für Sie, Mr. Clarke?«

»Genau. Aber nenn mich ruhig Eban.«

Lächelnd setzte sie den Cognacschwenker vor ihm ab. »Genießen Sie Ihren Cognac.«

Während sie wegging, sagte er: »Genießen würde ich es vor allem, wenn sie vor mir auf die Knie geht. Was meint ihr, Jungs? Ob sie mir für einen Hunderter einen blasen würde?«

»Psst, Eban. Bitte.«

Das kam von Theo, der sich dabei ängstlich umsah. Cal sagte nichts, sondern starrte auf die Tischdecke, auf der er mit der Fingerspitze das Webmuster nachfuhr.

Eban drückte sich in die Polster. »Was ist eigentlich los mit euch?« Er sah zuerst Theo an, dessen Knie unter dem Tisch hektisch auf und ab wippte. »Also?«

»Nach allem, was passiert ist, würde es nicht gut aussehen und sich erst recht nicht gut anhören, wenn jemand dich so reden hört«, erklärte Theo.

»Ach, fick dich.«

Cal hob den Blick von der Tischdecke, die er so ausgiebig studiert hatte, und sah ihn finster an. »Nein, Eban, fick *dich*. Du bist ein freier Mann. Aber Theo und ich sind noch ein weiteres Jahr auf Bewährung.«

Eban sah sie nacheinander an. »Ach, schon kapiert. Ihr seid neidisch, weil ich das System ausgetrickst habe.«

Cal blieb mehrere Sekunden reglos sitzen, dann nahm er bedächtig die Serviette von seinem Schoß und legte sie auf den Tisch. »Du hast das System nicht ausgetrickst, Eban. Du hast es *gekauft*.« Er schob seinen Stuhl zurück und stand auf. »Danke für das Essen.«

Und damit ließ er sie sitzen.

Eban merkte, wie ihm das Blut in den Kopf schoss, aber nicht, weil es ihm peinlich war, so sitzen gelassen zu werden, sondern vor Zorn. Er kippte den Cognac hinunter, als wäre er der letzte Fusel.

Dann knallte er den Schwenker auf den Tisch und tobte: »Ich kann mich nicht erinnern, dass er sich beschwert hätte, als ich unsere wochenlangen Partys in Cancún gesponsert habe. Da habe *ich* das Dope gekauft, das er geraucht hat, den Alk, den er gesoffen hat, und die Mädchen, die er gefickt hat.«

»Er meint das nicht ...«

»Und ob. Und hör endlich mit dem verfluchten Gezappel auf. Das macht mich wahnsinnig.«

Theos Bein kam unter dem Tisch zur Ruhe. Er nagte an seiner Unterlippe, zwirbelte den Stängel der Erdbeere, die seine Mousse au Chocolat verziert hatte, und sammelte mühsam Mut, so wie immer, bevor er auch nur den leisesten

Widerspruch äußerte, etwa dass Hotdogs mit Chili besser seien als mit Krautsalat.

»Die Sache ist die, Eban …«

Eban hob die Hände und richtete sie flehend zur Decke. »Halleluja! Dann lass mal hören, was *die Sache* ist.«

Theo wägte seine Worte so lange ab, dass Eban ihn am liebsten geohrfeigt hätte, nur um festzustellen, ob er überhaupt noch bei Bewusstsein war. Nach einer Ewigkeit meinte er: »Die Sache ist die, wir können nicht so weitermachen, als wäre nie was passiert. Wir haben es wirklich wild getrieben, aber irgendwann ist die Sache aus dem Ruder gelaufen, und dann … dann hat es uns erwischt. Und zwar heftig. Diese Sache damals war ein Weckruf.«

»Es ist lange her. Wir hatten eine Auszeit.«

Theo schüttelte den Kopf. »Es hat alles verändert.«

»Mich nicht.«

»Aber Cal und mich. Vor allem ihn, denn ich war nie so feierwütig wie ihr beide. Er hat wesentlich mehr aufzuarbeiten.« Er sah zu der Kellnerin hin, die wieder auf ihren Posten am Empfang zurückgekehrt war. »Er ist nicht mehr auf der Suche nach einem schnellen Fick.«

Eban bildete mit beiden Händen ein Herz. »Weil er jetzt ein verheirateter Mann ist.«

»Ja, das ist er, und zwar mit Herz und Seele. Er liebt Melinda, und sie betet ihn an.«

»Kannst du mir eine Frau nennen, die das nicht getan hat?«

»Nein«, bestätigte Theo mit einem spröden Lächeln. »Aber als er Melinda kennenlernte und es ernst wurde, breitete er seine ganze Vergangenheit vor ihr aus. Er hat ihr alles erzählt, was wir damals angestellt haben, und sie liebt ihn trotzdem.« Leise ergänzte er: »Sie liebt ihn sogar trotz der Sache mit Rebecca Pratt. Und so was muss für eine Frau verflucht schwer zu akzeptieren und noch schwerer zu verzeihen sein.«

Theo nahm wieder den Erdbeerstängel, sah ihn an, als wüsste er nicht, wie er in seine Hand gelangt war, und legte ihn auf den Teller zurück. »Selbst wenn Cal seine Frau nicht über alles lieben würde, darf er sich noch ein Jahr lang absolut nichts zuschulden kommen lassen, Eban, sonst landet er im Knast. Und das Gleiche gilt für mich.«

Eban pochte mit dem Zeigefinger auf die Tischplatte, als wollte er einen Nagel ins Holz rammen. »Vergiss nicht, dass ich als Einziger wirklich in den Knast musste.«

Mit untypischer Offenheit erklärte Theo: »Was nur fair war. Denn immerhin hast du die Tat begangen.«

Kapitel 9

Eban Clarke kann seine gerechte Strafe nicht bekommen, solange Rebecca noch am Leben ist.

Es war, als würde er die Luftschwingungen nach Kates Worten spüren. So leise sie auch vorgebracht worden waren, sie schlugen mit Wucht ein, und Zach hatte die widerwärtige Schlussfolgerung daraus sofort gezogen.

Seine Weigerung war genauso unerbittlich. »Das werde ich auf keinen Fall tun.« Er stand auf, ging zur Haustür und zog sie auf.

»Zach ...«

»Sie hätten sich die Fahrt hierher sparen können.«

»Bitte hören Sie ...«

»Und nehmen Sie Ihren Wein mit.«

Er ließ die Tür offen und ging weiter zur Treppe. Ohne sich umzudrehen, stieg er ins Obergeschoss hinauf und marschierte über die Galerie zu seinem Schlafzimmer. Er trat ein und schloss die Tür hinter sich.

Dann blieb er mit dem Rücken dazu stehen, schlug rhythmisch mit dem Hinterkopf gegen das Holz und presste die Handballen in seine Augenhöhlen. »Jesus Christus.«

Und die ganze Zeit lief ein endloser Gesang durch seinen

Kopf: »Solange Rebecca noch am Leben ist.« Kate Lennon hatte das nicht gesagt, um ihn zu foltern, aber die Quälgeister in seinem Kopf taten das sehr wohl. Sie wiederholten den Satz in einem diabolischen Singsang.

Nach ein paar Minuten stieß er sich von der Tür ab und ging weiter ins Bad, wo er seine verschwitzten Sachen auszog und unter die Dusche stieg. Er drehte das Wasser bis zum Anschlag auf, stellte sich direkt unter die Regendusche und legte den Kopf in den Nacken.

Er hatte vier Jahre gebraucht, um an einen Punkt zu gelangen, an dem er sein Leben wieder halbwegs erträglich fand. Er hatte ein Zuhause, er war finanziell abgesichert, er war fit wie noch nie. Er konnte ins Café gehen, ohne von Fans oder Kritikern bedrängt zu werden. Er würde nie ein anonymes Gesicht in der Masse werden, aber er war nicht mehr weit davon entfernt.

Und vor allem hatte er das, was er mehr als alles andere gesucht hatte: Distanz zu Rebeccas tragischem Schicksal.

Und jetzt das.

Plötzlich kam ihm der Gedanke, dass sich trotz dieser unerwarteten Wendung der Ereignisse gar nichts ändern musste. Er konnte alles genauso lassen, wie es war, und die Zukunft voranschreiten lassen, wie sie es ohne sein Eingreifen tun würde. Er musste rein gar nichts unternehmen. Er würde rein gar nichts unternehmen. *Das werde ich auf keinen Fall tun*, hatte er Kate Lennon erklärt, und genauso hatte er es auch gemeint.

Er würde sich einfach aus allem heraushalten.

Nachdem er das geklärt hatte und sich ein klein bisschen besser fühlte, schrubbte er sich von Kopf bis Fuß ab. Er zog eine Jogginghose und ein T-Shirt an und trat aus dem Schlafzimmer. Von seinem Beobachtungsposten oben auf der Galerie sah er die Silberkrone von Kates Kopf strahlen wie ein Leuchtfeuer. Sie saß immer noch auf dem Sofa und schaute in die Flammen, allerdings war die Haustür inzwischen zu, folglich war sie zwischendurch aufgestanden und hatte sie geschlossen.

Obwohl er barfuß war, hörte sie ihn die Treppe herunterkommen und drehte ihm den Kopf zu.

»Das wird nichts ändern.«

»Was?«, fragte sie.

»Was Sie auch sagen wollen. Ich möchte, dass Sie jetzt gehen.«

»Ich weiß, wie schwierig das für Sie sein muss.«

Er lachte bitter. »Sie haben gar keine Vorstellung.«

»Dann erklären Sie es mir, Zach. Reden Sie mit mir.«

»Ich habe genug geredet. Bye.« Er deutete zur Haustür und verschwand dann in der Küche.

Dort schaltete er das Licht ein und ging weiter in die Speisekammer, wo er einen Karton mit Energieriegeln aufriss und zwei herausholte. Als er aus der Speisekammer trat, stand sie in der Küchentür, was ihn nicht überraschte, nachdem ihre Absätze auf dem Holzboden geklackert hatten.

Aber ihm fiel auf, dass sie die High Heels vom Morgen gegen ein Paar flachere Schuhe getauscht hatte. Kein Wunder, dass sie so winzig gewirkt hatte, als sie sein Haus bewundert, auf seinem Sofa gesessen und neben ihm gestanden hatte, während er ihr Wein einschenkte. Er wünschte, ihm wäre das nicht aufgefallen.

Er hielt einen Riegel in die Höhe. »Auch einen?«

»Nein danke.«

Er warf den Riegel auf die Kücheninsel, schälte den zweiten aus seiner Verpackung und klemmte ihn zwischen die Zähne, wo er ihn festhielt, während er zum Kühlschrank ging und eine Flasche Orangensaft herausholte. Er nahm ein Glas aus dem Schrank und befüllte es.

Als er sich umdrehte, saß sie auf einem der noch nie benutzten Barhocker an der Küchentheke, mit durchgestrecktem Rücken und züchtig geschlossenen Knien, obwohl sie immer noch den Hosenanzug trug, den sie am Morgen angehabt hatte.

Er setzte sich ihr gegenüber auf seinen Stammplatz und deutete auf den Energieriegel. »Falls Sie es sich anders überlegen.«

Sie ignorierte das Angebot und kam direkt zum Punkt. »Es ist die einzige Möglichkeit, Eban Clarke wieder ins Gefängnis zu bringen und ihn dortzubehalten.«

Er biss von seinem Riegel ab und kaute. »Als ich noch Profispieler war, musste ich so dicke Ordner mit Spielzügen auswendig lernen.« Er hielt seine Hände etwa fünfzehn Zentimeter auseinander. »Ich kann mir also ziemlich gut Sachen merken. Trotzdem will ich sichergehen, dass ich Sie richtig verstanden habe.« Er sah sie eindringlich an. »Damit dieser Drecksack Clarke als Mörder verurteilt werden kann, müsste ich zum Mörder an Rebecca werden?«

Sie sah ihn gequält an. »Das ist ziemlich brutal zusammengefasst.«

»Brutal ist es allerdings, da haben Sie verdammt recht.«

»Und unfair.«

»Ich bin ganz Ihrer Meinung.« Er legte die verschränkten

Arme auf der Granitplatte ab und beugte sich vor. »Und was haben Sie von alledem?«

»Haben Sie sich meine Visitenkarte auch nur angesehen? Die geprägte Vorderseite, nicht die handgeschriebene Adresse auf der Rückseite?«

»Eine Adresse in Atlanta mit Postleitzahl. Was tun Sie hier im Büro der Staatsanwaltschaft?«

»Man hat mir freundlicherweise einen Raum überlassen, in dem ich vorübergehend arbeiten kann. Ich arbeite für den Generalstaatsanwalt in Georgia. Ich bin leitende Staatsanwältin.«

»Wir sind hier aber nicht in Georgia. Was tun Sie hier oben?«

Sie sah ihn vielsagend an.

Er lachte leise. »Also, Sie haben sich Ihren Job wirklich schön zurechtgeschnitzt. Nein, eigentlich ist Ihr Job hiermit erledigt. Sie können zusammenpacken und heimfahren.«

»Es passt Ihnen überhaupt nicht, dass Clarke draußen ist, das weiß ich genau.«

»Natürlich passt mir das überhaupt nicht. Dass ich mir gewünscht hätte, die hätten ihn eingelocht und den Schlüssel weggeschmissen, war mein voller Ernst.«

»Warum waren Sie dann nicht bei der Anhörung zu seiner vorzeitigen Entlassung und haben alles in Ihrer Macht Stehende versucht, um sie zu verhindern?«

»Sie wollen wissen, warum ich dort nicht aufgetaucht bin? Das sage ich Ihnen gern. Weil sich diese Anhörung in eine Zirkusveranstaltung verwandelt hätte, wenn ich dort aufmarschiert wäre. Geben Sie's zu, Ms. Lennon: Die Anhörung wurde klammheimlich angesetzt und durchgeführt. Unter dem Radar. Niemand hat irgendwas mitbekommen.«

»Die Presse war da.«

»Ach ja? Ich habe nichts davon im Fernsehen gesehen. Jedenfalls ist nichts davon bis in die Boulevardmagazine vorgedrungen, die von solchen Skandalen und Tragödien leben. Es stand nicht auf der Titelseite des *National Enquirer*.«

Sie zupfte an einer Haarsträhne, die über ihre Wange strich. »Na schön. Es gab vereinzelte Berichte in den lokalen Medien, weil die Clarkes in Atlanta so bekannt sind. Aber Sie haben Ihren Punkt deutlich gemacht.«

»Danke.« Er lehnte sich zurück und kaute seinen Energieriegel, damit sich die dicke Luft halbwegs verziehen konnte, bevor er weitersprach: »Es war besser für Doug, besser für alle, wenn ich nicht auftauchte, sondern nur in einem Schreiben darlegte, was ich von Clarkes vorzeitiger Entlassung hielt. So oder so hat nichts von dem, was ich geschrieben habe oder Doug gesagt hat, etwas bewirkt, oder? Clarke kam trotzdem frei.«

Sie seufzte. »Ich glaube, der Ausgang der Anhörung stand von Anfang an fest. Auch wenn es sich kaum beweisen lässt, würde ich vermuten, dass Sid Clarke den Richter entweder bestochen oder erpresst hat, wahrscheinlich sogar beides.«

Zach leerte sein Saftglas und trug es zur Spüle. »Die Sache stinkt zum Himmel«, sagte er und spülte das Glas mit dem Rücken zu ihr aus. »Erbärmlich. Trotzdem werde ich es nicht tun.« Er trocknete seine Hände ab und drehte sich wieder um. »Wissen Sie, Rebecca verließ damals nie das Haus, ohne sich wie ein Fotomodel aufzustylen, nicht mal, wenn sie nur zum Spinning wollte. Haare, Make-up, Schmuck, das ganze Drum und Dran. Sie hat zwar in dieser Vollmacht den ganzen ›traurigen Kram‹ durchgestrichen, doch wahrscheinlich hätte sie gesagt: ›Lieber sterbe ich‹, wenn sie geahnt hätte, wie würdelos sie dahinvegetieren muss.« Er atmete tief durch. »Aber selbst, wenn ich meine Entscheidung danach fällen würde, was ich für Rebeccas persönlichen Wunsch *halte*, müsste ich mich davor in eine weitere Schlacht mit Doug stürzen. Die will ich ihm nicht zumuten, schon gar nicht, nachdem er gerade erst Mary verloren hat. Und mir selbst will ich sie genauso wenig zumuten. Abgesehen von der qualvollen Entscheidung, tatsächlich bestimmen zu müssen, *wann* es passieren soll, möchte ich mich diesem Sturm nicht aussetzen. Nicht zum zweiten Mal.«

Er fuhr sich mit der Hand über Mund und Kinn und schaute auf den Saum seiner Jogginghose, der schlaff über seinen nackten Füßen hing. »Tut mir leid.« Er hob den Kopf und sah sie wieder an. »Ich kann Ihre Beweggründe verstehen. Es ist verständlich. Und moralisch richtig. Nichts wäre mir lieber, als diesen verwöhnten Sprössling bis ans Ende seiner Tage im Knast schmoren zu lassen. Ich hoffe wirklich, dass Sie das schaffen.«

»Vielleicht schaffe ich es tatsächlich irgendwann.«

»Falls Rebecca von selbst stirbt«, ergänzte er.

»Ja. Aber ich fürchte, dass dieses ›Irgendwann‹ zu spät kommen könnte.«

»Wieso der Zeitdruck?«

»Das Gericht hat Eban Clarke seinen Pass ausgehändigt. Falls er einen Tipp bekäme, dass ihm eine Mordanklage droht, könnte er in den Privatjet seines Vaters springen und losfliegen. Er könnte schon morgen verschwunden sein. Oder heute Abend. Oder jetzt.« Sie verstummte und bemühte sich, weniger eindringlich zu klingen. »Deshalb bin ich hergekommen: Weil ich gehofft habe, dass Sie wenigstens in Betracht ziehen würden, diese alternativen Maßnahmen zu ergreifen.«

»Tut mir leid«, sagte er wieder. »Falls Sie ihn nur festnageln können, wenn ich vorher Rebeccas Leben beende, wird das nicht passieren. Ich habe diese Hölle schon einmal durchleben müssen. Noch einmal mache ich das nicht mit.«

Den Ellbogen auf der Kücheninsel, stützte sie ihr Kinn auf die geschlossene Faust. Ihr Blick war unvoreingenommen, drängend, beschwörend. Und verflucht noch mal, er wirkte, denn er begann zu reden.

»Sie wissen ja, dass ich Doug und Mary die Entscheidungsgewalt überlassen und mich zurückgezogen habe. Ich dachte, damit wäre die Sache für mich erledigt. Weit gefehlt. Rebecca und ich, unsere stürmische Ehe und Scheidung, machten weiterhin Schlagzeilen. Natürlich blieb mir die Presse auf den Fersen, das war nicht anders zu erwarten. Aber auch die Fans setzten mir zu. Ich konnte mich nirgendwo blicken lassen, nichts unternehmen, ohne dass mir irgendwer im Genick saß. Selbst Freunde, die zu feinfühlig waren, um das Thema direkt anzusprechen, hätten nur zu gern alle intimen Details erfahren. Ich konnte ihre Neugier *spüren*.«

Kate hatte sich nicht gerührt und kein Wort gesagt, sondern ihn nur aufmerksam angesehen. »Kann es sein, dass Sie leicht paranoid waren?«, fragte sie jetzt.

»Möglicherweise. Wahrscheinlich. Aber der springende Punkt ist, dass Rebeccas Umstände letztendlich nicht nur *sie*, sondern auch *mich* definierten.«

»Das kann ich mir vorstellen. Und das tut mir leid.«

»Das hatte auch sie nicht verdient. Jedenfalls konnte ich

es damals kaum erwarten, dass das Trainingslager begann. Dadurch hatte ich wenigstens meinen Fokus zurück, endlich wieder Disziplin und feste Abläufe. Ich baute darauf, dass die bevorstehende Saison Ablenkung schaffen würde, und zwar nicht nur für mich, sondern auch für alle anderen. Aber das Geschnatter in der Umkleide begann schon am ersten Trainingstag und wurde in kürzester Zeit unerträglich. Sie wissen, wie so was läuft.«

Sie lächelte kurz. »Ehrlich gesagt nein.«

»Nichts ist dort heilig. Es fliegen Sticheleien. Beleidigungen. Anspielungen. Alles ist erlaubt. Aber ich bekam Dinge zu hören wie: ›Ich wünschte, ich dürfte bei meiner Ex den Stecker ziehen. Da würde ich keine Sekunde zögern. Oh. War nicht so gemeint.‹«

»Gott, wie grässlich.«

»Und das waren Kommentare von meinen Teamkameraden, Typen, die mich gernhatten, die nur einen Witz reißen wollten. Die Gegner waren absolut gnadenlos. Ich bekam auf dem Spielfeld die übelsten Sachen zu hören. Natürlich sagten sie das nur, um mich abzulenken, und sie hatten damit Erfolg. Es war der absolute Mindfuck. Verzeihung. Aber besser kann ich es nicht ausdrücken.«

»Kein Problem.«

»Zimperlich sind Sie nicht.«

Wieder dieses angedeutete Lächeln. »Wohl nicht.«

»Mein Spiel wurde fahriger. Einmal wurden in einem Match gleich zwei meiner Würfe abgefangen, was mir in meiner ganzen Laufbahn noch nicht passiert war. Nach dem Spiel ging ich auf die Spieler los, die den Pass hätten fangen sollen, und gab ihnen die Schuld an unserem Ballverlust.

Auch das zum ersten Mal in meiner Laufbahn, und dafür schäme ich mich noch heute. Etwa nach der Hälfte der Saison zog ich mir eine Zerrung am Rücken zu und fiel für die nächsten vier Spiele aus. In anderen Jahren hätte mich das rasend gemacht, aber diesmal sah ich die Verletzung insgeheim als willkommene Atempause. Mein Ersatzmann gab sein Bestes, aber zum ersten Mal, seit das Team mich eingekauft hatte, standen wir in der Liga auf verlorenem Posten, wir verpassten die Play-offs. Die Fans wurden sauer, die Sportreporter garstig. Aus der Vorstandsetage bekam ich zu hören, ich sollte mich vor der nächsten Saison wieder in den Griff bekommen. Aber hey, kein Druck, okay?«

Sie lachte leise. »Ich habe damit gerechnet, dass Sie das irgendwann sagen würden.«

»Jetzt brauchen Sie nicht mehr zu warten.« Er drehte den Kopf und schaute aus dem Fenster über der Spüle. »Es wird neblig.«

»Ich komme schon zurecht.«

»Deputy Dave hat Sie davor gewarnt, im Nebel zu fahren.«

»Ich werde aufpassen.«

Er drehte sich wieder um und sah sie an. »Oder Sie können heute Nacht hier pennen.«

Kapitel 10

Kate hob das Kinn und blickte konzentriert auf die Tischplatte.

»Ohne Hintergedanken«, stellte Zach klar.

Sie hielt den Kopf gesenkt und sagte nichts. Vielleicht war sie doch ein bisschen zimperlich, dachte er. Oder es gab jemanden in ihrem Leben, und er hatte sich getäuscht und sie fühlte doch nicht die gleiche Anziehungskraft wie er. So oder so hatte er den Köder ausgeworfen. Jetzt musste er abwarten, ob sie anbeißen würde.

Sie verschmähte ihn. Als sie endlich etwas sagte, kehrte sie zu ihrem ursprünglichen Thema zurück. »In der nächsten Saison waren Sie nicht mehr der erste Quarterback Ihres Teams.«

Er fragte sich, woher sie das wusste. Das musste nicht unbedingt heißen, dass sie ein Fan seines Teams gewesen war; vielleicht hatte sie vor der Fahrt von Georgia nach North Carolina nur ihre Hausaufgaben gemacht, um ihm vor Augen zu halten, dass sie die Macht und die Absicht hatte, ihn wieder in die Scheiße zu reiten.

Er kehrte zu seinem Barhocker zurück und setzte sich wieder. »Genau. Sie hatten in der Transferperiode einen Typen aus Alabama eingekauft, der Anfang vom Ende meiner Karriere. Diese Saison verbrachte ich praktisch auf der Ersatzbank. Und danach ließ man mich ziehen. Niemand sonst interessierte sich für mich. Damals war ich dreiunddreißig und hatte zwei miese Spielzeiten hintereinander abgeliefert.«

»Dafür wurden Sie von einem Fernsehsender angeworben.«

»Genau, um über ein Spiel zu reden, bei dem ich nicht länger mitspielen durfte. Es fiel mir jedes Mal schwerer, die Spiele zu kommentieren, ohne dass man mir meinen Groll anhörte.«

»Danach begann die Liederlicher-Säufer-Phase.«

»Die der Welt bei einem Spiel in der Play-off-Phase vorgeführt wurde. Zwei Spitzenmannschaften im Kampf um den Super Bowl, gigantische Einschaltquoten. Ich tauchte schon betrunken im Studio auf. Ich beleidigte die Maskenbildnerin, die nach besten Kräften die Ringe unter meinen Augen zu überschminken versuchte. Ich beschimpfte den Tontechniker, der mein Mikro so einzustellen versuchte, dass man mich nicht allzu deutlich lallen hörte. Und das alles noch vor der ersten Werbepause.« Er schnaubte reuevoll. »Nach dem zweiten Viertel wurde ich aus dem Studio befördert. Das war das Ende. Ich konnte nicht mal mehr über das Spiel reden.«

»Fehlt es Ihnen?«

Die Frage überraschte ihn. »Zu spielen, meinen Sie? Und wie. Ich habe in der Grundschule damit angefangen, ich habe also mehr Jahre in meinem Leben Football gespielt als nicht. Ja, ich vermisse das Spiel.«

»Den Ruhm?«

»Kein bisschen.«

»Ehrlich?« Sie boxte ihn gegen den Arm. »Wie schlimm kann es sein, von Tausenden verehrt und angehimmelt zu werden?«

»Natürlich hatte es auch seine guten Seiten.« Er grinste, aber nur kurz. Dann erklärte er ernst: »Ganz ehrlich, es war fantastisch. Doch irgendwann verwandelte sich die Verehrung in Verdammung. Und ich möchte beides nicht noch einmal erleben, vielen Dank.«

»Das haben Sie durchaus deutlich gemacht«, erklärte sie leise.

Ihm lag auf der Zunge, dass es ihm leidtat, wenn er mit seiner Entscheidung ihre Pläne vereitelte. Sie wollte Gerechtigkeit schaffen, und mit seiner Weigerung durchkreuzte er ihre Bemühungen. Aber eine Entschuldigung wäre unaufrichtig gewesen, und sie würde das wissen und es ihm wahrscheinlich verübeln. Stattdessen fragte er: »Und was machen Sie jetzt?«

»Ich packe meine Sachen und fahre nach Hause, genau wie Sie gesagt haben.«

»Es wird Dave ganz schön stinken, dass er Sie nicht an die Zipline gekriegt hat.«

»Ich würde mich nie im Leben an so eine Seilrutsche hängen. Ich habe Höhenangst.«

»Und doch sind Sie den Berg hochgefahren, um mit mir zu sprechen. Zwei Mal.«

»Das war das Risiko wert.«

»Trotzdem hat es sich nicht ausgezahlt.«

»Nein. Ich muss mich wohl damit abfinden, dass Sie Ihre Meinung nicht ändern werden, und mehr Argumente habe ich nicht.« Dann änderte sich ihre Miene, als wäre ihr gerade ein entscheidender Gedanke gekommen. »Vielleicht aber doch. Geben Sie mir Ihre E-Mail-Adresse?«

»Warum?«

»Warum will irgendwer eine E-Mail-Adresse haben? Weil ich Ihnen was schicken will. Ich schwöre hoch und heilig, dass ich die Adresse nicht weitergeben oder veröffentlichen werde. Okay? Sie können sie in mein Handy eingeben. Es liegt in der Tasche auf dem Sofa.« Sie rutschte von ihrem Hocker. »Ich muss sowieso los.«

»Ehe es noch nebliger wird.«

»Der Nebel macht mir keine Angst.«

Sie gingen wieder in den Wohnbereich, wo das Feuer bis auf die Glut niedergebrannt war. Sie holte ihr Handy aus der Tasche und reichte es ihm. Er tippte seine Mailadresse ein und gab es zurück.

»Und wann kann ich mit dieser Mail rechnen?«

»Bald.«

»Geben Sie mir einen Tipp?«

»Noch heute Abend.«

»Nein, ich meinte einen Tipp, worum es in der Mail geht.«

»Der Inhalt erklärt sich von selbst. Rufen Sie mich an, wenn Sie sie gelesen haben. Die Handynummer steht auf meiner Visitenkarte.«

»Machen Sie sich keine Hoffnungen, dass ich meine Meinung ändere. Das werde ich nicht.«

»Ich respektiere Ihren moralischen Konflikt, Zach. Wirklich. Das müssen Sie mir glauben.« Sie streckte die Hand aus.

»Ich glaube Ihnen.« Er schüttelte ihre Hand. »Kate.«

Sie schenkte ihm ein knappes Lächeln, das er erwiderte, und zog dann ihre Hand zurück. Er begleitete sie zur Tür.

öffnete sie und trat auf die Veranda, um nach dem Wetter zu sehen.

»Es ist noch nicht allzu neblig. Wenn Sie in den Kurven aufpassen, sollte es keine Probleme geben.«

Sie ging die Stufen hinunter. Unten blieb sie stehen und sah über die Schulter zu ihm zurück. »Ich habe vorhin gelogen.«

»Sie haben doch Angst vor dem Nebel?«

»Das Poster an der Wand gehörte nicht meiner Mitbewohnerin.«

Kathryn Lennon war mit allen Wassern gewaschen. Mit diesem Abschiedssatz hatte sie seine Fantasie anspornen wollen. Aber wenn sie glaubte, er würde sich davon beeinflussen lassen, hatte sie sich getäuscht.

Glaubte sie wirklich, ihn mit einem Flirt umstimmen zu können? Dazu brauchte es deutlich mehr. Früher hatten ihm die Groupies ihre Stringtangas zugeworfen. Sie hatten seinen Namen rund um ihre Nippel tätowieren lassen. Sie hatten ihm gesextet, bevor das Wort auch nur erfunden war.

Und ihn mürbemachen zu wollen, indem sie an sein Ego appellierte, würde genauso wenig funktionieren. Sein Ego war schon seit Jahren zu Staub zerfallen.

Außerdem las er wahrscheinlich zu viel in ihre Teenie-Schwärmerei mit dem Poster hinein. Für so etwas waren sie beide entschieden zu alt.

Er suchte im Kühlschrank nach etwas zum Abendessen und fand eine Packung aufgeschnittenes Roastbeef, womit er sich ein fettes Sandwich mit reichlich Meerrettich machte, bevor er damit und mit seinem Laptop zu seinem Lieblingssessel vor dem Kamin ging. Er legte noch ein paar Scheite nach und schürte die Glut an, dann setzte er sich in den Sessel und nahm einen Bissen.

Er startete den Laptop und loggte sich in seinen Account ein. Ihre E-Mail war schon eingetroffen. Sie hatte »bald« gesagt, aber sie hatte sich nicht mal die Zeit genommen, erst in die Stadt zu fahren. Sie musste unterwegs am Straßenrand angehalten und sie verschickt haben. Was konnte so verflucht wichtig sein?

Dann las er die Betreffzeile. Fluchend klappte er den Laptop zu.

Ihr halb leeres Weinglas stand immer noch auf dem Couchtisch, am Rand den Lipglossabdruck ihrer Unterlippe. Allein dieser Blick befeuerte seine Fantasie und ließ seinen Schwanz Hoffnung schöpfen. Vergebliche Hoffnung. Er verschlang sein Roastbeef mit der Tischkultur eines Höhlenmenschen.

Nachdem er das Sandwich vernichtet und die Brotkrumen von seinen Händen gefegt hatte, klappte er den Laptop wieder auf. Der Haupttext ihrer Mail beschränkte sich auf eine Zeile mit der knappen Erklärung, dass er nur die hervorgehobenen Abschnitte des angehängten Dokuments zu lesen brauchte.

Mit einer düsteren Vorahnung öffnete er den Anhang.

Bis er alle genannten Abschnitte gelesen hatte, war das Feuer wieder niedergebrannt. Zweimal. Er schickte keine Antwort, sondern starrte auf den Bildschirm, bis er dunkel wurde.

Verflucht.

Er nahm den Laptop mit, schaltete das Licht im Erdgeschoss aus und die Alarmanlage ein und ging nach oben. Erst wühlte er im Bad in dem Haufen schmutziger Sachen, die er vor dem Duschen auf dem Boden hatte liegen lassen, bis er das Handy aus der Tasche seiner Cargo-Shorts gefischt hatte. Früher hatte er sein Handy ständig dabeigehabt. Er hatte es unter die Dusche, in den Whirlpool, ins Bett, überallhin mitgenommen. Das war vor dem Anruf auf den Cayman Islands gewesen. Jetzt hatte er es nur noch dabei, wenn er es für unabdingbar hielt.

Er wog es nachdenklich in der Hand, dann schaltete er es an, rief seine Kontakte auf und machte einen Anruf. Er musste ein ermüdendes Menü von Optionen durchlaufen, die er allesamt verneinte, bis er schließlich mit einem menschlichen männlichen Wesen verbunden wurde, das ihn fragte: »Wie kann ich Ihnen helfen?«

»Ich möchte einen Flug buchen.«

»Das können Sie auch online, Sir.«

»Das ist mir klar, aber ich möchte nicht online buchen. Ich möchte, dass Sie den Flug für mich buchen. Bitte.«

»Ihr Name?«, kam es widerwillig.

»Zach Bridger.«

Es folgte ein tiefes Schweigen, dann ein kehliges Lachen. »Wollen Sie mich veräppeln?«

»Nein.«

»*Der* Zach Bridger?«

»Ich habe einen VIP-Code.« Zach ratterte ihn herunter. »Ich weiß nicht, ob er noch gilt.« Wunder über Wunder, er galt noch.

Der Callcentermitarbeiter sagte: »Mit oder ohne VIP-Status ist es mir ein Vergnügen, Ihnen zu helfen, Mr. Bridger. Ihr Reiseziel?«

Er schluckte, fluchte und schickte ein Stoßgebet zum Himmel, alles in einem Atemzug. »New Orleans.«

Kapitel 11

Ein hartnäckiges Klopfen an der Zimmertür riss Eban aus dem Schlaf. »Jesus!« Er wälzte sich auf die Seite und öffnete müde ein Auge. »Später, Frida. Ich will nichts.«

Sein Vater drückte die Tür auf und streckte den Kopf ins Zimmer. »Keine Frida.« Unaufgefordert trat er in Ebans geräumige Suite. »Sie hat mir erzählt, sie hätte dich heute früh an der Haustür getroffen. Sie auf dem Weg zur Arbeit. Du auf dem Heimweg. Sie hat dich nach oben und ins Bett verfrachtet, habe ich gehört. Offenbar haben Cal und Theo dir eine ziemlich ausschweifende Willkommensfeier geschmissen.«

Eban wälzte sich auf den Rücken, rekelte sich und knautschte das Kissen unter seinem Kopf zusammen. Laut der Nachttischuhr war es 12:04 Uhr. Sein Mund war so ausgetrocknet, dass ihm die Zunge am Gaumen klebte. Als hätte Sid seine Gedanken gelesen, schenkte er aus einer Karaffe ein Glas Wasser voll und reichte es Eban. Er leerte es in Riesenschlucken. »Danke, Dad. Frida ist ein Segen Gottes.«

Dass sie ihn ausgezogen hatte, bevor sie ihn ins Bett gesteckt hatte, überraschte ihn nicht. Schon bevor er geboren wurde, hatte sie als Haushälterin für seine Eltern gearbeitet. Gott allein wusste, wie alt sie inzwischen war, aber sie schnaufte immer noch durchs Haus wie eine emsige kleine Lokomotive. Und sie vergötterte ihn. Sie nannte ihn immer noch »mein Baby«.

Sid setzte sich ans Fußende des Bettes und schlug die langen Beine übereinander, bevor er einen nicht existenten Fussel von seinem Hosenbein zupfte. Eban kannte die Geste, es war die beliebteste Verzögerungstaktik seines Vaters. »Und wie läuft's bei den beiden?«

Bei wem?, dachte Eban. Ach ja, Cal und Theo. Eban hatte das Treffen mit ihnen aus dem Gedächtnis zu streichen versucht. Es hatte schon holprig angefangen und war durch Theos Bemerkung, dass Ebans Verurteilung nur fair gewesen sei, da schließlich er die Tat begangen hatte, abrupt beendet worden. Sie hatten sich mit Handschlag verabschiedet, aber ihr Abschied hatte nichts Kameradschaftliches gehabt.

Vom Restaurant aus war Eban direkt zu seinem Lieblingsdealer gefahren. Einem Mann ohne Nachnamen. »Simply Simon«, so war er Eban vorgestellt worden, bevor Eban auch nur alt genug gewesen war, um sich zu rasieren. Seither war Eban Simply Simons Stammkunde.

Abgesehen von seinem Vater schien Simply Simon der einzige Mensch in Atlanta zu sein, der sich aufrichtig freute, ihn wiederzusehen. Er hatte Eban salbungsvoll in seinen Wohnpalast gebeten, in dem praktisch jede Oberfläche mit Blattgold überzogen war. Überall im Haus lagerten mehr oder weniger weggetretene Dopeheads unterschiedlichster Herkunft, von hoch bezahlten CEOs bis hin zu einfachen Gangmitgliedern. Die einzige Verbindung unter den Anwesenden war, dass alle illegale Substanzen konsumierten.

Eban tat sich an Simons Rauschmittelbüfett gütlich, auch wenn Simon ihn ermahnte, es nicht zu übertreiben, bis er die vor seiner Haft gewohnte Drogentoleranz wiederaufgebaut hatte.

Nebenbei führte er Eban zwei Frauen zu. Eine hatte sahneweiße Haut, die andere war dunkel wie Espresso. Statt sich für eine davon zu entscheiden, hatte Eban Simon erklärt, ihm stünde der Sinn nach Café au Lait.

Die jungen Damen waren gleichermaßen schön, talentiert, hemmungslos und, wie sich herausstellte, teuer. Denn als Eban nach Hause gefahren war, war die Geldklammer geplündert, die ihm sein Vater in die Hand gedrückt hatte.

»Was machen die beiden heute?«

Eban löste sich aus der Erinnerung an den lustvollen Dreier von gestern Nacht und begriff, dass Sid sich nicht nach den beiden Mädchen erkundigte. Er war immer noch bei Cal und Theo.

Was *machten* die beiden heute? Hatte er sie gefragt? Hatten sie es ihm erzählt? Mist, er konnte sich einfach nicht erinnern. »Cal ist verheiratet«, sagte er. »Ist das zu glauben? Diesem Typen fliegen die Pussys nur so zu, und der Blödmann heiratet. Glaubst du, ich könnte Frida zu einer Bloody Mary überreden?«

»Gleich. Erst müssen wir etwas besprechen.«

Eban hatte so etwas geahnt, trotzdem winselte er: »Kann das nicht warten?«

»Nein. Es ist wichtig.«

»Na gut.« Eban schlug die Decke zurück. »Nur eine Sekunde, erst muss ich pissen.«

Er verschwand ins Bad, benutzte die Toilette, kippte schnell eine Miniatur Wodka hinunter und presste dann einen Klecks Zahnpasta auf seine Zunge.

»Schon viel besser«, sagte er, als er wieder ins Zimmer trat. Er holte eine Unterhose aus seiner Kommode und zog sie an, dann setzte er sich aufs Bett, Sid gegenüber, der inzwischen auf einem Stuhl am Fenster Platz genommen hatte.

Die Mittagssonne zwängte sich durch einen Spalt in den Jalousien, bohrte sich in Ebans Augapfel und spießte sein Hirn auf. Das Gesicht des alten Mannes war vor dem sonnigen Fenster nur als Silhouette zu erkennen, ein kalkulierter Kontrast, der Sid die Oberhand bei dieser »wichtigen« Unterhaltung gab. Auch diese Taktik war Eban vertraut.

Er lächelte. »Also, Dad? Ich bin ganz Ohr.«

»Nachdem du gestern Abend gegangen warst, hat Up etwas …«

»Was ist mit ihm?«

»Mit Up? Wie meinst du das?«

»Er ist so, ich weiß nicht. Miesepetrig. Schlecht gelaunt.« Er imitierte Uptons düstere Miene.

»Ihm geht eine Menge im Kopf herum.«

»Ihm ist immer eine Menge im Kopf herumgegangen. Er hat sich verändert.« Eban lehnte sich zurück und stützte sich auf die Ellbogen. »Weißt du, was ich glaube? Er kann mich nicht leiden.«

»Das ist doch lächerlich, Eban. Er liebt dich. Du bist sein Patensohn.«

»Ja, schon, aber als ich nach dem ›Vorfall‹ – wie er es nennt, dass man mich ungerechterweise eines Verbrechens angeklagt hat – vor Gericht gestellt wurde, hat es ihm gar nicht gefallen, dass mein Verteidiger ihn ausgestochen hat.«

»Wir hatten ihn auf Ups Empfehlung hin engagiert.«

»Genau, und von da an hatte er das Sagen. Ich befolgte seine Anweisungen, nicht die von Up, der nur noch die zweite Geige spielen durfte.«

»Weil er nicht als Verteidiger arbeitet. Er praktiziert kein Strafrecht.«

Eban lachte leise. »Aber er strapaziert das Recht sträflich.«

Sid war nicht nach Lachen zumute. »Die Anwaltskammer hat das untersucht und nichts gefunden. Lass uns zu dem Thema zurückkehren, auf das Up mich angesprochen hat.«

Eban bedeutete Sid achselzuckend weiterzusprechen.

Während der nächsten Minuten hörte Eban zu, wie Sid wiedergab, was Up ihm über die Möglichkeit eines neuerlichen Gerichtsverfahrens erklärt hatte.

Als er Atem holen musste, nutzte Eban die Gelegenheit. »Siehst du? Er ist zum Untergangspropheten geworden. Hat er nie gehört, dass man nicht zweimal wegen desselben Verbrechens vor Gericht gestellt werden kann? Ich schon, und ich bin nicht mal Jurist.«

Sid zupfte einen weiteren imaginären Fussel von seiner Hose. »Es geht nicht darum, dass du noch einmal für dasselbe Verbrechen vor Gericht gestellt werden könntest, Eban. Er meinte, dass man dich eines anderen Verbrechens anklagen könnte.«

»Eines anderen Verbrechens?«

»Derselbe Vorfall. Eine andere Anklage.«

»Und zwar?«

Sid räusperte sich. »Im besten Fall Totschlag. Schlimmstenfalls Mord.«

Eban erstarrte und schoss dann vom Bett hoch. »Ich habe

niemanden ermordet! Es ist verflucht noch mal niemand gestorben! Wieso gebt ihr nicht endlich Ruhe? Ich musste schon einmal ins Gefängnis, obwohl ich überhaupt nichts getan habe.«

»Ich weiß, mein Sohn. Aber Up ist der Meinung …«

»Ich scheiße auf Ups Meinung. Er ist schon lange nicht mehr auf der Höhe. Er ist alt und müde, und das sieht man ihm an. Er …«

»Setz dich.«

»… will mir nur das Leben schwer machen und erfindet …«

»Setz dich!«

»Brüll mich nicht an!«

Aber sein Vater brüllte sehr wohl, und zwar noch lauter als zuvor: *»Setz dich hin, und hör mir zu!«*

Bockig ließ sich Eban auf sein Bett fallen.

Sid sammelte sich und zwang sich zur Ruhe. »Dein Patenonkel, unser langjähriger Rechtsbeistand, hat seit deiner Geburt in jeder Hinsicht immer nur das Beste für unsere Familie gewollt. Er meinte, dass du in nächster Zeit keinesfalls auffallen solltest, dass du dich tadellos verhalten und nichts tun solltest, womit du unangenehm auffallen könntest. Dein Verhalten sollte deutlich zeigen …«

»Wem denn?«

»Wem auch immer. Allen. Es sollte deutlich zeigen, dass du deine Lektion gelernt hast und dich nicht mehr in Situationen begibst, die … aus dem Ruder laufen könnten.«

»Sie ist nicht tot.«

»Aber sie lebt auch nicht mehr!«, fuhr Sid ihn an. Er holte wieder Luft, um sich zu beruhigen. »Up hat mich gewarnt, und nun warne ich dich, dass jetzt, nachdem du vorzeitig entlassen wurdest, die Staatsanwaltschaft versuchen könnte, auf die Familie des Mädchens einzuwirken, die Apparate abschalten zu lassen.«

»Ihr alter Herr würde das auf keinen Fall zulassen. Du hast ihn doch bei der Anhörung gehört? Vor nicht einmal drei Monaten hat er hoch und heilig geschworen, dass er auf keinen Fall den Stecker ziehen würde. Mit tränenüberströmtem Gesicht.« Er strich sich mit den Fingern über die Wangen. »Buhuu. Solange das Herz meiner Tochter schlägt …«

»Ich kann mich sehr gut an die Szene erinnern, Eban. Du brauchst sie mir nicht ins Gedächtnis zu rufen.«

»Und wieso machst du dir dann ins Höschen?«

»Weil nicht ihr Vater darüber entscheidet. Sondern ihr Ex-Mann.«

»Ach ja, richtig. Bridger. Der sich längst aus der ganzen Sache verabschiedet hat. Und seine Hände in Unschuld wäscht. Er war weder bei meiner Verhandlung noch bei der Anhörung dabei. Den interessiert das alles überhaupt nicht. Außerdem habe ich gehört, dass er einen Totalabsturz hingelegt hat.«

»Up fürchtet …«

»Up. Up. Up steht mir bis hier.«

»Den Fall hat eine neue Staatsanwältin übernommen. Up fürchtet, dass sie auf Zach Bridger Einfluss nehmen könnte.«

»Damit er es sich anders überlegt?«

»Genau das ist Ups Sorge. Falls Bridger sich überreden lässt und sich über Doug Pratts Wunsch hinwegsetzt …« Er hob beide Hände.

»Dann werden die Apparate abgestellt, und sie stirbt.«

Eban legte die Hand flach auf seine Brust. »Aber das können sie mir nicht in die Schuhe schieben.«

Wieder zupfte sein Vater an einem unsichtbaren Fussel. So leise, dass Eban es kaum hören konnte, sagte er: »Man könnte ein Verfahren erzwingen, Eban. Das hat es schon gegeben.«

Sein Vater erläuterte die rechtlichen Voraussetzungen und Hindernisse eines neuen Verfahrens, so wie Upton sie ihm dargelegt hatte. Eban hörte schweigend und innerlich kochelnd zu. Schließlich kam sein Vater zum Ende, stand auf und ging zu Eban, legte eine Hand auf seine Schulter und drückte sie kurz.

»Es wären davor viele Hürden zu nehmen, es gäbe Tausende Bedingungen und endlose Debatten, moralische wie rechtliche. Wahrscheinlich würde alles im Sand verlaufen, aber du solltest Bescheid wissen und unnötige Aufmerksamkeit vermeiden. Etwas mehr Umsicht würde dazu beitragen, den, ähm, Fleck zu tilgen, den Rebecca Pratt hinterlassen hat.«

»Klar. Kapiert.«

»Gut. Bitte verhalte dich entsprechend.« Sid tätschelte seine Schulter. »Bist du zum Abendessen hier?«

»Ja, unbedingt.« Eban lächelte zu ihm auf. »Wollen wir hinterher ein paar Kugeln versenken?«

»Herausforderung angenommen.«

Sid war schon fast an der Tür, als Eban ihm nachrief: »Du hast Staatsanwältin gesagt?«

»Verzeihung?« Sid drehte sich um.

»Eine Frau bearbeitet jetzt den Fall?«

»Ja. Ein aufgehender Stern namens Kathryn Lennon aus dem Stab des Generalstaatsanwalts.«

Kapitel 12

»Sie haben ein paar Minuten Zeit, bevor wir sie umlagern müssen«, sagte der Krankenpfleger, der Zach in Rebeccas Zimmer führte.

Die Angst hatte sich zu einem Klumpen in seiner Kehle verdichtet, der Zach die Sprache raubte. Er nickte dem Pfleger stumm zu und war gleich darauf allein.

Er hatte erwartet, dass im Zimmer ein gedämpftes Halbdunkel herrschen würde wie an einem Totenbett. Aber die Jalousie war hochgezogen, und seine Augen mussten sich erst an das grelle Sonnenlicht gewöhnen. Die Deckenbeleuchtung war zusätzlich eingeschaltet. Auf einem Regalbrett an der Wand stand neben einer Schneekugel mit Parismotiv ein Bluetoothlautsprecher, aus dem Heavy Metal schallte.

Man hätte die fröhliche Atmosphäre und Musik für unpassend halten können.

Aber das hier war immer noch Rebeccas Zimmer. Sie hatte die Sonne, das Rampenlicht und Metal geliebt.

Zaghaft trat Zach ins Zimmer. Rechts von ihm war das Waschbecken. Daneben gab es eine Ablage mit mehreren Plastikschüsseln in verschiedenen Größen, einem Stapel zusammengefalteter Handtücher und Waschlappen, Behältern mit

Flüssigseife, Shampoo und Bodylotion. Nagelscheren. Lippensalbe. Einer Bürste. Einem Karton mit Erwachsenenwindeln.

Verlegen wandte er den Blick ab und inspizierte stattdessen die verschiedenen medizinischen Apparate: die Monitore mit ihren Blinklichtern, den Infusionsständer, die langen Schläuche, die sich um das Bett und unter die hellblaue Decke schlängelten … auf der ein Händepaar ruhte.

Er hätte sie nicht als Rebeccas Hände erkannt. Sie waren so eingedreht, dass die Fingerspitzen beinahe die Innenseiten der Handgelenke berührten. Die Nägel waren kurz und rund geschnitten und unlackiert.

Nachdem er ihre verkrampften Hände gesehen hatte, brauchte er ein paar tiefe Atemzüge, ehe er Rebecca selbst ansah.

Ihm stockte der Atem.

»Bitte setzen Sie sich, Mr. Bridger.«

Die Ärztin hieß Anna Gilbreath. So stand es auf der Messingplakette vorn auf ihrem Schreibtisch. Die verschiedenen Buchstabenkombinationen hinter ihrem Namen bezeugten ihre mannigfachen Qualifikationen als medizinische Leiterin eines Pflegeheims.

Sie erinnerte Zach an die Englischlehrerin in der zehnten Klasse, die seine Klasse gezwungen hatte, das Heldenepos *Beowulf* durchzuackern: Strickpullover, Lesebrille an einer Kette um den Hals, und trotz der wohlwollenden Miene eindeutig eine Autoritätsperson.

Sie eröffnete das Gespräch mit einem subtilen Tadel. »Ich bin seit zwei Jahren hier, aber bis jetzt hatte ich noch nicht das Vergnügen, Sie kennenzulernen.«

Er schlug ein Bein locker über das andere und stellte den Fuß gleich darauf unsicher zurück. »Ich bin zum ersten Mal hier.«

»Willkommen«, sagte sie. »Darf ich fragen, warum?«

»Erst wollte ich mich bedanken, dass Sie mich unangemeldet empfangen. Ich bin direkt vom Flughafen hierher gefahren.«

»Zum Glück für uns beide hatte ich heute Nachmittag keine Termine. Woher sind Sie gekommen?«

»Aus dem Westen North Carolinas, mit einem Flug ab Atlanta.«

»Eine ganz schöne Entfernung. Und was ist der Anlass Ihres Besuches?«

»Ich wollte nach Rebecca sehen und mit einem Verantwortlichen über ihre medizinische Versorgung sprechen.«

»Dann sind Sie bei mir richtig. Was für einen Eindruck haben Sie bisher?«

Er rutschte auf seinem Stuhl herum, stützte kurz die Ellbogen auf die Armlehnen und nahm sie wieder herunter. »Alles ist eins a. Das Zimmer, das Personal. Ich würde Ihrer Einrichtung in jeder Kategorie die Bestnote geben.«

»Vielen Dank. Unsere Angestellten sind immer bemüht, unseren Patienten die allerbeste medizinische Versorgung zukommen zu lassen und sie so respekt- und würdevoll zu behandeln, wie sie es verdient haben.«

»Das sieht man.«

»Das freut mich zu hören.« Nach kurzem Zögern sagte sie: »Man hat mir berichtet, Sie hätten erst einige Zeit bei Rebecca verbracht, bevor Sie um das Gespräch mit mir gebeten haben.«

Er räusperte sich kurz in die vorgehaltene Faust. »Das hier soll kein Kontrollbesuch sein, Dr. Gilbreath. Ihre Einrichtung hat einen exzellenten Ruf, darum haben die Pratts sie ausgewählt. Ich wollte mich genauer über Rebeccas Zustand informieren. Ich meine, nachdem ich sie gesehen habe, ist mir klar, dass sie … Ähm … Ich würde gern genauer wissen … ach, Mist.« Er ließ den Kopf nach vorn fallen und schnaufte tief und hörbar aus.

»Möchten Sie vielleicht etwas trinken?«

Er nickte.

Sie stand auf, holte eine Mineralwasserflasche aus einem kleinen Kühlschrank und stellte sie vor ihm ab. Am liebsten hätte er die kalte Flasche über seine Stirn gerollt, aber er drehte den Deckel auf und nahm einen tiefen Schluck. »Danke sehr.«

»Keine Ursache.« Sie berührte ganz leicht und ganz kurz seine Schulter, ehe sie auf den Stuhl hinter ihrem Schreibtisch zurückkehrte. »Sie brauchen sich nicht für Ihre Anspannung zu schämen, Mr. Bridger. Sie kannten Rebecca als lebensfrohe junge Frau. Dass ihr jetziger Zustand Sie betroffen macht, ist nur menschlich.«

»Und wie ist ihr Zustand genau? Man hat mir erklärt, dass sie nicht hirntot ist. Im klinischen Sinn.«

»Richtig. Ihr Stammhirn zeigt minimale Aktivitäten, aber die reichen aus, dass sie selbstständig atmen kann. Wir bezeichnen ihren Zustand als apallisches Syndrom. Wachkoma. Rebeccas Hirn wurde schwer geschädigt. Sie war so lange ohne Sauerstoffzufuhr, dass ihre Hirnfunktionen schwer eingeschränkt wurden und sie seither ohne Bewusstsein und ohne Reaktion ist. Vom medizinischen Standpunkt her ist keine Änderung ihres Zustands mehr zu erwarten, nachdem er schon über zwölf Monate andauert.«

»Seit vier Jahren.« Zach wühlte die Finger in seine Haare. Seine Kopfhaut war nach dem Schweißausbruch in Rebeccas Zimmer immer noch feucht. »Ich hätte nicht erwartet, dass ihre Augen offen sind.«

»Sie hat Schlaf- und Wachphasen. Aber selbst, wenn sie wach ist, ist sie sich ihrer Umgebung nicht bewusst und reagiert nicht darauf. Sie zeigt keinerlei kognitive Funktionen. Sie denkt nicht und reagiert auf keine äußeren Reize.«

»Überhaupt nicht?«

»Nein.« Sie zögerte. »Angehörige klammern sich oft an die Hoffnung, an den Glauben, dass sie mit ihrer Stimme oder ihren Berührungen irgendwie zu dem geliebten Menschen durchdringen können, dass sie auf einer anderen Ebene mit ihm kommunizieren können.«

Zach nahm die Hände von seinem Kopf und sah ihr in die Augen. »Sie sprechen von ihrem Vater.«

»Er kommt täglich. Er und Mrs. Pratt wechselten sich früher ab, aber seit ihrem Tod hat er kaum einen Tag ausgesetzt. Gewöhnlich kommt er früh am Morgen und bleibt etwa eine Stunde. Sie haben ihn heute verpasst.«

»Das ist nur gut so.«

Sie zog die Lippen zwischen die Zähne und sagte dann: »Mr. Bridger, ich will nicht so tun, als wüsste ich nicht, unter welchen Umständen Rebecca zu uns kam.«

»Das war auch überall zu lesen.«

»Ich habe die Geschichte damals nicht verfolgt, aber als ich die Verantwortung für Rebeccas Pflege übernahm, informierte mich mein Vorgänger über die Meinungsverschiedenheiten, die es zwischen Ihnen und Mr. Pratt gab. Und nur damit Sie es wissen, meine Angestellten sind ganz aus dem Häuschen, weil Sie hier sind. Schon wenige Minuten nach Ihrem Eintreffen wusste das gesamte Gebäude, dass Sie uns besuchen.«

»Ich hatte gehofft, ich könnte rein- und rausschleichen, ohne dass es jemand außer Ihnen mitbekommt.«

»Das wäre ein Ding der Unmöglichkeit gewesen, glaube ich.«

»Glaube ich auch. Können Sie meinen Besuch trotzdem vertraulich behandeln?«

»Dafür habe ich bereits Sorge getragen. Jeder in unserem Haus hat von mir eine Textnachricht erhalten, in der ich auf unsere strengen Privatsphärerichtlinien hingewiesen habe.«

»Danke. Auch in Dougs und Rebeccas Namen.«

»Sie müssen einen wichtigen Grund für Ihren Besuch haben, wenn Sie das Risiko eingehen, dass er öffentlich bekannt wird.«

»Den habe ich, allerdings kann ich nicht darüber sprechen. Aber Sie können sicher sein, dass es nicht um finanzielle Probleme geht. Diese Boulevardartikel sind reine Fiktion. Ich bin nicht pleite, ich lebe nicht auf der Straße. Sie brauchen keine Angst zu haben, dass ich mit den Zahlungen aussetzen könnte.«

»Die hatte ich auch nicht.« Sie beugte sich über den Schreibtisch und kam ihm dadurch näher. Leiser fragte sie: »Weshalb sind Sie hier, Mr. Bridger? Was wollen Sie von mir wissen?«

Er spreizte leicht die Knie und faltete die Hände dazwischen. Den Kopf gesenkt, starrte er auf den Teppichboden zwischen seinen Füßen. »Als Ihr Vorgänger Sie über Rebeccas Vorgeschichte aufklärte, erzählte er Ihnen da alles oder nur die wichtigsten Punkte?«

»Er schilderte mir die wichtigsten Punkte, aber ich habe mich danach eingehend informiert. Ich habe alle Berichte, alle Arztnotizen und Empfehlungen gelesen und sämtliche Untersuchungsergebnisse studiert.«

Er nickte mit gesenktem Kopf. »Sie wissen also von Rebeccas Drogen- und Alkoholkonsum und so weiter?«

»Ja, ich weiß Bescheid.«

Jetzt sah er zu ihr auf.

Ihre Miene blieb leidenschaftslos, aber sie deutete auf einen Aktenschrank. »Rebeccas medizinische Akten, auch die aus der Zeit vor der Aufnahme bei uns, sind weggeschlossen. Niemand außer mir bekommt sie zu sehen. Sie können sich auf meine Diskretion verlassen.«

»Gut zu wissen. Vielen Dank. Ich möchte nicht, dass alles wieder ausgebreitet und durch die Presse gejagt wird, falls die ganze Geschichte wieder hochkocht, und das ist durchaus möglich.«

»Wieso glauben Sie, dass sie wieder hochkochen könnte? Wollen Sie Ihre Entscheidung von vor vier Jahren überdenken?«

»Nein. Vielleicht. Ich weiß es nicht.«

Offenbar spürte sie seine Ungeduld mit sich selbst. »Lassen Sie sich Zeit.«

Schließlich fühlte er sich bereit, seinen inneren Zwiespalt in Worte zu fassen: »Als Rebecca das damals zugestoßen ist, hätte ich wirklich keinem Menschen auf der Erde ein solches Schicksal gewünscht. Rebecca und ich waren in jeder Hinsicht geschiedene Leute, das können Sie mir glauben. Wir sind beide ohne gebrochenes Herz aus unserer Ehe gegangen. Aber ich schätze, unser Ehegelübde mit den guten und den schlechten Zeiten hat unterbewusst zu meiner Entscheidung beigetragen, nichts weiter zu unternehmen. Nun allerdings hat man mir einen Grund, einen wirklich triftigen Grund gegeben, meine Entscheidung zu überdenken. Zuerst würde ich aber gern wissen, wie lange Rebeccas Zustand anhalten kann. Und bitte keine Floskeln, dass das Hirn ein rätselhaftes Organ ist, dass schon Wunder geschehen sind und Sie nicht Gott sind.« Er nickte zu ihrem Namensschild hin. »Mit all Ihren Titeln und Erfahrungen mit ähnlichen Patienten sind Sie bestimmt qualifiziert, eine Einschätzung abzugeben. Wie lange?«

Sie zeigte mit einem Nicken, dass sie seine Beweggründe verstand und ihm offen und ehrlich antworten würde. »Es gibt bei Rebecca bisher keine Anzeichen für ein Organversagen. Sie hat sich noch keine Lungenentzündung zugezogen, und wir tun alles, um zu verhindern, dass sie sich andere Infektionen zuzieht, die allesamt tödlich enden könnten. Sie erhält in jeder Hinsicht die beste medizinische Versorgung. Ihre Körperfunktionen werden fortwährend aufgezeichnet und überwacht. Sie wird täglich bewegt. Sie bekommt genug Flüssigkeit und Nahrung zugeführt.«

»Durch Schläuche.«

»Ja.«

Er massierte seine Stirn. »Sie wollen also sagen, sie könnte noch ewig in diesem Zustand bleiben, ohne dass sich irgendetwas ändert.«

»Ganz im Gegenteil. Ihr Zustand könnte sich verschlechtern. Unerwartet und schlagartig oder auch ganz langsam. All jene Komplikationen, die ich eben aufgezählt habe, können jederzeit auftreten. Zum Beispiel könnte ihr Stammhirn aufhören zu arbeiten, und sie müsste beatmet werden.«

»Ich dachte, das würde sie schon. Wofür ist dieser Schlauch?« Er tippte gegen seinen Adamsapfel.

»Sie kann nicht schlucken. Mit der Trachealkanüle verhindern wir, dass ihre Luftröhre verstopft, und erleichtern ihr damit die Atmung.«

Er ließ sich alles durch den Kopf gehen, was sie ihm erklärt hatte. »Sie wollen also sagen, es könnte jederzeit schlimmer kommen, aber keinesfalls besser werden.«

»Wenn sich Patienten nach einem Schädel-Hirn-Trauma erholen, zeigen sie gewöhnlich innerhalb weniger Tage Anzeichen einer Besserung. Nach so langer Zeit …« Sie schüttelte den Kopf. »Auch in dem höchst unwahrscheinlichen Fall, dass Rebeccas Bewusstsein zu einem minimalen Teil zurückkehrt, wären ihre mentalen Fähigkeiten gleich null. Ihr EEG und ihr PET-Scan zeigen keinerlei elektrische Aktivität oder Gehirnfunktionen.« Sie lächelte freundlich. »Aber es sind schon Wunder geschehen, und ich bin nicht Gott.«

Seine Kehle war so eng, dass er kaum schlucken konnte. »Nehmen wir an, Sie müssten Gott spielen, Dr. Gilbreath. Was würden Sie tun?«

Kapitel 13

Zach musste dreimal an Bings Tür läuten, bevor der Riegel klackte. Sein ehemaliger Coach zog die Tür auf. »Wo kommst du denn her?«

»Aus Louisiana.«

»Was zum Teufel hast du da unten gemacht?«

»Es regnet hier draußen.«

Bing trat zur Seite und winkte ihn ins Haus. Zach zog seine Jacke aus, schüttelte das Regenwasser ab und hängte sie an den Garderobenständer im Flur. »Warum gehst du nicht an die Tür?«

»Warum hast du mich nicht vorgewarnt, dass du kommst? South Carolina liegt von Louisiana aus nicht gerade auf deinem Heimweg.« Nachdem Bing seinen Posten als Coach an der Clemson University aufgegeben hatte, war er wieder in das nahe gelegene Greenville gezogen, wo er an einer Highschool seine Laufbahn begonnen hatte. »Aber wenn du schon mal hier bist …« Er drehte sich um und winkte Zach, ihm zu folgen.

Sie spazierten durch einen dunklen Flur, der als Galerie für zahllose Fotos von Footballteams, Spielern und Höhepunkten aus verschiedenen Spielzeiten diente. Die Bilder deckten

Bings Jahrzehnte als Trainer ab. Auf einer ganzen Reihe davon war Zach zu sehen, aber er blieb nicht stehen, um nostalgischen Erinnerungen nachzuhängen.

Bing führte ihn in seine Höhle, besser ließ sich der Raum nicht beschreiben. Die Wände waren dunkel vertäfelt, die Decke mit schalldämpfenden Kacheln tapeziert und die beiden kleinen Fenster hinter Jalousien verborgen, die Zach nie offen gesehen hatte. Die Möbel waren mindestens dreißig Jahre alt. Aber gegenüber von Bings uraltem ledernen Fernsehsessel hing ein riesiger, brandneuer Hightechfernseher an der Wand.

»Es wurde gerade spannend«, grummelte er. Auf dem Bildschirm vergnügten sich ein Mann und eine Frau splitternackt und leidenschaftlich auf einem mit besticktem Samt überzogenen Bett.

»Lass dich von mir nicht stören.«

»Ach, ich kenne das schon.« Bing griff nach der Fernbedienung und stellte das lustvolle Gestöhne und Geschnaufe stumm. »Das ist einer dieser Historienschinken. Draußen tobt ein blutiger Krieg mit Pferden und Schwertern und Burgen und Rittern, die ›Öffnet das Tor!‹ rufen.«

»Und wer gewinnt?«

»Den Krieg? Keine Ahnung. Ich glaube, das wissen nicht mal die Krieger. Die kopulieren mehr, als dass sie kämpfen.« Er ließ sich in seinem Fernsehsessel nieder. »Setz dich. Willst du was zu trinken? Du weißt ja, wo der Kühlschrank ist.«

Auf dem Beistelltisch rechts von Bings Sessel stand eine Bierdose.

»Nein danke.« Zach setzte sich aufs Sofa und ließ den Kopf in das ausgeleierte Polster sinken.

»Muss ich noch mal fragen?«

»Ich bin nicht durstig. Ich hole mir später was.«

»Das doch nicht. Warum warst du in Louisiana? *Wo* warst du in Louisiana?«

»New Orleans.«

»Hm.« Sie sahen sich an und tauschten sich stumm darüber aus, was das zu bedeuten hatte. Bing trank einen Schluck Bier und stellte die Dose wieder ab. »Nun, du hast das Recht, zu erfahren, wie es um sie steht.«

»Das Recht.« Zach legte den Unterarm über die Augen. »Dieses Recht würde ich liebend gern abgeben. Ich hab's versucht.«

»Nicht entschieden genug.«

»Ich habe getan, was ich damals für richtig hielt.«

»Du bist unter Druck eingeknickt, das trifft es eher. Wie ein blutiger Anfänger.«

»Jesus. Es tut mir jetzt schon leid, dass ich hergekommen bin.«

»Warum hast du damals nicht darauf bestanden, deine Vollmacht abzutreten, Zach? Dann hättest du die Sache schon vor Jahren ausgestanden.«

»Das war damals, und jetzt ist jetzt. Konzentrieren wir uns auf das Jetzt, okay?«

Bing sah ihn finster an, ließ aber das Thema fallen. »Warst du bei Rebecca?«

»Ja.«

»War schlimm, vermute ich.«

»Du vermutest richtig.«

»War ihr Dad auch da?«

»Nein.«

»Gab's einen besonderen Grund, ihr ausgerechnet jetzt einen Besuch abzustatten?«

»Ja.« Zach senkte den Arm und sah Bing an, der die rauen Hände auf dem Bauch gefaltet hatte. Es war die Haltung eines interessierten Zuhörers.

»Gestern früh trank ich vor meinem Haus einen Morgenkaffee und genoss den Ausblick auf den Wasserfall. Da hält so ein schicker SUV an.« Zach erzählte von Anfang an und ohne etwas auszulassen. Nachdem er fast eine halbe Stunde ununterbrochen gesprochen hatte, wartete er mit geschlossenen Augen ab, was Bing zu allem sagen würde.

»Diese Staatsanwältin hat dir also das Protokoll von Eban Clarkes Verhandlung geschickt.«

»Gestern Abend.« Gestern Abend? Gott, es kam ihm vor, als lägen tausend Jahren dazwischen. »In einer Mail.«

»Und du hast die angestrichenen Abschnitte gelesen.«

»Zweimal.«

»Wann hast du das letzte Mal geschlafen?«

Zach schlug die Augen auf. »Was?«

»Du hast mich schon verstanden.«

»Sie ist gegen … ich weiß nicht mehr, wann sie von meinem Haus weggefahren ist. Nachdem ich das Protokoll gelesen hatte, habe ich meinen Flug gebucht, meine Sachen gepackt und bin nach Atlanta gefahren. Ich habe den Wagen an einem abgelegenen Parkplatz abgestellt und ein paar Stunden in einem Hotel in der Nähe geschlafen.«

»Dann hast du den ersten Flug nach New Orleans genommen, bist ins Krankenhaus gefahren und hast mit der Ärztin gesprochen, und dann bist du zurück zum Flughafen gefahren und wieder nach Atlanta geflogen.«

»Dort habe ich mich ins Auto gesetzt und bin zu dir gefahren«, schloss Zach gereizt, »was ich allmählich bereue. Ich bin gekommen, weil ich deinen Rat brauche, und stattdessen führst du dich auf wie mein persönlicher Biograf. Was soll ich jetzt tun, Bing?«

Bing blieb ungerührt. »Vor allem würde ich dir raten, dich auszuschlafen. Du bist zu übermüdet, um so ein Dilemma zu lösen. Hast du was gegessen?«

Er winkte ab. »Ms. Lennon befürchtet, dass Clarke erfahren könnte, was sie im Sinn hat, und sich daraufhin in unbekannte Gefilde absetzt. Und dann hätte sie ihr Pulver verschossen.«

»Wie entschlossen ist sie?«

»Ich glaube, sie hat diesen Fall zu ihrer Mission erkoren, aber den Grund hat sie mir nicht verraten.«

»Es ist ihr Job.«

»Schon, aber ich habe das Gefühl, dass sie die Sache irgendwie persönlich nimmt.« Erst als er es aussprach, wurde ihm klar, dass Kate ihm genau dieses Gefühl vermittelt hatte. Ihre Verpackung war zierlich, aber darunter verbarg sich der Kampfeswille eines Kreuzritters.

»Ist sie eine Männerhasserin?«, schlug Bing vor. »Die alle Männer für die Sünden von einigen wenigen verantwortlich macht?«

»Nein, so ist sie nicht drauf.«

»Wie ist sie dann?«

Er hatte gehofft, dass Bing diese Frage nicht stellen würde, aber jetzt, wo er sie gestellt hatte, antwortete Zach nur ausweichend. »Extrem sachlich, wortgewandt, klug. Sie betreibt die Sache heimlich. Behauptet, ihr Erfolg würde davon abhängen, dass nichts durchsickert. Sobald sich irgendwas rumsprechen sollte, würde Clarke sich vom Acker machen, und darum will sie lieber früher als später wissen, wie ich mich entschieden habe.«

»Dann antworte ihr eben später. Herr im Himmel, Zach, niemand sollte so eine Entscheidung fällen müssen. Sag dieser Lennon-Frau, sie braucht Geduld. Gib dir ein, zwei Tage.«

»Das würde ich ja. Aber in ein, zwei Tagen wird vielleicht schon in jeder Fernsehtalkshow über mein Dilemma gesprochen. Dr. Gilbreath sagte, ihre Leute wären ganz aus dem Häuschen gewesen, dass ich zu Besuch gekommen bin. Sie hat alle an ihren strikten Privatsphärenkodex erinnert, trotzdem war ich erleichtert, dass keine Übertragungswagen vor dem Gebäude standen, als ich aus der Tür kam.« Er senkte den Kopf und rieb seine brennenden Augen. »Doug wird mit Sicherheit erfahren, dass ich dort war. Er wird ausflippen. Ich bewundere den Mann, Bing. Ich war höchstens fünf Minuten in diesem Zimmer. Als ich rauskam, hatte ich zittrige Knie, und in Dr. Gilbreaths Büro hätte ich beinahe angefangen zu heulen. Ich hatte damit gerechnet, dass es schlimm wird. Aber es war schlimmer als schlimm. Viel schlimmer. Doug lebt tagein, tagaus damit. Er lässt sich nicht beirren. Rebeccas Schicksal sollte in seinen Händen liegen, nicht in meinen. Wir könnten ihm die Vollmacht übertragen, aber könnten wir das auch unter dem Radar tun? Ich bezweifle es. Und das ist der Haken bei der Sache. Sofort würden die Gerüchte hochkochen: *Warum ausgerechnet jetzt?* Clarke würde die Antennen aufstellen, und Ms. Lennon hätte keine Chance mehr, eine zweite Verurteilung zu erreichen. Außerdem möchte ich dieses Aufsehen weder Doug noch mir zumuten.

Noch einmal im Mittelpunkt all dieser Gerüchte und Spekulationen stehen? Nein danke. Was ist, wenn jemand in dem Heim sich dazu herablässt, Bilder von Rebecca an die Medien durchsickern zu lassen? Den Gedanken könnte ich nicht ertragen. Dr. Gilbreath vertraut darauf, dass ihre Angestellten die Patienten und deren Privatsphäre achten, aber ich fürchte, mit dieser Achtung wäre es nicht weit her, sobald genug Geld im Spiel ist.«

Zach fiel auf, dass Bing seit einer Weile keinen Ton mehr gesagt hatte. Er zupfte, scheinbar tief in Gedanken, an seiner Unterlippe.

»Hörst du mir überhaupt zu?«, fragte Zach.

»Ja, und zwar aufmerksam. Ich denke nur an all die Menschen, deren Leben bis heute durch dieses Arschloch Clarke ruiniert wird. Ich würde zu gern sehen, dass diese Lennon ihn drankriegt.«

Zach hatte Kate noch nicht verziehen, dass sie ihm das Verhandlungsprotokoll geschickt hatte, auch wenn er bei der Lektüre so manches erfahren hatte. Sie hatte vor allem das Eröffnungs- und das Schlussplädoyer der Staatsanwaltschaft markiert. Sie hatte auch die feurige Erwiderung des Verteidigers markiert. Und sie hatte die Aussagen von Calvin Parsons und Theo Simpson markiert, die beide felsenfest abgestritten hatten, dass Rebecca ein unschuldiges Opfer gewesen sei.

Zusätzlich hatte sie die Aussagen der Ärzte angestrichen, die Rebecca in der Notaufnahme untersucht hatten, sowie die Aussagen der Spezialisten, die sie untersucht hatten, nachdem sie aus dem künstlichen Koma geholt worden war.

»Das Verhandlungsprotokoll war nicht gerade das, was man als seichte Lektüre bezeichnen würde.«

»Kann ich mir vorstellen«, meinte Bing. »Aber es hat dich immerhin dazu gebracht, alles stehen und liegen zu lassen, von deinem Berg herabzusteigen und dir mit eigenen Augen ein Bild davon zu machen, was dieser Unmensch Rebecca angetan hat.«

»Worauf willst du hinaus?«

»Wie diese Lennon so treffend sagt, bleibt Clarke auf freiem Fuß, solange du …«

»Bing, das *kann* ich nicht. Immer wenn ich gehört habe, dass bei jemandem die lebensverlängernden Maßnahmen eingestellt werden, habe ich mir vorgestellt, wie eine Lungenmaschine ausgeschaltet wird. Schon allein diesen Schalter umzulegen ist eine grauenvolle Vorstellung, aber immerhin ist dann nach ein paar Minuten alles vorbei. Weniger. Rebecca wird nicht beatmet. Weißt du, was ich anordnen müsste? Dass ihre Magensonde herausgezogen wird. Dass ihr keine Flüssigkeit mehr zugeführt wird.« Zach beugte sich vor, stützte die Ellbogen auf die Knie und schlug die Hände vors Gesicht. »Das Sterben könnte sich über Tage hinziehen. Ist es ein Wunder, dass Doug sich so dagegen sperrt? Wer brächte so was schon fertig? Ich bestimmt nicht.«

Bing saß in aller Stille da, griff dann nach der Fernbedienung und schaltete den Fernseher aus, in dem inzwischen eine Ritterschlacht tobte. Er senkte die Fußstütze seines Fernsehsessels ab. »Im Gästezimmer hat seit deinem letzten Besuch niemand mehr geschlafen. Wahrscheinlich riecht das Bettzeug ein bisschen muffelig.«

Der Gedanke an ein Bett war verlockend, aber Zach war so erschöpft, dass er nicht mehr die Kraft aufbrachte, von seinem Sofaplatz aufzustehen. Er zog eine hässliche Strickdecke von der Rückenlehne und schnappte sich ein Zierkissen. »Ich schlafe einfach hier.«

»Wie du willst.« An der Tür blieb Bing stehen und drehte sich noch einmal um. »Vielleicht solltest du die ganze Sache mal vom anderen Ende her betrachten.«

»Wie meinst du das?«

»Also, mir kommt es so vor, als hättest du dir sehr viele Gedanken darüber gemacht, was deine Entscheidung – wie sie auch ausfallen mag – für Ms. Lennon und ihren Fall, für diesen Widerling Clarke, für Doug Pratt und dich bedeuten würde. Aber hast du dir auch Gedanken über den Menschen gemacht, der mehr als jeder andere von deiner Entscheidung betroffen ist?« Er machte eine kurze Pause. »Und das ist Rebecca.«

Kapitel 14

Zach war noch vor Bing auf, sogar bevor er auf sein wollte, aber er war früh wach geworden und wusste, dass er nicht mehr einschlafen würde. Er schrieb Bing eine kurze Nachricht, in der er sich für den weisen Rat als auch für das Nachtlager bedankte und ihm versprach, sich bald zu melden.

Er ließ den Zettel auf dem Küchentisch unter dem Salzstreuer liegen und schlich noch vor der Morgendämmerung aus dem Haus. Wobei es sowieso keinen Sonnenaufgang zu sehen gegeben hätte. Der Himmel war bedeckt, die Wolken hingen tief.

Die Fahrt von Bings Haus in Greenville, South Carolina, nach Hause dauerte fünf Stunden. Zach wählte die Vogelfluglinie, die über schmale Landstraßen führte, und trotzdem wand sich der Weg dahin. Die Straßen waren kurvig und heute obendrein rutschig, weil es immer wieder regnete.

Als er endlich in seine Zufahrt bog, waren seine Muskeln steif nach der langen Fahrt, und sein Kopf schmerzte vom vielen Nachdenken. Um die körperlichen und geistigen Verspannungen zu lösen, verbrachte er eine halbe Stunde in seinem Fitnessraum, stellte sich danach unter die Dusche, legte sich dann ins Bett und machte ein Nickerchen.

Als sein Wecker klingelte, zog er sich an und fuhr in den Ort. Zu seiner Erleichterung parkte der vertraute SUV vor dem hässlichen Bürogebäude. Er stellte seinen Pick-up an einer Parkuhr vor dem Gerichtsgebäude gegenüber ab.

Als Kate um zwanzig nach sechs aus dem Gebäude trat, stieg er aus seinem Wagen, lief über die Straße und erreichte fünf Sekunden vor ihr die Fahrertür ihres SUV.

Sie richtete sich zu voller Größe auf und verkündete pikiert und vorwurfsvoll: »Ich habe Sie gestern immer wieder angerufen.«

»Ich weiß. Ich habe Ihre Anrufe ignoriert, weil ich erst entscheiden musste, ob ich überhaupt noch mit Ihnen spreche.«

»Da Sie jetzt hier sind, gehe ich davon aus, dass Sie es tun.« Sie wuchtete ihre schwere Tasche über die Schulter wie ein Soldat, der eine Bergfestung erstürmen will. »Was wollten Sie mir sagen?«

»Dieser Laden mit den perfekt gegrillten Forellen?«

Ganz offenbar hatte sie nicht mit dieser Frage gerechnet, darum brauchte Kate eine Sekunde, ehe sie antwortete: »Sie meinen The Lodge?«

»Da gibt's auch sehr gute Steaks. Sind Sie hungrig?«

Sie ließ sich das ein paar Sekunden durch den Kopf gehen, dann entschied sie: »Ich könnte was zu essen vertragen. Nach einem Glas Wein.«

»Harter Tag?«

»Sie haben keine Ahnung.«

»Wir treffen uns dort.« Damit ließ er sie stehen und kehrte zu seinem Pick-up zurück.

Er wollte es nicht so aussehen lassen, als hätten sie ein Date. Er hatte sich nicht rasiert und sich nicht schick gemacht.

Er trug seine liebsten ausgewaschenen Jeans, dazu ein altes Paar Stiefel und eine Lederjacke über einem leichten Pullover.

Regentropfen sprenkelten seinen Rücken, als er von seinem Wagen zum Restauranteingang lief, wo er auf Kate wartete, die beim Aussteigen einen Regenschirm aufspannte. Natürlich hatte sie einen Schirm in ihrem Auto liegen.

Er hielt ihr die Tür auf und ließ sie vorausgehen. Die Kellnerin am Empfang begrüßte sie mit einem freundschaftlichen Lächeln. »Hi, Zach.« Dann sagte sie zu Kate: »Sie waren vergangene Woche schon mal hier. Willkommen. Ich wusste nicht, dass Sie sich kennen. Möchten Sie am Fenster sitzen oder lieber am Kamin?«

Zach überließ die Entscheidung Kate, die leicht fröstelte. »Bitte am Kamin.«

Nachdem sie in einer gemütlichen Nische neben dem offenen Kamin Platz genommen hatten, notierte die Kellnerin ihre Getränkebestellung und brachte ihnen die Speisekarten. Kate beschäftigte sich damit, die Serviette über ihren Schoß zu breiten, bevor sie bemerkte: »Sie kommen offenbar öfter her.«

»Immer wenn mir nichts mehr einfällt, was ich kochen könnte.«

»Ich dachte, Sie hätten vielleicht jemanden, der für Sie kocht.«

»Wie kommen Sie darauf?«

Sie klatschte die Speisekarte auf den Tisch. »Ich weiß es nicht, Zach. Tatsächlich habe ich noch keinen Gedanken daran verschwendet, ob Sie jemanden haben, der für Sie kocht. Ich wollte nur irgendwas sagen, um das peinliche Schweigen zu überbrücken.«

»War es für Sie peinlich?«

Sie sah ihn zornig an und hätte beinahe etwas gesagt, wenn in diesem Moment nicht die Kellnerin mit ihren Drinks gekommen wäre. Zach erklärte ihr, dass sie ihr ein Zeichen geben würden, wenn sie bestellen wollten. Kate wartete ab, bis die Kellnerin außer Hörweite war. »Ich nehme an, Sie waren nach meiner Mail zu sauer, um mit mir zu reden.«

»Sie hat mich eiskalt erwischt. Und das sind immer die härtesten Treffer.«

»Haben Sie das Protokoll gelesen?«

»Ja.«

»Und?«

»Dazu kommen wir noch.« Er stieß mit seinem Whiskytumbler gegen ihr Weinglas. »Auf einen schönen Abend.«

»Nicht wirklich.« Trotzdem nahm sie einen Schluck.

»Was hat Ihnen eigentlich den Tag versaut?«

»Eine ganze Reihe von Sachen. Ich musste ein Dutzend Mal ins Gericht laufen und …«

»Warum?«

»Weil drüben die Internetverbindung besser ist. Als ich mich bei der Hotline meines Providers beschweren wollte, hat mir die Lady erklärt, dass bei hoher Luftfeuchtigkeit die Internetverbindungen besonders schlecht seien.«

»Stimmt.«

»Woher soll ich so was wissen? Ich lebe nicht hier oben in den Bergen. Die hätten mich vor dem lausigen Internet warnen sollen, bevor sie mich in dieses grässliche Büro gesteckt haben. Jedenfalls bin ich den ganzen Tag hin und her gerannt. Und jetzt sehe ich aus wie eine halb ertrunkene Ratte und fühle mich auch so, während Sie aussehen wie aus einer Ralph-Lauren-Reklame, was äußerst unfair und praktisch Sabotage ist. Nur um das mal gesagt zu haben.« Sie nahm noch einen Schluck Wein.

Zach hätte beinahe gelacht, war aber klug genug, es nicht zu tun. »Sie hätten sich den ganzen Ärger sparen können, indem Sie einfach nach Atlanta zurückreisen.«

»Ich wollte nicht im Regen durchs Gebirge fahren. Außerdem musste ich erst erfahren, was Sie zu diesen Passagen aus der Verhandlung gegen Eban Clarke sagen.«

Sie sollte erst zur Ruhe kommen, bevor sie darüber sprachen. »Und was hat Ihnen sonst noch den Tag vermiest?«

Sie zögerte, starrte in die niedrigen Flammen auf dem Rost des Kamins und sah ihn dann wieder an. »Ich habe einen Ermittler angefordert, um ihn beschatten zu lassen – Clarke. Der Generalstaatsanwalt hat ihn mir heute Vormittag bewilligt. Und bitte behandeln Sie das vertraulich. Das ist nicht für die Öffentlichkeit bestimmt.«

»Klar.«

»Bevor ich das Büro verließ, habe ich kurz mit ihm gesprochen. Ihm zufolge rast Eban in einem brandneuen Schlitten für eine Viertelmillion Dollar durch die Stadt. Er kauft sich Designerklamotten, Designerschuhe, haut das Geld auf den Kopf wie ein König.« Sie legte die Fingerspitzen an ihre Stirn und strich auf und ab. »Ich finde das unerträglich.«

Nach seinem Besuch im Pflegeheim fand auch Zach das unerträglich.

Er sah sich im Restaurant um und stellte erleichtert fest, dass es nur spärlich besucht war. Die Leute aus der Gegend hatten sich inzwischen daran gewöhnt, ihn hin und wieder zu sehen, und sprachen ihn nur noch selten an. Die hohe

Rückenlehne hinter Kate diente als Sichtschutz und verhinderte außerdem, dass sie belauscht wurden.

»Wir können bestellen, wenn Sie so weit sind«, meinte er schließlich.

Offenbar war ihm anzuhören, dass er noch nicht so weit war, denn sie antwortete, dass sie noch warten könnte.

Er nickte. »Ich will Ihnen eine Frage stellen.«

»Nur zu.«

»Sind Sie ein Star in Ihrer Staatsanwaltschaft?« Sie öffnete den Mund, aber er kam ihr zuvor. »Und bitte keine falsche Bescheidenheit.«

»Also, ich bin keine Anfängerin mehr. Ein paar Jahre habe ich als Staatsanwältin in einem kleinen County wie diesem hier gearbeitet. Damals gab es dort überall Meth-Labore und Lieferanten für illegale Opiate. Ich habe sie mir vorgenommen und eine Reihe von Verurteilungen erreicht. Dank meiner Erfolgsquote konnte ich eine ganze Reihe von Konkurrenten ausstechen, die alle auf einen Posten beim Generalstaatsanwalt gegeiert haben.«

»Dachte ich mir«, sagte er. »Verraten Sie mir, ob der Generalstaatsanwalt Ihnen diesen Fall zugewiesen hat oder ob Sie ihn aus eigenen Stücken übernommen haben?«

»Wie ich Ihnen schon erzählt habe, war ich vor der Anhörung zu Clarkes Haftverkürzung mit den Hintergrundrecherchen für die Staatsanwaltschaft beauftragt. Die Argumente gegen eine Haftverkürzung waren so eindeutig, dass mich das Urteil des Richters komplett überrascht hat. Also bin ich bei meinem Boss vorstellig geworden und habe mich dafür stark gemacht, Clarke wegen eines schwereren Verbrechens anzuklagen, sobald man ihn entließe.«

»Und Rebecca offiziell gestorben wäre.«

»Ja.« Sie sah ihn bedrückt an. »Mein Chef war nicht begeistert. Er leierte eine ganze Liste an möglichen Problemen und sensiblen Punkten herunter. Er verwendete Worte wie ›polarisierend‹ und ›aufhetzerisch‹, die allesamt Fallstricke für jeden Staatsanwalt sein können, wie er betonte. Und dann ist da noch Ebans berühmte Familie. Da fällt es nicht weiter ins Gewicht, dass Rebecca in dieser Nacht das Leben genommen wurde, selbst wenn sie damals nicht starb. Unter dem Strich wollte mein Chef die Sache bis nach der Wahl im November unter den Teppich kehren. Ich entgegnete ihm, dass Eban aus seinem Nest flüchten könnte, wenn wir so lange warten würden. Und ich fuhr die schweren Geschütze auf und zitierte all die berühmten Präzedenzfälle, die zu ihrer Zeit Schlagzeilen gemacht hatten und im Fernsehen landesweit in den Talkshows besprochen wurden. Mein Boss hat ein ziemlich großes Ego, so was gefällt ihm durchaus, und so erlaubte er mir nach langen Diskussionen, Sie anzusprechen.«

»Um mal vorzufühlen«, sagte Zach.

»Ja. Aber nur unter strikten Auflagen. Er hielt mir die moralischen und ethischen Probleme bei meinem Vorhaben vor Augen und ermahnte mich, ganz behutsam vorzugehen. Ich sollte auf keinen Fall mit Feuer und Schwert anrücken.« Sie griff nach ihrem Glas und rollte den Stiel zwischen den Fingern, ohne es anzuheben. »Und er bestand darauf, dass ich alles abblasen müsste und keinerlei Druck ausüben dürfte, falls Sie sich weigern sollten, etwas an Rebeccas augenblicklicher Situation zu ändern.« Nach diesem Geständnis sah sie ihm offen ins Gesicht.

Er studierte sie und fuhr sich dabei mit dem Zeigefinger

über die Lippen. Sein prüfender Blick machte sie nervös. »Was ist?«

»Ich glaube nicht, dass Sie die Sache abblasen werden. Sicher, Sie rühren bei mir fleißig die Trommel für Recht und Ordnung und so weiter, aber es gäbe Tausende Kriminelle, die Sie ohne all diese Fallstricke vor Gericht bringen könnten. Wieso sind Sie so auf Eban Clarke fixiert?«

»Ich bin nicht fixiert, ich …«

»Wieso?«

Sie hob das Kinn an. »Ich vertrete das Recht. Ich will Gerechtigkeit für Rebecca. Das sollte als Erklärung genügen.«

Er wusste, dass mehr dahintersteckte, aber er wollte sie nicht noch mehr unter Druck setzen. Jedenfalls nicht jetzt. Er nahm einen Schluck Bourbon und sagte dann leise: »Ich war gestern bei ihr.«

Er musste Kate zugutehalten, dass sie ihn nicht mit Fragen bombardierte. Stattdessen betrachtete sie ihn mit einer Mischung aus Mitgefühl und Anspannung.

»Es war ein Kurzbesuch«, sagte er. »Ich brauchte nicht lange an ihrem Bett zu stehen, um mir ein Bild von ihrer Lebensqualität zu machen, die meiner Meinung nach keine ist.« Er trank noch einen Schluck. »Ich glaube, ich habe Ihnen schon von Bing erzählt?«

Kate nickte.

»Auf dem Rückweg habe ich ihm einen Besuch abgestattet. Er kann unerträglich widerborstig sein, aber ich hätte nicht jahrelang seine Ratschläge ertragen und befolgt, wenn er Unfug predigen würde.« Er lachte kurz und kratzte mit dem Daumennagel über seine Braue. »Allerdings hatte ich ihn nicht um Rat gefragt, bevor ich Rebecca geheiratet habe.

Und man sieht ja, wohin das geführt hat. Jedenfalls habe ich ihm gestern die ganze Geschichte erzählt, angefangen mit Ihrem Überraschungsbesuch bei mir, bei dem Sie diese Bombe hochgehen ließen. Ich redete eine halbe Stunde am Stück. Bing war da viel präziser. Nachdem ich sämtliche Seiten-, Um- und auch Abwege abgeschritten hatte, brachte er die Sache mit ein paar Worten auf den Punkt.« Er hob den Zeigefinger. »Er sagte, ich hätte mir die wenigsten Gedanken um den Menschen gemacht, der von meiner Entscheidung am stärksten betroffen ist.«

Sie flüsterte den Namen nur. »Rebecca.«

»Genau. Als es damals passierte, meinten manche, sie hätte es nicht anders verdient, nachdem sie völlig high mit drei Männern in diesem Schlafzimmer verschwunden war. Sie hätte ein wildes, gefährliches Leben geführt und den Preis dafür bezahlt.« Er verstummte kurz, hob sein Glas an und schaute in den Bourbon. »All diese Moralapostel sollten ein paar Stunden – oder auch nur ein paar Minuten – in ihrem Krankenzimmer verbringen müssen. Niemand hat es verdient, so am Leben erhalten zu werden.« Er kippte den Whisky hinunter und stellte das Glas ab. »Ich kann Ihnen nichts garantieren, Kate. Diese Entscheidung kann mir niemand abnehmen, und ich werde mich dabei nicht unter Druck setzen lassen. Aber allmählich habe ich den Eindruck, dass Rebecca vielleicht lange genug zum Opfer gemacht wurde. Und nicht nur von Eban Clarke, sondern auch von ihrem Vater. Und mir.«

Sie bestellten. Während des Essens sprachen sie nicht über Rebecca. Kate brauchte dringend eine Atempause – und Zach wohl auch.

Als sie nach dem Essen einen Klecks Sahne in ihren Kaffee rührte, meinte sie: »Offenbar ist Bing für Sie ein wichtiger Vertrauter.«

»Mein engster Vertrauter. Er hat quasi meine Eltern ersetzt, nachdem sie bei einem Autounfall ums Leben gekommen waren.«

»Ich habe online darüber gelesen. Das tut mir leid.«

»Ich war am Boden zerstört. Sie waren nach einem Spiel in meinem ersten Jahr an der Clemson auf dem Heimweg. Niemand hatte damals wirklich Schuld, es war einfach ein schrecklicher Unfall. Mit vier Todesopfern. Für alle anderen waren es nur ein paar namenlose Verkehrstote. Für mich war es ein unendlicher Verlust.«

»Sie standen Ihren Eltern nahe.«

Er lächelte. »Sehr. Mein Dad war immer mein bester Freund und größter Fan gewesen. Mom war eine wunderschöne, immer freundliche Frau. Sie waren außergewöhnliche Menschen. Alle beide.«

»Was ist Ihre liebste Erinnerung?«

»Mein Gott, es gibt so viele, aber ganz deutlich erinnere ich mich an den Tag, an dem ich meinen Aufnahmeantrag an der Clemson unterschrieb. Ich bekam ein volles Sportstipendium. Mom und Dad platzten vor Stolz. Sie feierten das ganz groß, luden alle ihre Freunde zum Essen ein. Ein paar Monate später waren sie nicht mehr da.« Er schnippte mit den Fingern.

»Keine Geschwister?«

»Nein, ich war ein Einzelkind. Damals übernahm Bing die Elternrolle, obwohl er das nie offen ausgesprochen hat und ich ihm wahrscheinlich eine geknallt hätte, wenn er es je getan hätte. Niemand hätte meine Mom und meinen Dad ersetzen können. Aber in seiner typisch griesgrämigen Art lotste er mich durch das Jahr nach ihrem Tod, nahm mich unter seine Fittiche, hielt mich in der Spur. Ich habe es nur ihm zu verdanken, dass ich in den beiden folgenden Jahren so gut abschloss.«

»Und dass die Tigers mit Ihnen in Ihrem Abschlussjahr Landesmeister wurden.« Auf seine hochgezogene Braue hin erklärte sie: »Ich habe meine Hausaufgaben gemacht.«

»Natürlich.« Er lächelte kurz und wurde gleich darauf wieder nachdenklich. »Beide Eltern auf einmal zu verlieren, war ein schwerer Schlag. Aber später sah ich es beinahe als Segen. So blieben ihnen wenigstens die vielen Skandale erspart, in die ich später verwickelt war, und sie mussten nicht mitansehen, wie ich in Ungnade fiel.«

»Vielleicht wäre manches anders gekommen, wenn sie noch da gewesen wären.«

»Vielleicht.« Er lachte trocken. »Mit Sicherheit wäre Rebecca nicht ihre Traumschwiegertochter gewesen.«

Kate zögerte kurz, bevor sie eine Frage stellte, die sie schon länger beschäftigte: »Wie haben Sie sich kennengelernt?«

»Sie hing in all den Clubs ab, die dafür bekannt waren, dass sich dort Spieler trafen. Es gab dort immer reichlich Mädchen, hübsch aufgemacht und leicht zu haben. Sie können es sich vorstellen.«

»Die von einer Nacht mit einem heißen Sportler träumten.«

»Oder die auf der Suche nach dem Mann mit dem It-Faktor waren. Das betrachtete jedenfalls Rebecca als ihren Job.«

»Ihren Job? Wie meinen Sie das?«

»Sie hatte eine Kosmetikschule besucht. Irgendwas in der Art. Aber eigentlich hatte sie es sich zur Berufung gemacht, heiß auszusehen und überall dabei zu sein. Bei allen möglichen Veranstaltungen. Golfturnieren, Filmpremieren, solchen Sachen. Überall, wo sie mit der High Society gesehen wurde.«

»Wie hat sie ihren Lebensunterhalt verdient?«

Er lachte kurz. »Das brauchte sie nicht. Ihr Fang des Tages brachte sie regelmäßig in seiner Hotelsuite unter, ging mit ihr shoppen und verwöhnte sie, bis sie zum nächsten Typen wechselte.«

»Bis Sie an die Reihe kamen.«

»Genau. In jener Saison gab es eine Menge Gerede über meinen legendären Wurfarm und darüber, dass es unser Team bis zum Super Bowl schaffen könnte.« Bitter fügte er hinzu: »Und nach unserem Sieg gab es eine Menge Gerede über meinen neuen Vertrag. Nachdem so viel darüber berichtet wurde, warf Rebecca ihre Angel aus. Sie sorgte dafür, dass sie unter all den Groupies auffiel. Ich brauchte mich damals nur umzudrehen, und schon stand sie in meinem Blickfeld. Eines Abends landeten wir bei ihr zu Hause. Sechs Wochen später lallten wir schwer alkoholisiert in einer Hochzeitskapelle in Las Vegas unser ›Ja, ich will‹. Ich weiß nicht mehr genau, wie wir dorthin gekommen waren. Ich kann mich nicht erinnern, dass ich ihr einen offiziellen Antrag gemacht hätte.« Er schüttelte verächtlich über so viel Blödheit den Kopf. »Mein Gott, ich hielt mich für so toll. Ich fühlte mich unbesiegbar. Bing und ich sind ein einziges Mal wirklich aneinandergeraten, und das war, als ich im Frühjahr zwei Tage hintereinander das Training schwänzte. Er stürmte in unser Haus, zerrte mich aus dem Bett, schleuderte mich gegen die Wand und erklärte mir, ich wäre ganz eindeutig der arroganteste, eingebildetste Punktpunktpunkt auf diesem Planeten, und er wollte nichts mehr mit einem größenwahnsinnigen Arsch wie mir zu tun haben.«

»Trotzdem hat er Ihnen verziehen.«

»Ja, als ich nach drei Monaten im Liebesrausch wieder angekrochen kam. Damals hatte ich herausgefunden, dass Rebecca ihre erste Affäre hatte.«

»Autsch.«

»Sie brauchen kein Mitleid mit mir zu haben. Als ich davon erfuhr, begann ich, mich ebenfalls zu amüsieren. Frauen waren für mich leicht zu haben. Ich hatte nur keine Ahnung von Dingen wie Bescheidenheit, Dankbarkeit, gesundem Menschenverstand, Verantwortungsgefühl oder ähnlich lebenswichtigen Dingen.«

»Wie alt waren Sie damals, Zach? Sechsundzwanzig, siebenundzwanzig? Ruhm kann in so jungen Jahren eine Belastung sein.«

»Ja, ich war jung. Aber vor allem war ich dumm und selbstverliebt.« Er verschränkte die Arme auf dem Tisch. »So. Jetzt habe ich Ihnen mein Herz ausgeschüttet. Jetzt sind Sie mit Ihren dunklen Geheimnissen an der Reihe.«

Sie lachte. »Ich bin ein langweiliger Mensch.«

»Sie sind ein Star auf Ihrem Gebiet.«

»Noch nicht. Aber ich bemühe mich.«

»Was ist mit Ihren Eltern?«

»Bob und Jenny. Seit gut vierzig Jahren verheiratet und immer noch verliebt. Ich war ebenfalls ein Einzelkind.«

»Und eine Musterschülerin, wette ich.«

»Ich habe einen ganz ordentlichen IQ. Ein genetischer

Glücksfall. Meine Eltern waren beide Ärzte, sind mittlerweile aber im Ruhestand und wohnen in Hilton Head. Sie spielen jeden Tag Golf, predigen die Vorzüge von Sonnenschutz und Ballaststoffen und beschweren sich, dass ich nicht oft genug anrufe. Sehen Sie? Langweilig.«

»Ich habe mich keineswegs gelangweilt, aber Sie haben mir von Ihren Eltern und nicht von sich erzählt. Also los. Ein Geheimnis. Ich erzähle es auch nicht weiter, Ehrenwort.«

Sie zog die Schultern hoch, holte tief Luft und atmete wieder aus, wobei sie die Schultern sinken ließ. »Ich bekam schon mit zwanzig weiße Haare.«

»Eine Erbkrankheit?«

»Meine beiden Eltern haben bis heute keine graue Strähne. Niemand konnte sich das erklären, nicht einmal die Spezialisten, und wir haben sie alle aufgesucht. Wie Sie sich vorstellen können, war ich hysterisch vor Angst. Ein paar Jahre lang färbte ich meine Haare, aber irgendwann wurde mir das zu mühsam und zu teuer. Wenn ich an Krebskranke dachte, die ihre Haare verlieren, oder Menschen mit erblichem Haarausfall, fand ich meine weißen Haare gar nicht mehr so schlimm. Also.« Sie rahmte ihr Gesicht mit beiden Händen ein. »Die meisten Menschen glauben, ich würde mir die Haare bleichen, aber dies ist meine natürliche Farbe.«

»Welche Farbe hatten sie früher?«

»Bräunlich.«

»Weiß steht Ihnen besser.«

»Danke. So. Jetzt kennen Sie eines meiner dunklen Geheimnisse.«

»Und nachdem wir nun unsere dunklen Geheimnisse kennen, Kate, will ich dir noch eins verraten.«

Sie akzeptierte lächelnd, dass er sie so vertraulich angesprochen und geduzt hatte. »Ooh! Ich bitte darum.«

»Ich sitze inzwischen seit gut neunzig Minuten hier, über Drinks, Salat, Steaks und Kaffee, und will die ganze Zeit nur deine Lippen auf meinen spüren.«

Kapitel 15

Kate senkte den Kopf und spielte mit dem Löffel, mit dem sie ihren Kaffee umgerührt hatte. »Das wird nicht passieren, Zach.«

»Ich weiß.«

»Das wäre eine ganz miserable Idee.«

»Ich weiß.« Er deutete auf ihre linke Hand, die immer noch mit dem Löffel spielte. »Ich sehe keinen Ring. Gibt es vielleicht einen Mr. Lennon?«

»Meinen Dad.«

»Außer ihm.«

Sie schüttelte den Kopf. »Ich war nie verheiratet. Ich hatte mehrere feste Beziehungen, die alle aus den unterschiedlichsten Gründen im Lauf der Zeit erloschen sind, größtenteils aus Apathie.«

»Ich war noch nie in einer festen Beziehung.«

Sie sah ihn zweifelnd an.

»Es ist wahr«, beteuerte er. »Ich hatte One-Night-Stands oder kurze Affären, aber nie eine Beziehung. Nicht mal meine Ehe könnte man als feste Beziehung bezeichnen. Schon gar nicht meine Ehe.«

»Das ist wirklich traurig.«

»Wem sagst du das.«

»Aber zwischen uns darf es auch keine geben.«

»Ich weiß.«

Sie lächelte matt, er erwiderte ihr Lächeln, dann sah er sich um und stellte fest, dass kaum noch Gäste im Restaurant waren. »Nachdem das geklärt wäre, können wir auch aufbrechen, oder?«

Obwohl es kein Date war, legte er die Hand auf ihren Rücken, während er sie zum Eingang führte. Er stieß die Tür auf, inzwischen regnete es wie aus Kübeln.

Sie öffnete den Schirm. »Soll ich dich zu deinem Auto bringen, damit du nicht nass wirst?«

»Ich habe ganze Spiele in schlimmerem Regen absolviert. Ich werde schon nicht schmelzen.«

»Danke für das Abendessen, und danke, dass du mich zu dem Filet überredet hast.«

»Aber immer doch. Ich bringe …« Er brach mitten im Satz ab, weil er aus dem Augenwinkel eine Bewegung bei seinem Pick-up bemerkt hatte. Auf der Fahrerseite ging eine Gestalt an der Ladepritsche entlang. Dann war sie an der Rückseite angekommen und verschwand hinter dem Heck. »Hey!«

Ohne sich um den strömenden Regen zu scheren, sprintete er los, mitten durch die Pfützen, die sich auf dem Parkplatz angesammelt hatten. Er schoss um das Heck seines Wagens und wäre beinahe mit einer klobigen Figur unter einem schwarzen Regenumhang zusammengeprallt, die sich gerade neugierig über seine Ladepritsche beugte.

Zach sah rot. »Was soll der Scheiß?« Er packte den Unbekannten an der Schulter und drehte ihn herum.

Es war Deputy Dave Morris.

Kate kämpfte mit ihrem Schirm, während sie Zach hinterher eilte, gab dann auf und ließ ihn geschlossen. Als sie die Rückseite des Pick-ups erreichte, standen Zach und der Deputy sich schon wieder kampfbereit gegenüber.

Als Morris sie sah, schenkte er ihr dieses verlogene Lächeln, das sie bei jedem Mal mehr anwiderte. »Hi, Kate.«

Ehe sie antworten konnte, schob Zach seine Schulter zwischen sie und den Deputy. »Was zur Hölle haben Sie an meinem Pick-up verloren?«

Regen tropfte von Morris' Hut, der mit einer Plastikhaube überzogen war. »Es gab gestern Abend einen weiteren Fall von Vandalismus bei GreenRidge.«

Zach biss die Zähne zusammen. »Nicht mein Problem. Noch mal: Was haben Sie an *meinem* Pick-up verloren?«

»Ich wollte nur nachschauen, ob sich diese Typen womöglich an Ihnen gerächt haben, weil man Sie für die Schäden an ihrem wertvollen Eigentum verantwortlich macht.«

»Was reden Sie da?«

»Hier drüben.« Morris drehte sich um und ging zur Beifahrerseite des Wagens. Kate und Zach folgten ihm. Morris zog aus den Falten seines Regenumhangs eine riesige Taschenlampe, richtete den Lichtstrahl auf den Pick-up und folgte damit einer gezackten Furche, die jemand von der hinteren Stoßstange bis zur vorderen gezogen hatte.

»Da hat jemand mit dem Schlüssel gearbeitet«, erklärte Morris. »Ich denke, um sich für die Schäden auf der Baustelle zu rächen.«

»Mit denen ich nichts zu tun habe.«

»Also, gestern wurden mehrere frisch angebrachte Teerpappen durchlöchert. Allem Anschein nach mit einem Zimmermannshammer oder etwas in der Art.«

Kate stand dicht neben Zach und spürte den heißen Zorn, der von ihm ausstrahlte. »Gibt es auf der Baustelle keine Überwachungskameras?«, wollte sie wissen.

»Sie wollen welche installieren.«

»Dann sollten die Eigentümer«, sagte sie, »bis dahin vielleicht einen Wachdienst beauftragen, der ihr wertvolles Eigentum beschützt.«

»Genau das habe ich ihnen auch geraten, Kate.« Der Deputy zwinkerte ihr zu, als wären sie beide im selben Team.

Anmaßendes Arschloch.

»Sie sind nur am Restaurant vorbeigefahren und haben dabei zufällig den Kratzer an meinem Pick-up bemerkt? In der Dunkelheit? Bei diesem Regen?«, fragte Zach.

Das ließ Morris nicht auf sich sitzen. »Nein, ich habe hier was zum Abholen bestellt. Darum habe ich da drüben geparkt.« Er nickte zu seinem Streifenwagen hin, wobei es für Kate so aussah, als wollte er dabei absichtlich das Regenwasser aus seiner Hutkrempe auf Zach kippen. »Ich habe den Kratzer im Scheinwerferlicht gesehen. Und ich konnte mich an keinen Kratzer erinnern, als ich gestern bei Ihnen zu Hause war, also wollte ich mal nachsehen, ob es irgendwelche Hinweise auf den Täter gibt. Hab aber leider nichts gefunden.«

»Natürlich nicht«, sagte Zach.

»Da wollte Ihnen jemand eine Botschaft schicken.« Wieder leuchtete Morris mit der Taschenlampe den langen Kratzer an und schnaufte bedauernd. »Ich hoffe, Sie haben keine allzu hohe Selbstbeteiligung.«

Kate fürchtete, dass Zach jede Sekunde auf den Deputy losgehen könnte. »Sie wollen doch nicht, dass Ihre Bestellung kalt wird, Dave.«

»Nein.« Der Blick des Deputys pendelte zwischen den beiden hin und her, dann wünschte er ihnen eine gute Nacht, schaltete die Taschenlampe aus und ging über den Parkplatz auf den Eingang des Restaurants zu.

»Tut mir leid«, meinte sie halblaut zu Zach. Sie spannte ihren Schirm auf und hielt ihn über sie beide. Oder versuchte es wenigstens. Ihr Arm reichte nicht hoch genug, um Zach abzuschirmen.

Seine wütende Miene entspannte sich. »Ein bisschen spät dafür, aber was soll's.«

Er nahm ihr den Schirm ab, hielt ihn über Kate und brachte sie zu ihrem Wagen. Sie entriegelte ihn mit der Fernbedienung und öffnete die Fahrertür. Er reichte ihr die Hand zum Einsteigen, faltete dann den Schirm zusammen und gab ihn ihr. »Wo bist du untergekommen?«

Sie nannte ihm den Namen eines beliebten Bed and Breakfast.

»Im Haupthaus?«

»In einer der kleinen Hütten.«

»Ich fahre dir nach und überzeuge mich, dass du sicher nach Hause kommst.«

»Das ist doch nicht nötig.«

»Ich fahre dir nach.« Er schloss ihre Autotür.

Auf der Fahrt durch das pittoreske Ortszentrum klebte er praktisch an ihrer Stoßstange. Heute Abend hatte nichts mehr offen; die Straßen waren dunkel. Beim B&B parkte sie auf dem markierten Stellplatz vor ihrer Hütte, suchte ihre

Sachen zusammen und eilte zur Tür, wo sie sich umdrehte und ihm zum Abschied zuwinkte.

Doch Zach hatte seinen Pick-up neben ihrem Wagen abgestellt und stieg gerade aus. Er stellte sich zu ihr unter das schmale Vordach. »Schließ auf«, sagte er. »Ich will mich umsehen.«

Kopfschüttelnd über diese absurden Vorsichtsmaßnahmen öffnete sie die Tür mit dem altmodischen Bartschlüssel. Sie streckte die Hand aus und schaltete das Licht an. Beide schauten in den Raum. »Siehst du? Alles gut. Kein Bösewicht zu sehen.«

»Du kannst meinetwegen lachen, aber ich mag den Typen nicht. Ich trau ihm nicht. Er ist scharf auf dich. Dass er unsere Wagen zusammen auf dem Parkplatz vor dem Restaurant stehen sah, hat ihm überhaupt nicht gefallen, darum hat er aus Wut meinen Pick-up zerkratzt.«

»Vielleicht war er es gar nicht.« Sie sagte es mit so wenig Nachdruck, dass sie sich nicht einmal selbst überzeugen konnte.

»Der Kratzer ist zu tief, als dass er mit einem Schlüssel gezogen worden wäre. An seinem Gürtel hängt praktisch jedes Werkzeug außer einer Kettensäge. Aber hauptsächlich hat ihn sein dreistes Grinsen verraten.«

»Stimmt schon, er ist schmierig. Aber ich habe ihn um seinen Regenmantel beneidet. Deine Lederjacke könnte ruiniert sein.«

»Nein, je mehr sie mitmachen muss, desto besser sieht sie aus.«

Sie interpretierte sein vielsagendes Lächeln korrekt, klappte die Jacke auf und entdeckte das vertraute Label. Sie lachte und ließ ganz spontan den Scheitel gegen seine Brust fallen. »Ich lag also hundertprozentig richtig.«

»Allerdings.«

Er legte eine Hand an ihren Hinterkopf und hielt sie an seiner Brust, die breit und warm war und wunderbar roch. Es war eine ganz leichte Berührung, ohne jeden Druck, die aber durch diese Zurückhaltung umso verführerischer wirkte. Alles fühlte sich viel zu richtig an und war darum gefährlich falsch.

»Zach.«

»Hmm?«

»Das dürfen wir nicht.«

»Ich weiß.«

»Das sagst du immer wieder, aber ich glaube, du begreifst nicht, wie unethisch, wie kompromittierend …«

»Verdammt noch mal, Kate, du brauchst mir nicht zu erklären, warum wir dadurch ein Problem verkomplizieren würden, das jetzt schon verflucht kompliziert ist. Ich hab's kapiert, okay?«

»Okay.« Sie sah auf und lächelte ihn schwach und sehnsüchtig an. »Dann gute Nacht.«

»Gute Nacht.«

Aber keiner von beiden bewegte sich. Ihr war gar nicht aufgefallen, wie sich ihre Körper angenähert hatten, bis seine linke Hand plötzlich neben seiner rechten auf ihrem Hinterkopf lag und sich sein Gesicht auf ihres senkte.

Sie schloss die Augen. Sie spürte seinen Atem, warm und leicht nach Whisky duftend, auf ihrer Wange. Dann fühlte sie ein Kitzeln an ihrem Mundwinkel. Seine Lippen strichen über ihre Unterlippe, und dann flüsterte er: »Du kannst so viel Druck auf mich ausüben, wie du willst.«

Kapitel 16

Uptons Türklingel schallte durchs Haus. Sie wurde so selten benutzt, dass er tatsächlich zusammenzuckte. Seit dem Tod seiner Frau gab er keine Partys mehr. Er bekam auch keinen Besuch von Freunden, ausgenommen vielleicht Sid, der sich bei diesen seltenen Gelegenheiten aber prinzipiell ankündigte.

Er legte die dicke Biografie beiseite, die er gerade las, schob seine nackten Füße in die Lederpantoffeln und schlappte zur Haustür. Zu seinem Missvergnügen sah er Eban auf der Türschwelle stehen, der gerade zum zweiten Mal läuten wollte.

»Bin schon da«, rief Upton ihm durch die Glasscheibe zu. Er schaltete die Alarmanlage aus, entriegelte die Tür und zog sie auf.

»Hi, Up.« Eban musterte Uptons Pyjama und den Bademantel. »Ein bisschen früh fürs Bett, oder?«

»Ich war nicht im Bett. Ich habe mich entspannt.« Upton sah an Eban vorbei, weil er hoffte, dass Sid mitgekommen war, aber in der halbrunden Auffahrt stand nur der nagelneue Sportwagen. »Ist irgendwas passiert?«

»Was für ein Zufall! Dasselbe wollte ich dich auch fragen.

Warum lässt du mich nicht herein, damit wir ein bisschen plaudern können?«

Widerwillig antwortete Up: »Natürlich, komm rein. Ich war gerade im Arbeitszimmer.«

Er gab ihm ein Zeichen, ihm durch den breiten Flur voranzugehen, was Eban beschwingt tat, nicht ohne sich dabei ausgiebig umzusehen. »Hier hat sich absolut gar nichts verändert seit meinem letzten Besuch, und der ist wie viele Jahre her?«

»Ich bin ein Gewohnheitstier«, sagte Upton. »Die Mädchen liegen mir seit Alices Tod in den Ohren, dass ich in eine kleinere Wohnung ziehen soll. Aber ich bringe es einfach nicht über mich, dieses Haus zu verlassen. Es ist mir ans Herz gewachsen. Ich weiß, wo alles ist und wie alles funktioniert.«

Die »Mädchen« waren seine beiden erwachsenen Töchter. Beide hatten mit ihrem Beruf und ihren Familien alle Hände voll zu tun. Sie riefen regelmäßig an und erkundigten sich nach ihm, aber er hatte das Gefühl, dass sie sich eher aus Pflichtgefühl als aus Zuneigung bei ihm meldeten.

Alice war diejenige gewesen, die ihm den Rücken frei gehalten hatte, sie war die liebevolle, sanftmütige, gelassene, gut geölte Maschine gewesen, die ihre Familie über Jahrzehnte am Laufen gehalten hatte. Seit sie nicht mehr da war, verhielten er und seine Töchter sich wie wohlmeinende entfernte Bekannte, die nach Gemeinsamkeiten und Gesprächsthemen suchten. Es war ihm peinlich, dass er so wenig von ihnen wusste, von ihren Interessen, ihren Gedanken und Eigenheiten.

Den Löwenanteil seiner Zeit und seines Lebens hatte er Sid und dessen weitläufiger Unternehmensgruppe gewidmet, die über die Jahre zu einer wahren Wundertüte von Firmen aus den verschiedensten Branchen angewachsen war. Up hatte wesentlich mehr mit Eban zu tun gehabt als mit seinen eigenen Kindern. Wenn er noch einmal vor die Wahl gestellt würde, würde er inzwischen viele Entscheidungen anders fällen und neue Prioritäten setzen. Aber leider war es zu spät, solche Korrekturen vorzunehmen.

Eban und er betraten das Arbeitszimmer, und wenig später saßen sie sich in zwei Sesseln gegenüber, mit einem Cocktailtisch dazwischen. Eban hatte sich einen Wodka eingeschenkt; Upton verzichtete. Er empfand den Besuch als unliebsame Störung und wollte ihn so kurz wie möglich halten.

»Was beschäftigt dich, Eban?«

Sein Patensohn lümmelte sich lässig in seinem Sessel, mit ausgestreckten Beinen und locker übereinandergeschlagenen Knöcheln, aber Upton hatte einen scharfen Blick für gekünstelte Posen. Eban wäre nicht hier, wenn er nicht kurz vor dem Explodieren wäre. Upton hatte eine Ahnung, was der Grund dafür war, aber er wollte ihn von Eban selbst hören.

»Dad hat mir heute Morgen etwas ganz Erstaunliches mitgeteilt«, erklärte Eban scheinbar gelassen.

Upton fragte nicht, was der Inhalt der Mitteilung gewesen war, sondern wartete ab.

»Er hat mir erzählt, du hättest ihn vor potenziellen …« Er wippte mit der Hand auf und ab. »… Wellengängen im Teich meiner Zukunft gewarnt.« Er schlürfte an seinem Wodka. »Nein, lass es mich präziser ausdrücken. Dad hat mich vor einem potenziellen Scheiß-Tsunami gewarnt.« Dann brach es aus ihm heraus: »Warum unternimmst du nichts dagegen?«

Upton hob die Hände. »Weil sich zu diesem Zeitpunkt

nichts dagegen unternehmen lässt. Das Schlüsselwort ist *potenziell.* Ich hielt es für meine Pflicht, dich und Sid zu informieren, dass es dazu kommen könnte.«

»Nicht so schnell, nicht so schnell.« Eban knallte sein Glas auf den Tisch. »Du willst also rumsitzen und Däumchen drehen, bis dieses Mädchen irgendwann den Geist aufgibt und diese Staatsanwältin mich daraufhin mit einem Haftbefehl wegen Mordes am Arsch hat? Das ist dein Plan?«

»Dieses Mädchen heißt Rebecca Pratt.«

»Ich weiß, wie sie heißt! Jesus! Wie könnte ich das vergessen? Sie hat mein Leben ruiniert.«

Upton biss sich auf die Zunge. *Was nahm sich dieses kleine Arschloch heraus!* In betontem Kontrast zu Ebans Gebrüll und dem Zorn, der in ihm selbst tobte, kommentierte er leise: »Manche würden es genau andersherum sehen.«

Während Eban ihn wutentbrannt anstarrte, nahm Upton sich eine Sekunde Zeit, um seine Gefühle unter Kontrolle zu bringen. »Wenn Rebecca Pratt sich damals halbwegs erholt und bei deiner Verhandlung ausgesagt hätte, hätte das bestimmt tiefen Eindruck auf die Geschworenen gemacht, und das Urteil wäre deutlich härter ausgefallen. Wäre sie gestorben, wäre es noch schlimmer für dich ausgegangen. Dann würdest du jetzt bestenfalls wegen Totschlags in Reidsville einsitzen, statt in deinem neuen Porsche durch die Gegend zu sausen. So oder so hat sie dir einen riesigen Gefallen getan, indem sie in diesem grauenvollen Zustand gefangen ist.«

Grummelnd ging Eban mit seinem Glas an die Bar und schenkte sich Wodka nach. »Wo ist sie überhaupt untergebracht?«

»In einem Heim für Schwerstpflegebedürftige in New Orleans.«

»Wie ist ihr Zustand? Weißt du etwas darüber?«

»Ich habe eine Informantin in der Klinik, die mir regelmäßig Bericht erstattet. Seit Rebecca aufgenommen wurde, hat sich ihr Zustand praktisch nicht verändert.«

Eban wischte mit der flachen Hand senkrecht von seiner Stirn abwärts zum Kinn und wieder nach oben. »Keine Reaktion?«

Upton verneinte barsch.

»Und sonst?«

Upton teilte ihm alles mit, was er über Rebeccas allgemeinen Gesundheitszustand wusste.

Eban verarbeitete diese Informationen und trank dabei mehrmals von seinem Wodka. »Sie könnte doch ewig so bleiben, oder? Ich meine, bis sie alt ist? Und auf natürliche Weise stirbt?«

»Theoretisch schon. Aber man hat mir erklärt, dass Menschen in ihrem Zustand gewöhnlich keine allzu hohe Lebenserwartung haben.«

»Toll. Ganz toll«, murmelte Eban in sein Glas und nahm noch einen Schluck. »Ich muss also ständig mit einem Strick um den Hals leben.«

»Falls alles seinen natürlichen Verlauf nimmt.«

Das ließ Eban aufblicken. »Und wenn jemand beschließen sollte, den natürlichen Verlauf zu beschleunigen? Wie lange würde sie dann durchhalten?«

»Höchstens ein paar Tage.«

»Supertoll.«

»Mein Ratschlag?«

»Also, Onkel Up, ich will dir ja keine Umstände machen, aber wenn ich schon mal hier bin?«

Für seinen Sarkasmus hatte er eine Maulschelle verdient, aber Upton kämpfte den Impuls nieder. »Verlass das Land, Eban.«

»Was?«

»Such dir einen Fleck auf dem Globus aus, der dir zusagt, und tauch dort unter.«

»Ich hab's nicht so mit dem Tauchen. Und wie lange?« Upton sah ihn nur stumm an, und als Eban begriff, was sein Patenonkel meinte, schnaubte er. »Du meinst doch nicht etwa für immer? Spinnst du?«

Wieder konnte Upton sich nur mit aller Macht beherrschen. »Hör zu, Eban. So einen Fall zur Anklage zu bringen ist wie ein Seiltanz über den Grand Canyon. Von allen Seiten drohen Scherwinde. Ein falscher Schritt, und schon ist alles verloren. Wenn vor so einem Verfahren zusätzlich ein Auslieferungsbegehren an ein anderes Land gestellt werden müsste, würde das die Schwierigkeiten verzehnfachen, selbst für die unerschrockenste Staatsanwältin, und folglich wäre die Chance, dass der Fall je vor Gericht kommt, gleich null.«

Eban ließ sich das durch den Kopf gehen und verkündete schließlich in dem bockigen Tonfall eines Kindes, das seinen Brokkoli essen soll: »Nein. Ich will nicht ins Ausland. Ich bin eben erst heimgekommen. Außerdem würde es aussehen wie ein Schuldeingeständnis, wenn ich jetzt abhaue, untertauche oder mich auch nur unauffällig verhalte, so wie Dad und du es von mir verlangt.« Er legte die Hand flach auf seine Brust. »Ich habe nichts getan, was sie nicht auch gewollt hat. Sie wusste, worauf sie sich einließ, als sie mit Theo, Cal und mir in dieses Schlafzimmer ging. Niemand musste sie zu dieser verfickten Sache überreden.« Er stutzte kurz und lachte dann auf. »Eine passende Wortwahl.«

Upton hievte sich aus seinem Sessel, denn er ertrug seinen Patensohn nicht länger. »Es ist schon spät, Eban, und ich habe morgen früh eine Besprechung mit Sid.«

»Moment noch. Sind ihre Eltern immer noch solche Bibelklopfer?«

»Ihre Mutter ist mittlerweile gestorben. Wie ich höre, besucht der Vater Rebecca immer noch jeden Tag. Ich nehme an, seine religiösen Überzeugungen sind so fest wie eh und je.«

»Na dann«, sagte Eban und zuckte übertrieben mit den Achseln, »wird uns Holy Joe keine Probleme machen. Wenn ich mich recht erinnere, war er immer strikt dagegen, den Stecker zu ziehen. Und über den Ex-Mann brauchen wir uns keine Gedanken zu machen. Der ist schon vor Jahren aus seinem Höhenflug abgestürzt und als Säufer in der Gosse gelandet.«

Upton zögerte. Eigentlich wollte er nicht zu viele Informationen preisgeben, aber gleichzeitig, ermahnte er sich, war Eban über Sid auch sein Mandant. Er hatte das Recht, alles Wichtige zu erfahren.

Und so widerwärtig Eban als menschliches Wesen auch sein mochte, er war immer noch Uptons Patensohn, und er hatte damals geschworen, ihn wie seinen eigenen Sohn zu behandeln.

Widerstrebend erklärte er ihm: »Er war in New Orleans.«

»Wer? Bridger? Wann?«

»Kürzlich.«

»Wie kürzlich?«

»Gestern Vormittag. Erst war er bei Rebecca, und danach hatte er eine vertrauliche Besprechung mit der Leiterin der Einrichtung.«

Eban erbleichte ein wenig und kippte den letzten Schluck Wodka hinunter. »Das muss gar nichts bedeuten. Wie oft besucht er sie denn?«

»Nie, Eban. Das war sein erster Besuch überhaupt, darum halte ich ihn durchaus für bedeutsam.«

»Ach, kein Scheiß, Sherlock. Wann wolltest du mir verfickt noch mal von diesem *bedeutsamen* Besuch erzählen?«

»Meine Informantin im Heim hatte gestern frei, darum hat sie erst heute von Mr. Bridgers Besuch erfahren. Sie schnappte etwas unter den Kolleginnen auf. Und sie konnte mich erst am späten Nachmittag informieren, nach ihrem Schichtende.«

Eban schnaufte schwer, und seine Nasenflügel bebten. »Und was hat dieser Besuch deiner Meinung nach zu bedeuten?«

»Vielleicht rein gar nichts.«

»Oder?«

»Oder er hat mit deiner vorzeitigen Entlassung zu tun und wurde durch einen Hinweis einer gewissen Staatsanwältin veranlasst.«

»Dad hat mir von dieser Staatsanwältin erzählt. Dieser Kathryn Sowieso.«

»Lennon.«

»Was weißt du über sie?«

»Nur dass sie seit etwas über einem Jahr für den Generalstaatsanwalt arbeitet und den Ruf hat, scharf und aggressiv zu sein.«

»Das ist alles?«

»Reicht das nicht?«

»Längst nicht.«

Seine verhärteten Gesichtszüge und die Kälte in seiner Stimme ärgerten Upton und beunruhigten ihn gleichzeitig. »Eban, tu dir bitte selbst einen Gefallen. Bitte hör auf uns, und versuch, dich unauffällig zu verhalten. Ich halte es zwar für meine Pflicht, dich und Sid darauf hinzuweisen, was passieren *könnte*, aber ich bezweifle sehr, dass es passieren *wird*.«

Eban funkelte ihn ein paar Sekunden lang zornig an, dann blinzelte er, und sein Blick hellte sich auf. Seine gleichmäßigen Gesichtszüge entspannten sich. Lächelnd schlug er Upton auf die Schulter. »Ich habe dich zu lange wach gehalten. Du siehst müde aus, ich lass dich mal ins Bettchen gehen. Danke für den Drink.«

Er ging eilig aus dem Raum, ohne abzuwarten, ob Upton ihm folgen würde. Bis Upton die Haustür erreicht hatte, ließ Eban schon den Motor seines Wagens aufheulen. Upton sah ihm nach, bis die Heckleuchten aus seiner Einfahrt bogen. Der Wagen stand symbolisch für Ebans Exzesse, die er für sein naturgegebenes Recht hielt.

Up empfand tiefe Reue, weil auch er Ebans Charakter mitgeformt hatte. Er hatte sich genauso schuldig gemacht wie Ebans allzu nachsichtige Eltern: Er hatte all die Bestechungsgelder gebilligt und ausgehandelt, mit denen sie Ebans zahllose Untaten unter den Teppich gekehrt hatten.

So stieg Upton die Treppe zu seinem Schlafzimmer hoch, beladen mit Schuldgefühlen, Sorgen und Müdigkeit, die ihn wie schwere Ketten zu Boden zogen.

Theo lebte immer noch in dem Neubauviertel, in dem er schon gewohnt hatte, bevor Eban ins Gefängnis musste. Sein Haus klemmte zwischen zwei anderen, die bis auf die Farbe der Haustür identisch aussahen.

Eban benutzte den Messingklopfer an der kobaltblauen Tür. Theo öffnete und sah Eban verdattert an. »Eban?«

»Hast du jemand anders erwartet?«

»Dich habe ich jedenfalls nicht erwartet.« Er zögerte kurz und sagte dann: »Aber komm rein.«

»Auf jeden Fall.«

Eban trat in das Wohnzimmer, das seit seinem letzten Besuch umgestaltet worden war. »Mir gefällt der Style. Neu?«

»Seit letztem Jahr.«

Eban schlenderte zu der Kochinsel, die den Wohnbereich von der Küche trennte, strich mit der Hand über die marmorierte Platte und schnalzte tadelnd mit der Zunge. »Imitat. Hoffentlich haben sie dich nicht für echten Marmor bezahlen lassen.«

Theo stand immer noch in der Nähe der Tür und hatte die Hände in die Hüften gestemmt. »Du bist stoned.«

Eban grinste. »Stoned, aber nicht knickerig.« Er zog ein Pillenröhrchen aus der Hosentasche. »Mollys. Fang.«

Er warf Theo das Röhrchen zu, der es auffing und postwendend zurückwarf. »Nein danke.«

»Ich war gestern Abend bei unserem Freund Simply Simon. Er meint, er hätte dich ewig nicht mehr gesehen. Hast du den Dealer gewechselt, oder was?«

»Es ist schon spät, Eban. Ich wollte gerade ins Bett. Lass uns irgendwann nächste Woche zum Essen treffen. Was meinst du?«

Eban tippte mit dem Zeigefinger gegen sein Kinn. »Weißt du, wie das gerade klang? Wie ein Rauswurf. Wie ein klassischer Rauswurf.«

Theo senkte den Kopf und starrte auf seine nackten Füße – ausgesprochen hässliche knochige Füße. Dann hob er den Kopf wieder und sagte: »Hör zu, Eban, ich bin froh, dass du wieder draußen bist. Und ich freue mich, dich zu sehen. Aber ich bin durch mit diesem Scheiß.« Er deutete auf das Plastikröhrchen, das Eban in der Hand hüpfen ließ und in dem die Pillen klapperten.

»Ernsthaft? Hast du schlechte Erfahrungen mit psychedelischen Drogen gemacht?« Theo hatte Eban immer ein bisschen an Forrest Gump erinnert: entzückend naiv und extrem leicht zu überzeugen. Aber jetzt erinnerte seine finstere Miene eher an Cals missbilligendes Gesicht während ihres gemeinsamen Abendessens.

»Schlechte Erfahrungen?«, wiederholte Theo. »Ja, man könnte fast sagen, wir alle haben *schlechte Erfahrungen* damit gemacht.«

»Ohhh«, antwortete Eban gedehnt. »Du meinst …« Er schnippte mehrmals mit den Fingern. »Die kleine Pratt. Die Kleopatra-Kopie. Ich bin froh, dass du sie zur Sprache bringst. Sie ist der Grund für meinen Besuch. Also, indirekt. Unter anderem. Hast du was zu trinken da?«

»Nein.«

Er seufzte. »Okay, ich kann verstehen, dass du stinkig bist. Du warst auf dem Weg ins Bett. Und ich bin stoned aufgekreuzt.«

»Ich will nicht …«

»Nein, nein, hab schon kapiert.« Er tätschelte beschwichtigend mit beiden Händen die Luft. »Ich mach's kurz. Setz dich.«

Theo zögerte, ging dann zu einem Sessel und ließ sich auf der Kante nieder, als hätte er nicht vor, lange sitzen zu bleiben. Eban warf sich in den bequemsten Sessel im Raum. Nachdem er es sich gemütlich gemacht hatte, erzählte er Theo, was er von seinem Dad erfahren hatte. »Erst dachte ich, der Alte ist senil geworden, aber Up hat alles bestätigt.«

»Niemand darf zweimal wegen desselben Verbrechens vor Gericht gestellt werden.«

»Siehst du? Genau das habe ich auch gesagt, aber anscheinend doch. Up meint, dass wahrscheinlich gar nichts passieren wird. Vorerst ist jeder weitere Prozess ausgeschlossen, weil Rebecca Pratt noch am Leben ist. Aber, verstehst du …«

Er zuckte mit den Achseln. »Falls der Fall tatsächlich neu verhandelt werden *sollte*, dann könnten wir, also du, Cal und ich, uns vielleicht ein bisschen anders an die ganze Geschichte erinnern als bei der ersten Verhandlung. Scheiße.« Er grunzte. »Wir waren bei dem Verhör im Polizeirevier am nächsten Morgen immer noch so breit, dass ich mich gar nicht klar erinnern konnte. Und wer könnte sich nach so vielen Jahren noch genau ins Gedächtnis rufen, wer dies gesagt hat und wer jenes und wer was mit wem gemacht hat?« Er nagelte Theo mit einem vielsagenden Blick fest. »Es wäre doch für alle viel besser, wenn unsere Erinnerung neblig bliebe, meinst du nicht auch?« Er ließ die Frage wirken. Dann seufzte er wieder. »Diese Staatsanwältin hat offenbar Hummeln im Arsch. Ich kann sie direkt vor mir sehen, du nicht auch? Schlappe Titten, fette Knöchel, Riesenpranken. Wahrscheinlich eine widerliche Warze im Gesicht. Ich würde ja Informationen über sie einholen, aber ich will niemanden in der Firma beauftragen, sich über sie schlauzumachen, weil mein alter Herr oder Up mit Sicherheit von meinen Nachforschungen erfahren würden, und die beiden sind jetzt schon am Limit. Darum habe ich an dich gedacht. Du arbeitest in der Bücherei! In Büchereien findet man praktisch alles, oder? Du könntest so was schneller rauskriegen als jeder andere.«

Eban sah Theo an, dass er die Botschaft zwischen den Zeilen verstanden hatte. Auf seiner Stirn lagen tiefe Falten. Sein Knie wippte auf und ab. Er kaute an seiner Wange. »Was willst du über sie wissen?«

»Das ist mein Mann!« Eban schlug sich auf den Schenkel. »Ich wusste, dass ich mich auf dich verlassen kann. Ich will absolut alles über sie wissen, sogar, wo diese hässliche Warze sitzt.«

Theo schluckte. Nickte. »Okay. Ich könnte in meiner Freizeit …«

Eban unterbrach ihn mit einem Summen wie von einem Quizbuzzer. »Falsche Antwort. Die Sache hat oberste Priorität.«

Theos Grinsen war schief, sichtlich gezwungen und verlegen, aber wie erwartet fügsam. »Wie heißt sie denn?«

Kapitel 17

Zach erwachte und verfluchte sich, noch ehe er die Augen aufschlug.

Er hatte es einfach nicht lassen können, oder? Er hatte sie geküsst, was für sie einen Verstoß gegen ihre Standesregeln darstellte und für ihn eine weitere absolut unnötige Komplikation.

Dumm, wie er war, hatte er geglaubt, dass er mit einer kleinen Kostprobe seine Neugier befriedigen könnte und danach Ruhe finden würde. Aber durch ihre Reaktion hatte sie diese Hypothese direkt zertrümmert.

Immer noch fluchend, schlug er die Decke zurück und stand auf. Er machte sich ein paar Rühreier, braute sich einen starken Kaffee und streifte anschließend seine Sportsachen über. Er konnte es kaum erwarten, loszulaufen, seinen aufgestauten Frust loszuwerden und den Kopf klar zu bekommen.

Aber selbst während die vertrauten Wegmarken an ihm vorbeizogen, spulte sein Geist immer wieder den magischen Moment ihres ersten – und theoretisch *einzigen* – Kusses ab. Die zaghafte Berührung zweier Lippenpaare hatte zu einem vorsichtigen Antasten zweier Zungen geführt und war im nächsten Augenblick in einer tiefen, feuchten, hungrigen Verschmelzung zweier Münder explodiert.

Sie hatte sich auf die Zehenspitzen gestellt und einen Arm um seinen Hals geschlungen. Er hatte die Hände an ihre Hüften gelegt und sie an seinen Körper gezogen. Dann an seinen Unterleib. Dann an genau *die* Stelle.

Aber ihre perfekte Verbindung hatte nur ein paar fragmentarische Herzschläge lang angehalten, dann hatte Kate stöhnend den Arm von seinem Hals gelöst, sich wieder auf die Fußballen gestellt und eine Hand gegen seine Brust gestemmt. »Zach, das darf nicht sein.«

»Das haben wir schon geklärt.« Aber noch während er das sagte, hatte er sich ihr wieder genähert.

»Das darf nicht sein.« Sie hatte ihre Hand fester gegen seine Brust gestemmt.

Ein paar Sekunden waren sie wie versteinert stehen geblieben, dann hatte er knapp genickt, sie freigegeben und einen Schritt zurück gemacht. »Geh rein. Und verriegele die Tür.«

»Ich warte auf deine Nachricht wegen Rebecca.«

Er hatte knapp genickt.

»Gute Nacht, Zach.«

»Nacht.«

Ihm hatte die Kraft für weitere Worte gefehlt. Sobald Kate in ihrer Hütte verschwunden war, hatte er sich in den strömenden Regen gestürzt, war in seinen Truck geklettert und heimgefahren. Seine Scheibenwischer hatten im Höchsttempo gearbeitet, aber kaum etwas gegen die Sturzbäche ausrichten können, die auf dem Autodach einen Trommelwirbel schlugen. Es war kein beruhigendes Geräusch, sondern ließ ihn die Zähne zusammenbeißen.

In klatschnassen Klamotten, vor Lust fiebernd, mit steinhartem Glied und halb rasend war er zu Hause angekommen.

Hätte Bing von seinem Zustand gewusst, hätte er ihm die Leviten gelesen und ihm vorgehalten, dass er jeden Anstand, jeden inneren Abstand und wohl auch den Verstand verloren hätte. »Denn«, hätte Bing gesagt, »diese Kathryn Cartwright Lennon hört sich nach einem Mädel mit unerschütterlichem Ehrgeiz und unerschütterlicher Integrität an.« Und damit hätte er völlig recht gehabt.

Deshalb hatte Zach, als Bing ihn gefragt hatte, wie die Staatsanwältin so sei, nur knapp und sachlich geantwortet und nichts verraten, was Bing vermuten lassen könnte, dass Zach sein Urteilsvermögen, von seinem Stolz ganz zu schweigen, in den Wind pfeffern könnte, nur für einen einzigen Kuss.

Für einen Kuss wie aus einem feuchten Traum wohlgemerkt, aber trotzdem.

Während seines Abstiegs ins Tal nahm ihn die Erinnerung an diesen folgenreichen Kuss so gefangen, dass er beinahe überrascht war, schon angekommen zu sein, als er schließlich im felsigen Flussbett stand.

Dieser Fleck unter dem Wasserfall war für ihn wie eine Heilquelle. Hierher war er in seinen dunkelsten Stunden gewandert, um innere Klarheit und geistige Erfrischung zu finden, und jedes Mal hatte er hier irgendwie genug Willenskraft tanken können, um den wesentlich schwierigeren Anstieg hinauf zu seinem Haus zu bewältigen.

Der Wasserfall dröhnte, die Gischt schäumte über die Felsen unter der Oberfläche. Eine Minute bewunderte Zach die raue, ungezähmte Energie der tosenden Massen. Dann drehte er sich um und schaute flussabwärts, wo sich die aufbrausenden Wogen beruhigten. Und doch rollte das Wasser noch meilenweit über unzählige Steine, die durch Jahrtausende dieser feuchten Politur glatt geschliffen worden waren.

Schon Hunderte Male hatte er an dieser Stelle gestanden und die Schönheit der Natur bewundert, ihre Ausdauer bestaunt, ihre Beständigkeit trotz aller verheerenden Umwälzungen. Jedes Mal erfüllte ihn dieser Anblick mit Ehrfurcht. Heute festigte er zudem seine Entschlossenheit.

Er begann seinen mühseligen Aufstieg und schaffte ihn eine volle Minute schneller als gedacht.

GreenRidge Incorporated hatte einen Halbmond aus dem Berghang gefräst und dort seinen Stützpunkt errichtet. Der Verkaufspavillon war das einzige Gebäude, das komplett fertiggestellt war. Rundherum gab es Modellhäuser in verschiedenen Baustadien; überall auf der Baustelle herrschte Betrieb. Behelfsbauten und portable Toiletten standen in einem weiten Bogen aufgereiht am Rand der Lichtung.

Zach parkte vor dem Büro, trat ein und musste zugeben, dass es Klasse hatte. Links gab es eine schicke Café-Bar, rechts eine Getränketheke mit Softdrinks, Mineralwasser und Schalen voll frischem Obst. Genau in der Mitte stand die Empfangstheke, an der aber niemand zu sehen war. Hinter der Fensterfront erhob sich das Bergpanorama, ohne dass die unansehnliche Reihe von Toilettenhäuschen zu sehen gewesen wäre.

Eine junge Frau kam aus einer offenen Tür hinter der Café-Bar. »Oh, Verzeihung. Ich habe Sie gar nicht gehört.«

»Ich bin gerade erst gekommen.«

Sie kam auf ihn zu und schenkte ihm ein perfektes Südstaatenmädchen-mit-Omas-Perlenkette-und-Manieren-Lächeln. »Ich bin Penelope.«

»Zach Bridger.«

Ihre scharlachroten Lippen bildeten ein perfektes »O«, und sie kam ins Stottern. »Oh. Ähm. Mr. Bridger. Willkommen. Wie kann ich Ihnen behilflich sein?«

»Ich übernehme das, Penelope.«

Zach drehte sich zu der Stimme um. Ein Mann stand in der Tür, aus der Penelope gekommen war.

Sie sah ihn an, als hätte er ihr einen Rettungsring zugeworfen. »Mr. Parks ist der Manager unserer Geschäftsstelle. Er wird Ihnen behilflich sein.«

»Danke.« Zach ging auf den Mann zu, der ihm seine Rechte entgegenstreckte.

»Mackey Parks«, stellte er sich vor, während sie Hände schüttelten. »Wer Sie sind, weiß ich natürlich. Treten Sie ein.«

Er war um die fünfzig, hatte gerötete Wangen und dünnes Haar und dazu den Bauch eines Mannes, der zu viele Stunden am Schreibtisch verbringt und dabei nie ins Schwitzen kommt. Er führte Zach in ein Büro, das ähnlich eingerichtet war wie Zachs Heim: rustikal, aber gleichzeitig elegant und dazu perfekt an die Berglandschaft angepasst, ohne dabei kitschig zu wirken.

Zach setzte sich auf den angebotenen mit Tartanmuster bezogenen Sessel. Er gehörte zu einer im Kreis angeordneten Sitzgruppe vor dem Panoramafenster. Parks setzte sich ebenfalls und musterte Zach ausgiebig und unverhohlen. Zach wollte schon fragen, ob er die Inspektion bestanden habe, als Parks sagte: »Ich habe immer gehofft, dass ich eines Tages das Vergnügen haben würde, Sie kennenzulernen. Ich muss gestehen, ich war ein Riesenfan.«

»War. Inzwischen sind Sie kein so großer Fan mehr?«

Parks lachte. »Sie kosten uns ganz schön Nerven.«

»Das müsste ich nicht, wenn Sie mich in Frieden lassen würden, statt immer wieder Leute zu mir zu schicken.«

»Wir haben ein Auge auf Ihre Seite des Berges geworfen und würden wirklich gern mit Ihnen ins Geschäft kommen.«

»Ich verkaufe nicht.«

»Geld ist kein Hinderungsgrund.«

»Geld ist *irrelevant*. Ich verkaufe nicht, zu keinem Preis. Punkt. Ende der Diskussion.« Zach beugte sich vor, um einen Themenwechsel anzuzeigen. »Auch wenn ich es schlimm finde, was Sie hier drüben anrichten, würde ich Ihr Eigentum niemals zerstören oder beschädigen. Ich habe mich nicht mitten in der Nacht mit einer Dose Sprayfarbe auf Ihr Gelände geschlichen. Ich habe keine Fenster eingeworfen und auch keine Schilder heruntergerissen. Nichts davon.«

Parks legte den Kopf schief und sah ihn verwundert an. »Was wollen Sie mir damit sagen?«

»Hören Sie auf, mir Dave Morris auf den Hals zu hetzen.«

»Den Deputy Sheriff?«

»Genau den. Den mit dem Hut. Wir sind uns zweimal begegnet, und beide Male sind wir aneinandergeraten. Schon als ich ihn zum ersten Mal beim Herumschnüffeln erwischte, habe ich ihm erklärt, dass ich nichts mit den Verwüstungen hier zu tun habe.«

Perplex verteidigte sich Parks. »Also, das freut mich zu hören, aber Ihre Beteuerungen sind überflüssig, Mr. Bridger. Niemand in unserer Firma hat Sie je verdächtigt.«

Kate war es gewohnt, dass Autos von anderen Gästen an ihrer Hütte vorbeifuhren, darum dachte sie sich nichts dabei, als sie Motorengeräusche hörte, bis jemand an ihre Tür klopfte. Sie trat ans Fenster und zog den Vorhang zur Seite. Zach bemerkte sie und hob grüßend das Kinn.

Sie versuchte, ihr Herzklopfen zu ignorieren, und ließ den Vorhang wieder fallen, um die Tür zu entriegeln und ihm zu öffnen.

»Guten Morgen«, begrüßte er sie.

»Guten Morgen.«

»Zu früh für einen Besuch?«

»Nein, ich war schon auf.«

»Störe ich?«

»Ich bin gerade beim Packen.«

»Du fährst zurück nach Atlanta?«

»Gestern Abend hast du mir erklärt, dass du nicht unter Druck gesetzt werden möchtest, wenn du entscheidest, was mit Rebecca passieren soll. Ich kann nicht ewig hierbleiben, darum fahre ich nach Hause und warte ab, bis ich wieder von dir höre.«

»Klingt vernünftig.« Er strich mit dem Handrücken über sein unrasiertes Kinn. »Ich will dich nicht aufhalten, aber ich wollte dir noch was erzählen. Ich werde es kurz machen. Es könnte etwas zu bedeuten haben oder auch nicht.«

»Auf jeden Fall hast du mein Interesse geweckt. Hier drin sieht es furchtbar aus. Ich hole mir schnell eine Jacke.«

Sie ließ die Tür angelehnt, während sie ihre Jacke überzog. Sicherheitshalber nahm sie einen schon eingepackten Schal aus ihrem Koffer und legte ihn sich um. Nach einem Blick in den Spiegel brachte sie kurz mit den Händen ihre Haare in Form. Er sollte sich wirklich abgewöhnen, unangekündigt aufzutauchen.

Sie trat vor die Tür. »Da drüben gibt es einen Wanderweg.« Sie deutete auf ein Schild. »Einen Rundweg.«

»Geh du voran.«

Sie betraten den Weg hintereinander, doch kurz darauf war er an ihrer Seite. Der Pfad war mit altem Laub bedeckt und nach dem gestrigen Regen mit Pfützen übersät. Während sie die Wasserlachen umgingen, trafen sich ihre Hüften, strichen ihre Hände übereinander, und jede Berührung erinnerte Kate an ihren Kuss, erweckte jenen Moment zum Leben, der sie fast die ganze Nacht wach gehalten und ihr keine Ruhe gelassen hatte.

Was hatte sie sich nur dabei gedacht? Jedenfalls hatte sie keinen Gedanken daran verschwendet, wie sehr sie dadurch ihre Karriere gefährdete. Oder wie sehr sie dadurch ihre Entschlossenheit beeinträchtigen könnte, Gerechtigkeit zu schaffen, was einzig und allein von seiner herzzerreißenden Entscheidung abhing.

Sie hatte auch keinen Gedanken daran verschwendet, wie falsch diese Umarmung war. Während sie sich in seinen Kuss hatte fallen lassen, hatte sie nur daran gedacht, dass sie ihre Arme um ihn schlingen wollte und sich am liebsten an diesem einzigartigen Körper festgekrallt hätte wie eine Schlingpflanze.

Und das wollte sie immer noch.

»Du siehst heute Morgen anders aus«, stellte er fest.

»Inwiefern anders?«

»Ich habe dich bisher immer nur im Kostüm gesehen.«

»Ich besitze auch andere Sachen.«

Er grinste. »Diese Jeans sitzen jedenfalls wie angegossen.«

Ihre Wangen wurden warm, trotzdem antwortete sie leichthin: »Danke. Hast du etwa das gemeint mit deinem: ›Es könnte etwas zu bedeuten haben oder auch nicht‹?«

»Nein. Das meine ich definitiv so, wie ich es sage.« Ihre Blicke trafen sich ein paar Sekunden, dann schauten beide wieder auf den Weg. Er kickte einen schlammigen Stein zur Seite und schob die Hände in die Taschen seiner Lederjacke. »Ich komme gerade von einem Treffen mit dem Manager von GreenRidge. Einem Typen namens Mackey Parks. Wir hatten ein interessantes Gespräch.«

Sie lachte. »Kann ich mir vorstellen.«

»Nicht in dem Sinn interessant, wie du meinst, Kate.«

Ehe er das weiter ausführen konnte, kam eine Frau hinter einer Wegbiegung hervor, die zwei angeleinte Golden Retriever mit sich führte. Während Kate ein paar Worte mit ihr wechselte, beugte sich Zach vor und kraulte die Hunde hinter den Ohren. Anschließend wartete er ab, bis sie wieder allein waren, bevor er den Faden aufnahm.

»Ich war heute Morgen bei GreenRidge, um klarzustellen, dass ich nicht verkaufen werde. Niemals. Und um ihnen ganz deutlich zu machen, dass ich nichts mit den Verwüstungen auf ihrer Baustelle zu tun habe. Ich habe Parks erklärt, dass er aufhören soll, mir Deputy Morris auf den Hals zu hetzen.«

»Und was hat er geantwortet?«

Er blieb stehen, also tat sie es auch und wandte sich ihm zu. »Er sagte, sie hätten mich überhaupt nicht mit diesen Verwüstungen in Verbindung gebracht. Sie verdächtigen ein paar Kids, eine Gruppe von jugendlichen Kiffern aus dem Nachbarort, die schon mal für solche Sachen verhaftet wurden. Er sagte, mein Name sei noch nie in diesem Zusammenhang gefallen, für sie sei ich nur eine Nervensäge, weil ich nicht verkaufen will. Er hat Morris nicht zu mir geschickt und hatte keine Ahnung, warum Morris von sich aus zu mir kam.«

»Glaubst du ihm?«

»Parks? Ja. Ich halte es für eine Schande, wie er den Berg verunstaltet, aber ich halte ihn für eine ehrliche Haut.«

»Das verstehe ich nicht. Warum sollte es Dave Morris auf dich abgesehen haben?«

»Deinetwegen?«

Sie überlegte und schüttelte dann den Kopf. »Das Timing passt nicht. Als ich bei dir ankam und er gerade fahren wollte, wirkte er aufrichtig überrascht, mich zu sehen. Wenn du mich fragst, wusste er bis dahin nicht, dass wir uns kannten. Aber es wurmt ihn, dass du damals zum MVP beim Super Bowl gewählt wurdest. Das hat er deutlich anklingen lassen.«

Sie gingen weiter. »Vielleicht lese ich ja zu viel hinein«, sagte er. »Er sieht aus, als hätte er früher viel Sport getrieben. Vielleicht neidet er mir meinen früheren Ruhm. Vielleicht war er einfach nur neugierig. Er wollte sich den ehemaligen Superstar mal ansehen, und der Vandalismus hat ihm einen glaubhaften Vorwand geboten. Ich habe nie ein Geheimnis daraus gemacht, dass ich gegen das Bauprojekt bin.« Sie gingen wieder ein Stück, und plötzlich boxte er sie mit dem Ellbogen in die Seite. »Es wird ihm gar nicht gefallen, dass du abreist.«

Wieder lachten sie leise, obwohl niemand sie hören konnte. Außer der Frau mit den beiden Hunden waren sie keinem Menschen begegnet. Im Wald war es geradezu unnatürlich still. Die einzigen Geräusche waren ihre Schritte im weichen Laub. Und auch die Blätter blieben stumm, als sie gleichzeitig stehen blieben und sich ansahen.

»Ich muss umkehren und mich auf den Weg machen. Ich habe im Büro Bescheid gesagt, dass ich nachmittags da sein würde«, erklärte sie.

»Wie lange ist der Rundweg noch?«

»Du schaffst ihn in zwanzig Minuten.«

»Dann gehe ich weiter. Ich muss über eine Menge nachdenken.«

Ihr Lächeln war voller Mitgefühl. »Wie du dich auch entscheidest, Zach, es ist auf jeden Fall richtig. Solange du eine Entscheidung fällst, mit der du ohne Reue oder Selbstvorwürfe leben kannst. Sie muss vor allem dir gerecht werden.«

»Ich will, dass sie vor allem Rebecca gerecht wird.«

Das schnürte ihr die Kehle zu. Rebecca Pratt hatte wirklich ihr volles Mitgefühl, aber sie war unglaublich dumm gewesen, nicht zu merken, was sie an diesem Mann hatte. »Ich warte auf deinen Anruf.«

»Es wurde Regen vorhergesagt. Fahr vorsichtig.«

»Mache ich.«

Er machte einen Schritt auf sie zu. »Abschiedskuss?«

»Zach …«

»Ich weiß, ich weiß. Ich ertrage es kaum, aber ich weiß.«

Sie gab nach und sagte leise: »Auf die Wange.«

Er packte beide Enden ihres Schals und wickelte sie mehrmals um seine Hände, zog sie zu sich her. Er presste die Lippen auf ihre Wange, ließ sie darauf liegen und atmete warm aus. Im nächsten Moment trat er zurück und ließ den Schal los.

Ohne ein weiteres Wort wanderte er davon.

Kapitel 18

Schon als Kind hatte Eban, wenn er bei etwas erwischt wurde, was andere Menschen für falsch hielten, passiv-aggressiv reagiert: so getan, als hätte er jedes Recht, das zu tun, was er gerade tat, und dort zu sein, wo er gerade war.

Den psychologischen Ausdruck für diese Taktik zur Strafvermeidung hatte er natürlich nicht gekannt; er hatte nur gewusst, dass sie effektiv war. Viel effektiver, als etwas heimlich zu tun, was auf Scham schließen ließ. Scham war ihm als Konzept absolut fremd. Er war etwas Besonderes und darum über jede Beurteilung und Strafe erhaben.

Sein heutiges Vorhaben war nicht ganz risikolos. Die Wahrscheinlichkeit, erwischt zu werden, war höher als die, unerkannt davonzukommen, aber deswegen machte er sich keine allzu großen Sorgen. Bisher hatte er sich noch jedes Mal mit einer aalglatten Erklärung aus der Klemme winden können. Und für den unwahrscheinlichen Fall, dass das nicht klappen sollte, konnte er sich immer noch auf den Namen und das Scheckheft seines Vaters verlassen.

Wegen einer überschwemmten Bibliothekstoilette hatte Theo keine Informationen über Kathryn Lennon einholen können. Fast den ganzen Tag war er damit beschäftigt gewesen, die Sauerei zu beseitigen, aber er hatte versprochen, morgen einen neuen Versuch zu starten.

Statt sich von einer vollen Windel, durch die diese Überschwemmung ausgelöst worden war, aus dem Konzept bringen zu lassen, hatte Eban beschlossen, nicht länger abzuwarten, sondern sich selbst ein Bild zu machen, was es mit dieser Staatsanwaltsschlampe auf sich hatte.

Er hatte Theo ihre Privatadresse aus dem Kreuz geleiert und sie per Textnachricht zugeschickt bekommen. Dieser Idiot. Wenn Theo mal im Knast gewesen wäre, hätte er gewusst, dass man nie irgendwas übers Handy schickte, was vertraulich bleiben sollte. Eine einzige Nachricht konnte dich zu Fall bringen.

Für seinen Ausflug hatte er sich Fridas Wagen geborgt. »Weil es nach Regen aussieht und ich mein neues Baby nicht dem Wetter aussetzen will.«

Dass er den Porsche nicht im Regen fahren wollte, klang durchaus glaubhaft. Aber vor allem fiel Fridas Mittelklasse-Chevy nicht auf und war im Stadtverkehr viel schwerer zu verfolgen.

Glaubten sie – wer auch immer sie waren – wirklich, er hätte nicht bemerkt, dass er beschattet wurde? Zum Totlachen. Als er gestern Abend von Theo weggefahren war, hatte er sich beherrschen müssen, dem Typen in dem unauffälligen Wagen zwei Häuser weiter nicht zuzuwinken.

Frida hatte ihm ohne Weiteres ihre Autoschlüssel überlassen und ihn nur gebeten, bis spätestens zehn Uhr zurück zu sein. Er spendierte ihr ein paar Hundert Dollar für die Überstunden und legte seine Abfahrt so, dass er genau dann das Haus verließ, wenn sie gewöhnlich Feierabend machte. Der unauffällige Wagen blieb am Straßenrand stehen, als Eban in der Abenddämmerung aus dem Tor fuhr und sich auf den Weg zu Kathryn Lennons Wohnung machte.

Sie wohnte in einer Straße voller charmanter Häuser mit Fensterläden und Blumenbeeten im Vorgarten und Flaggen an den Dachtraufen. Er fuhr an ihrem Haus vorbei, umrundete den Block und parkte vor einem leer stehenden Haus, das gerade zum Verkauf angeboten wurde. Langsam schlendernd spazierte er um die Straßenecke, den halben Straßenblock entlang und dann geradewegs über den gepflasterten Weg zu ihrer Haustür.

Er sah sich nicht um, ob ihre Nachbarn ihn vielleicht beobachteten. In nicht einmal dreißig Sekunden hatte er mit seinen Instrumenten und seinen im Gefängnis erworbenen Fähigkeiten das Schloss geknackt. Es war, als hätte er einen Zaubertrick einstudiert, und Fingerakrobatik hatte ihn schon immer fasziniert.

Er trat ein und rechnete fest damit, das Piepen einer Alarmanlage zu hören. Aber alles blieb still, also war sein Einbruch unentdeckt geblieben, falls sie nicht zufällig eine lautlose Alarmanlage besaß, die mit der Polizei verbunden war. Sicherheitshalber gab er sich nur zehn Minuten. Die meisten Alarmanlagen sprangen nach zehn Minuten an und lösten einen Polizeialarm aus.

Im Gefängnis lernte man mehr als in Harvard oder Princeton.

Während dieser zehn Minuten wollte er so viel wie möglich über die Staatsanwältin erfahren, die in dem Irrglauben lebte, sie könnte ihn bis ans Ende seines Lebens hinter Gitter bringen.

»Falsch gedacht«, flüsterte er sich zu, während er in der kleinen Diele aus den Schuhen schlüpfte. Durchs Fenster schien eine Straßenlaterne, in deren Licht er sich zurechtfinden konnte.

In Strümpfen betrat er das Wohnzimmer. Es war moderner eingerichtet, als es das Haus von außen vermuten ließ. Er hatte Chintz und Nippes erwartet, aber soweit er im Halbdunkel erkennen konnte, war die Wohnung in neutralen Farben gehalten und ebenso geschmackvoll wie zurückhaltend eingerichtet.

Theo wäre begeistert gewesen. Sie besaß ein großes Bücherregal, dessen Fächer vollgestopft waren mit Lesestoff von langweilig aussehenden literarischen Werken bis hin zu saftigen Romanzen. Hm. Eban fragte sich, was sie wohl am liebsten las.

Er ging weiter in die Küche und wurde auch dort überrascht. Sie besaß zwar die neuesten Küchengeräte, aber keinerlei Kochutensilien, die auf eine begeisterte Köchin schließen ließen. Die Spüle war leer, und über dem Rand hing ein gefaltetes Trockentuch. Auf der Kücheninsel stand eine Keramikschale mit blühenden Orchideen. Er knipste eine weiße Blüte ab, schnupperte daran und steckte sie in seine Tasche.

»Du bist eine Ordnungsfanatikerin, Kathryn. Aber keine große Köchin.«

Eban kehrte um, durchquerte wieder das Wohnzimmer und ging dann den dahinter liegenden Flur entlang, an einem Gästezimmer und einem Arbeitszimmer vorbei bis zu einem Schlafzimmer am anderen Ende, das eindeutig ihres war. Wie die anderen Zimmer war es aufgeräumt, aber es wirkte belebter. Es gab ein großes Doppelbett und eine Chaiselongue. Beide waren mit Zierkissen ausstaffiert.

Über das Fußende des Bettes war eine Überdecke gebreitet. Er strich mit der Hand über den luxuriösen Stoff. Glatte Oberflächen in der Küche, Plüsch im Schlafzimmer. Hier kuschelte sie sich also ein und las ihre Schundromane.

Als er die Tür zu ihrem begehbaren Schrank öffnete, ging automatisch das Licht an. Da die Jalousien heruntergelassen waren, ließ er es brennen. Auch ihr Schrank war durchorganisiert. Es gab drei offene Fächer mit High Heels. Meist mit Stiletto-Absatz.

Also definitiv keine dicken Knöchel.

Eban sah auf die Uhr. Ihm blieben noch gut zwei Minuten, bevor er abziehen musste.

Er trat an die eingebaute Kommode, zog den Ärmel über die Hand, um keine Fingerabdrücke zu hinterlassen, und öffnete die oberste Schublade. Unterwäsche. Aber nicht die Unterwäsche einer Frau mit Hängetitten und widerlichen Warzen.

Die Spitzen-BHs waren durchsichtig und eigentlich zu klein für seinen Geschmack, trotzdem merkte er, wie es ihn erregte, als er mit dem Zeigefinger über die mittelgroße Schale strich, die sonst einen Nippel verbarg.

Auch ihre Höschen lösten eine höchst angenehme Regung in seiner Unterhose aus. Ein paar waren Strings, andere praktischer, aber Altweiberschlüpfer sah er keine. Er nahm einen schwarzen Spitzen-String aus der Schublade und steckte ihn in seine Tasche zu der Orchideenblüte.

Ein Blick auf die Uhr. Noch neunzig Sekunden. Zeit, zu gehen. Er wäre gern noch geblieben. Er hätte Kathryn Lennon gern näher kennengelernt. Viel näher.

Er schloss die Tür zu ihrem Schrank, und das Licht ging aus. Gerade als er aus dem Zimmer huschen wollte, bemerkte er auf einem Seitentischchen neben der Chaiselongue ein gerahmtes Foto. Es zeigte drei Menschen, die er allerdings nicht genau erkennen konnte, und so ging er das Risiko ein, seine Handytaschenlampe einzuschalten.

Das Bild war an einem Strand aufgenommen worden. Das Trio hatte sich gegenseitig die Arme um die Taillen gelegt. Sandige Füße, Badekleidung, breit lächelnde Gesichter. Ein Mann und eine Frau, schätzungsweise im Alter seines Vaters, standen zu beiden Seiten einer Frau mit kurzen platinsilbernen Haaren. Sie trug einen Bikini, der von der Größe her zu der Wäsche in ihrer Schublade passte.

Ihr strahlendes Lächeln und das grelle Sonnenlicht bewirkten, dass sie ihr jungenhaftes Gesicht zusammenkneifen musste, aber sie sah frech und fröhlich aus. »Hallooo, Kathryn«, gurrte er leise.

Zach hatte sich den ganzen Tag beschissen gefühlt.

Bis er den Rundweg zum B&B abgegangen war, stand Kates SUV schon nicht mehr vor ihrer Hütte. Was er nicht anders erwartet hatte und was nur gut war. Ein zweites Mal Abschied zu nehmen wäre ihm deutlich schwerer gefallen, trotzdem hellte es seine Laune nicht auf, dass sie abgefahren war.

Er kam gerade noch rechtzeitig nach Hause, um vor Börsenschluss einen Blick auf den Aktienmarkt zu werfen. Zu seiner Freude hatten sich die Kurse heute in die richtige Richtung entwickelt. Eine weitere Stunde analysierte er Daten und schickte Mails an ein paar Leute, die es interessieren würde, aber die ganze Zeit blieb er unruhig und konnte sich nicht konzentrieren. Eigentlich brachte er den Nachmittag größtenteils damit zu, aus dem Fenster zu schauen.

Die Entscheidung über Rebeccas Leben saß ihm im Nacken wie ein kalter Gespensterhauch und hing so schwer an ihm wie Fußfesseln. Er hatte Kate erklärt, dass er sich nicht drängen lassen würde, aber neben seiner moralischen und emotionalen Zerrissenheit war die Zeit durchaus ein Faktor.

Würde er es sich je verzeihen können, falls Eban in ein Land verschwand, das nicht viel davon hielt, Straftäter auszuliefern, sodass der Soziopath für alle Zeiten außer Reichweite des Gesetzes war? Wahrscheinlich nicht. Aber die Alternative war …

Undenkbar.

Die Sonne war untergegangen, Zeit fürs Abendessen. In der Küche hatte er nichts Ansprechendes gefunden, darum beschloss er, in den Ort und zu einem Barbecue-Restaurant zu fahren. Es war nur einen Block vom Ortszentrum entfernt, und man kannte ihn dort. Er bestellte wie üblich einen Grillteller und setzte sich damit an einen der Picknicktische auf der Außenterrasse mit Blick auf einen plätschernden Bach. Draußen waren gegen die Kälte Heizstrahler aufgestellt worden, trotzdem saß außer ihm niemand auf der Terrasse, was ihm nur recht war. Sobald er aufgegessen hatte, fuhr er nach Hause, in Gedanken immer noch bei Rebecca und seiner Entscheidung.

Er war kurz vor der Abzweigung zu seinem Haus, als direkt vor seinem Pick-up ein Auto aus einer Seitenstraße schoss. Die Reifen seines Pick-ups schlitterten über den Asphalt, so heftig stieg er aufs Bremspedal und riss das Lenkrad herum, um nicht den Wagen und den Vollidioten aufzuspießen, der am Steuer saß.

Sein Truck kam bebend zum Stehen, wobei seine Hinterräder nur ein paar Handbreit von der Klippe entfernt standen. Sein Gurtstraffer hatte angeschlagen, darum musste er warten, bis er sich wieder löste, bevor er die Handbremse anzog, die Tür aufriss und aus dem Wagen sprang, wütend und schockiert zugleich.

»Ist alles in Ordnung?«, rief er, während er auf die Limousine zuging.

Dave Morris zwängte sich aus dem Fahrersitz. Er trug keine Uniform. »Gar nichts ist in Ordnung, Hurensohn.«

Morris stapfte breitschultrig auf Zach zu, der sich automatisch in Kampfpositur stellte. »Sie haben auf mich gewartet. Woher haben Sie gewusst, dass ich hier entlangfahren würde?«

»Hab Ihre Karre vor dem Barbecue-Laden gesehen. Ich wusste, dass Sie früher oder später auf dem Weg nach Hause hier vorbeimussten.«

»Also haben Sie mir aufgelauert. Wo ist Ihre Marke?«

»Die wurde mir vorübergehend abgenommen. Ihretwegen. Nachdem Sie mit Mackey Parks geredet haben, hat er Sheriff Meekes angerufen und sich über mich beschwert.«

»Oje, mir kommen die Tränen.«

Morris bleckte die Zähne, holte aus und wollte ihm einen Schlag verpassen, doch Zach hatte das vorausgesehen und tauchte unter der fleischigen Faust des Deputys weg. Dabei landete er einen Treffer in Morris' Bauch, aber der Aufprall war so hart, als hätte er gegen einen Sack Zement geschlagen.

Morris hatte definitiv mehr Masse, mehr Muskeln und einen tieferen Schwerpunkt als Zach, aber dafür war Zach beweglicher. Er machte einen Schritt zurück, und als Morris erneut auf ihn losging, wich er im letztmöglichen Moment seitlich aus. Statt Zach zu treffen, knallte Morris mit voller Wucht gegen den Kühlergrill des Pick-ups, prallte ab und ging in die Knie. Zach packte Morris' Hinterkopf und schlug ihn mit dem Gesicht voran brutal auf das erbarmungslose Metall.

Morris schrie auf und sackte vornüber. In diesem Moment sah Zach das Lederholster an seinem Rücken. Er zerrte die Pistole heraus und schleuderte sie mit seinem berühmten Wurfarm in das dichte Gebüsch am Straßenrand.

Noch während Morris um Orientierung und Gleichgewicht rang, hatte Zach einen Arm um seinen dicken tätowierten Hals geschlungen und Morris' Kopf in den Nacken gezerrt, bis sie sich kopfüber in die Augen sahen.

»Sie haben von Anfang an gewusst, dass ich nichts mit diesen Verwüstungen drüben bei GreenRidge zu tun hatte. Sie haben das nur als Vorwand genutzt, um mich zu drangsalieren. Ich will wissen, warum.«

»Fick dich.«

Zach zog Morris' Kopf weiter in den Nacken und bohrte gleichzeitig ein Knie in seine Niere. »Sind wir nicht ein bisschen zu alt für solche Streiche? Meinen Truck zu zerkratzen? Was soll die Scheiße, Mann? Was für ein Problem haben Sie mit mir? Geht's um Kate Lennon?«

»Lassen Sie mich los«, brachte Morris heraus.

»Auf gar keinen Fall.«

»Verpissen Sie sich, Bridger.«

»Wieso sitzen Sie mir ständig im Genick? Sind Sie eifersüchtig wegen Kate?«

»Eifersüchtig? Auf *Sie*? Fick dich.«

Zach zog kurz sein Knie zurück und rammte es in das weiche Gewebe. Er hatte auf dem Spielfeld genug Tritte in die Nieren abbekommen und wusste, wie höllisch weh sie taten.

Morris quietschte auf, wimmerte und schnappte dann nach Luft. »Okay, okay, schon gut.«

»Sind Sie eifersüchtig auf mich und Kate?«

»Nein.«

»Was ist es dann?«

»Lassen Sie mich los. Ich … ich sag's Ihnen.«

Er hatte schneller und bereitwilliger nachgegeben, als Zach erwartet hätte. Weil er befürchtete, dass Morris' Kapitulation nur ein Trick sein könnte, lockerte er seinen Griff ganz langsam und zog sich dann schnell zurück.

Der Deputy zog sich an den Halterungen des Kühlergrills hoch. Als er schließlich stand, drehte er sich vorsichtig um und lehnte sich gegen die Kühlerhaube, um die Körperseite zu entlasten, in die Zach sein Knie gerammt hatte. Seine Lippe war aufgeplatzt. Seine Nase und seine Augen schwollen bereits an und verfärbten sich.

Zach hatte nicht einen Funken Mitleid mit ihm. Hätte er nicht rechtzeitig bremsen können, dann wäre sein Pick-up über die Klippe gesegelt und er mit ihm. Und wenn er nicht jahrelange Erfahrung darin gehabt hätte, wild gewordene Linebacker auszutricksen, hätte ihn dieses Arschloch zu Brei geschlagen. Oder erschossen. Bei Dave Morris war Mitgefühl unangebracht.

»Also raus mit der Sprache«, forderte Zach.

»Wo ist meine Pistole?«

»Dreißig, vierzig Meter da hinten«, sagte Zach und nickte in die Richtung. »Die können Sie später suchen. Was steckt hinter dem ganzen Ärger?«

Morris hob eine Hand an seine Lippe und tupfte den blutigen Schleim ab. »Ich sollte Sie im Auge behalten.«

Das hatte Zach nicht erwartet. »Mich im Auge behalten? Ausspionieren, meinen Sie?«

Statt einer Antwort zog Morris eine Schulter hoch.

»Weswegen?«

»Das dürfen Sie selbst rausfinden, Schwanzlutscher«, feixte er. »Ihretwegen bin ich vielleicht meinen Job los.«

»Nein, das ist Ihre eigene Schuld, Morris, nicht meine. Ich habe mir keine falschen Anschuldigungen ausgedacht, nur damit ich in Ihrem Haus rumschnüffeln kann. Wer hat Sie beauftragt, mich im Auge zu behalten?«

»Sie sind doch so superschlau. Finden Sie's selbst raus.«

Mühsam löste Morris sich von dem stützenden Pick-up und taumelte davon, aber Zach packte ihn am Arm und schleuderte ihn wieder gegen die Motorhaube. »Wer steckt hinter der ganzen Sache?«

Morris sah ihn streitlustig an und schwieg eisern.

»Haben Sie sich dafür bezahlen lassen, mich auszuspionieren?«

Morris' finsterer Blick wurde bösartig.

»Also ja. Bestechung ist ein schwereres Verbrechen, als mein Auto zu zerkratzen«, stellte Zach fest. »Sie sagen mir hier und jetzt, wer Sie bezahlt hat, oder Sie werden es mir vor dem Sheriff verraten. Ich wette, es wird ihn interessieren, dass Sie Geld genommen haben.«

Morris kaute auf seiner Unterlippe, während er seine Situation einschätzte. »Okay«, sagte er schließlich. »Ich werde es Ihnen verraten. Aber dafür müssen Sie gutes Wetter bei meinem Boss machen.«

»Falsch. Einen feuchten Dreck muss ich.«

»Dann müssen Sie wohl unwissend sterben.«

Zach lachte leise. »Quatsch. Sie brauchen mir das nicht zu verraten. Ich weiß es auch so.«

Der Deputy schnaubte verächtlich durch seine angeschwollene Nase. »Auf diesen uralten Bluff falle ich nicht rein.«

Zach sah ihm in die Augen. »Eban Clarke.«

Als Kate nach Hause kam, war sie todmüde. Es war fast elf Uhr. Nach der Rückfahrt nach Atlanta war sie wie geplant ins Büro gegangen. Was eigentlich nur als kurzer Zwischenstopp gedacht war, war zu einem siebenstündigen Arbeitstag ausgeufert.

Sie hatte die Stunden damit verbracht, zusammen mit ihrer Assistentin die aufgelaufene Korrespondenz zu beantworten und sich in anderen Fällen, an denen sie in der einen oder anderen Weise mitarbeitete, auf den neuesten Stand bringen zu lassen.

Aber Eban Clarke ging ihr die ganze Zeit im Kopf herum. Bevor sie nach Hause fuhr, schrieb sie dem Generalstaatsanwalt noch eine Mail: »Ich habe mich mehrmals mit Zach Bridger getroffen. Nach anfänglichem Zögern zeigte er sich offen für eine Diskussion der augenblicklichen Sachlage bezüglich Eban Clarke und versteht jetzt, dass unser weiteres Vorgehen einzig von seiner Entscheidung bezüglich Rebecca Pratt abhängt. Er hat sich Bedenkzeit ausgebeten.

Bis zu einer Klärung würde ich vorschlagen, Clarke weiterhin zu observieren. Mit seinen finanziellen Möglichkeiten, seiner Intelligenz und der Rückendeckung durch seinen Vater könnte er jederzeit seine Zelte abbrechen und untertauchen.«

Es war völlig offen, ob ihr Chef ihr diese Bitte gewähren würde. Eban Clarke war ein freier Mann. Im Moment gab es keinen triftigen Grund, ihn weiter beschatten zu lassen. Er lebte vielleicht wie ein Prinz, aber er tat nichts Illegales.

Sie betrat das Haus durch die Garagentür, die direkt in die Küche führte. Sie schaltete das Licht ein, trat an die Kücheninsel und ließ erleichtert die schwere Tasche von ihrer Schulter auf die Theke gleiten.

Sie bemerkte, dass etwas Spanisches Moos aus dem Orchideenbehälter gefallen war, wischte es in ihre offene Hand und drückte es wieder in den Topf.

Im Kühlschrank stand eine offene Flasche Chardonnay. Sie schenkte sich ein Glas ein, lächelte wehmütig und sagte leise: »Manchmal trinke ich auch einen Weißen.«

Sie zog ihr Handy aus dem Außenfach ihrer Handtasche. Handy und Wein in einer Hand, schaltete sie alle Lampen in der Küche aus und ging in dem Schein der Straßenlaternen durch ihr Wohnzimmer.

Aber als sie in den Flur zu ihrem Schlafzimmer trat, blieb sie unvermittelt stehen und drehte sich um. Alles war genau so, wie sie es hinterlassen hatte, nichts fehlte, doch irgendetwas trieb sie dazu, zur Haustür zurückzugehen und sich zu vergewissern, dass sie abgeschlossen war. Sie war es.

Sie war nie besonders ängstlich gewesen und konnte sich das eigenartige, beinahe fröstelnde Gefühl nicht erklären, das sie aus heiterem Himmel überfallen hatte, doch dann schrieb sie es ihrer Müdigkeit zu und ging weiter durch den Flur.

Im Schlafzimmer schaltete sie über den Türschalter die Nachttischlampen ein. Sie stellte ihr Weinglas auf dem Tisch neben der Chaiselongue ab, legte das Handy daneben und ging zu ihrem Schrank.

Kapitel 19

Gerade als Kate die Tür zu ihrem begehbaren Schrank öffnen wollte, läutete ihr Handy. Weil sie dachte – hoffte –, es könnte Zach sein, lief sie zurück zum Tisch. Sie griff so hastig nach dem Handy, dass sie das Foto mit ihr und ihren Eltern am Strand umstieß. Der goldene Rahmen schlug scheppernd auf dem Glastisch auf.

Sie stellte das Bild wieder auf und meldete sich nach dem vierten Läuten atemlos und ohne zuvor auf das Display zu sehen: »Hallo?«

»Ms. Lennon?«

Es war nicht Zach. Sie unterdrückte ihre pubertäre Enttäuschung. »Am Apparat.«

Der Mann am anderen Ende nannte ihr seinen Namen und erklärte, dass er für die Gesellschaft arbeitete, die ihre Alarmanlage betreute. »Wie lautet Ihr Passwort, bitte?«

Sie zögerte und nannte ihm dann ein falsches.

»Verzeihung, aber das ist nicht das Passwort, das wir vorliegen haben.«

»Ich bin froh, dass Sie das wissen. Ich wollte *Sie* auf die Probe stellen.«

Nachdem sie ihm das korrekte Passwort genannt hatte,

sagte er: »Heute Abend um einundzwanzig Uhr achtzehn wurde bei Ihnen ein stiller Alarm ausgelöst. Als Sie nicht auf unseren Anruf reagierten, haben wir eine Sprachnachricht hinterlassen und die Polizei informiert.«

Ihr Handy hatte tatsächlich geläutet, während sie die Korrespondenzstapel auf ihrem Schreibtisch durchgeackert hatte. Es war eine unbekannte Nummer, darum hatte sie auf einen Spam-Anruf getippt, das Gespräch nicht angenommen und auch die Sprachnachricht nicht abgehört.

»Zwei Streifenbeamte haben daraufhin Ihr Haus und Ihren Garten inspiziert«, sagte er gerade. »Sie haben gemeldet, dass nichts auf einen Einbruch hinweisen würde. Außerdem wurde Ihr Alarm vor ein paar Minuten ausgeschaltet und gleich wieder eingeschaltet.«

»Das war ich selbst. Ich bin gerade nach Hause gekommen.«

»Nachdem wir von der Polizei Rückmeldung bekommen haben, haben wir Ihren Alarm von hier aus wieder aktiviert. Manchmal kann ein Alarm durch eine schwache Batterie ausgelöst werden. Ich wollte mich nur überzeugen, dass alles in Ordnung ist.«

Vielleicht hatte ein Urinstinkt das Unwohlsein ausgelöst, das sie vor ein paar Minuten erfasst hatte. Ihr Blick zuckte zuerst zur Schranktür, dann zum Bettende, danach von der angelehnten Badezimmertür zur offenen Schlafzimmertür und zuletzt zum Flur dahinter. »Könnten Sie bitte am Telefon bleiben, während ich einen kurzen Rundgang durchs Haus mache?«

»Aber natürlich.«

Das Handy in der Hand, schaute sie zuerst im Bad nach.

Dort war niemand, alles war an seinem Platz. Sie ging auf die Knie und schaute unters Bett, dann ging sie zum Schrank. Mit klopfendem Herzen drehte sie den Türgriff und riss die Tür auf. Das Licht erstrahlte. Nichts.

Eilig machte sie kehrt und schaute in den Flur. Leer. Sie ging ihn entlang und kam zuerst an ihrem Arbeitszimmer vorbei, wo sie das Licht einschaltete und in den Schrank schaute. Genauso machte sie es im Gästezimmer und im Bad. Im Gegensatz zu der Dusche in ihrem Bad gab es hier keine Glasabtrennung, sondern nur einen Duschvorhang, den sie ängstlich mit einem Ruck zur Seite riss, nur um sich gleich darauf für ihre Angst zu schämen.

Im Wohnzimmer gab es nichts, wo sich ein Einbrecher verstecken könnte. Falls jemand in ihrer Garage gelauert hätte, wäre sie schon angegriffen worden, als sie aus ihrem Auto gestiegen war. Damit blieb nur noch die Küche. Sie dachte an das herausgefallene Moos.

Sie versuchte, sich ihre Angst nicht anhören zu lassen, als sie fragte: »Sind Sie noch da?«

»Natürlich, Madam.«

»Danke.«

Sie schaltete von der Tür aus alle Küchenlampen an und starrte blinzelnd gegen die Helligkeit an. Das einzig mögliche Versteck war hier die Speisekammer. Sie nahm ihren Mut zusammen und öffnete die Tür. Nichts.

Sie sackte gegen den Türrahmen und merkte erst jetzt, wie ihre Knie schlotterten. Ihre Haut war unter ihren Anziehsachen klamm geworden. »Es scheint alles in Ordnung zu sein.«

»Sind Sie okay?«

»Ja.«

»Ihr Entwarnungscodewort, bitte?«

Ihr Hirn musste sich abmühen, um es abzurufen, doch dann fiel es ihr wieder ein.

»In Ordnung, Ms. Lennon. Dann noch eine gute Nacht.«

»Vielen Dank.«

Sie zögerte, bevor sie auflegte, aber es gab kein Versteck mehr im Haus, in dem sie nicht nachgesehen hätte. Gerade als sie das Gespräch beendet hatte, läutete es an der Tür.

Die ersten Worte aus Zachs Mund lauteten: »Was ist passiert?«

»Nichts.«

»Du lügst. Dein Gesicht ist so weiß wie deine Haare. Was ist passiert?«

»Woher weißt du, wo ich wohne? Hast du mich verfolgt?«

»Nein, ich bin Stunden nach dir aufgebrochen, aber ich habe die Strecke in Rekordzeit geschafft und bin direkt hierher gefahren.«

»Was ist denn so dringend?«

»Es ist was ans Licht gekommen.«

»Und das konntest du mir nicht am Telefon erzählen?«

»Das nicht.«

»Warum?«

Er sah ihr an, dass sie trotz ihrer abweisenden Körperhaltung keineswegs unglücklich war, ihn zu sehen. In den Stunden, seit er sie auf die Wange geküsst und sich von ihr verabschiedet hatte, hatten sie beide etwas Einschneidendes erlebt. »Wir sollten uns austauschen.«

Blass und verzagt, wie es gar nicht ihre Art war, trat sie zur Seite. Während er ins Wohnzimmer ging, wo alle Lampen brannten, hörte er in seinem Rücken mehrere Riegel zuschnappen. Als sie ihm nachkam, schaltete sie die Deckenlampe aus.

Er drehte sich zu ihr um. »Was ist passiert?«

»Du zuerst.«

»Nein. Du bist völlig aufgelöst. Also zum dritten Mal: Was ist *passiert*?«

Sie reckte trotzig das Kinn vor, aber er starrte ihr stur in die Augen, bis sie in einen Sessel sackte. Er streifte die Jacke ab und setzte sich auf das Sofa ihr gegenüber, die Ellbogen auf die Knie gestützt und nach vorn gebeugt. Stockend und unsicher erzählte sie ihm von dem verstörenden Anruf des Wachdienstes. Er hörte mit wachsender Sorge und einer schlimmen Vorahnung zu.

»Ich hatte gerade aufgelegt, als du geläutet hast«, beendete sie ihren Bericht. »Ich wäre vor Schreck fast gestorben.«

Er stand auf.

»Wo willst du hin?«

»Mich umsehen.«

»Ich habe dir doch gesagt, ich habe alles abgesucht.«

Er zeigte mit dem Finger auf sie. »Du bleibst hier.«

Ihr Haus war nicht besonders groß, und er fand sich problemlos zurecht. Er schaute in jedes Zimmer, in jeden Schrank und warf zusätzlich einen Blick in einen Stauraum in ihrer Garage. Nachdem er sichergestellt hatte, dass sich außer ihnen beiden niemand im Haus befand, kehrte er ins Wohnzimmer zurück. Ihre Stiefel lagen auf dem Boden vor dem Sessel, in dem sie sich unter einer Decke zusammengerollt hatte. Sie drückte ein Zierkissen gegen ihre Brust, als wäre es ein Teddybär.

Er reichte ihr das Weinglas, das er auf dem Tisch in ihrem Schlafzimmer entdeckt hatte.

»Danke«, sagte sie. »Kann ich dir irgendwas anbieten?«

Er lehnte ab und kehrte auf seinen Platz auf dem Sofa zurück. »Glaubst du, es hat jemand eingebrochen?«

»Ich hatte keine Zeit, alle meine Sachen durchzugehen, aber abgesehen davon, dass etwas Moos aus der Schale auf der Kücheninsel gefallen ist, ist mir nichts aufgefallen, und das könnte passiert sein, als sich die Heizanlage eingeschaltet hat.«

»Glaubst du, dass eine schwache Batterie den Alarm ausgelöst hat?«

»So was kommt vor.«

Er sah sie stumm an.

Sie trank einen Schluck Wein. »Als ich nach Hause kam, hatte ich sofort ein komisches Gefühl.«

»Als wäre jemand in deinem Haus gewesen, während du weg warst.«

Sie nahm noch einen Schluck. »Ich weiß es nicht.«

»Ich glaube, du weißt es sehr wohl, Kate. Ich vertraue deinem Instinkt, selbst wenn du es nicht tust.« Er lehnte sich in die Polster und legte beide Hände auf seinen Kopf. »Bin ich jetzt dran?« Sie nickte ihm kurz zu, und er erzählte ihr von seinem Zusammenstoß mit Dave Morris. Je mehr er ins Detail ging, desto größer wurden ihre Augen.

»Dabei hast du dich gar nicht über ihn beschwert!«, rief sie aus. »Das war der Mann von GreenRidge!«

»Aber Morris hätte kaum damit angeben können, wenn er ihm den Arsch versohlt hätte. Hätte er meinen versohlt, sehr wohl.«

»Er hätte dich umbringen können.«

»Jedenfalls war er kein leichter Gegner. Ich hatte Glück, dass ich alles unbeschadet überstanden habe. Aber er ist ein Fiesling, kein Killer.«

»Und was seinen heimlichen Zweitjob angeht«, fragte sie, »glaubst du wirklich, dass Eban Clarke ihn angeheuert hat, dich auszuspionieren?«

»Ich habe ihm den Namen auf gut Glück an den Kopf geworfen, weil Morris meinte, dass er nicht auf meinen Bluff reinfallen würde.« Er nahm die Hände vom Kopf und streckte sie vor. »Und *wie* er reingefallen ist«, erklärte er zufrieden. »Wie ein Tier in die Fallgrube. Als ich Eban Clarke erwähnte, sah er mich an, als wäre ich der größte Blödmann auf Erden. Er sagte: ›Dieser reiche Knilch? Der Deckhengst von Ihrer Ex? Der sitzt doch ein.‹ Und nur, um mir zu beweisen, dass ich der blödeste Blödmann aller Zeiten bin, verriet mir Morris, wer es wirklich war: Doug Pratt.«

Der Satz stand zwischen ihnen, bis er sich zurücklehnte und erklärte: »Ich bekomme langsam Hunger.«

Sie gab zu, dass sie seit einem schnellen Salat am Mittag auf ihrer Rückfahrt nach Atlanta nichts gegessen hatte. Darum vertagten sie ihre Diskussion fürs Erste und zogen in die Küche um. Dort belegten sie sich je nach Vorliebe ein paar Sandwiches mit Schinken und Käse. Sie schlug vor, in der Essecke zu essen.

»Ich nehme die Seite mit der Bank«, verkündete Zach fordernd, während er seinen Teller zu dem rechteckigen Tisch trug.

»Mit dem Küchensofa.«

»Ernsthaft?«

»So heißt das.«

»Mann.« Er rutschte hinter den Tisch, ließ sich in einer Ecke des Sofas nieder und streckte die Beine auf der gepolsterten Bank aus. »Ein Bett in der Küche. Genial.«

Er zermalmte einen Kartoffelchip, und sie fragte sich, ob sie jemals etwas gesehen hatte, das auch nur halb so sexy war wie sein frivoles Posterboy-Grinsen.

Zwischen zwei Bissen machten sie Small Talk.

»Als du erzählt hast, was du vor deinem Zusammenstoß mit Morris getan hast, hast du gesagt, dass du einen Blick auf den Aktienmarkt geworfen hättest. Das hattest du schon mal erwähnt. Tust du das nur aus Interesse, ist das ein Hobby oder mehr?«

Er schob seinen leeren Teller beiseite, wischte den Mund mit seiner Papierserviette ab, setzte sich auf und stellte die Füße unter den Tisch. »Kannst du ein Geheimnis für dich behalten?«

»Ich bin Anwältin.«

»Ach, richtig. Also, eine meiner wenigen klugen Entscheidungen während meiner Zeit als Footballprofi war es, mein Gehalt nicht für Autos, Boote oder Ferienwohnungen in Cabo und Aspen zu verschleudern. Du kannst es dir vorstellen. Meine Eltern waren bodenständige, schwer arbeitende Menschen. Ich schätze, das hat abgefärbt. Versteh mich nicht falsch, ich hatte ein angenehmes Leben, aber mit Geld um mich geworfen habe ich niemals.« Er lächelte ironisch. »Mein teuerster Luxus war Rebecca.«

Als er ihren Namen aussprach, erlosch für eine Sekunde das Funkeln in seinen Augen.

»Jedenfalls war ich klug genug, mein Geld zu investieren, solange ich die Mittel dazu hatte, und anscheinend hatte ich einen guten Riecher für günstige Gelegenheiten.«

»Wie gut genau?«

Das Funkeln war wieder da. »Ich habe mich ziemlich gut geschlagen. Ich konnte mein Grundstück kaufen und das Haus darauf bauen, ohne dass ich meine Ersparnisse aufbrauchen musste.«

Sie zog die Brauen hoch. »Ich würde sagen, das ist besser als einigermaßen gut. Ist das dein Geheimnis? Dass die Leute glauben, du wärst pleite und in der Gosse gelandet, während du in Wahrheit Millionär bist?«

»Das ist ein Teil davon.«

»Bist du bereit, mir auch den Rest zu verraten?«

»Ich habe Klienten«, flüsterte er. »Ja«, sagte er, als er ihre überraschte Miene sah. »Nach meiner Zeit als Aktiver begann ich, nach jungen Sportlern Ausschau zu halten, die Stars in ihrer Sportart waren, aber Gefahr liefen, sich selbst zu demontieren. Einen davon pickte ich mir heraus. Er hatte ein Talent, wie es sich ein Athlet nur erträumen kann. Aber er kannte keine Grenzen bei seinen Exzessen. Er war dabei, sich zu verbrennen. Ich nahm Kontakt zu ihm auf. Anfangs war er geschmeichelt, dass Zach Bridger ihn anrief. Aber als ich ihm riet, dass er sich vielleicht ein bisschen zurückhalten sollte, reagierte er abweisend und arrogant: ›Du bist nur neidisch, weil ich es geschafft habe und du nicht.‹ Fein, sagte ich und erklärte ihm, dass er mich nicht anrufen sollte, wenn er abstürzte, was mit Sicherheit passieren würde, wenn er seinen Scheiß nicht geregelt und seinen Kopf frei bekam. Dann legte ich auf. Zwei Tage später klingelte das Telefon.

Ich schätze, er war zu dem Schluss gekommen, dass meine Ratschläge vielleicht gar nicht so schlecht waren, nachdem sie von jemandem kamen, der so tief gefallen war, wie man nur fallen kann. Während ich ihm ein paar Lebensweisheiten mit auf den Weg gab, mischte ich auch ein paar Tipps zur Geldanlage darunter. Er hatte nicht die leiseste Ahnung, konnte einen Investmentfonds nicht von einem Suppenfond unterscheiden. Ich schlug ihm vor, dass er mir eine gewisse Summe überlassen sollte, sozusagen als Spielgeld für einen ersten Versuch. Falls ich Verlust machte, würde ich ihm den fehlenden Betrag aus meiner Tasche erstatten.«

Sie lachte. »Lass mich raten.«

»Er war mein erster Klient, und er ist mir bis heute treu geblieben. Letzte Weihnachten hat er mir einen Satz Golfschläger geschenkt. *Und* einen Golfkarren.«

»Du machst Witze.«

»Nein. Die Schläger habe ich behalten, aber den Karren habe ich einem College mit Golfprogramm gespendet.«

»Wirklich eine unglaubliche Geschichte. Schade, dass ich zur Geheimhaltung verpflichtet bin. Geht sie noch weiter?«

»Ich habe eine Lizenz als Börsenmakler erworben. Das Hobby entwickelte sich zum Geschäft. Das ich von meinem Haus in den Bergen aus betreiben kann.«

»Als Einsiedler.«

»Für mich ist meine Privatsphäre das höchste Gut. Ich habe eine tolle Umgebung, für die ich wirklich dankbar bin.«

»Offenbar sind es auch deine Klienten. Wahrscheinlich musst du viele ablehnen.«

Er beugte sich vor und flüsterte: »Ich wähle sie selbst aus, sie kommen nicht auf mich zu. Und alle müssen eine Verschwiegenheitserklärung abgeben, niemandem zu verraten, wer ihre Finanzen verwaltet. Diesen Deal müssen sie eingehen. Das ist das ganze Geheimnis. Und jetzt muss ich dich wohl umbringen.«

Sie hätte sich am liebsten über den Tisch gebeugt und ihn geküsst, konnte sich aber mit Mühe zurückhalten. Doch Rebeccas Schicksal schwebte immer noch über ihnen wie ein Gespenst.

Kate schob ihren Stuhl zurück und räumte den Tisch ab. Er stand von ihrem Küchensofa auf und fragte, ob er sich einen Kaffee machen könnte. Sie zeigte ihm, wo alles stand. Für sich machte sie einen Tee, und als sie wieder im Wohnzimmer saßen, fragte sie: »Wie hat Doug Pratt mit Morris Verbindung aufgenommen?«

»Das habe ich Morris auch gefragt. Offenbar hat Doug die County-Zeitung abonniert, die alle zwei Wochen online erscheint.«

»Um dich im Auge zu behalten.«

»Wahrscheinlich wollte er sehen, ob mein Name irgendwo auftauchte. Das tat er auch. Ich hatte eine Petition gegen das GreenRidge-Projekt unterzeichnet. Als die ersten Meldungen über die Sabotageakte veröffentlicht wurden und Deputy Morris als einer der zuständigen Ermittler genannt wurde, meldete Doug sich bei ihm. Tatsächlich hätte Doug ziemlich dick aufgetragen, hat Morris behauptet. Dass ich vehement dagegen wäre, dass irgendwer sich ›meinem‹ Berg näherte, dass ich ein fanatischer Umweltschützer und gegen dies und für jenes sei. Morris kaufte ihm alles ab. Er gab zu, dass er mich tatsächlich unter Verdacht hatte, als er das erste Mal bei mir zu Hause herumschnüffelte. Aber dann bist du – nach

Feierabend – bei mir aufgetaucht, und das gab ihm wirklich Grund, mich zu hassen.« Er grinste. »Sein Gesicht ist ein bisschen verbeult. Ich hoffe, ich hab euch damit nicht die Romanze versaut.«

Sie mussten beide lächeln.

»Bitte«, stöhnte sie und wäre zu gern auf den Flirt eingestiegen, aber das durfte sie nicht. »Du glaubst, dass jemand in meinem Haus war, nicht wahr?«

»Du nicht?«

»Ich möchte es nicht glauben«, sagte sie leise, »aber ja. Wer?«

»Ich habe Angst, dass ich richtigliegen könnte, wenn ich spekuliere.«

»Eban Clarke.«

Er zog halb die Schulter hoch. »Wenn er nicht jemanden vorgeschickt hat.«

Sie verschränkte die Arme und rieb sich über die Oberarme. »Bei dem Gedanken kriege ich eine Gänsehaut.«

»Ich auch.«

»Aber ich kann mir nicht vorstellen, dass er hier war. Unser Beschatter …«

»Der Mann ist bestimmt gut. Aber Eban ist gerissen. Er könnte ihn abgehängt haben.«

Sie schüttelte den Kopf. »Ich habe heute Abend mit ihm gesprochen, bevor ich Feierabend gemacht habe. Er hat gesagt, Eban wäre um sechzehn Uhr nach einem Racquetball-Workout heimgekommen und hätte das Haus seither nicht mehr verlassen.«

Zach hob in einer hilflosen Geste die Hände. »Wie gesagt, vielleicht hat er jemanden vorgeschickt. Aber woher kennt er deinen Namen? Nirgendwo wurde berichtet, dass du oder irgendwer eine neue Anklage gegen ihn erwägt.«

»Darüber berichtet wurde nicht, nein. Aber sein Vater Sid hat einen Anwalt in seinen Diensten, Upton Franklin. Die beiden sind schon seit Ewigkeiten beste Freunde. Er ist ebenso gerissen wie korrupt. Wahrscheinlich hat er ein ganzes Dutzend Spitzel in der Generalstaatsanwaltschaft. Ich tippe, er erfährt es innerhalb weniger Minuten, falls irgendwo der Name Clarke fällt. Selbst wenn es nur ein Kratzer ist, macht er sich augenblicklich daran, die Blutung zu stillen.«

Zach sah sich in der Küche um und dann wieder sie an. »Ich glaube, du bist hier nicht sicher.«

»Ich habe keine Angst.«

»Erstens ist das gelogen. Zweitens habe ich eine Scheißangst.«

»Und was schlägst du vor?«

»Flieg morgen mit mir nach New Orleans.«

Kapitel 20

Kate sagte erst einmal gar nichts, bevor sie fragte: »Weshalb?«

»Um Doug zu treffen.«

»Noch einmal – weshalb?«

»Du hast mir erzählt, du hättest ihn informiert, dass Clarke freigelassen wurde.«

»Er reagierte wütend und angewidert, also durchaus erwartbar. Er fragte mich, ob ich auch dich benachrichtigt hätte. Zu dem Zeitpunkt hatte ich das noch nicht.«

»Aber jetzt hast du es, und Morris hat Doug erzählt, dass du bei mir warst. Ich bin sicher, dass ihn das aus der Fassung gebracht hat. Ich muss mit ihm reden, Kate. Persönlich. Und ich hätte dich gern dabei.«

»Als Puffer?«

»Nicht nur. Du vertrittst den Generalstaatsanwalt. Dadurch wird es kein rein persönliches, sondern ein offizielles Gespräch. Andernfalls wird Doug nur auf mich losgehen. Und wenn du ihm klarmachst, welche Gefahr Eban Clarke darstellt, könnte das seine Einstellung beeinflussen.«

»Eban könnte fliehen, ja. Aber jemandem gefährlich werden?«

»Ich glaube nicht, dass er im Knast seinen Charakter gewandelt oder zu Jesus gefunden hat. Falls er auf freiem Fuß bleibt, könnten ihm noch mehr Frauen zum Opfer fallen.«

Sie sah ihn nachdenklich an. »Gestern Abend hast du mir erklärt, Rebecca sei von Eban Clarke ›zum Opfer gemacht worden‹. Das sehen nicht alle so.«

»Du auch nicht?«

»Nun ja, Parsons und Simpson haben ausgesagt, dass sie aus eigenem Antrieb mit ihnen in dieses Zimmer gegangen sei. Sie wusste, was dort geschehen sollte, und sie hat mitgemacht. Sogar ›begeistert‹, um Cal Parsons zu zitieren.«

»Höchstwahrscheinlich war es wirklich so«, sagte Zach. »Aber Rebecca liebte das Leben. Sie liebte es, *zu* leben. Wenn sie zu irgendeinem Zeitpunkt das Gefühl gehabt hätte, dass ihr Leben in Gefahr sein könnte, hätte sie die Sache beendet. Tatsächlich hätte sie sich mit aller Kraft gewehrt, glaube ich.«

»Alle drei Männer hatten Kratzwunden an den Armen und im Gesicht«, sagte Kate. »Und unter Rebeccas Fingernägeln wurde passendes Hautgewebe gefunden. Clarkes Verteidiger konnte die DNA-Beweise nicht entkräften, aber er erinnerte die Geschworenen an die Sex-Toys, die im Zimmer gefunden worden waren. Er behauptete, das Kratzen sei Teil eines wilden Liebesspiels gewesen, sodass die Geschworenen auf berechtigte Zweifel erkannten.«

»Genau dafür haben ihn die Clarkes bezahlt. Verflucht, man könnte bei praktisch allem berechtigte Zweifel erwecken. Der Himmel ist blau. Nein, er ist grau. Tatsächlich kann er beides sein. Rein vernünftig betrachtet ist er blau, aber …«

»Schon gut, du hast deinen Standpunkt klargemacht.«

»Ich will auf Folgendes hinaus, und darauf würde ich mein eigenes Leben verwetten: Entweder war Rebecca nicht mehr in der Lage, das vereinbarte Safeword zu sagen, oder sie hat es gesagt, und die drei haben es ignoriert. Aber selbst, wenn sie sich nicht gewehrt hat oder sich nicht mehr wehren konnte, wurde sie zum Opfer, sobald sie *Nein, aufhören!* signalisiert hatte.«

Kate hatte ihm aufmerksam und angespannt gelauscht. Jetzt entspannten sich ihre Schultern sichtbar. »Das glaube ich auch.«

»Und warum ziehst du es dann in Zweifel?«

»Weil ich genau dafür bezahlt werde. Vom Staat.«

»Sehr geschickt. Du hast mich jedenfalls aus der Reserve gelockt.«

»Ich wollte erfahren, wie ernst es dir damit ist.«

»Jetzt weißt du es. Also, wie sieht es mit New Orleans aus?« Als sie zögerte, erklärte er ihr: »Ich habe mir die Freiheit genommen, uns beiden einen Flug morgen früh zu buchen.«

»Und wann fliegen wir zurück?«

»Das hängt von Doug und dem Ausgang unseres Treffens ab. Vielleicht bin ich schon morgen Abend zurück, vielleicht muss ich ein paar Tage bleiben. Du könntest direkt nach unserem Treffen zurückfliegen. Ganz ehrlich, Kate, ich kann unmöglich voraussehen, was er sagen oder tun wird. Aber ich glaube, es wäre hilfreich, wenn du dabei wärst. Begleitest du mich?«

Sie überlegte eine Weile. »Du kannst auch ziemlich geschickt argumentieren. Ich habe mich mit Mr. Pratt getroffen, als ich mich auf die Anhörung zu Clarkes vorzeitiger

Entlassung vorbereitet habe. Wenn er mich immer noch als seine Fürsprecherin sieht, könnte das hilfreich sein. Ja, ich komme mit.«

»Musst du das noch mit deinem Chef absprechen?«

»Ich schicke ihm gleich heute Abend eine Mail, damit er morgen früh Bescheid weiß. Und ich werde sie so formulieren, dass es nach einem möglichen Durchbruch klingt, dem ich sofort nachgehen muss. Was es ja auch ist.«

Zach stand auf, griff nach seiner Jacke und legte sie über seinen Arm. »Ich habe ein Zimmer in einem Hotel am Flughafen gebucht. Allerdings wusste ich da noch nicht, dass du heute Abend unerbetenen Besuch hattest. Du wirst dich also entscheiden müssen.«

»Wie kommst du auf die Idee, dass du mich vor die Wahl stellen kannst?«

Als hätte sie nichts gesagt, fuhr er fort: »Entweder warte ich hier, bis du gepackt hast, und du kommst mit ins Flughafenhotel.«

»Oder?«

»Ich schlafe hier.«

Sie senkte den Blick und ließ sich die Alternativen durch den Kopf gehen. »Wann geht der Flug?«

»Acht Uhr dreißig.«

»Also früh.«

»Schon, aber wir wären schon am Flughafen.«

Wieder überlegte sie und sagte dann: »Ich bin total erledigt. Jetzt noch zu packen und zum Flughafen zu fahren … eine schreckliche Vorstellung. Lass uns hier schlafen.« Dann sah sie ihm ins Gesicht. »Das Bett im Gästezimmer ist gemacht.«

»*Verdammt!*« Er sagte das leise und mit Nachdruck, aber auch mit Humor.

Sie schnaubte ein kurzes Lachen.

Er machte einen Schritt auf sie zu, berührte sie aber nicht. Wenn er jetzt die Hände auf sie legte, würde er sie auch küssen, das stand fest, und wenn er sie küsste, würde er ihr im nächsten Moment die Kleider vom Leib reißen. Also hielt er seine Hände und sein Verlangen unter Kontrolle. »Du schreibst die E-Mail. Ich hole währenddessen meine Tasche aus dem Pick-up und schließe alles ab.«

»Alles klar. Du weißt ja, wo der Kaffee steht, falls du vor mir aufwachst. Bedien dich einfach.«

»Danke.«

»Gute Nacht.« Sie drehte sich um und trollte sich durch den Flur davon.

Er ging zu seinem Pick-up und holte seine Reisetasche vom Beifahrersitz. Anschließend überzeugte er sich, dass alle Türen verschlossen und verriegelt waren, und zog sich dann ins Gästezimmer zurück. Wie das ganze Haus war auch dieses Zimmer schlicht und elegant eingerichtet und Gott sei Dank mit einem Kingsize-Bett ausgestattet.

Er schaltete den Alarm an seiner Uhr ein und zog sich aus. Als er die Decke zurückschlug und sich ausstreckte, merkte er, dass er aus seinem Scharmützel mit Morris blaue Flecken davongetragen hatte. Wahrscheinlich würden sie morgen noch mehr schmerzen.

Hinter der Wand hörte er eine Dusche rauschen. »Denk nicht mal dran.«

Aber natürlich dachte er daran. Wie Kate nackt unter der Dusche stand. Ehrlich gesagt hatte er dieses Bild schon stundenlang vor Augen gehabt. Das Bild einer nackten, schaumigen Kate bewirkte, dass sich die nach Blumen duftende Bettdecke aufstellte.

Nachdem die Duschgeräusche verstummt waren, hörte er sie ein paar Minuten lang hin und her gehen, dann wurde es still auf der anderen Seite der Wand. Boshaft hoffte er, dass auch sie nicht einschlafen konnte, nachdem ihm dieses Schlafarrangement solche Qualen bereitete.

Fluchend streckte er die Hand nach der Nachttischlampe aus und knipste sie aus.

In Kathryn Lennons Haus wurde es dunkel. Weiter unten an der Straße saß Eban zusammengekauert auf dem Fahrersitz von Fridas Wagen. »Ab ins Bettchen«, grummelte er.

Er wartete noch eine Minute ab, dann startete er den Motor und fuhr los. Als er an Bridgers monströsem Pick-up vorbeifuhr, zeigte er ihm den Finger.

Er hatte seinen Augen nicht getraut, als Bridger bei ihr zu Hause aufgetaucht war. *What the fuck?* Er hatte die Worte tatsächlich laut gebrüllt und mit dem Handballen gegen das Lenkrad geschlagen, als die vertraute große, muskulöse Gestalt aus dem Wagen geklettert und an ihre Haustür getreten war.

Allerdings war es eindeutig besser, sagte Eban sich, während er sich auf die Heimfahrt machte, wenn er Bescheid wusste, falls die Staatsanwältin und Rebeccas Ex eine heimtückische Attacke auf ihn planten. Richtig? Richtig. So betrachtet sah es so aus, als wäre ihm immer noch das Glück hold.

Immerhin hatte er es auch aus Lennons Haus und zu seinem Auto geschafft, bevor der Streifenwagen in ihre Straße gebogen war. Notiz an sich selbst: Sie hatte eine stumme Alarmanlage.

Er war langsam an ihrem Haus vorbeigefahren, während die beiden Bullen es umrundet und dabei mit ihren Taschenlampen in sämtliche Türen und Fenster geleuchtet hatten. Zum Glück war er so schlau gewesen, das geknackte Schloss wieder zu verriegeln.

Nachdem der Streifenwagen abgefahren war, hatte er seine Wache fortgesetzt. Inzwischen war es schon fast zehn Uhr gewesen, trotzdem hatte er noch eine Weile vor dem Haus warten wollen, denn immerhin bestand die geringe Möglichkeit, dass er Kathryn Lennon zu Gesicht bekommen würde. In Fleisch und Blut. In äußerst appetitlichem Fleisch, wie ihr knapper Bikini versprach.

Er hatte Frida angerufen und ihr vorgeschwindelt, dass er bei ein paar alten Freunden versackt wäre, die darauf bestanden hätten, ihm ein paar Runden auszugeben. »Kein Problem, mein Lieber«, hatte sie gesagt. »Ich fahre mit einem Uber. Morgen früh auch. Amüsier dich nur mit deinen Freunden.«

Er hatte sich gefragt, ob sein Beschatter wohl dem Uber folgen würde, mit dem Frida nach Hause fuhr, aber das war nicht weiter wichtig. Falls Frida zur Rede gestellt würde, würde sie ihn mit Sicherheit decken.

Warum konnten nicht alle so aufgeschlossen und aufopferungsvoll sein wie Frida? Upton zum Beispiel. Dieser griesgrämige alte Furz. Und selbst sein Dad, der ihm bisher immer alles erlaubt hatte, spielte plötzlich den gestrengen Vater.

Eban hatte gerade seinen Beobachtungsposten vor Kathryn Lennons Haus verlassen wollen, als aus der entgegengesetzten Richtung ein Auto angefahren kam, in ihre Einfahrt bog und dann in der Garage verschwand, deren Tor sich sofort senkte. Ohne dass er sie zu sehen bekommen hatte. Dann war das Licht im Haus angegangen.

Nicht lange danach war der Ex-Quarterback vor ihrem Haus aufgetaucht und hatte damit Ebans Fantasie zum Platzen gebracht, in der er die Staatsanwältin unerwartet, ungeschützt und unbekleidet bis auf einen kleinen String wie den in seiner Hosentasche überrascht hatte.

Unter halblauten Verwünschungen gegen Bridger bog er nun in seine Straße, wo der Wachhund entweder abgezogen worden oder dem Uber gefolgt war. Jedenfalls war er verschwunden.

Er öffnete mit der Fernbedienung das Tor vor der Zufahrt und fuhr auf das Gelände. Der künstliche Mondschein über dem Rasen und die strategisch positionierten Laternen waren die einzigen Lichtquellen.

Hinter dem Schlafzimmerfenster seines Vaters war es dunkel. Gut. Sein Vater würde ihn also nicht ins Kreuzverhör nehmen, um ihm – mit der ihm eigenen Raffinesse – zu entlocken, wie er seinen Abend verbracht hatte.

Er fuhr hinter das Haus, parkte Fridas Wagen auf dem üblichen Stellplatz, stieg aber nicht sofort aus. Stattdessen starrte er gedankenversunken durch die Windschutzscheibe ins Leere.

Die hämische Schadenfreude, die ihn erfüllt hatte, nachdem er erfolgreich in Kathryn Lennons Heim und Unterwäscheschublade eingedrungen war, hatte sich in Luft aufgelöst, sobald er Bridger gesehen hatte. Dieser Bastard tauchte wirklich an jedem verfluchten Fleck auf. Erst dieser Überraschungsbesuch bei Rebecca und jetzt auch noch eine Übernachtung in Kathryn Lennons Haus.

Die Staatsanwältin und Rebeccas Ex-Mann, der jederzeit mit einem Fingerschnippen über Rebeccas Schicksal entscheiden konnte, lagen aneinandergekuschelt im Bett und planten Eban Clarkes Sturz.

Eigentlich komisch, wenn man darüber nachdachte. Er musste tatsächlich laut auflachen.

Kapitel 21

New Orleans war gezeichnet von der zersetzenden Kraft der Elemente, von den zerstörerischen Launen der Natur und von politischer Korruption. Und dennoch hatte die Stadt ihren einzigartigen Charme behalten, und ihr Zauber war zu einem guten Teil auf ihre morbide Dekadenz zurückzuführen. Unter anderen Umständen hätte Kate diese exzentrische Metropole zu gern zusammen mit Zach erkundet.

Aber beide gingen nicht gerade begeistert auf diese Reise, tatsächlich hatten sie seit einem kurzen Wortwechsel morgens an der Kaffeemaschine in Kates Küche kaum noch miteinander gesprochen. Auf beiden lastete eine düstere Vorahnung. Den größten Teil des Fluges hatten sich beide dösend gestellt.

»Das ist es«, sagte Zach jetzt.

Er stoppte den Mietwagen vor einem braunen Ziegelbau mit cremefarbenen Zierleisten und einem Dach aus grüner Dachpappe. Zach hatte Kate erzählt, dass Mary und Doug Pratt seit ihrer Hochzeit hier gewohnt hatten und dass Rebecca früher nur widerwillig zugegeben hatte, ihre ersten achtzehn Jahre in so einem schlichten Heim zugebracht zu haben.

Sie stiegen aus und gingen zur Haustür. Zach fragte Kate, ob sie schon wüsste, was sie Doug sagen wollte.

»Im Großen und Ganzen ja«, antwortete sie, »aber nicht im Einzelnen. Es würde sich sonst zu sehr nach einer Ansprache anhören. Und ich möchte, dass er mich als Mensch, nicht als Vertreterin einer Behörde sieht.«

»Hoffen wir unser Bestes. Und los geht's.« Er drückte auf die Klingel.

Doug kam in Kakihose und einem lockeren Golfshirt an die Tür. Das einzig Auffallende an diesem Mann war, dass er ein Mädchen mit Rebeccas exotischer Schönheit und Lebhaftigkeit gezeugt hatte, stellte Kate genau wie schon bei ihrer ersten Begegnung fest. In jeder anderen Hinsicht war Doug Durchschnitt: in Größe, Gewicht und Gesicht.

Dessen Züge sich sofort verfinsterten, als er Zach sah. Grimmig wandte er sich an Kate. »Als Sie angerufen und um ein Gespräch gebeten haben, haben Sie nichts davon gesagt, dass *er* mitkommen würde.«

»Ich hatte Angst, dass Sie uns dann nicht empfangen würden.«

»Da haben Sie richtig gedacht.«

Bevor er ihr die Tür vor der Nase zuschlagen konnte, sagte sie: »Zach muss bei diesem Gespräch dabei sein, Mr. Pratt. Sie sind klug und vernünftig genug, um das zu verstehen.«

»Ich verstehe das durchaus. Sie haben sich zusammengetan, weil Sie hoffen, dass Sie mich gemeinsam umstimmen können.«

»Da täuschen Sie sich«, widersprach sie. »Zach richtet sich weiterhin nach Ihren Wünschen.«

Sein Blick wanderte von ihr zu Zach. »Willst du mich auch zusammenschlagen?«

»Dich zusammenschlagen? Was redest du da?«

»Dieser Deputy, Dave Morris, hat mich heute Morgen angerufen und mir erzählt, dass du ihn verprügelt hast.«

»Er hat den ersten Schlag gelandet, und zwar, *nachdem* ich seinetwegen beinahe mit dem Wagen über die Klippe in die Tiefe gestürzt wäre. Ich entschuldige mich bestimmt nicht dafür, dass ich mich gewehrt habe.«

»Er hat mir erzählt, du hättest ihn unter Druck gesetzt, dir meinen Namen zu verraten.«

»Warum hast du mich nicht einfach gefragt, wenn du wissen wolltest, was ich davon halte, dass Clarke auf freiem Fuß ist? Oder angerufen? Oder eine Mail geschickt? Stattdessen hast du einen Spion angeheuert.«

Pratt biss stumm die Zähne zusammen.

Zach grunzte angewidert. »Werd endlich erwachsen, Doug. Es geht bei dieser Sache um viel mehr als um deinen Weitpisswettbewerb mit mir.«

Ehe das Gespräch noch weiter aus dem Ruder laufen konnte, ging Kate dazwischen: »Mr. Pratt, Rebeccas Schicksal liegt immer noch in Ihrer Hand.«

»Was gibt es dann überhaupt zu bereden?«

»Eban Clarkes Schicksal. Das ebenfalls in Ihrer Hand liegt.« Sie ließ ihre Worte wirken, bevor sie fragte: »Dürfen wir hereinkommen?«

Unter einem säuerlichen Blick löste er den Haken der Fliegentür und drückte sie auf. »Schnell, sonst entwischt der Kater.«

Drinnen war es stickig. Staubfädchen tanzten in den Sonnenstrahlen, die sich zwischen den Lamellen der heruntergelassenen Jalousien hindurchzwängten. Kate war froh, dass Doug sie durch das Haus auf eine mit Fliegengitter verkleidete Veranda führte.

»Es ist heute nicht allzu feucht draußen.« Er setzte sich in einen geflochtenen Schaukelstuhl mit einem ausgeblichenen Kissen darauf. Ein gefleckter Kater – der viel zu alt und gebrechlich aussah, um durch eine offene Tür entwischen zu können – tapste zu seinem Stuhl. Doug bückte sich und hob ihn hoch, legte ihn auf seinen Schoß und begann, ihn zu streicheln.

Kate setzte sich in einen ähnlich aussehenden Stuhl, wahrscheinlich den Stammplatz der verstorbenen Mary. Zach hatte ein kleines Sofa für sich allein.

»Doug, mein Beileid wegen Mary. Ich habe erst von ihrem Tod erfahren, als Kate es mir erzählt hat.«

»Hab keinen Grund gesehen, dir zu schreiben.«

»Ich war ihr Schwiegersohn.«

»Nicht lange.« Er kraulte den Kater zwischen den rheumatischen Augen und deutete dann über seine Schulter. »Ich bin nicht so gut im Haushalt, wie sie es war. Vor allem, wo ich jeden Tag ins Pflegeheim fahren muss.«

»Wir haben auf dem Weg hierher dort haltgemacht«, erklärte Kate.

Sein Gesicht verdüsterte sich argwöhnisch, und er schoss einen hasserfüllten Blick auf Zach ab, ehe er wieder sie ansah. »Warum?«

Kate sah das als Einstieg. »Ich hatte natürlich einiges über Rebeccas Zustand gehört und gelesen und wusste grob Bescheid, aber ich dachte, ich sollte mir auch persönlich ein

Bild machen, damit ich wirklich nachvollziehen kann, vor welchem Dilemma Zach steht und was Sie während der letzten vier Jahre aushalten mussten. Ihre ununterbrochene Fürsorge ist bewundernswert, Mr. Pratt.«

»Haben Sie Kinder?«

»Nein.«

»Dann begreifen Sie das sowieso nicht. Selbst in ihrem jetzigen Zustand bleibt Rebecca immer noch mein kleines Mädchen. Ihr Geist ist immer noch bei uns. Ich werde sie niemals aufgeben.« Er sah Zach an, als würde er mit Widerspruch rechnen, aber Zach blieb stoisch und saß einfach da.

»Sie beweisen täglich Ihre Liebe und Hingabe an Rebecca.«

»Ich sehe das nicht als Pflicht an, falls Sie darauf hinauswollen.«

»Nein, darauf will ich nicht hinaus«, sagte sie geduldiger, als sie sich fühlte. »Aber während Sie sich selbst aufopfern, kann der Mensch, der Rebecca das angetan hat, sein Leben nach Lust und Laune führen, ohne sich irgendwie verantwortlich oder verpflichtet zu fühlen.« Sie holte einen Ordner aus ihrer Tasche und reichte ihn Doug. »Ich lasse Ihnen das hier. Sie können es lesen oder auch nicht.«

»Was ist das?«

»Erinnern Sie sich an Dr. Hawkins, der bei der Anhörung zu Clarkes vorzeitiger Entlassung ausgesagt hat?«

»Ja. Er hat bei seinen Antworten ordentlich herumgeeiert.«

»Wer ist Dr. Hawkins?«, fragte Zach.

»Der Psychologe, der Eban Clarke im Gefängnis betreut hat.«

»Was meinst du mit ›herumeiern‹?«, fragte Zach diesmal Doug.

»Bei seiner Aussage hat er sich noch über Clarkes Größenwahn, seine Anspruchshaltung, sein riesiges Ego und so weiter ausgelassen.«

Kate übernahm. »Aber im Kreuzverhör wurde Dr. Hawkins von Clarkes skrupellosem Verteidiger auseinandergenommen. Der Doktor musste schließlich zugeben, dass die meisten jungen Männer, vor allem die aus prominenten Familien, übergroße Egos und eine gewisse Anspruchshaltung haben. Aber wirklich verheerend wurde es, als der Anwalt dem Doktor das Eingeständnis abluchste, dass Clarke sich in einigen Sitzungen zerknirscht und reuig über sein rücksichtsloses Verhalten in jener Nacht gezeigt hätte. Er würde den tragischen Ausgang zeitlebens bereuen. So in der Art.«

»Hat Hawkins gelogen?«

»Nein«, sagte sie. »Aber Clarke hatte darauf gesetzt, dass Dr. Hawkins vorgeladen würde, darum hatte er in den letzten Sitzungen vor der Anhörung überzeugend den reuigen Sünder gespielt.«

»Leck mich doch«, schimpfte Zach. »Er hat diesen Arzt manipuliert.«

»Er hat es zumindest versucht«, sagte sie. »Dr. Hawkins ist Profi und durchschaute Clarkes falsches Spiel natürlich. Aber als er im Zeugenstand gezwungen wurde, nur mit Ja oder Nein zu antworten, musste er unter Eid zugeben, dass Clarke sich bei mehr als einer Gelegenheit zerknirscht gezeigt hätte.«

»Und was ist da drin?« Doug deutete auf den Ordner, den er auf dem Tisch neben seinem Ellbogen abgelegt hatte, wo er auf einer dicken, zerlesenen und in Leder gebundenen Bibel ruhte.

»Direkt vor seiner Entlassung hatte Clarke eine letzte Sitzung bei Dr. Hawkins«, antwortete Kate. »In diesem Ordner sind die Notizen des Doktors dazu. Auf den Punkt gebracht, hat Clarke dem Doktor für seine Aussage bei der Anhörung gedankt. Er hat sich darüber lustig gemacht, dass er das Justizsystem an der Nase herumgeführt hätte. Auf Rebecca angesprochen, reagierte er abgebrüht, sogar hartherzig. Ohne einen Funken Reue.«

Kate hörte Zach einen obszönen Fluch murmeln, aber sie sah weiter Doug Pratt an, dessen Hand jetzt reglos auf dem Kater lag. »Mr. Pratt, Eban Clarke ist ein Soziopath. Ein extrem gerissener und grausamer Menschenfänger. Ein Individuum ohne jedes Gewissen. Er hat eine unersättliche Lust an jeder Form von Ausschweifung. Wenn er etwas haben will, sei es ein schnelles Auto, die blinde Gefolgschaft seiner sogenannten Freunde oder sexuelle Befriedigung, ist es ihm völlig gleichgültig, ob er jemanden verletzt.«

Doug verzog das Gesicht.

Kate hatte Mitleid mit ihm, aber sie ließ nicht locker. Sie kam jetzt zum Kern der Sache. Deswegen war sie hier. »Erinnern Sie sich an die Zeugenaussagen der beiden anderen Beteiligten?«

»Bei der Verhandlung gegen Clarke? Natürlich. Wie könnte ich die je vergessen?«

»Dann werden Sie sich erinnern, wie die beiden zugegeben haben, dass sie vor der Nacht mit Rebecca schon mit anderen Frauen ähnliche ›Sexpartys‹ veranstaltet hatten. Die jedes Mal von Eban Clarke organisiert wurden.« Sie machte eine Atempause. »Ich habe große Angst, dass ihm noch mehr Frauen zum Opfer fallen werden. Unter anderen Umständen und mit einem anderen Ausgang als bei Rebecca, so Gott will. Aber ganz unabhängig davon, ob Clarke sich je wieder einer Frau nähern wird, in jener Nacht hat er Ihrer Tochter ihr Leben gestohlen. Und Ihnen und Mary das Ihre. Allein deshalb sollten wir den Rahmen des Gesetzes voll ausschöpfen und ihn zur Verantwortung ziehen.« Sie hatte das Gefühl, genug gesagt zu haben, und lehnte sich vorsichtig in ihren Stuhl zurück.

Pratt starrte durch das Fliegengitter auf das rissige Zement-Vogelbecken in seinem Garten. Trübes Wasser stand darin. Ein paar gewichtige Sekunden verstrichen, dann sah er Zach an. »Du bist dazu bereit, habe ich recht?«

Zach schloss kurz die Augen, öffnete sie wieder und sagte dann: »Ich werde nie bereit sein, Doug.«

»Aber es liegt klar auf der Hand, dass du dich mit dem Gedanken angefreundet hast.«

Zach ließ sich ein paar Sekunden Zeit, bevor er antwortete. »Ich habe angefangen, mich auf *Rebecca* zu konzentrieren statt auf deine religiösen Überzeugungen und meine moralischen und ethischen Zweifel oder gar den stinkreichen Soziopathen, der all das verursacht hat. Ich denke an das würdelose Dasein, das sie vierundzwanzig Stunden am Tag, sieben Tage die Woche und dreihundertfünfundsechzig Tage im Jahr fristen muss. Glaubst du nicht, sie würde uns anbetteln, dem ein Ende zu machen, wenn sie sprechen könnte?«

Pratt atmete mehrmals hörbar durch die Nase ein. »Weißt du, was ich glaube? Ich glaube, du willst dich dafür rächen, dass sie dir Hörner aufgesetzt hat.«

»Doug …«

»Du hast es satt, für das Pflegeheim zu bezahlen. Ich habe dich nie darum gebeten, wie du selbst weißt. Du hast dich dazu bereit erklärt, und jetzt hältst du das für eine schlechte Investition.«

»Begreifst du nicht, was du da tust?«, unterbrach Zach ihn. »Du lässt Rebecca darunter leiden, dass du wütend auf mich bist.«

»Vor vier Jahren konntest du es kaum erwarten, sie umzubringen, nicht wahr?«

Zach fuhr sich mit den Fingern durch die Haare. »Jesus.« Er sah Kate an, und aus seinem Blick sprachen Verzweiflung und Hilflosigkeit.

Doug merkte, dass er Zach zusetzte, und redete sich in Fahrt. »Was hat dich damals abgehalten?«

»Das weißt du genau. Deine Gefühle. Und die von Mary.«

»Ach was, du hast einen feuchten Dreck auf unsere *Gefühle* gegeben. Du hattest Angst vor der schlechten Publicity, die du bekommen hättest, wenn du deine Ex umgebracht hättest. Komm schon. Gib es hier vor Ms. Lennon zu. Du hast Rebecca damals nur am Leben gelassen, weil du vor deinen Fans nicht schlecht aussehen wolltest.«

»Das ist nicht wahr«, sagte Zach leise.

»Wieso hast du jetzt deine Meinung geändert? Hm? Was hat sich verändert? Ich glaube, es interessiert dich kein bisschen, ob Eban Clarke seine gerechte Strafe erhält. Ich glaube, du bist ein richtiger Waschlappen geworden und hast inzwischen viel weniger zu verlieren.«

Als er zu Ende gesprochen hatte, war Zach bereits aufgestanden. »Ich warte draußen.«

Seine Schritte stampften über die knarrenden Dielen, dann hörten sie die Haustür knallen.

Kates Wangen brannten vor Zorn. Sie griff nach ihrer

Tasche und stand ebenfalls auf. »Das war unangebracht, Mr. Pratt. Und Ihrer nicht würdig. Sie wissen, wie Sie mich erreichen können.« Sie war schon auf dem Weg zur Tür, als sie sich noch einmal umdrehte. »Warum haben Sie nicht schon vor vier Jahren beantragt, die Vormundschaft für Rebecca zu übernehmen?«

»Das war nicht nötig. Zach hat damals alles hingeschmissen und sich aus dem Staub gemacht. Unser Supersportler hat Rebecca lieber Mary und mir überlassen, weil er Angst hatte, dass ihn die Presse in der Luft zerreißen würde, wenn er den Ärzten befehlen würde, sie umzubringen.«

»Das ist absolut nicht fair, Mr. Pratt. Und das wissen Sie.«

»Ich war damals dabei, Sie nicht.«

Er nickte aufgeregt, als hätte er damit alles gesagt und als gäbe es nichts mehr zu bereden. Doch sie würde ihm diese unfaire Tirade gegen Zach nicht durchgehen lassen. »Und seither? Warum haben Sie nie beantragt, auch rechtlich die Verantwortung für Rebecca zu übernehmen?«

»Brauchte ich nicht. Er ließ uns in Ruhe.«

»Ich glaube, Sie hatten einen ganz anderen Grund. Ich glaube, Sie genießen es, dass er bis heute an Rebecca gefesselt bleibt und darunter leidet.«

Er wedelte ihren Einwurf weg. »Sie können glauben, was Sie wollen. Aber solange er da oben auf seinem Berg geblieben ist, war alles in Ordnung. Jetzt ist er zurück. Und mischt sich ein. Ich werde mit meinem Anwalt sprechen und ihn fragen, was ich unternehmen soll. Bis dahin sollte Bridger lieber nicht versuchen, mich auszutricksen.«

»Sie meinen, was Rebecca angeht? Das würde er bestimmt nicht.«

»Er hat sich hergeschlichen und sie heimlich besucht, oder etwa nicht? Er hat sich ohne mein Wissen mit Dr. Gilbreath unterhalten. Und jetzt hat er sich bei Ihnen angehängt.«

Ihr Geduldsfaden war bereits zum Zerreißen gespannt. »Nein, ich habe mich bei ihm angehängt. Er wollte sich mit Ihnen darüber unterhalten, ganz ruhig und besonnen, was Eban Clarkes Freilassung für Sie und ihn zu bedeuten hat und ob das Ihre Ansichten beeinflussen könnte.«

»Ich glaube, Sie haben seine Ansichten beeinflusst, das glaube ich.«

»Ich habe ihm die rechtlichen Konsequenzen genauso erklärt wie Ihnen.«

»Aber Sie haben ihm den Kopf verdreht. Ihn verunsichert. Das merke ich doch. Er könnte meinem Mädchen heimlich die Geräte abstellen, ohne dass ich es erfahre.«

Sie begriff, dass jedes weitere Wort vergeblich war, und zog die Tasche auf ihre Schulter. »Zach hat Ihnen vor vier Jahren erklärt, dass er nichts ohne Ihr Wissen oder ohne Ihre Zustimmung unternehmen würde. Er hat sein Versprechen gehalten. Das hat ihn viel gekostet. Aber Sie auch. Aber am meisten hat es Rebecca gekostet.«

Sie ließ ihn mit seinem Kater in seinem Schaukelstuhl sitzen und marschierte eilig durchs Haus. Zach saß im Auto, die Ellbogen auf das Lenkrad gestützt, die Hände darüber gefaltet. Noch während sie die Beifahrertür öffnete und einstieg, starrte er so gedankenverloren durch die Windschutzscheibe, als würde er sie gar nicht wahrnehmen.

»Eigentlich sollte ich ihn bedauern«, sagte sie. »Er ist eine bemitleidenswerte Gestalt. Aber einen Menschen, der von sich behauptet, er würde in seiner Religion ruhen, und der gleichzeitig für dich und jeden anderen nichts als Verachtung übrighat, kann ich nur verachten.«

»Vergeude nicht deine Energie damit, wütend auf ihn zu sein. Ich musste schmerzhaft lernen, dass du damit nur dich selbst aufreibst, während du ihn nicht mal berührst.«

»Nein, lass mir meine Wut. Wenigstens eine Weile. Es hat mich rasend gemacht, wie er dich provoziert hat, warum du Rebeccas Apparate nicht schon früher abgestellt hättest. Wo du das doch nur ihm und Mary zuliebe getan hast. Dein Motiv infrage zu stellen, ist wirklich infam.«

»Im Grunde nicht, Kate. Es ging mir nicht nur darum, ihre Gefühle zu schonen. Und auch nicht darum, keine Schlagzeilen zu produzieren.« Ohne sie anzusehen, drückte er den Knopf für die Zündung und fuhr los. »Rebecca war schwanger.«

Kapitel 22

»Eban!«

Eban hörte seinen Vater rufen, tauchte auf, schüttelte das Wasser aus seinem Gesicht und schob die Schwimmbrille in die Stirn. »Was gibt's?«

»Raus aus dem Wasser. Komm ins Arbeitszimmer.«

»Ich bin noch nicht fertig mit meinen Bahnen.«

»Raus mit dir und ins Arbeitszimmer.« Ohne ein weiteres Wort drehte Sid auf dem Absatz um und verschwand durch die zweiflügelige Terrassentür im Haus. Als er die Flügel zuzog, klirrten die Scheiben.

Bei jedem Schwimmzug einen stummen Fluch ausstoßend, kraulte Eban an den Beckenrand und hievte sich aus dem beheizten Pool. Die Luft war frisch, und eine Gänsehaut überzog seinen Körper. Er wickelte sich in das mitgebrachte Strandtuch, schob die Füße in die Poolsandalen und schlappte auf die Terrasse.

Als er ins Arbeitszimmer trat, erklärte er: »Ich hatte nur noch zehn Bahnen. Ich hoffe, es ist wichtig.« Dann bemerkte er Upton. »Warum überrascht es mich so gar nicht, dich zu sehen?«

»Setz dich!«, befahl sein Vater.

»Ich bin nass. Ich bleibe lieber stehen.«

»Wie du meinst.« Sein Vater blieb ebenfalls stehen. Tatsächlich tigerte er im Zimmer auf und ab wie ein Raubtier im Käfig, das zutiefst enttäuscht von seinem Nachwuchs ist. »Sag du es ihm«, wandte er sich an Up.

Upton räusperte sich. »Ich habe gerade eben von meiner Quelle in New Orleans erfahren, dass Kate Lennon und Zach Bridger heute im Pflegeheim waren.«

»Heute?«

»Gegen Mittag.«

»Zusammen?«

»Exakt.«

Auch wenn Eban sich das nicht anmerken lassen wollte, war das eine verstörende Nachricht. Gestern Nacht hatten die beiden noch in Lennons Haus gekuschelt. Und heute Mittag waren sie in New Orleans gewesen, was bedeutete, dass sie keine Zeit verloren hatten. Sie waren schneller, als er gedacht hatte. Schneller als er. Dass sie ihn überrumpelt hatten, irritierte ihn mehr als alles andere.

»Sie waren nicht einmal eine Stunde dort.« Offenkundig gab Sid weiter, was Up ihm erzählt hatte. »Die Chefärztin hat sie persönlich zu Rebeccas Zimmer begleitet. Sie waren nur ein paar Minuten drin, dann haben sie sich zu dritt ins Büro der Chefärztin zurückgezogen.«

Eban sah auf Upton, der in einem der tiefen Ledersessel kauerte und ihn an einen Troll erinnerte. »Hat deine Quelle auch gehört, was sie da drin besprochen haben?«

»Nein.«

»Vielleicht zahlst du ihr nicht genug. Biete ihr mehr Geld, dann wachsen ihr auch größere Ohren, darauf würde ich wetten.«

»Ich glaube, wir können uns denken, worum es in dem Gespräch ging, Eban.«

»Ja, ich glaube, das können wir wirklich. Was zum Teufel willst du dagegen unternehmen?«

»Nichts.«

Eban war kurz sprachlos angesichts dieser knappen Antwort, dann explodierte er. Er beugte sich über seinen Patenonkel. »Was soll das heißen – *nichts*?«

»Das heißt, dass ich keinen Finger rühren werde.«

Sid war stehen geblieben. »Er hat recht, Eban. Up hat die Sache so weit getrieben, wie er es ohne externe Hilfe vermochte.« Mit offensichtlichem Abscheu verkündete er: »Es wird Zeit, dass wir unseren exorbitant teuren und selbstverliebten Strafverteidiger wieder in unserem Kader aufnehmen.«

»Es gibt kein Kader mehr«, sagte Up. »Jedenfalls nicht für mich.« Er griff in seine Brusttasche, zog einen großen Umschlag heraus und legte ihn auf den Cocktailtisch neben seinem Sessel. Ohne Eban anzusehen, wandte er sich an Sid: »Ich lege mein Mandat nieder.«

Sid wich automatisch einen Schritt zurück. »Was zum Teufel redest du da?«

»Da steht alles drin.« Er nickte zu dem Brief hin. »Ich habe Vorkehrungen getroffen. Du wirst weiterhin juristisch vertreten. Mehrere qualifizierte Kollegen, die deinen Anforderungen gerecht werden, können dir sofort zur Seite springen. Es bleibt dir überlassen, ob du sie fest einstellst oder nicht.«

»Das meinst du nicht ernst, Up.«

»Lass ihn, Dad«, mischte sich Eban ein. »Und auf Nimmerwiedersehen. Der Tod selbst hat mehr Lebenswille als er.«

Upton stützte sich lächelnd auf die Armlehnen und hievte sich aus seinem Sessel. »Er hat recht, Sid. Ich werde bald sterben.«

»Sterben?«

»Was ich für chronisches Sodbrennen gehalten habe, ist in Wahrheit Magenkrebs. Ich bin nicht tapfer genug, all die grauenvollen Behandlungen über mich ergehen zu lassen, die mir auf lange Sicht doch nur ein paar schmerzvolle Monate erkaufen würden.« Er sah kurz auf Eban und dann wieder zu Sid. »Aber auch wenn ich nicht bald sterben würde, würde ich nicht länger Ebans Fehltritte ausbügeln wollen.«

Eban hatte sich während Ups Antwort einen Wodka eingeschenkt und fragte ihn: »Willst du etwa dein Gewissen reinwaschen, bevor du vor deinen Schöpfer trittst?«

»Es reinzuwaschen wäre unmöglich.« Upton sah Eban offen ins Gesicht. »Aber ich werde es nicht noch weiter beschmutzen, indem ich auch nur eine Sekunde länger für dich tätig bin.«

»Up, das kannst du nicht machen.«

Er lächelte Sid bedauernd an. »Doch, Sid, das kann ich. Das werde ich. Ich habe dich wie einen Bruder geliebt, aber irgendwann hat alles ein Ende.« Er sah Sid noch eine Sekunde in die Augen, dann drehte er sich um und verließ den Raum, ohne Eban noch eines Blickes zu würdigen.

Eban kippte seinen Wodka hinunter. »Also, das war zwar nicht gerade ein Shakespeare-Monolog, aber dennoch eine bewegende Abschiedsrede.«

»Halt den Mund, Eban.«

»Oje, ich weiß, wie du dich fühlen musst. Dein bester Freund hat dich sitzen lassen. Das muss wehtun. Aber er war alt, müde und in jeder Hinsicht am Ende. Wir sind ohne ihn und seine Trauerkloßmiene besser dran.« Er stellte sein Glas ab und zog das Strandtuch um seine Hüften straff. »Mir ist kalt. Ich gehe nach oben und in die Sauna.«

»Du gehst nach oben und wirst packen.«

Eban blieb so plötzlich stehen, dass er fast aus den Poolsandalen gerutscht wäre. »Packen? Wo fahre ich denn hin?«

»Up hat mir erzählt, dass er dir nahegelegt hat, eine Weile im Ausland zu leben. Ich halte das für die beste Option.«

»Also, ich finde das eine beschissene Option.«

»Ich werde den Jet bereitstellen lassen.«

»Du hörst mir nicht zu, *Dad*. Ich werde mich nicht ins Ausland absetzen. Falls ich jetzt abhaue, sieht das wie ein Schuldeingeständnis aus.«

Sid blieb absolut regungslos und fixierte eisig seinen Sohn. Eban hatte noch nie erlebt, dass er irgendwen mit so gnadenlosem Zorn angesehen hätte, weder seine schlimmsten Konkurrenten noch einen aufsässigen Untergebenen, und schon gar nicht ihn. Das gab ihm zu denken, aber statt einzulenken, änderte er seine Taktik.

Er ließ ein entwaffnendes Lächeln aufstrahlen und breitete die Arme aus. »Wer bin ich denn, einen Flug in deiner Gulfstream abzulehnen? Vielleicht wären ein paar Tage woanders gar keine so schlechte Idee.«

»Du wirst wegbleiben. Bis ich dich zurückhole.«

So viel zu seinem Friedensangebot. »Einen Scheiß werde ich.«

Sid machte mehrere Schritte auf ihn zu. »Sprich nicht so mit mir, Eban.«

»Was ist eigentlich in letzter Zeit mit dir los? Du bist nicht mehr du selbst. Daran hat allein Up Schuld. Sein Pessimismus hat auf dich abgefärbt.«

Sid ließ sich davon nicht beeindrucken. »Als du damals in der Grundschule diesen Jungen mit dem Kopf in die Toilette getaucht hast, bis er fast ertrunken wäre, hat Upton nur unter Protest die Eltern und den Schuldirektor ausgezahlt, damit du nicht rausgeworfen wurdest. Er hat es nur auf meinen Befehl hin getan, aber er hat mich ermahnt, ich sollte dir klarmachen, dass man für die Konsequenzen seiner Taten einstehen muss. Zu meinem ewigen Bedauern habe ich seinen Rat nicht befolgt. Schlimmer noch, ich habe immer wieder für dich die Kastanien aus dem Feuer geholt. Sieh dir an, wohin meine Nachgiebigkeit uns gebracht hat. Du hast mit deinen Faxen deine Mutter tablettensüchtig gemacht und ins Grab gebracht. Du wurdest als Verbrecher verurteilt. Und jetzt hast du mich meinen besten Freund gekostet.«

Eban sah rot. »Ich bin *dein* Sohn!«

»Das ist nichts, worauf ich stolz wäre.«

Eban knurrte, ballte die Fäuste und schlug dann eine Faust in die andere Hand. »Wieso soll das alles meine Schuld sein? Das ist nicht meine Schuld. Sondern allein die von dieser Lennon. Die will einfach keine Ruhe geben.«

In diesem Moment verließ Sid der Kampfgeist, und er stand da wie ein geschlagener Krieger. Er betrachtete Eban kummervoll, verständnislos und – was Eban wirklich aus der Ruhe brachte – mitleidig.

»Nein, Eban, all das ist *deine* Schuld. Und obendrein scheint dir immer noch nicht klar zu sein, was deine Taten für Konsequenzen haben.«

Er baute sich arrogant auf. »Dann klär mich doch über diese Konsequenzen auf, mein geliebter Vater.«

»Offenbar hast du eins immer noch nicht begriffen: Wann immer diese Rebecca Pratt auch stirbt, ob man nun die Geräte abschaltet oder sie auf natürliche Weise aus dem Leben scheidet – du wirst für ihren Tod zur Verantwortung gezogen werden.«

Kapitel 23

Rebecca war schwanger.

Zach begriff, dass es unfair gewesen war, das ohne Vorwarnung auf Kate abzuladen und danach keinen Ton mehr zu sagen. Eigentlich hatte er das nie jemandem erzählen wollen. Er hatte es Kate nur gebeichtet, damit sie wusste, dass es für seine Entscheidung, Rebecca am Leben zu erhalten, einen noch gewichtigeren Beweggrund gegeben hatte als die Rücksicht auf die frommen Pratts oder gar die Angst vor der Reaktion seiner Fans, die Doug ihm unterstellt hatte.

Kate hatte ihn fassungslos angestarrt, bis sie schließlich ihre Stimme wiedergefunden hatte. »Warum hast du mir das nicht erzählt?«

»Habe ich doch gerade. Und mehr sage ich nicht dazu.«

Danach hatten sie kaum noch gesprochen, während sie von Dougs Haus zum Flughafen gefahren waren, wo sie einen Flug nach Atlanta nahmen, auf dem glücklicherweise noch zwei Plätze in der ersten Klasse frei gewesen waren.

Während sie auf den Abflug warteten, hatten sie in einem der Flughafenrestaurants einen späten Lunch gegessen. Zach wurde dabei mehrmals angesprochen, gab Autogramme und ließ sich fotografieren, aber diese kurzen Ausbrüche aus der angespannten Atmosphäre, die seit seiner knappen Antwort zwischen ihnen herrschte, waren ihm durchaus willkommen gewesen.

Jetzt starrte sie, von ihm abgewandt, aus dem Fenster der Maschine. Er hatte die Spannungen verursacht. Also würde er sie auch wieder abbauen müssen. »Kate?« Sie drehte den Kopf vom Fenster weg und sah ihn an. »Warst du jemals beim Mardi Gras?«

Seine harmlose Frage überraschte sie anscheinend so, dass sie ein paar Sekunden brauchte, bevor sie antwortete. »Ein paar Mal. Und du?«

»Mehrmals. Einmal hat mich die *Krewe of Bacchus* eingeladen, auf ihrem Umzugswagen mitzufahren. Das war eine Erfahrung.«

»Hast du Perlenketten geworfen?«

»Mit vollen Händen.«

»Einfach so? Oder hast du dich auf die Frauen beschränkt, die dir ihre Brüste gezeigt haben?«

Er sah sie mit gespielter Fassungslosigkeit an. »Die hätten mir ihre Brüste zeigen sollen?«

Seine Frage entlockte ihr ein leises Lachen. »Ich würde wetten, dass du mehr als genug zu sehen bekommen hast. Wer auf eurem Wagen hatte zuerst keine Perlenketten mehr?«

»Wenn du ein Paar Brüste gesehen hast …« Er gähnte. »Es wurde fast langweilig.«

»Na klar.«

Sie lachte wieder, und er lachte mit, aber als das Lachen verebbte, fragte er: »Bist du wütend auf mich?«

»Nein, nicht wütend. Ich versuche nur, alles zu verarbeiten.«

»Und was genau?«

»Willst du die Themen in einer bestimmten Reihenfolge hören?«

»Lieber kunterbunt gemischt.«

»Also«, seufzte sie, »zum einen frage ich mich, warum ein Mann, der seine Tochter angeblich über alles liebt und der diese Liebe jeden Tag unter Beweis stellt, sie lieber in ihrem jetzigen Zustand behalten möchte, als sie gehen zu lassen. Warum erlöst er sie nicht aus diesem fortwährenden Fegefeuer und sich damit auch? Keiner von beiden lebt *wirklich*.«

»Ich glaube, es ist so, wie er gesagt hat. Um das zu verstehen, müsstest du ihre Mutter sein.«

»Das stimmt mit Sicherheit. Er ist kein angenehmer Mensch, aber ihm zuzusehen, tut einem in der Seele weh.«

»Das Gefühl kenne ich nur zu gut. Ich kann nur mit Mühe den Mund halten, wenn er wieder mal Beleidigungen speit.«

»Aber du tust es.«

»Zurückzuschlagen würde gar nichts bringen«, meinte er achselzuckend. »Worüber hast du noch nachgedacht?«

»Darüber, dass Eban Clarke wahrscheinlich ungeschoren davonkommen wird. Ich fürchte es jedenfalls.«

Zach wartete kurz ab und fragte dann: »Möchtest du es mir jetzt erzählen?«

Sie drehte den Kopf noch weiter, bis sie sich wirklich in die Augen sahen, aber sie fragte nicht, was er damit gemeint hatte. Vermutlich wusste sie es genau.

»Der Fall *Der Staat gegen Eban Clarke* ist für dich mehr als nur ein Rechtsstreit, oder, Kate? Das hier ist dein persönlicher Feldzug. Oder aber ich liege komplett falsch, und du kannst mir erklären, dass ich mich um meinen eigenen Kram kümmern soll.«

Sie senkte den Blick und gestand rau: »Du liegst nicht komplett falsch.«

Er sagte nichts mehr. Er hatte ihr die Tür geöffnet, sie konnte hindurchgehen oder nicht.

Kate starrte auf die Rückenlehne des Sitzes vor ihr, während sie leise zu erzählen begann. »Es war im Herbstsemester in meinem Juniorjahr am College. An einem Samstagabend. Eine meiner Mitbewohnerinnen – ich wohnte zusammen mit drei anderen Mädchen in der Stadt – überredete mich, mit ihr auf eine Party zu gehen. Ich hatte wochenlang gepaukt und darum eine Feier verdient, fand ich. Die Party fand in einem Privathaus statt, und es wurde schon wild gefeiert, als meine Freundin und ich ankamen. Musik, jede Menge Leute, Alkohol, auch Gras. Du kannst es dir vorstellen.«

»Nur zu gut.«

»Meine Freundinnen und ich hatten einen Pakt geschlossen, dass keine von uns allein auf eine so große Party gehen würde und dass wir immer aufeinander aufpassen würden. Du weißt schon, wir wollten uns im Auge behalten, sichergehen, dass keine zu weggetreten war, um zu merken, falls sie in Schwierigkeiten kommen könnte. Wir waren noch nicht lange dort, als ich diesen Typen kennenlernte. Ein Medizinstudent kurz vor dem Abschluss. Gut aussehend. Humorvoll. Wir hatten Spaß. Eins führte zum anderen. Als die Party allmählich auslief, waren wir am Knutschen. Meine Freundin kam zu mir und sagte, dass sie heimgehen wollte. Er mischte sich ein und meinte, er würde mich später nach Hause fahren. Ich wollte auf keinen Fall schon gehen, also sagte ich zu meiner Freundin, dass ich zwar angenehm angesäuselt wäre, aber immer noch klar bei Verstand. Sie ging.« Sie musste sich räuspern. »Er und ich fanden ein Sofa in einem leeren Zimmer und begannen rumzumachen. Alles war wie im Traum. Bis es plötzlich zum Albtraum wurde. Einfach so«, sagte sie und schnippte mit den Fingern, »drückte er mich mit dem Gesicht in die Polster und lag auf mir, zerrte erst an meinem Rock und dann an meiner Unterwäsche.«

Sie verstummte. Zach hätte gern etwas gesagt, ihr vielleicht über die Wange gestrichen, aber er hatte Angst, dass sie die Geste falsch auffassen könnte, darum wartete er still ab.

»Ich wehrte mich, aber er war gut fünfzig Kilo schwerer als ich. Ich wollte schreien, aber er presste mein Gesicht noch tiefer ins Sofapolster. Er wurde grob, beschimpfte mich und sagte all die ekligen Sachen, die Frauen zu hören bekommen, wenn sie Nein sagen. Er wollte mich eindeutig vergewaltigen. Aber als er sich … äh … in die richtige Position bringen wollte, rutschte sein Knie vom Sofa ab. Er verlor die Balance und fiel auf den Boden. Ich sprang auf und setzte über die Armlehne. Er versuchte währenddessen, zwischen Sofa und Couchtisch auf die Beine zu kommen. Auf dem Tisch stand eine große, mit Blüten gefüllte Messingschale. Ich griff sie mir und knallte sie ihm mit aller Kraft an den Kopf. Ich glaube nicht, dass er ohnmächtig wurde, aber er war jedenfalls benommen. Ich ließ die Schale fallen und rannte los. Ich rannte bis nach Hause. Ich schlich ins Haus und kotzte meine Cuba Libres aus, die ich seither nicht mehr getrunken habe. Heulend und schlotternd saß ich in der Dusche, bis das Wasser kalt wurde. Ich konnte nicht glauben, dass das wirklich passiert war. Doch nicht *mir.* Doch bestimmt nicht *mir.*« Sie holte tief Luft. »Am nächsten Morgen wollte meine Mitbewohnerin alles über den heißen Medizinstudenten hören. Ich erzählte ihr, er hätte sich doch als Vollidiot herausgestellt, darum wäre ich mit einem anderen Mädchen heimgefahren. Danach habe ich ihn nur noch zweimal gesehen. Einmal in einem Sandwich-Shop in der Nähe der Universität. Er sah mich fragend an, als könnte er mich nicht recht einordnen. Ich hoffte, dass er sich nicht erinnern würde, und tat so, als würde ich ihn nicht kennen.«

Sie machte eine Pause und sah wieder Zach an.

»Das zweite Mal sah ich sein Gesicht auf einem Foto im Fernsehen, er hatte mindestens drei Frauen vergewaltigt, ein Serientäter. Jedes Mal war er ähnlich vorgegangen wie bei mir. Erst charmant und süß, und dann *zack*. Er wurde vor Gericht gestellt und verurteilt und sitzt bis heute. Aber weil ich mich damals so unglaublich dumm gefühlt hatte, weil ich mich für meine Leichtgläubigkeit geschämt hatte, weil ich Angst hatte, dass man mich anders sehen könnte, wenn ich mein Erlebnis öffentlich machte, und dass sich das auf meinen Jura-Abschluss auswirken könnte, für den ich so geschuftet hatte, erzählte ich nie einer Menschenseele von diesem Abend. Nicht meinen Eltern, nicht meiner besten Freundin, niemandem.«

»Bis jetzt?«

»Ja.«

»Und warum mir, Kate?«

»Weil du der Mensch bist, der letzten Endes über Rebeccas Schicksal entscheidet, und darum wissen sollst, warum es mir so wichtig ist, Eban Clarke wieder hinter Gitter zu bringen. Ich weiß nicht, das wievielte Opfer dieses Mannes ich war, aber wenn ich damals nicht geschwiegen hätte, hätte ich anderen Frauen vielleicht viel Leid erspart.« Sie holte wieder tief Luft. »Darum nehme ich diesen Fall so persönlich. Weil ich für meine Feigheit Wiedergutmachung leisten will.«

»Mein Gott, Kate.« Er streckte die Hand über die Lehne und wollte schon ihre Hand nehmen, zuckte aber in letzter Sekunde zurück.

Sie lächelte schwach. »Ich habe damals keine seelischen Narben davongetragen. Du darfst mich ruhig berühren, Zach. Wie du inzwischen wissen müsstest.« Sie griff nach seiner Hand, verschränkte ihre Finger mit seinen und legte beide Hände auf die Armlehne. »Ich mag Männer. Aber es ist ein Verbrechen, rücksichtslos Anspruch auf den Körper eines anderen Menschen zu erheben, das gilt für beide Geschlechter, und egal ob es mit Gewalt oder mit List geschieht.«

»Kate, ich schwöre dir, seit meinem allerersten Mal und trotz der vielen wilden Partys und der zahllosen One-Night-Stands habe ich nie …«

»Pst. Zach. Du musst dich nicht rechtfertigen. Gott stehe den David Morrises dieser Welt bei, die sich mit dir anlegen wollen, aber dass du einer Frau deinen Willen aufzwingen würdest? Nein. Du hast gestern die Nacht in meinem Haus verbracht und mich nicht angerührt.«

»Ich habe mit dem Gedanken gespielt. Und zwar ausgiebig.«

»Ich auch«, gestand sie flüsternd.

Sie waren so aufeinander konzentriert, dass sie beide zusammenzuckten, als der Pilot über die Sprechanlage an Bord ankündigte, dass sie in zwanzig Minuten landen würden.

Während sie ihre Sitze senkrecht stellten, fragte Zach: »Und was ist dein nächster Zug in Sachen Eban Clarke?«

»Ich bin nicht sicher, ob mir überhaupt noch ein Zug bleibt. Falls Doug die Vormundschaft einklagt, ist alles vorbei. Er würde niemals einlenken. Und bis Rebecca eines natürlichen Todes stirbt, könnte Eban weiß Gott wohin verschwunden sein.« Sie zögerte und ergänzte dann: »Allerdings kann Doug nicht Vormund werden, solange du deine Vormundschaft nicht abtrittst.«

»Das würde ich aber, Kate. Ich habe ihm versprochen, niemals seinen oder Marys Wünschen oder ihren religiösen Überzeugungen zuwiderzuhandeln.«

»Ich weiß.«

»Es tut mir leid.«

»Auch das weiß ich. Die makabre Ironie daran ist, dass ich dich dafür bewundere, wie fest du zu deinem Wort stehst.«

»Danke. Aber dadurch bin ich für dich nutzlos. Selbst wenn ich gewillt wäre, noch einmal zu Doug zu fahren und einen zweiten Versuch zu starten: Nichts in der Welt würde ihn umstimmen können.«

Nachdenklich nagte sie an ihrer Unterlippe.

»Was ist?«, fragte er.

»Nichts, was *du* sagst, wird ihn umstimmen können. Aber was wäre, wenn … wenn er von Cal Parsons und Theo Simpson hören würde, was in dieser Nacht wirklich passiert ist? Wenn ich die beiden dazu bringen könnte, ihre Aussage zu widerrufen und zuzugeben, dass Rebecca sich damals gewehrt hat oder es zumindest versucht hat, aber nicht mehr konnte?«

»Ich wäre unbedingt dafür, aber warum sollten sie dazu bereit sein? Damit würden sie zugeben, dass sie bei Clarkes Verhandlung im Zeugenstand gelogen haben.«

»Ja, aber wenn ich ihnen Straffreiheit für ihren Meineid garantieren könnte und dafür sorgen würde, dass ihre Bewährung aufgehoben wird?«

»Nur dafür, dass sie erzählen, was sich wirklich abgespielt hat?«

»Exakt. Vielleicht gerät Doug ins Wanken, wenn er direkt erfährt, was Rebecca erleiden musste, und vielleicht will er dann auch, dass Clarke seine gerechte Strafe bekommt.«

»Selbst wenn das heißen würde, dass er Rebecca dafür sterben lassen müsste?«

»Selbst dann.«

Zach runzelte zweifelnd die Stirn. »Ich weiß nicht, Kate. Du hast ihn gesehen, hast ihn gehört. Es wird schwer werden, ihm das zu verkaufen. Und kannst du rein rechtlich gesehen den beiden tatsächlich Straffreiheit und die Aufhebung ihrer Bewährung zusichern?«

»Ich weiß es nicht«, gab sie zu. »Vielleicht stellt sich der Generalstaatsanwalt quer, dann wäre die Sache erledigt. Aber mir bleibt kein anderer Zug mehr.«

»Im vierten Viertel, zwei Sekunden vor Abpfiff. Dein letzter Angriff.«

»Ein Verzweiflungswurf.«

Er grinste. »Wann trittst du an?«

»Sobald wir landen.«

Ein paar Minuten später setzte das Flugzeug auf, und während der langen Fahrt zum Terminal sah Zach auf sein Handy. »Ich habe von Bing zwei Textnachrichten und drei Nachrichten auf der Mailbox.«

»Was sagt er?«

»Nicht viel. Ich glaube, das hier fasst es zusammen.« Er hielt Kate das Handy so hin, dass sie die letzte Nachricht lesen konnte.

Die Scheiße ist am Kochen!

Kapitel 24

Melinda und Cal Parsons schwebten auf einer Glückswolke, als sie in die Einfahrt vor ihrem Haus bogen. Nachdem sie den Motor abgestellt hatten, lächelten sie sich erst an und brachen dann in lautes Lachen aus.

Während sie aus gewesen waren, hatte die örtliche Klinik angerufen. Der positive Schwangerschaftstest, den Melinda zwei Tage zuvor gemacht hatte, war durch einen Bluttest bestätigt worden. Überglücklich über diese Nachricht, wollten sie sofort nach Hause und feiern.

Cal beugte sich über die Mittelkonsole, legte die Hand um Melindas Nacken und zog sie zu sich her. »Ich liebe dich.«

»Ich liebe dich auch. Über alles.«

Sie küssten sich zärtlich. Er legte die Hand auf ihren flachen Bauch. »Kaum zu glauben, dass da drin mein Kind ist.«

Sie fuhr mit den Fingern durch sein dichtes blondes Haar. »Bald können wir sein Herz schlagen hören. Wir besorgen uns eines dieser Doppler-Ultraschall-Geräte.«

»Du kannst so was besorgen?«

»O ja.«

Er gab ihr einen weiteren kurzen Kuss, stieg dann aus und

kam um das Auto herum, um sie beim Aussteigen zu umarmen. Gemeinsam gingen sie zum Haus, sie mit einem Arm um seine Taille, er mit seinem über ihren Schultern.

Sie hatten das Haus gemietet und eine Kaufoption abgegeben. Er hoffte, dass er eine Hypothek aufnehmen konnte, sobald seine Bewährung aufgehoben würde. Melindas Vater, der auch sein Arbeitgeber war, hatte ihnen angeboten, eine Anzahlung zu leisten, doch Cal hatte das großzügige Angebot abgelehnt. Er wollte das Haus von seinem eigenen Geld kaufen, nicht nur aus Stolz, sondern auch aus dem Bedürfnis heraus, der Welt und sich selbst zu beweisen, dass er sich gebessert hatte.

Außerdem hatte er noch nie in einem eigenen Haus gewohnt. Sein Vater war Spieler gewesen, und die ganze Familie war auf sein Spielglück angewiesen gewesen, was einer Achterbahnfahrt gleichgekommen war. Als Kind hatte Cal diese Instabilität hingenommen, schließlich hatte er es nicht anders gekannt. Aber jetzt hatte er eine andere Welt kennengelernt, und seither misstraute er jedem allzu steilen Höhenflug, denn er hatte früh erfahren müssen, dass jedem Aufstieg unausweichlich ein tiefer Absturz folgte.

Auch jetzt spürte er kurz das vertraute, atemraubende Gefühl einer nahenden Katastrophe, als er einen Motor röhren hörte und das Grummeln durch die Sohlen seiner Schuhe spürte.

Er drehte sich um und sah, wie Eban seinen neuen Porsche in ihre Einfahrt lenkte und so dicht hinter Cals Auto abstellte, dass er ihn blockierte.

Theo würde das als Metapher deuten: Eban war unausweichlich.

Melinda war Eban nie begegnet, aber sie kannte ihn von Fotos. Sobald sie ihn sah, spannte sie sich an. »Cal?«

»Keine Angst. Ich wimmele ihn ab.«

Sie hatte schon nicht gewollt, dass er Ebans Einladung zum Essen annahm, und nervös zu Hause gewartet, bis er heimgekommen war – sichtlich erleichtert, als er nüchtern und nicht im Vollrausch aufgetaucht war. Er hatte ihr die peinliche Wiedersehensfeier beschrieben und erklärt, dass Eban in der Haft kein bisschen demütiger geworden war.

»Keinen Funken. Er war unausstehlich wie immer. Hat sich wie ein neureicher Schnösel aufgeführt und mit Geld um sich geworfen. Er will immer nur Hof halten. Theo und ich haben uns seine dämlichen Geschichten über das Knastleben angehört, aber wir sind keine so geduldigen Zuhörer mehr wie früher. Ich schätze mal, er wird neue Freunde finden – oder sich eher welche kaufen. Wahrscheinlich sehe ich ihn nie wieder.«

Aber nun, nur drei Tage später, war er wieder da, stieg mit einem breiten Grinsen aus seinem tiefer gelegten Sportwagen und kam breitbeinig auf sie zu. »Ich schwöre bei Gott, hier fehlt nur noch ein weißer Lattenzaun, und das Spießerparadies ist perfekt.« Er bildete mit beiden Händen einen Bilderrahmen und betrachtete das Haus. »Und vielleicht ein paar Kletterrosen.« Er senkte die Hände und kam auf sie zu. »Du bist bestimmt Melissa.«

»Melinda«, sagte sie.

»Huch, Verzeihung. Ich hatte schon immer Probleme, mir die Namen von Cals Mädchen zu merken. Es waren einfach zu viele.«

»Was willst du hier, Eban?«, fragte Cal.

»Ich bin gekommen, weil ich deine bezaubernde Braut kennenlernen wollte.« Er musterte sie langsam und zwinkerte Cal zu. »Meinen Glückwunsch. Sie sieht super aus, aber du hattest schon immer ein Auge für hochwertiges, äh, Material.«

Cal hätte Eban am liebsten die Faust ins Gesicht gerammt, aber genau das wollte sein früherer Freund provozieren. Eban testete aus, wie weit er Cal treiben konnte. Cal versagte ihm die Genugtuung und bewahrte Ruhe. Stattdessen wandte er sich an Melinda: »Geh schon mal rein. Ich komme sofort nach.«

Sie wollte schon widersprechen, doch Cal sah sie bittend an und nickte zuversichtlich zum Haus hin. Sie drehte sich um, aber erst nachdem sie Eban erklärt hatte: »Du bist wirklich so widerlich, wie Cal erzählt hat.« Dann ging sie zur Haustür und verschwand im Haus.

Eban stieß einen langen, leisen Pfiff aus. »Scharf. Ich mag sie.« Er schlug Cal auf die Schulter.

Cal schüttelte die Hand ab wie eine lästige Wespe. »Was willst du hier?«

»Also …« Eban schlenderte zu einem Verandapfosten und lehnte sich mit dem Rücken dagegen. »Wir haben ein Problem. Kein unüberwindliches. Eher so wie ein eingewachsener Zehennagel oder leichte Zahnschmerzen, die sich nicht direkt …«

»Die Staatsanwältin.«

Eban zeigte sich überrascht.

»Theo hat mich gestern Abend angerufen«, sagte Cal.

»Ah ja. Und er hat die Schweißhändchen gerungen, wette ich.«

»Wie schweißig sind deine, Eban? Vielleicht war es doch nicht so schlau, die vorzeitige Entlassung zu beantragen? Das hat die Staatsanwaltschaft ziemlich aufgerüttelt. Die sind noch nicht fertig mit dir.«

»Denken *die*. Aber da haben sie falsch gedacht.«

»Ach ja? Warum hast du dann Theo befohlen, sich über diese Kathryn Lennon schlauzumachen? Woher kommt dieses exzessive Interesse?«

»Exzessiv? So würde ich mein Interesse an ihr nicht nennen. Eher vorausblickend, vernünftig, rational. Vielleicht *klug*. Mit anderen Worten, ich wäre ausgesprochen dumm, wenn ich mich nicht für sie interessieren würde. Genau wie du.«

»Nein, Eban, dumm war es, mich damals mit dir anzufreunden. Ich kann die Vergangenheit nicht ändern, obwohl ich weiß Gott wünschte, ich könnte es. Aber ich habe daraus gelernt. Ich will nichts, ich wiederhole, *nichts* mit dir zu tun haben.«

»Noch heute Abend, um zehn«, sagte Eban völlig ungerührt. »Bei Theo. Wir sehen uns dort.«

»Falls ich mich nicht klar genug ausgedrückt habe, Eban: Fick dich!«

»Ach, Cal?«, meinte Eban in leichtem Singsang. »Nur noch ein Wort.«

»Verschwinde, und lass dich hier nicht mehr blicken. Nie wieder.«

»Meineid.«

Cal blieb abrupt stehen und drehte sich um.

Lächelnd löste Eban sich von seinem Pfeiler und schlenderte in Richtung Einfahrt. »Noch einmal, falls ich mich nicht klar genug ausgedrückt habe. *Meineid.*«

Er stieg in sein Auto. Dann rief er über das Grollen des Motors: »Bis dann um zehn.« Der Wagen setzte rückwärts aus der Einfahrt.

Cal blieb vor dem Haus stehen und schaute ihm nach, bis Melinda die Haustür aufschob. »Cal?«

Er wandte sich von der Straße ab und ging zu ihr. Als er sie erreicht hatte, schloss sie die Arme um seine Taille und legte die Wange an seine Brust. »Ich habe gehört, was er gesagt hat. Er ist ein Teufel. Ich hasse ihn.«

Er streichelte ihren Rücken. »Tut mir leid. Er hat diesen wunderbaren Abend kaputtgemacht.«

Sie löste sich von ihm, sah ihm ins Gesicht und verkündete fest: »Er kann sich nur in unser Leben drängen, wenn wir es zulassen.« Sie reckte sich und strich die Sorgenfalte zwischen seinen Brauen glatt. »Cal, hör nicht auf das, was er gesagt hat. Er gehört der Vergangenheit an. Das Baby und ich sind deine Zukunft.«

Er zog sie wieder an seine Brust und drückte sie fest an sich. Er hatte diese Frau nicht verdient, die ihn trotz seiner zweifelhaften Vergangenheit liebte. Er hatte das Kind nicht verdient, das sie gezeugt hatten, und auch nicht dieses Haus, an dem er jedes Wochenende gearbeitet hatte, weil er hoffte, es irgendwann endgültig zu ihrem zu machen.

Er hatte immer gewusst, dass direkt hinter dem Gipfel ein Abgrund lauerte. Und dumm, wie er war, hatte er geglaubt, er wäre darauf vorbereitet.

Eban gehörte keineswegs der Vergangenheit an. Er war definitiv seine Gegenwart.

Kapitel 25

Zach hatte keine Ahnung, wie Bing das bewerkstelligt hatte, aber als er und Kate aus der Fluggastbrücke traten, wurden sie von einer attraktiven und zuvorkommenden jungen Frau begrüßt: »Mr. Bridger, ich bin Leanne. Ich werde Sie zur Lounge begleiten. Haben Sie Ihr gesamtes Gepäck dabei?«

Sie hatten keine Koffer aufgegeben, darum antworteten sie mit Ja, und Leanne sagte: »Sehr schön. Folgen Sie mir, bitte.«

Sie gingen durch den Flughafen und hielten sich dabei weitgehend abseits der üblichen Reisenden, die unbegleitet zum Ausgang pilgern mussten. Leanne wirkte mit ihren höflichen Fragen nach ihrem Flug und dem Wetter in New Orleans wie eine Oase der Ruhe inmitten der Hektik.

Alles war entspannt, gut und schön, bis sie an einem Sportcafé vorbeikamen, wo die Gäste mit ihrem Bier oder ihren Margaritas an der Bar saßen und in die Fernseher schauten … in denen Zach in Nahaufnahme zu sehen war.

Der Augenblick erinnerte ihn gespenstisch an jenen Morgen in der Poolbar auf Grand Cayman, an dem sich sein Leben in eine Hölle verwandelt hatte. Ihm brach der kalte Schweiß aus.

»Hier entlang, bitte.« Leanne winkte sie aus dem Strom

der Passanten zu einer Tür, auf der »Zutritt nur für Berechtigte« stand. Sie öffnete sie über ein Tastenfeld.

Hinter der Tür erwartete sie ein steriler Tunnel, an dessen anderem Ende sie durch eine weitere Tür mit Tastenfeld mussten, und dahinter wiederum erwartete sie Bing. Er unterhielt sich mit Leannes männlichem Gegenstück. Der gut gekleidete junge Mann strahlte Eleganz und Kultiviertheit aus.

Bing hingegen war weit weniger elegant gekleidet, und kultiviert war er definitiv nicht. Sobald Kate und Zach mit Leanne in die exquisite Lounge traten, von deren Existenz nur die wenigsten Reisenden wussten, verstummte Bing mitten im Satz und stemmte die Hände in die Hüften. »Das wurde auch Zeit, verfluchte Scheiße. Euer Flieger hatte dreiundvierzig Minuten Verspätung.«

Es kostete Zach große Mühe, angesichts einer neuen und noch undefinierbaren Krise die Manieren zu wahren, trotzdem bedankte er sich zuerst bei Leanne. Er lächelte den jungen Mann freundlich an, dann nahm er Bing am Ellbogen und führte ihn in eine Ecke, wo sie ein Mindestmaß an Privatsphäre hatten.

»Ich habe in einer Sportsbar in den Fernseher geschaut. Was ist los?«

Bing ignorierte die Frage und sah grimmig auf Kate, die ihnen in die Ecke gefolgt war. »Wer ist sie? Oder kann ich mir die Frage sparen?«

»Das ist Kate Lennon. Kate, dieser unhöfliche Bastard ist Bing Bingham. Ich habe dir schon von ihm erzählt.«

»Mr. Bingham«, begrüßte sie ihn kühl.

Bing taxierte sie und bedachte Zach dann mit einem sardonischen Blick. »Nicht gerade das Bild, das du mit deiner Beschreibung von der Staatsanwältin gemalt hast.«

Zach ignorierte die Spitze. Ungeduldig wiederholte er: »Was ist los?«

»Du bist in allen Sportnachrichten. Pat hat mich am frühen Nachmittag angerufen und mich gefragt, ob mein Fernseher läuft. Nein, habe ich gesagt. Aber als ich ihn eingeschaltet habe, warst du sofort zu sehen. Das Filmmaterial ist alt, aber du bist die Schlagzeile des Tages.«

»Scheiße!«

»Exakt. Pat hat gesagt, du würdest seine Anrufe nicht erwidern.«

»Wer ist Pat?«, mischte sich Kate ins Gespräch.

»Mein Agent«, antwortete Zach. »Ich bin nicht ans Telefon gegangen, weil ich dachte, er würde wegen dieser Mundspülungsgeschichte anrufen.«

»Mundspülungsgeschichte?«, wiederholte Bing.

»Er will mich überreden, Werbung dafür zu machen.«

Bing grunzte verächtlich. »Ich hoffe, du hast ihm gesagt, dass er dich mal kann.«

»Wenn ich ihn zurückrufen würde, würde ich ihm genau das sagen.«

»Ich glaube, er jubiliert insgeheim über die Gratis-Publicity, die du plötzlich kriegst, aber du wirst sie hassen, Zach.«

»Geht es um Rebecca?«

»Es ist der gleiche Mist wie vor vier Jahren.«

Zach ließ den Kopf nach vorn fallen und fluchte leise. Als er wieder aufsah, konnte er Kate ansehen, dass sie genauso niedergeschlagen war wie er.

»Ich bin gekommen, um dich zu warnen«, sagte Bing. »Bin

wie der Teufel von Greenville hierher gefahren, um dich noch am Flughafen abzufangen.«

»Woher wussten Sie, dass wir hier landen würden?«, fragte Kate.

»Zach schickt mir immer seinen Reiseplan. Natürlich hat er zu erwähnen vergessen, dass er in Begleitung reist.«

Zach reagierte auch auf diese Spitze nicht, sondern sagte zu Kate: »Bing hat mich schon öfter abgefangen, um mich vor der Presse zu schützen.«

»Ich verstehe.«

»Ich wollte nicht, dass du direkt in einen Scheißhaufen trittst, wenn du aus dem Flugzeug steigst«, sagte Bing. »Bislang ist alles okay, glaube ich, aber wenn du mich fragst, wird es nicht lange dauern, bis die Bluthunde deine Fährte aufgenommen haben.«

»Danke für den Escortservice«, sagte Zach.

»Kein Grund, sich zu bedanken. Ich habe ihn mit deiner Kreditkarte bezahlt. Und er war nicht billig.«

Zach winkte wegwerfend. »Worüber berichten sie denn?«

»Im Fernsehen? Also, mal sehen. Du hast in dieser Woche zweimal das Pflegeheim besucht, in dem Rebecca untergebracht ist. Dies laut einer zuverlässigen Quelle, die nicht genannt werden will. Es wird spekuliert … du weißt schon. Wird er in dieser Runde den Stecker ziehen oder nicht? Die Millionenfrage. Würde mich nicht überraschen, wenn die Buchmacher Topumsätze machen. Ich sage es ungern, Zach, aber die ganze verfluchte Sache ist wieder hochgekocht.«

Zach wurde bei Bings Erklärung übel, und so ging er weg und stellte sich an ein getöntes Fenster mit Blick auf die Rollbahnen. Hinter dieser Scheibe konnte ihn niemand sehen, doch gleichzeitig leuchtete sein Gesicht aus Riesenfernsehern im ganzen Land. Morgen war es mit Sicherheit auf den Titelseiten der Boulevardzeitungen zu sehen. Ein weiteres Mal wurde sein Leben entblößt und seziert, nur um die Menschen zu unterhalten.

Jesus. Der Albtraum begann von vorn.

Er hatte gehört, wie sich Bing und Kate unterhielten, allerdings nicht verstanden, was sie gesprochen hatten. Jetzt spürte er eine leichte Berührung an seinem Arm und drehte sich um; er sah Kate an seiner Seite stehen und hinter ihr Bing, der die Hände in die Taschen seiner faltigen, ausgebeulten Hose gestopft hatte und die dichten Brauen runzelte.

»Bing meint, dass mein Name noch nicht gefallen ist«, eröffnete sie ihm.

»Ich will dir nicht zu nahe treten, aber Rebeccas und mein Name bringen immer noch deutlich höhere Einschaltquoten.«

»Ich bin nicht beleidigt«, sagte sie mit einem spröden Lächeln. »Aber jemand wollte dich wieder ins Fadenkreuz der Pressemeute schubsen.«

»Die nicht genannte Quelle«, bestätigte Bing mit Abscheu. »Du hast mir erzählt, dass du dich mit Rebeccas Dad treffen wolltest. Glaubst du, er war es?«

»Doug wäre ein Kandidat«, sagte Zach. »Vor vier Jahren war dieser ganze Wirbel unvermeidlich, und Doug hat ihn damals dazu benutzt, mich zu verunglimpfen. Aber ich kann mir nicht vorstellen, dass er sich oder Rebecca noch einmal so einem Sturm aussetzen würde.«

»Ich auch nicht«, bestätigte Kate.

»Aber abgesehen von den Angestellten im Heim, ist er der Einzige, der wusste, dass wir heute bei ihr waren«, sagte Zach.

»Du hast selbst gesagt, du glaubst nicht, dass sie ihre Angestellten zum Schweigen verpflichten kann, falls genug Geld im Spiel ist.« Kate zog eine Braue hoch. »Und wer hat ein Interesse an dieser Sache und gleichzeitig unbegrenzte Mittel?«

Zach fluchte leise, aber ausdrucksstark. »Wahrscheinlich hast du recht.«

Ärgerlich sah Bing vom einen zur anderen. »Womit recht? Ich kann euch nicht folgen.«

»Die anonyme Quelle könnte Eban Clarke sein«, sagte Zach. »Er zeigt uns damit den Stinkefinger. Wenn ihr mir das Leben schwer macht, mache ich es euch auch schwer, und dann könnt ihr sehen, wie gut euch das gefällt.«

Er spannte die Hand über seine Stirn und drückte mit Daumen und Finger gegen seine Schläfen, um klarer denken zu können, aber es gefiel ihm gar nicht, welchen Weg seine Gedanken nahmen.

Dann senkte Zach die Hand wieder und sah Kate an. »Bis jetzt wurde in den Medien nur das aufgewärmt, was vor vier Jahren passiert ist. Aber falls tatsächlich Clarke hinter der Sache steckt, wird er das Feuer mit neuen Skandalen anfachen, sobald die Flammen auszugehen drohen. Jetzt hat er den Menschen Appetit gemacht; da wird er ihnen auch einen zweiten Gang servieren wollen.«

»Mich«, sagte sie.

»Ich fürchte, das ist nur eine Frage der Zeit, Kate.«

Sie ließ sich das durch den Kopf gehen, wirkte aber zweifelnd. »Das glaube ich nicht, Zach. Er kann mich nicht ins Scheinwerferlicht zerren, ohne zu offenbaren, welche Rolle ich in der ganzen Geschichte spiele. Und sobald er das tut, werden alle wissen, dass seine gegenwärtige Freiheit auf tönernen Füßen steht. Dadurch würde er selbst ins Zentrum der Geschichte gerückt, und zwar auf äußerst unangenehme Weise.«

»Es sei denn, er hat irgendwas gegen Sie in der Hand«, sagte Bing. »Wie viele Leichen liegen denn in Ihrem Keller?«

Zach fuhr ihn an: »Lass sie in Frieden, Bing, okay?«

Bing hob beschwichtigend die Hände. »Ich sag's ja nur. Falls es irgendwas gibt, was Sie für tot und begraben halten, dann hat dieser kleine Scheißer auf jeden Fall die Mittel, es auszubuddeln. Sie sollten vorgewarnt sein und sich wappnen, um dem Sturm zu trotzen.«

Zach war aufgefallen, dass andere Fluggäste in die Lounge gekommen waren und verstohlen in ihre Richtung sahen. »Wir können uns nicht ewig hier verstecken.«

»Ich habe für dich und mich zwei Zimmer in einem Hotel im Norden der Stadt reserviert«, sagte Bing zu ihm. »Von dort aus können wir morgen früh weiterreisen, ich zurück nach Greenville und du in dein Bergversteck.«

»Das geht nicht«, sagte Zach. »Mein Auto steht noch bei Kate. Wir sind heute Morgen in ihrem Wagen zum Flughafen gefahren.«

Bing betrachtete beide säuerlich. »Damit ist dieser Plan beim Teufel.«

»Außerdem«, fuhr Zach fort, »ist Kate in ihrem Haus nicht sicher.« Er erzählte Bing von dem Unbekannten, der vermutlich dort eingedrungen war.

Bing rieb sich zweifelnd übers Kinn. »Und es wurde nichts gestohlen, es gibt keine Hinweise auf einen Einbruch? Ihr wisst nicht mal, ob es diesen Eindringling überhaupt gab?

Da ist es schon ein großer Sprung zu der Vermutung, dass es Clarke war.«

»Ich will kein Risiko eingehen«, sagte Zach.

»Also was dann?«

»Folgen Sie uns zu mir nach Hause«, schlug Kate vor. »Dort ist Platz für drei.«

»Danke«, sagte Zach. »Aber was machen wir, wenn wir dort ankommen und die Pressemeute schon in deinem Vorgarten lagert?«

»Kein Problem«, sagte Bing. »Ich habe eine Schrotflinte im Kofferraum liegen.«

In Anbetracht der Umstände und vor allem der Schrotflinte in Bings Kofferraum kamen Zach und Kate zu dem Schluss, dass es wahrscheinlich besser und sicherer war, im Hotel zu übernachten.

Ihre Begleiter stellten sicher, dass sie diskret den Flughafen verlassen konnten, und brachten sie zu ihren jeweiligen Autos. Bevor Bing in seinen Wagen stieg, bat Zach ihn, in ihrem Hotel noch ein Zimmer für Kate zu reservieren.

»Am besten unter dem Namen Kate Cartwright«, schlug sie vor. »Nur für alle Fälle.«

Als Leanne sie bei Kates Auto ablieferte, bot Zach an, das Fahren zu übernehmen. Obwohl die Rushhour schon vorbei war, staute sich der Verkehr auf dem Freeway in Richtung Innenstadt.

Während sie im Stau standen, sah er sie an und fragte: »Was ist mit dem Typen?«

»Welchem Typen?«

»Dem, von dem du mir im Flugzeug erzählt hast. Könnte

er eine der Leichen sein, die Clarke aus deinem Keller ziehen könnte?«

»Höchst unwahrscheinlich. Wir kannten uns damals nur mit Vornamen, und als ich ihn wiedersah, wusste er nicht mehr, wo er mich einsortieren sollte. Wenn er mich schon damals nicht wiedererkannte, als ich noch langes braunes Haar hatte, wird er es jetzt erst recht nicht tun. Er macht mir die wenigsten Sorgen.«

»Also, falls er irgendwann wiederauftauchen sollte, knöpfe ich ihn mir zuerst vor.«

Sie brauchten beinahe eine Stunde bis zu ihrem Hotel. Es war ein langer Tag gewesen. Alle waren erschöpft, trotzdem versammelten sie sich in Zachs Zimmer, um sich eine Pizza aus der Hotelküche zu teilen.

Während des Essens zappte Zach durch die Fernsehkanäle. Ab und zu stieß er auf einen kurzen Beitrag über sich und Rebecca, doch als Topmeldung waren sie bereits durch einen Star aus der NBA abgelöst worden, den man wegen Drogenbesitzes verhaftet hatte.

Zach schaltete den Fernseher aus und warf die Fernbedienung aufs Bett. »Vielleicht hat sich der Sturm bis morgen gelegt.« Aber er klang nicht allzu optimistisch, und er ahnte, dass seine hoffnungsvoll nickenden Begleiter das genauso wenig glaubten.

Zachs und Kates Zimmer lagen nebeneinander im Gang, das von Bing befand sich direkt gegenüber. Sie verabschiedeten sich an Zachs Tür, dann nahm er eine heiße Dusche. Als er aus dem Bad kam, klopfte jemand wie wild an seine Zimmertür.

Kapitel 26

Vielleicht hämmerte Kate so energisch gegen seine Tür, dachte er, und sofort begann sein Herz, hoffnungs- und erwartungsvoll zu pochen.

Aber als er die Tür aufzog, stand Bing vor ihm, noch dazu in Unterhose. »Das musst du dir ansehen.« Er schubste Zach beiseite und stapfte ins Zimmer. »Wo ist die Fernbedienung?«

»Was ist denn los?«

Bing griff nach der Fernbedienung, aber er war so aufgeregt, dass ihn die vielen Schritte des hoteleigenen Fernsehmenüs überforderten.

Zach versuchte, Bings Flüche zu übertönen: »Erzähl es mir einfach.«

»Kate hat sich getäuscht, als sie gedacht hat, ihr könnte nichts passieren. Ein Bild sagt mehr als tausend Worte.«

Schließlich landete er auf dem gesuchten Kanal, und nach nicht einmal zwei Sekunden hatte Zach begriffen, warum Bing so außer sich war. »Wie sind sie an die gekommen?«

»Jemand auf eurem Flug hat sie online gestellt, der Sender zeigt sie praktisch in Endlosschleife. Falls wirklich Clarke hinter dem ganzen Presserummel steckt, brauchte er nicht lange nach einem saftigen Köder zu suchen, denn ihr habt ihm einen auf dem Silbertablett serviert.«

Die Fotos auf dem Fernsehbildschirm zeigten Kate und Zach. Ganz offensichtlich waren sie mit einem Handy in ihrem Flugzeug aufgenommen worden, vom Winkel her aus der Reihe hinter ihnen und von der anderen Seite des Ganges in der ersten Klasse.

»Die besagen überhaupt nichts«, wehrte sich Zach. »Wir unterhalten uns nur.«

»Von wegen. Die Köpfe zusammengesteckt. Schulter an Schulter. Augen nur füreinander. Warte. Es kommt noch besser.«

Jetzt war auf dem Bildschirm ein wackliges Video zu sehen. Der Unbekannte war ihnen mit mehreren Metern Abstand gefolgt, während Leanne sie durch den Flughafen geführt hatte.

Zwischendurch hatte Kate sich ihm zugewandt und etwas zu ihm gesagt. Er hatte eine Hand zwischen ihre Schulterblätter gelegt und den Kopf zur Seite geneigt, um sie besser zu verstehen. Beim Sprechen hatten ihre Lippen beinahe sein Ohr berührt.

Zach konnte sich kaum daran erinnern, hatte aus einem Reflex heraus reagiert. »Ich hätte sie sonst nicht verstanden. Ich …« Bings finsterer Blick ließ ihn verstummen, aber es ärgerte ihn wahnsinnig, dass er sich dafür rechtfertigen sollte. »Ist das alles?«

»Reicht das nicht?«

»Haben sie Kate schon identifiziert?«

»Nur als Staatsanwältin. Aber du weißt selbst, dass es nicht lange dabei bleiben wird.«

Zach wusste das allerdings. Er riss Bing die Fernbedienung

aus der Hand und schaltete den Fernseher aus. »Es ist nicht das, wonach es aussieht.«

»Ach ja? Ich glaube, es ist genau das, wonach es aussieht. ›Extrem sachlich, wortgewandt, klug.‹ So hast du sie mir beschrieben. Wie kommt es, dass du keinen Ton davon gesagt hast, wie niedlich sie aussieht und dass ihre blauen Augen groß sind wie Untertassen? Und lass uns diese unglaublichen Beine nicht vergessen.«

Zach kochte. »Ich bin erwachsen, Bing. Ich muss mich nicht vor dir rechtfertigen, und für so was schon gar nicht.«

»Korrekt. Aber hast du nicht schon genug Schwierigkeiten? Wann wirst du endlich erwachsen?« Er nickte zu Zachs Unterleib hin. »Hat dein Schniedel das Denken für dich übernommen? Das lässt sich leicht beheben. Zieh dir was an, fahr los, und such dir eine Frau. In einer Stunde bist du zurück, und niemand wird dir böse sein, am wenigsten die Frau. Die wird begeistert sein. Sie wird sich vor allen ihren Freundinnen mit dem Erlebnis brüsten, und niemand wird ihr glauben. Sie wird T-Shirts verkaufen, auf denen steht: ›Ich war mit Zach Bridger im Bett.‹«

Zach zügelte mühsam seinen Zorn und versetzte dann leise: »Das würde gar nichts ändern.«

Bing sah ihn fassungslos an und las offenbar in Zachs Miene, was er damit sagen wollte, denn gleich darauf fuhr sich der ältere Mann mit der Hand übers Gesicht. »O Jesus. So schlimm?«, stöhnte er.

»Ich weiß. Miserabler Zeitpunkt.«

»Ach, glaubst du? Jahrelang vögelst du alles, was nicht bei drei auf dem Baum ist, und ausgerechnet jetzt musst du …«

»Stopp, Bing!« Zach zog ein sauberes T-Shirt aus seiner

Reisetasche und zerrte es über seinen Kopf, dann griff er nach seiner Keycard, ging zur Tür und zog sie auf. »Geh lieber in dein Zimmer, bevor du noch wegen Erregung öffentlichen Ärgernisses angezeigt wirst. Ich werde Kate warnen, dass sich ein Sturm zusammenbraut.«

Sie betraten den Korridor. Zach klopfte an Kates Tür. Sie öffnete und streckte den Kopf in den Gang. Als sie die beiden Männer sah, fragte sie: »Was ist los?«

»Läuft dein Fernseher?«

»Ich habe schon alles gesehen, was ich sehen will oder muss.«

»Von wegen«, murmelte Bing, dann verschwand er in seinem Zimmer und schloss die Tür.

Kate sah Zach an. »Das klingt nicht gut.«

Er trat in ihr Zimmer und schob sie dabei zurück, bis die schwere Tür hinter ihm ins Schloss fiel. »Jemand hat auf unserem Flug Fotos und Videos von uns aufgenommen und sie an die Presse verkauft.«

Ihre Miene fiel in sich zusammen. »Oh. Jetzt hänge ich mit drin.«

»Noch wissen sie nicht, wer du bist.«

»Noch.«

»Noch.« Er beschrieb, was er gerade gesehen hatte. »Es ist nichts, wofür wir uns schämen müssten. Aber wir wirken … ähm … sehr vertraulich. Wie wir auf der Mittellehne Hände halten. Und so weiter.« Er zog hilflos die Schultern hoch. »Rückblickend betrachtet hätte ich uns zwei verschiedene Flüge buchen sollen. Mindestens. Falls Clarke hinter der Pressemeldung steckt, haben wir ihm direkt in die Hände gespielt. Das tut mir unendlich leid, Kate.«

»Ich bin diejenige, die sich entschuldigen sollte. Vor nicht einmal einer Woche hast du abgeschieden und in Frieden gelebt, so wie du es dir ersehnt hattest. Du hattest ein schönes Leben, bis ich hineingeplatzt bin.«

Sie trug ihre rote Brille, dazu ein langes, schlabberiges T-Shirt und weiße Socken, deren Spitzen unter einer ausgebeulten Pyjamahose hervorsahen. Das Outfit stand in krassem Kontrast zu ihrem engen Bleistiftrock und den hohen Stilettos. Mit ihrer trostlosen Miene erinnerte sie ihn an ein Waisenkind, dem ein Welpe entlaufen war, weil es das Tor offen gelassen hatte.

Obwohl er schon wieder im Kreuzfeuer stand, erfüllte in diesem Moment ein warmes Gefühl seine Brust und breitete sich von dort durch seinen ganzen Körper aus. Es war eine Mischung aus Dankbarkeit und Glück. Er war überglücklich, dass sie in sein friedliches, abgeschiedenes Leben geplatzt war.

»Es war gar kein so schönes Leben, Kate«, sagte er leise, trat zu ihr, zog die rote Brille von ihrem Gesicht und legte sie auf die Kommode. Dann küsste er zärtlich ihre Lippen. Sie gab einen leisen, beinahe klagenden Laut von sich. Er löste sich von ihr und las in ihren so wunderbaren Augen ein ebenso großes Verlangen wie seines.

Er legte die Arme um sie, hob sie hoch und trug sie zum Bett. Dort legte er sie ab, dann zog er sein Shirt über den Kopf, warf es beiseite und schob, als er ihr aufs Bett folgte, sein Knie zwischen ihre.

So verharrte er über ihr. »Sollen wir das wirklich tun?«

Sie nickte und nahm sein Gesicht in beide Hände. »Ja. Aber pass auf, Zach.«

Er fuhr mit dem Fingerrücken über ihr schlankes Schlüsselbein. »Ich könnte dir niemals wehtun.«

Sie lächelte maliziös. »Die Warnung galt eher dir.«

Dann hob sie ihren Oberkörper an und zog seine Unterlippe zwischen ihre Zähne. Er hatte keine Zeit, zu lachen, bevor sich ihre Münder trafen. Sie ließ sich zurücksinken und zog ihn dabei mit, indem sie ihre Finger in sein Haar wühlte, während sie sich ganz und gar dem Kuss hingab.

Gott, sie war eine unglaubliche Küsserin, mal verführerisch, mal fügsam, und in beidem ungeheuer geschickt. Selbst als sie eine Atempause brauchten, berührten sich ihre Münder weiter, flirteten mit aufreizenden Vorstößen und Finten. Er berührte mit seiner Zungenspitze ihre Oberlippe genau dort, wo sie den Vanilleschaum abgeleckt hatte. »Davon habe ich seit dem Wholly Ground geträumt.«

Sie drückte ihn weg, um ihn besser ansehen zu können. »Was redest du da?«

Er lachte schnaubend. »Nichts. Ich bin nur glücklich, dass ich das darf.«

»Ich auch.«

Wieder tupfte er mit der Zungenspitze gegen diesen verführerischen Punkt, bevor sie sich in einen weiteren langen, tiefen, bluterhitzenden, hirndurchblasenden, gliedfüllenden Kuss stürzten. Er schob eine Hand unter ihr T-Shirt und legte sie auf ihren Bauch. Sie ermunterte ihn seufzend mit einer lasziven Bauchtanzbewegung, und er ließ die Hand weiterwandern zu ihrer Brust.

Ihr Nippel drückte fest gegen seine Handfläche. Er kreiste sanft darüber, spürte, wie der Nippel härter wurde, und vergrub sein Gesicht in ihrer Halsbeuge, wo sein Atem heiß über ihre seidige Haut strich, die süß wie ein Dessert duftete.

Er verabschiedete sich mit einem gehauchten Kuss von ihrer Schulter und setzte stattdessen eine Spur von feuchten Küssen auf den weichen Stoff ihres T-Shirts, das er gleichzeitig mit einer Hand von unten her zusammenraffte. Bis sein Mund ihre Brüste erreicht hatte, lagen sie nackt, wunderschön und prall unter ihm. Er küsste sie abwechselnd, sog sanft daran und nahm dann eine Spitze in den Mund.

Kate seufzte seinen Namen und begann, sich unter ihm zu bewegen. Sein Mund spielte weiter an ihren Brüsten, während sich seine Hand unter ihren Rücken schob, unter den Bund der Pyjamahose wanderte und sich über ihren Hintern breitete, diesen so fantastischen Hintern, der ihn vom ersten Moment an in den Bann gezogen hatte. Er packte zu und hob ihn an, seinem Unterleib entgegen, bis Kate sich in unglaublich erotischen Wellenbewegungen an seiner Erektion rieb.

Er knurrte lüsterne Flüche.

Sie löste die Kordel seiner Jogginghose. Ihr Daumen flog über die feuchte Spitze seines Glieds.

Und dann kündigte ihr Handy mit einem »Ping« eine Textnachricht an.

Sie erstarrten und hielten den Atem an. Erst nach dem zweiten Ping nahmen sie ihr Vorspiel wieder auf.

Gleich darauf pingte die nächste Nachricht.

»Fuck!« Er zog die Hand aus ihrer Pyjamahose, ließ sich rückwärts auf die Matratze fallen und deckte mit dem Unterarm seine fiebrige Stirn ab. »Kannst du das stumm stellen? Oder ausschalten?«

Sie wälzte sich auf die Seite, griff nach dem Handy, das

auf ihrem Nachttisch lag, und las mit zusammengekniffenen Augen die Nachricht. »Die ist von meinem Boss.« Dann stieß sie einen unverständlichen, aber eindeutig klagenden Laut aus. »Er hat uns im Fernsehen gesehen.«

»Verflucht! Und was schreibt er?«

Sie senkte das Handy und sah ihn an. »Ich soll ihn sofort anrufen.«

Ihre Blicke trafen sich kurz, dann sprang sie auf. »Entschuldige mich.« Sie verschwand im Bad und zog die Tür hinter sich zu.

Zach stand ebenfalls auf, schnürte die Kordel wieder zu und stellte sich an die Glasschiebetür zu der schmalen Terrasse. Draußen war es weit unter zehn Grad Celsius, aber er trat barfuß und mit nacktem Oberkörper nach draußen, um seinen glühenden Schwanz abzukühlen – soweit das überhaupt möglich war – und den Kopf klar zu bekommen.

Fünf Minuten stand er draußen, bis er Kate aus dem Bad kommen hörte. Er ging wieder hinein und schob die Tür zu. Er sah ihr auf den ersten Blick an, dass das Gespräch mit dem Generalstaatsanwalt nicht gut gelaufen war. »Wie sauer war er?«, fragte er.

»Sauer.«

»Stinkig, extrem stinkig, oder hat er getobt wie ein Berserker?«

Sie schluckte schwer. »Im Gegenteil, er war sehr beherrscht. Er wurde nicht ein einziges Mal laut, nicht einmal, als er mir erklärte, dass ich nicht länger am Clarke-Fall arbeiten würde. Tatsächlich *gibt* es keinen Clarke-Fall mehr.«

Kapitel 27

Es war Theos Haustür, aber auf Cals Klopfen hin öffnete Eban die Tür. Er begrüßte ihn mit einem Grinsen, das mit aufgesetzter Kameraderie blendete. »Hey! Ich dachte schon, du würdest gar nicht mehr auftauchen.«

Cal sah wortlos an Eban vorbei auf Theo, der in seinem Wohnzimmer stand und dem das Unglück aus allen Poren triefte. Er lächelte unsicher. »Hi, Cal. Gerade rechtzeitig für ein Bier.« Er verschwand hinter der Frühstücksbar und zog den Kühlschrank auf.

Cal schob sich an Eban vorbei. »Danke, aber nicht für mich. Ich bleibe nicht lange.«

Eban schloss die Haustür. »Und das von dem Mann, der früher ein Bier in dreißig Sekunden leeren konnte. Damals, als er noch unverheiratet und witzig war.« Er ließ sich in einen Sessel plumpsen. »Aber wir beide müssen keine Spaßbremsen sein, nur weil Cal eine ist, oder, Theo? Danke«, sagte er und nahm eine gekühlte Flasche entgegen. »Setzt euch, ihr beiden.«

Theo lud Cal mit einer Geste ein, den zweiten Sessel zu nehmen, womit für ihn nur ein einfacher Stuhl übrig blieb. Cal hatte Mitleid mit Theo, der eindeutig überfordert war.

Höchstwahrscheinlich hatte er keinen Gast mehr empfangen, seit Cal ihn eine Woche vor seiner Hochzeit besucht hatte.

Theo hatte nur für sie beide eine Art Junggesellenabschied geschmissen und Spaghetti mit Hackbällchen serviert. Sie hatten eine billige Flasche Sekt geköpft, und Theo hatte mit ihm über die Fesseln des Ehelebens gewitzelt. Sie hatten beide so getan, als wären sie zwei gute Kumpel, die einen netten Abend miteinander verbrachten.

Aber nachdem sie mühsam ein paar Stunden totgeschlagen hatten, hatte Cal nicht länger leugnen können, dass es eine Farce war, was sie beide jeweils dem anderen zuliebe da veranstalteten. Schon damals war abzusehen gewesen, dass ihre Treffen und Telefonate immer seltener werden würden, und genau so war es gekommen.

Der Vorfall mit Rebecca Pratt stand zwischen ihnen wie eine unsichtbare, aber unüberwindbare Mauer, die sie daran hinderte, ihre frühere Freundschaft wieder aufleben zu lassen. Die Konsequenzen dieses Abends hatten sie beide von Grund auf verändert.

Theo war seither noch schüchterner und unsicherer, als er es gewesen war, bevor Eban ihn unter seine Fittiche genommen und ihm seine destruktiven Moralvorstellungen eingetrichtert hatte. Solange Theo in Ebans selbstherrlichem Schatten agierte, hatte er sogar ein zerbrechliches Selbstvertrauen entwickelt. Doch das lag seit der Tragödie um Rebecca Pratt in Trümmern.

Cal hingegen hatte direkt danach und während der peinigenden Nachwirkungen so tiefe Schuldgefühle entwickelt, dass er darin ertrunken wäre, wenn er nicht Melindas Zuspruch und Liebe gehabt hätte.

Eban wiederum hatte die ganze Geschichte anscheinend noch aufgestachelt. Nachdem er praktisch mit einem Klaps auf die Finger davongekommen war, führte er sich jetzt auf, als wäre er unantastbar und stünde über jeder Moral. Wenn man ihn so breitbeinig in seinem Sessel lungern und mit zurückgelegtem Kopf Bier gluckern sah, hätte man meinen können, ihm sei alles egal.

Das Verstörende daran war, dass es genauso war. *Ihm. War. Alles. Egal.* Und dass für ihn weder Anstand noch Moral zählten, machte ihn nicht nur widerlich, sondern auch gefährlich.

Melinda hatte Ebans Arroganz sofort abgestoßen, obwohl sie kaum ein paar Worte mit ihm gewechselt hatte. Außerdem hatte sie sofort gespürt, dass er zu jeder Art von Verrat fähig war, und das hatte ihr Angst gemacht.

Eigentlich hatte sie an diesem Abend etwas Besonderes zum Abendessen vorbereitet und danach mit einem Kuschelabend ihre Schwangerschaft feiern wollen. Darum war sie völlig fassungslos gewesen, als Cal nach dem Essen erklärt hatte, dass er sich mit Eban und Theo treffen würde.

Ihr Schweigen hatte aber nicht lange angehalten. Eine Stunde lang hatte sie erst auf ihn eingeredet und ihn dann angefleht, nicht zu fahren. Sie hatte sich erst beruhigt, als er sie fest in die Arme geschlossen hatte. »Ich liebe dich. Ich liebe unser Baby. Ich liebe das Leben, das wir führen. Und genau darum muss ich hinfahren, Melinda. Sonst kommt Eban hierher und wird uns hier belästigen oder Schlimmeres. Ich muss endgültig alle Verbindungen kappen.«

Jetzt richtete Cal das Wort an seinen früheren Freund und jetzigen Erzfeind. »Ich bin hier, Eban, also, was willst du?«

Eban leerte sein Bier, sah sich nach einem Platz für die leere Flasche um und stellte sie dann neben dem Sessel auf den Boden. Er faltete die Hände unter seinem Kinn und lächelte leutselig. »Was ich will? Eure Loyalität natürlich. Einen Blutschwur. Alle für einen, einer für alle. Ein einzig Volk von Brüdern.« Er lächelte sie abwechselnd an. Als keiner etwas sagte, fuhr er fort: »Okay, ich sehe schon, ihr seid nicht überzeugt. Alsoooo«, erklärte er gedehnt, »ist dies wohl der ideale Zeitpunkt, um euch daran zu erinnern, dass wir für alle Zeiten miteinander verbunden sind, und zwar durch diese Nacht, in der diese Hure nach unserem gemeinsamen Vierer nicht wieder aufgewacht ist.«

Cal biss die Zähne zusammen und ballte die Fäuste.

»Sie wollte aufhören, Eban!«, platzte es aus Theo heraus.

»Ach wirklich?« Eban kratzte sich an der Wange, als wollte er sein Gedächtnis auffrischen. »Im Zeugenstand hast du aber was anderes erzählt, Theo.« Er holte scharf Luft und sah ihn scheinbar schockiert an. »Sag bloß, du hast *unter Eid* gelogen. Vor den Geschworenen, vor dem Richter und vor deinem eigenen Anwalt?«

»Unser Anwalt hat uns nie gefragt, ob wir lügen oder nicht.«

Eban lachte laut auf. »Das wollte er auch gar nicht wissen, du Blödmann! Er hatte einen Deal ausgehandelt, dass ihr auf Bewährung freikommen werdet, wenn ihr bei meiner Verhandlung auf die Bibel schwört, dass Rebecca keinen Mucks von sich gegeben hat, dass sie keinen Finger gerührt und kein Zeichen in irgendeiner Art, Gestalt oder Form gemacht hat, dass ihr die Luft ausgeht. Habe ich recht?«

Theo sah zu Cal, und der antwortete: »Theo und ich haben falsch ausgesagt, ja.«

Eban zwinkerte. »Und nicht allein aus Herzensgüte oder weil ihr mich so liebt, würde ich wetten. Jetzt mal ehrlich.«

»Dieser Lakai von deinem Dad tauchte bei mir zu Hause auf«, erklärte Cal. »Er hatte eine Handvoll Schuldscheine dabei, die er für meinen alten Herrn beglichen hatte.«

Eban grinste. »Niemand schmiert geschmeidiger als der süße korrupte Onkel Up.«

»Er hat den Studienkredit meiner Schwester bezahlt«, murmelte Theo.

»Achtzig Riesen haben dabei Winkewinke gesagt«, kommentierte Eban. »Und hat nicht alles hervorragend geklappt? Na ja, abgesehen davon, dass ich zwei Jahre im orangefarbenen Overall rumlaufen musste. Das wollen wir nicht vergessen.« Dann wedelte er mit der Hand. »Doch, das vergessen wir lieber. Vergessen wir die Vergangenheit, und konzentrieren wir uns auf die Gegenwart.«

Er stand auf, ging hin und her und strich sich dabei das Kinn, beinahe wie ein Wirtschaftsprofessor, der überlegte, wie er einer Klasse voller Hohlschädel das Prinzip des Maximalprofits beibringen könnte.

»Falls beispielsweise – und das ist ein großes Falls –, falls also Zach Bridger den Stecker ziehen und Rebecca ins Jenseits schicken sollte, und falls – was ein noch größeres Falls ist – diese Lennon daraus eine Mordanklage stricken sollte, die tatsächlich zur Verhandlung kommt, dann könntet ihr eure Aussagen von damals nicht abändern, ohne zuzugeben, dass ihr einen Meineid geleistet habt.« Er blieb stehen, drehte sich zu Cal und Theo um und breitete scheinbar fragend die Arme aus. »Es sei denn, ich habe irgendwas übersehen?« Er wartete ab; keiner von beiden sagte etwas.

»Nein? Gut. Dann sind wir uns in dieser Rechtsfrage schon mal einig.«

Er ließ sie mit diesem Gedanken allein, während er in die Küche ging und sich ein weiteres Bier holte. Er öffnete es, nahm einen tiefen Zug und rülpste. Lachend erklärte er: »Ich kann immer noch nicht so laut oder stinkig rülpsen wie du, Cal.«

Cal reagierte nicht.

»Aber wir greifen vor«, sagte Eban, »denn es wäre Kathryn Lennon praktisch nicht möglich, den Fall noch einmal vor Gericht zu bringen, ohne dass sie Augenzeugen benennt – und das heißt, euch beide. Rechtlich bleibt ihr dabei nur eine Möglichkeit, nämlich einen Deal mit euch zu schließen. Zum Beispiel könnte sie euch ein mildes Urteil anbieten, worauf ihr hoffentlich ›Fick dich, Schlampe!‹ oder was ähnlich Einfühlsames antworten werdet. ›Wir werfen unseren Blutsbruder Eban nicht den Haien zum Fraß vor. No, Madam. Wir nicht.‹ Seht ihr? Alle diese unangenehmen Möglichkeiten lassen sich vermeiden, wenn ihr bei eurer Geschichte bleibt. Ihr erinnert euch doch noch. Die von der süßen Schnecke mit dem heißen Arsch und der ausgeprägten Abenteuerlust. Falls ihr jemals gefragt werdet, was in diesem Schlafzimmer passiert ist, erzählt ihr einfach exakt das Gleiche wie damals, und alles …«, er ließ seine Finger in der Luft flattern, »… wird sich in Luft auflösen.«

Nachdem er seine Ansprache gehalten hatte, kehrte er zu seinem Sessel zurück und ließ sich wieder hineinfallen.

Theo räusperte sich. »Ich weiß nicht, ob du Kathryn Lennon nicht unterschätzt. Diese Recherchen, die ich für dich angestellt habe? Nach allem, was ich über sie gelesen habe, ist sie verdammt hartnäckig. Ich glaube nicht, dass sie so schnell aufgibt.«

»Exzellenter Punkt, Theo. Schalte bitte mal den Fernseher ein.«

Verdattert warf Theo Cal einen Blick zu, dann sah er wieder Eban an. »Wieso?«

»Weil ich so nett gefragt habe.« Er klimperte mit den Wimpern.

Cal fragte sich, ob er einfach aufstehen und gehen sollte. Wieso sollte er Eban noch eine weitere Sekunde schenken? Aber er blieb, weil er Ebans demonstrativer Gelassenheit nicht traute. Falls Eban einen teuflischen Plan ausgeheckt hatte, war es besser, wenn Cal ihn kannte, damit er sich auf den heimtückischen, schmerzhaften Dolchstoß vorbereiten konnte, der mit Sicherheit auf seinen Rücken zielen würde.

Während Theo noch mit der Fernbedienung hantierte, sah Eban auf die Uhr. »Elf Uhr. Perfektes Timing. Schalt auf einen Sportsender. Die senden jetzt extra für uns eine Zusammenfassung der Tagesereignisse.«

Schweigend lauschten sie einem Beitrag über einen Basketballer mit Drogenproblemen, dann folgte ein Video von Zach Bridger neben einer hip aussehenden attraktiven jungen Frau, und sofort wusste Cal, dass Eban ihnen genau das hatte zeigen wollen.

Cal kommentierte die Bilder nicht, aber Theo beugte sich zu ihm und bestätigte halblaut, was er bereits vermutet hatte: »Das ist Kathryn Lennon.«

»Ihr braucht nicht zu flüstern«, sagte Eban. »Eigentlich kannst du den Ton ausschalten. Ich glaube, ihr habt das Wichtigste gesehen.«

Theo leistete seinem Wunsch Folge und schaltete den Ton aus.

Eban verschränkte seine Finger, streckte die Arme mit den Handflächen nach oben über den Kopf und dehnte sich. Als er sich wieder entspannte, sagte er: »Ich hoffe, mein kleiner Film hat euch gefallen. Er hat auch einen Titel. *Die Demontage der Mordanklage gegen Eban Clarke – Phase eins.* Was sagt ihr dazu?«

»Wie hast du das geschafft?«, fragte Cal.

»Bilder von ihnen zu bekommen?« Er zwinkerte. »Mir hat ein Vögelchen gezwitschert, dass die beiden heute Morgen in New Orleans waren, und zwar bei Rebecca im Pflegeheim. Sie haben mit der Chefin gesprochen und ihren Ausflug mit einem Besuch bei Rebeccas Daddy gekrönt. Das hat mich neugierig gemacht. Und geärgert. Also habe ich anonym bei ein paar Medienunternehmen angerufen, angefangen mit unserem heimischen CNN, und in kürzester Zeit hat es überall in den Redaktionen im Land gebrummt. Es war nicht einfach, einen Spion auf ihrem Rückflug zu platzieren, aber Geld sagt mehr als tausend Worte, glaubt mir.«

Cal schnaubte und deutete zum Fernseher. »Und was hast du damit gewonnen? Die beiden sind nur durch den Flughafen spaziert.«

»Stimmt. Sie wurden nicht in flagranti erwischt. Aber die schmachtenden Blicke lassen sich nicht wegdiskutieren. Von ihm würde man die ja erwarten. Als er noch ein Footballstar war, hat er seinen Ruf als Superhengst weidlich ausgenutzt. Oder ihn vielleicht zu rechtfertigen versucht. Wen interessiert's? Das tut nichts zur Sache«, sagte er. »Aber jemand in Kathryn Lennons Position, eine Vertreterin der

Jurisprudenz und so weiter, sollte sich stets züchtig wie eine Nonne verhalten, sonst wird es … hmm … schmierig.« Er grinste. »Diese Bilder lassen ahnen, dass sich da irgendwas Unethisches abspielt. Man könnte vermuten, dass die beiden nicht nur unschuldig durch den Flughafen spaziert sind, sondern auch ziemlich ungezogene Dinge getan haben. Womit ich rechne?«, fuhr er ungefragt fort. »Schon morgen früh wird sie sich für ihre mondsüchtigen Blicke rechtfertigen und sich gegen Vorwürfe zur Wehr setzen müssen, sie sei unprofessionell. Und sie wird das Wildfeuer von zweideutigen Bildern austreten müssen, bevor es sich zu einem Flächenbrand ausweitet. Im mindesten Fall steht ihre Integrität damit in Zweifel, und mehr braucht es eigentlich gar nicht. Wir drei wissen, wie schnell die Öffentlichkeit Foulspiel wittert, wenn erst einmal ein Zweifel gesät ist. Der Generalstaatsanwalt steht vor seiner Wiederwahl. Der will definitiv keinen Skandal. Adieu, Kathryn. Pass auf, dass dir auf dem Weg nach draußen nicht die Tür gegen den Arsch schlägt.« Er schlug sich fröhlich auf die Schenkel. »Es ist fast zu schön. Mit ihren überschießenden Hormonen haben die zwei es mir unglaublich einfach gemacht, sie in Misskredit zu bringen. Damit sind wir aus dem Kreuzfeuer, Jungs. Vorerst.«

Cal beobachtete Eban aufmerksam in der entstandenen Stille und fragte schließlich leise: »Und worin besteht Phase zwei?«

Eban stellte sich dumm. »Hm?«

»Du hast gesagt, dies sei Phase eins. Was ist Phase zwei?«

Eban gackerte kurz und feuerte eine Fingerpistole auf Cal ab. »Dir hat man noch nie was vormachen können. Tatsächlich kommt in Phase zwei ihr beiden ins Spiel.«

»Wir?«, quiekte Theo.

Gleichzeitig sagte Cal: »Träum weiter.«

Eban sah sie beide streng an. »Hey, ihr zwei, ich kann nicht als Einziger an dieser Sache arbeiten. Vergesst nicht, was für euch auf dem Spiel steht. Falls ich mich täusche und Lennon morgen früh noch einen Job hat, stehen die Chancen gut, dass sie euch ins Visier nimmt. Ich will mich nicht wiederholen, aber ihr könnt eure Geschichte nicht abändern, ohne damit einen Meineid zu gestehen. Und dann seid ihr beide am Arsch. Die Bewährung wird aufgehoben. Und ab geht's in den Knast.« Er sah Theo an und verkündete: »Vorbei ist es mit der Bibliothek voller gut gefüllter Regale, vorbei ist es mit diesem netten kleinen, schnuckeligen Nest, das du dir hier gebaut hast. Weißt du, Theo, im Bau kannst du nicht mal scheißen gehen, ohne dass dir jemand zusieht. Und alle sind scharf auf ein ängstliches kleines Häschen wie dich. Und du«, wandte er sich an Cal, »wirst dein gemütliches Heim und deine hübsche Frau verlassen müssen, und vielleicht stellt sie dann fest, dass du doch keine Erlösung verdient hast, und wendet sich dem nächsten Sünder zu, der sein Heil zwischen ihren Beinen sucht.« Er lachte bellend. »Deine Melinda hat echt schwer was drauf. Sie lässt dich glauben, dass sie dich fickt, weil sie deine Seele retten will.«

Cal schoss aus seinem Sessel und auf Eban zu, aber der war vorbereitet und versetzte Cal einen Kick in den Bauch. Cal flog zurück und landete auf seinem Hintern. Er war so wütend, dass er kaum Schmerzen spürte. Durch die zusammengebissenen Zähne sagte er: »Wenn du mir oder meiner Familie noch einmal nahe kommst, bringe ich dich um.«

»Das werde ich nicht, *nachdem* ihr Phase zwei eingeleitet habt, darauf hast du mein Indianerehrenwort.«

»Und wie sieht Phase zwei aus?«, fragte Theo mit dünner Stimme.

»Tja, Theo, dafür müssen wir drei unsere Köpfe zusammenstecken und was austüfteln. Ich verlasse mich auf deinen klugen Eierkopf, dass dabei ein todsicherer Plan rauskommt.«

»Für Ms. Lennon?«

Ebans joviale Miene erlosch, und sein saccharinsüßer Ton wurde ätzend. »Für Bridger. Er ist derjenige, der den Stecker ziehen könnte. Ohne ihn wird *gar nichts* passieren. Deswegen müssen wir in Phase zwei den ehemaligen Quarterback ein für alle Mal aus seinem Sackschutz stoßen.«

Kapitel 28

»Du weißt selbst, wie es zwischen deinem Ex und mir steht. Wir beide konnten uns noch nie unterhalten, ohne dass wir aneinandergeraten wären. Gestern war es nicht anders.«

Doug Pratt zog liebevoll die Bürste durch Rebeccas Haar. Seit sie alt genug gewesen war, um sich ihrer Schönheit bewusst zu sein, war sie besonders stolz auf ihre dunkle Mähne gewesen. Sie hatte es immer lang getragen und nie mehr als die Spitzen schneiden lassen.

Inzwischen waren Rebeccas Haare kurz geschoren, trotzdem bürstete Doug sie jeden Tag. Mary hatte es das Herz gebrochen, als das Pflegepersonal Rebeccas Haare abgeschnitten hatte. Sie hatte die langen Locken aufgehoben, in einer Schuhschachtel verstaut und sie mit einem Band verschlossen. Diese Schuhschachtel lag jetzt im obersten Fach von Marys Schrank.

»Schon bevor wir uns begegnet sind, konnte ich Zach Bridger nicht ausstehen«, erzählte er. »Daraus habe ich nie ein Geheimnis gemacht. Er hat dich vom rechten Weg abgebracht. Mit seinem schillernden Prominentenlebensstil war er eine zu große Versuchung für dich. Gut, du hast dich dieser Versuchung hingegeben, ich weiß. Daran ist nicht zu rütteln. Aber wenn er nicht deine wilde Seite geweckt und dich in diese Sündenwelt eingeführt hätte, hättest du niemals solche perversen Gestalten wie Eban Clarke kennengelernt. Du wärst nicht zu dieser Orgie gegangen und würdest jetzt nicht hier liegen. Siehst du? Alles ist darauf zurückzuführen, dass Bridger dich zu seinem ungezügelten Lebenswandel verführt hat.« Er drehte sanft ihren Kopf, um auch die andere Seite zu bürsten. »Deine Mutter fand es ungerecht, dass ich ihn dafür verantwortlich mache.«

Mary hatte behauptet, dass Rebecca schon längst vom Pfad der Rechtschaffenen abgekommen war, als Zach Bridger in ihr Leben getreten war. Bis zu ihrem Todestag hatte Mary sich dagegen gesträubt, ihren Ex-Schwiegersohn so zu verdammen wie er.

Er hatte Mary nie gestanden und sich selbst nie eingestanden, dass mittlerweile seine Angst vor Bridger deutlich größer war als sein Groll auf ihn. Jeden Morgen wachte er mit der Furcht auf, dass dies der Tag sein könnte, an dem Bridger sagen würde: »Es reicht.«

Er legte die Bürste in den Nachttisch. »Deinen Efeu gieße ich gleich.« Er ließ sich auf den Stuhl neben ihrem Bett fallen, sank in sich zusammen und sammelte Mut, bevor er das nächste Thema ansprach.

»Bridger war gestern bei uns zu Hause, zusammen mit dieser Ms. Lennon, von der ich dir erzählt habe. Sie ist freundlich. Höflich. Zurückhaltend. Keineswegs ungehobelt, wie man denken könnte.« Er starrte auf den gesprenkelten Linoleumboden zwischen seinen ausgetretenen Sportschuhen. »Bei der Anhörung zu Eban Clarkes vorzeitiger Entlassung hat der Gefängnispsychologe zu unseren Gunsten ausgesagt.« Er erläuterte ihr in Laienbegriffen, wie Dr. Hawkins von Clarkes Verteidiger in die Mangel genommen worden war.

»Jedenfalls, das wollte ich eigentlich erzählen, hat Ms. Lennon mir das abschließende Gutachten des Psychologen über Clarke dagelassen. Gestern Abend habe ich es gelesen.« Er hob den Kopf und sah seiner Tochter in das schlafende Gesicht. »So wie es aussieht, kümmert es ihn einen Dreck, was er dir angetan hat, Rebecca. Er zeigt keinen Funken Reue. Ms. Lennon meint, dass er seiner verdienten Strafe entkommen wird, wenn wir …«

Er räusperte sich, stand auf, ging zum Waschbecken, füllte ein Wasserglas, trank einen Schluck und leerte den Rest in den Blumentopf auf dem Fensterbrett, in dem der junge Efeu, den er in der vergangenen Woche mitgebracht hatte, ums Überleben kämpfte.

»Aber wirklich auf die Palme hat mich gestern gebracht, dass es so aussieht, als würde Ms. Lennon mit ihren Einflüsterungen Bridgers Entschlossenheit ins Wanken bringen, sich aus unserer Sache herauszuhalten.« Er stand mit dem Rücken zum Zimmer und starrte blind auf den Parkplatz vor dem Fenster. »Aber keine Angst, meine Kleine. Ich passe auf dich auf.« Er knipste ein vergilbtes Blatt ab. »Da ist noch etwas. Bridger hat sich schon wieder in Kalamitäten gebracht. Diesmal dank dieser Lennon. Ich hatte schon gewisse Schwingungen aufgeschnappt, als die zwei bei uns zu Hause waren. Du weißt, was ich meine. Offenbar bin ich nicht der Einzige, der sie bemerkt hat. Gestern Abend waren die beiden im Fernsehen.«

Er verstummte nachdenklich und gestand dann: »Das gefällt mir gar nicht, denn wenn über Bridger berichtet wird, dann wird auch über dich berichtet. Seine Skandale sind immer auch unsere Skandale. Wieder einmal weidet sich die Presse an unserer Tragödie. Als würde alles von vorn beginnen. Mary würde darunter zerbrechen. Ich hätte nie gedacht, dass ich das eines Tages sagen würde, doch ich bin froh, dass sie das nicht mehr erleben muss. Abgesehen davon gefällt es mir ebenfalls nicht, wenn Bridger auch nur in der Nähe dieser Kate Lennon ist, ganz zu schweigen davon, dass die beiden ein romantisches Verhältnis beginnen.« Er drehte sich vom Fenster weg und kehrte ans Bett zurück.

»Was mir Angst macht? Ich konnte Bridger anmerken, dass er zu zweifeln beginnt. Daran ist bestimmt diese Kate Lennon schuld. Sie hat ein süßes Gesicht und arglose Augen, und sie vertritt das Gesetz, aber was sie vorhat, verstößt gegen *Gottes* Gesetz. Wenn Bridger …«

»Mr. Pratt?« Dr. Gilbreath war ins Zimmer getreten. »Bitte entschuldigen Sie die Unterbrechung.«

»Kein Problem. Wir haben uns nur unterhalten.«

»Hätten Sie ein paar Minuten für mich?«

»Natürlich.«

»In meinem Büro.«

Es war nicht das erste Mal, dass Dr. Gilbreath etwas mit ihm besprechen wollte, aber nachdem Bridger und Kate Lennon sich erst gestern mit der Ärztin unterhalten hatten und sie nun unter vier Augen mit ihm reden wollte, wurde er sofort misstrauisch. Ihr mitfühlendes Lächeln machte ihn ebenfalls nervös.

Offenbar spürte sie sein Zaudern, denn sie sagte: »Es dauert nicht lange, versprochen.«

»Gut, gut.« Murmelnd beugte er sich über Rebecca. »Ich bin gleich wieder da«, sagte er und folgte der Ärztin aus dem Raum.

Bing und Kate versammelten sich in Zachs Hotelzimmer, wo sie Bing beim Morgenkaffee erzählten, dass Kate der Fall Eban Clarke entzogen worden war.

»Der Generalstaatsanwalt war von Anfang an nicht begeistert«, erzählte sie. »Und damit hatte er einen guten Vorwand, alles abzublasen.«

»Wie ein gottverdammter Politiker«, fluchte Bing.

»Wie auch immer …«, sagte Kate. »Damit ist die Sache erledigt.«

In düsterer Stimmung verließ die Gruppe das Hotel. Zach und Kate begleiteten Bing zu seinem Auto. »Und ihr seid sicher, dass ich nicht noch bleiben soll, um euch abzuschirmen oder um ein paar Paparazzi zu vermöbeln, die nicht verstehen wollen, was ›kein Kommentar‹ heißt?«

Das Angebot war an beide gerichtet. Kate lächelte blass. »Ich glaube nicht, dass ein paar vermöbelte Paparazzi mich besser aussehen lassen würden, aber trotzdem vielen Dank.«

»Fahr nach Hause, Bing«, sagte Zach. »Ruh dich aus. Danke, dass du uns gestern Abend aus dem Flughafen geschafft hast.«

»Es fühlt sich feige an, jetzt den Schwanz einzuziehen und sich in seinem Bau *auszuruhen*. Das geht mir gegen den Strich.«

»Mir auch«, sagte Zach. »Aber im Moment liegt der Ball nicht bei uns.«

»Was ist mit Ihnen?«, wandte sich Bing an Kate. »Bestimmt schlägt Eban Clarke jetzt Purzelbäume vor Freude. Er ist vom Haken, Sie sind es nicht. Fahren Sie heute noch ins Büro und holen sich Ihre Standpauke ab?«

»Auf jeden Fall. Nachdem ich mich zu Hause umgezogen habe. Ich habe noch mehr Fälle, um die ich mich kümmern muss. Und nachdem der Fall gegen Clarke zu den Akten gelegt wurde, kann mir mein Boss nicht vorhalten, dass ich gegen den Verhaltenskodex verstoßen hätte. Oder, um es korrekt auszudrücken, dass ich mich ›mit einem wichtigen Zeugen abgestimmt‹ hätte.«

Bing grunzte und meinte ironisch: »Wenn's beim Abstimmen geblieben wäre, wären Sie jetzt nicht unten durch.«

Er erklärte ihnen, dass sie ihn anrufen sollten, falls er wieder gebraucht wurde, und verabschiedete sich. Dann gingen sie über den Parkplatz zu Kates Auto.

»So deprimiert habe ich ihn noch nie erlebt.«

»Ich kann es ihm nachfühlen«, sagte Kate. »Ich werde auch Zeit brauchen, um alles zu verdauen. Du weißt, wie wichtig es mir war, Eban Clarke festzunageln.«

»Irgendwann wird Rebecca eines natürlichen Todes sterben. Dann könntest du den Fall wieder aufnehmen, und wahrscheinlich würdest du dann weniger Staub aufwirbeln.«

»Aber bis dahin könnte Clarke noch eine Frau ins Krankenhaus gebracht haben. Oder sie erst traumatisiert und ihr hinterher gedroht haben, den Mund zu halten, worunter sie dann bis an ihr Lebensende leiden würde. Er könnte immenses Leid verursachen. Und nicht nur bei einer Frau. Sondern bei vielen.«

Sie verstauten die Reisetaschen hinten in Kates SUV und fuhren zu ihr nach Hause, wo Zach sein Auto abholen würde.

Er saß am Steuer. Kate nutzte die Zeit, um ihre Assistentin Ava anzurufen, der sie eine Liste von Aufgaben durchgab, die sie vor Kates Rückkehr ins Büro erledigen sollte. »Ordne alles der Wichtigkeit nach auf meinem Schreibtisch. Gegen zehn müsste ich da sein.«

Sie beendete das Gespräch, und Zach sagte: »Jeder würde es verstehen, wenn du dir ein, zwei Tage freinehmen würdest.«

»Ich möchte Eban Clarke nicht die Befriedigung geben, mich geschlagen zu sehen.«

»Es würde dich überhaupt niemand sehen, wenn du mit zu mir kommen würdest.«

Sie sah ihn an. »Zach …«

»Nein, vergiss es. Ich hab's kapiert. Das ist nur Wunschdenken. Meine Triebwerke sind nach gestern Nacht noch nicht wieder abgekühlt.«

Sie lächelte kurz. »Mittendrin aufhören zu müssen, war wirklich nicht schön.«

»In diesem Fall werde ich noch einen Versuch starten. Denk nur daran, was in meiner Hütte auf uns wartet. Frische Bergluft. Der Wasserfall. Wein. Ein Whirlpool.«

»Verführerisch, aber du weißt, dass ich nicht mitkommen kann.«

»Ich will dich nicht allein lassen. Der Eindringling könnte wiederkommen.«

»Ich fürchte mich eher vor impertinenten Reportern. Die hätten uns sofort aufgestöbert. Das weißt du selbst.«

»Nur zu gut. Verflucht. Aber wie lange müssen wir auf Abstand gehen? Wann sehen wir uns wieder?«

»Gib mir Zeit, die Wogen zu glätten.«

»Wie viel Zeit?«

»Ich wurde nicht gefeuert, aber ich bewege mich auf dünnem Eis.«

»Eine Woche?«

»Zwei. Mindestens. Dann …«

»Dann?«

»Sehen wir weiter.«

Er fluchte. »Als ich noch auf dem Spielfeld stand, war ich ein ziemlich fairer Sportler. Selbst wenn der Schiedsrichter blind war und nichts als Fehlentscheidungen traf, protestierte ich nicht, sondern konzentrierte mich einfach auf den nächsten Spielzug. Diesmal ist das anders. Diesmal bin ich ein schlechter Verlierer.«

»Du bist kein Verlierer. Du musst nur abwarten, bis du wieder die Pille hast.«

»Ich hasse Abwarten. Das ist wie Aufgeben.«

»Manchmal lässt es sich nicht vermeiden. Das hast du selbst zu Bing gesagt.«

Er zog die Stirn in Falten. Sie sah ihm an, dass es ihm nicht gefiel, mit seinen eigenen Worten geschlagen zu werden. »Darf ich dich wenigstens zum Frühstück einladen, bevor ich dich zu Hause absetze?«

Frühstück hörte sich halbwegs harmlos an. »Ich kenne ein kleines verstecktes Café«, sagte sie. »Es liegt auf dem Weg, und das Besitzerpaar kennt und liebt mich. Die beiden werden bestimmt nicht bei der nächsten Zeitung anrufen.«

Eine Stunde später hatten sie ihr Frühstück vernichtet. Als die Kellnerin ihre Teller abräumen wollte, bat Zach um noch etwas Kaffee.

Kate sah auf die Uhr. »Ich habe Ava gesagt, dass ich um zehn im Büro bin. Du schindest Zeit.«

Sie sagte das ironisch, aber er erwiderte ihr Lächeln nicht. »Gestern habe ich eine Bombe platzen lassen, und zwar ohne jede Erklärung. Die bin ich dir noch schuldig.«

Die Aussichten an diesem Morgen waren ohnehin trübe, aber jetzt verdüsterten sich sein Tonfall und seine Haltung noch mehr, und sie ahnte, was ihm auf der Seele lag. »Lass dir Zeit. Ich höre.«

Er sah an ihrer Schulter vorbei, als würde er von einem Teleprompter ablesen. »Dass Rebecca schwanger war, war das Einzige, was ich geheim halten konnte. Als ich im Krankenhaus ankam, brachten mich die Ärzte, die sie untersucht hatten, direkt nach meinem Streit mit Doug in ein Besprechungszimmer, wo sie mir eine erste Einschätzung gaben. Es sah nicht gut aus. Tatsächlich war ihr Zustand so schlecht, dass ich mich fast über Dougs Einwände hinweggesetzt und darum gebeten hätte, alle lebenserhaltenden Maßnahmen einzustellen.« Er atmete leise durch den Mund aus. Dann sah er ihr wieder in die Augen. »Und dann sagten sie es mir. Sie schätzten, dass sie in der achten oder neunten Woche war.«

»Wussten die Pratts Bescheid?«

»Nein. Ich war Rebeccas rechtlicher Vertreter, also sagten sie es nur mir. Wahrscheinlich wusste es nicht einmal Rebecca.«

Kate begriff sofort, inwiefern diese Schwangerschaft sein Dilemma verkompliziert hatte. »Dadurch wurde es auch noch ein rechtliches Problem.«

»Du weißt Bescheid?«

»Es hat wegen ähnlicher Fälle Klagen gegen die Gesetze einiger Bundesstaaten gegeben, und die sind gut dokumentiert. In vielen Bundesstaaten, darunter auch Georgia, wurde gesetzlich festgelegt, dass lebenserhaltende Maßnahmen bei einer Schwangeren nicht eingestellt werden dürfen, es sei denn …«

»Es sei denn, der Fötus ist so schwer geschädigt, dass er sich nicht weiterentwickeln kann und eine Lebendgeburt deshalb unwahrscheinlich ist. So haben sie es mir erklärt. *Oder* die Frau hat ausdrücklich erklärt, dass sie unter solchen Umständen nicht am Leben erhalten werden will.«

»Was Rebecca nicht getan hatte.«

»Korrekt«, bestätigte er. »Die Mediziner waren zu dem Urteil gekommen, dass der Embryo einem ähnlichen Sauerstoffmangel ausgesetzt gewesen war wie Rebecca. Sie schätzten seine Überlebenschancen extrem gering ein. Und falls er durch ein Wunder doch überleben sollte, wäre das Kind …«

Kate zeigte mit einem mitfühlenden Nicken an, dass sie verstanden hatte.

»Sie ermahnten mich, ich solle bedenken, was für ein Leben dieses Wesen bestenfalls führen würde«, sagte er. »Sie erklärten mir, dass weder Rebecca noch dieses Kind ein lebenswertes Leben erwartete. Ich bat sie um ein paar Tage Bedenkzeit.« Er seufzte. »Und es gab viel zu bedenken. Irgendwo gab es einen Vater, aber ich hatte keine Ahnung, wer das war. Höchstwahrscheinlich wusste er gar nicht, dass er Vater wurde. Trotzdem wollte ich abwarten, ob sich vielleicht einer von Rebeccas Liebhabern melden würde, nachdem bekannt geworden war, was ihr zugestoßen war. Niemand meldete sich. Ein Tag verging. Dann der zweite. Die Demonstranten vor dem Krankenhaus wurden aggressiver. Die Reporter lagen wie Hyänen auf der Lauer. In den Transplantationszentren warteten verzweifelte Patienten auf

Rebeccas Organe. Doug machte mich vor jedem schlecht, der ihm zuhören wollte. Mary bettelte mich mit tränennassem Gesicht an, ihre Tochter am Leben zu lassen.« Er bohrte Daumen und Zeigefinger in seine Augenhöhlen. Nach ein paar Sekunden senkte er die Hand wieder und sah Kate an. »Ich brachte es einfach nicht über mich. Nicht nur ein Leben beenden, sondern zwei? Das konnte ich nicht.«

Sie beugte sich über den Tisch und nahm wortlos seine Hand. Es gab nichts zu sagen, was nicht banal geklungen hätte.

»Ich ging zu den Pratts und erklärte ihnen, dass ich nicht länger als Vormund agieren würde, dass ich Rebeccas Schicksal in ihre Hände legen würde. Ich wusste, wie sie wegen des Kindes empfinden würden.«

»Sie würden es haben wollen.«

»Da bin ich zu neunundneunzig Prozent sicher. So oder so blieb die Entscheidung ihnen überlassen. Ich verabschiedete mich, schloss mich in einem Hotelzimmer ein und leerte die Minibar. Ich trank mich in den Schlaf. Am nächsten Tag weckte mich mein Telefon. Ich dachte, es wäre Bing. Die ganze Nacht hindurch hatte ich seine Anrufe ignoriert. Doch es war einer der Ärzte. Er meinte, ich bräuchte die Schwangerschaft bei meiner Entscheidung nicht länger zu berücksichtigen, da Rebecca in der Nacht einen Abgang gehabt hatte. Eigentlich hatte es eher wie eine heftige Periode ausgesehen, aber der Embryo hatte sich gelöst. Für mich war das ein Segen. Ich fragte, ob man ihren Eltern Bescheid gegeben hätte. Das hatte man nicht, denn ich war immer noch Rebeccas eingetragener Vormund. Ich hatte die Vormundschaft nicht offiziell übergeben. Ich bat den Arzt, den beiden nichts davon zu erzählen. So wie ich es sah, brauchten die beiden nie von diesem Kind zu erfahren. Das hätte ihnen nur noch mehr Kummer bereitet.«

»Doug würde vielleicht anders über dich denken, wenn er das wüsste.«

»Das wage ich zu bezweifeln«, verneinte er spröde. »Ich hätte darauf bestehen sollen, dass er alle rechtlichen Schritte unternimmt, um auch offiziell Rebeccas Vormundschaft zu übernehmen, aber nachdem ich ihm bereits alle Entscheidungen überlassen hatte, wollte ich mich nicht noch einmal ins Gefecht stürzen. Es war bereits bekannt geworden, dass Rebecca weiter am Leben erhalten würde. Ich wollte dieses Fass nicht wieder aufmachen und den ganzen Affentanz von vorn beginnen, denn dann hätte man mich nach Einzelheiten gefragt und wissen wollen, warum ich meine Meinung geändert hatte. Das hätte ich nicht erklären können, ohne zu verraten, dass sie schwanger gewesen war, und das hätte den nächsten Tsunami ausgelöst.« Er ließ kurz den Kopf sinken. Als er wieder aufsah, meinte er: »Du hast gefragt, warum ich nicht darauf bestanden habe, die Vormundschaft zu übertragen. Deswegen.«

Sie drückte seine Hand. Er erwiderte den Druck.

In diesem Augenblick läutete ihr Handy. Sie sah aufs Display. »Meine Assistentin. Wahrscheinlich will sie wissen, wo ich bleibe.« Sie nahm das Handy ans Ohr. »Hallo, Ava. Ich weiß, ich habe zehn Uhr gesagt, aber ich wurde aufgehalten.«

»Ich will dir keinen Druck machen, Kate, aber das hier ist dringend.« Ava, die selbst unter den hektischsten Umständen die Ruhe selbst blieb, klang gehetzt. »Kanntest du Upton Franklin?«

»Sid Clarkes Anwalt? Ob ich ihn *kannte*?«

»Sein Leichnam wurde heute früh von seinem Gärtner gefunden. Er hat sich das Leben genommen.«

Zach hatte Avas Antwort offenbar mitgehört und sah sie entsetzt an.

»Das ist ja schrecklich«, sagte sie. »Und sie sind sicher, dass es Suizid war?«

»Laut dem Gerichtsmediziner und den Detectives vor Ort weist alles darauf hin. Außerdem hat er einen Brief hinterlassen.«

Den Blick fest auf Zach gerichtet, fragte Kate: »Und was steht darin?«

»Du darfst ihn selbst lesen. Er ist an dich gerichtet.«

Kapitel 29

Als Zach und Kate auf dem Revier ankamen, wurden sie den beiden Detectives vorgestellt, einer Frau und einem Mann, die Upton Franklins Suizid untersuchten. Nach kurzem allgemeinem Händeschütteln verschwanden die beiden mit Kate.

Zach musste auf einer harten Bank im Korridor warten. Offenbar hatte sich herumgesprochen, dass er auf dem Revier war, denn ein Strom von Polizisten und Zivilisten passierte ihn in einer nicht abreißenden Parade. Immer wieder schlenderte jemand vorbei und drehte sich danach kurz um, um einen letzten verstohlenen Blick auf ihn zu werfen. Er kam sich vor wie ein Tier im Zoo, das in seinem Gehege die Blicke und Kommentare der Besucher über sich ergehen lassen muss.

Er hatte die Füße unter die Bank gestellt und die Arme vor der Brust verschränkt. Offenbar wirkte seine Körpersprache, vor allem zusammen mit seiner einschüchternden Miene, denn niemand wagte, ihn anzusprechen.

Er saß zweiundvierzig endlose Minuten dort, bis Kate endlich aus einem Zimmer in der Mitte des Korridors trat. Die beiden Detectives folgten ihr. Alle drei kamen mit ernsten Mienen auf ihn zu.

»Danke, dass du gewartet hast«, sagte Kate zu ihm.

»Als würde ich abhauen.« Er stand auf, wandte sich an die beiden Detectives und fragte, ob sie jetzt gehen könnten.

Der Mann nickte knapp. »Wir wissen, wie wir Sie erreichen können, falls es notwendig werden sollte.«

»Danke für Ihre Kooperation, Ms. Lennon«, sagte die Beamtin.

»Ist doch selbstverständlich.« Kate reichte beiden die Hand. Die Detectives nickten Zach zum Abschied zu, aber der Mann meinte noch: »Schade, dass Sie nicht mehr spielen.« Dann kehrten sie um und gingen durch den Korridor davon.

Zach umfasste Kates Ellbogen. »Bereit?«

»Und wie.«

Sie schwiegen auf dem Weg nach unten, aber er spürte, dass Kate niedergeschlagen war. Sobald sie im Freien waren, holte sie tief Luft, wie um sich zu befreien. Als sie bei ihrem Auto angekommen waren, sagte er: »Ich fahre.«

»Gern.«

Sie stiegen ein, aber er ließ den Motor nicht an. »Willst du darüber reden oder nicht?« Natürlich wollte er wissen, was in dem Abschiedsbrief gestanden hatte, aber er würde sie nicht drängen, wenn sie den Inhalt erst noch verarbeiten musste.

Sie ließ den Kopf an die Nackenstütze sinken. »Die Detectives haben mir die Szene grob beschrieben. Die Pistole lag auf der Terrasse, nur wenige Zentimeter von dem Liegestuhl entfernt, in dem der Gärtner ihn gefunden hat. Das Magazin war leer, Mr. Franklin hatte also offenbar nur eine Patrone geladen. Die hat gereicht.« Sie schluckte und wartete ein paar Sekunden ab, bevor sie fortfuhr. »Nachdem die Detectives mich ins Bild gesetzt hatten, haben sie seine beiden Töchter angerufen und das Gespräch auf Lautsprecher gestellt. Man hatte sie bereits über seinen Tod benachrichtigt, und beide hatten eine Kopie seines Abschiedsbriefs bekommen, aber nachdem der Brief an mich gerichtet war, wollten sie nun wissen, ob ich ihnen mehr dazu erklären könnte. Beide haben bestätigt, dass er die Handschrift ihres Vaters trägt, sie glauben nicht, dass er gefälscht sein könnte.« Sie sah Zach an. »Der Inhalt spricht eindeutig für einen Suizid. Er teilt seinen Töchtern mit, dass bei ihm Magenkrebs im Endstadium diagnostiziert wurde. Er wollte nicht unnötig leiden. Aber abgesehen von seiner Krankheit, konnte er auch nicht länger mit seiner Schuld leben. Seiner Ehrlosigkeit und Unaufrichtigkeit.«

»Er wollte vor seinem Tod reinen Tisch machen.«

»Letztendlich. Er beschwört seine Angehörigen, sie sollten sich nicht schuldig oder gar für seine Tat verantwortlich fühlen. Er bittet sie um Verzeihung dafür, dass er ein so schlechter Ehemann und Vater war.« Sie verstummte kurz und holte tief Luft. »Und auch mich hat er um Verzeihung gebeten. Das hat er sich für den Schluss aufgehoben.«

»Weil es ihm so wichtig war?«

»Ich weiß es nicht, nehme es aber an. Er bedauert zutiefst, dass er Eban Clarke von mir und meinen Ermittlungen erzählt hat. Er hat eingeräumt, dass es gegen sein Berufsethos verstößt, wenn er mir wegen der Clarkes schreibt, aber er meinte, das sei, verglichen mit seinen zahllosen anderen Verstößen, nicht der Rede wert.«

»Und was genau hat er geschrieben?«

»Als er dich und mich gestern Abend im Scheinwerferlicht der Öffentlichkeit stehen sah, wurde ihm klar, dass Eban Informationen ausgenutzt hatte, die er ihm gestern Vormittag gegeben hatte. In seiner Nachricht gibt er zu, dass es in dem Pflegeheim eine Angestellte gab, die ihm Bericht erstattete, sobald es etwas zu berichten gab, so wie nach deiner Reise Anfang der Woche oder nach unserem gestrigen Besuch. Von ihr wusste Eban, dass wir in New Orleans waren.«

»Hat er die Informantin benannt?«

»Ja, ich habe mir ihren Namen notiert.«

»Das wird Dr. Gilbreath bestimmt interessieren.«

Sie nickte gedankenverloren. Zach spürte, dass ihr noch etwas auf der Seele lag, dass sie sich etwas für den Schluss aufgehoben hatte, so wie Upton Franklin in seiner Entschuldigung an Kate. Wenn es so wichtig war, war ein bisschen Nachbohren verzeihlich, entschied er. Leise warf er ein: »Das war aber nicht alles, oder?«

»Nein.« Zögernd erklärte sie ihm: »Die Nachricht schloss mit einer Warnung.«

»An dich?«

»Ja. Er schrieb, dass Eban die Menschen in zwei Kategorien einteilt. Jemand ist entweder sein bedingungsloser Freund oder sein Erzfeind. Dazwischen gibt es nichts. Für Eban bin ich also nicht nur eine Bedrohung, sondern auch eine Feindin. Mr. Franklin hat betont, dass Eban sich grundsätzlich an jedem rächen will, der ihm zu nahe tritt, und sei es nur durch eine kleine versehentliche Unbedachtheit. Und er ist gnadenlos. Diese Schmutzkampagne gestern Abend sei nur der Anfang dessen, worauf ich mich gefasst machen müsse, schrieb er.«

»Hat er auch geschrieben, worauf genau du dich gefasst machen musst?«

»Eins fürchtete er besonders, und er bereute aufrichtig, dass er selbst dafür verantwortlich war – Evans unausweichliche Vergeltungsmaßnahmen gegen mich. ›Unausweichliche‹ war unterstrichen.«

»In anderen Worten, Eban Clarke stellt eine Gefahr für dich dar.«

»Das wurde unterschwellig deutlich, aber …«

»Kein Aber, Kate. Was wird dagegen unternommen? Wird Clarke verhaftet?«

»Weswegen? Er hat gegen kein Gesetz verstoßen. Selbst wenn er uns gestern Abend die Presse auf den Hals gehetzt hat, war das zwar fies, aber nicht kriminell.«

»Soll das heißen, dass diese Detectives Franklins Brief und seine Warnung einfach ignorieren wollen? Glauben sie, er hat das alles nur geschrieben, um den Clarkes noch mal ans Bein zu pinkeln?«

»Das war eine ihrer Hypothesen. Auf jeden Fall glauben sie, dass Franklin zutiefst verstört war und nicht mehr rational denken konnte. Sonst hätte er sich nicht das Leben genommen. Dennoch haben sie dem Generalstaatsanwalt eine Kopie des Briefes geschickt.«

»Und?«

»Er hat Franklins Warnung ernster genommen, denn er ist besser mit Eban Clarkes Fall vertraut und weiß, wie gerissen und manipulativ Eban ist.«

»Immerhin eine gute Nachricht.« Er hob kurz die Hand, bevor sie etwas sagen konnte. »Mich ruft jemand an.« Er zog das summende Handy aus seiner Jackentasche. Der Name auf dem Display ließ ihn stocken. »Dr. Gilbreath.« Er nahm das Gespräch an. »Hallo, hier spricht Zach.«

»Hallo, Mr. Bridger. Ich muss …«

»Warten Sie. Kate sitzt neben mir. Ich möchte Sie auf Lautsprecher schalten.«

»Ist der Zeitpunkt ungünstig?«

»Ehrlich gesagt, ja«, antwortete er. »Aber wir hätten sowieso bald bei Ihnen angerufen. Eine Ihrer Angestellten hat Informationen weitergegeben, trotz ihrer Verschwiegenheitsverpflichtung. Sie wurde vom Familienanwalt der Clarkes bezahlt. Und sie hat den Clarkes berichtet, dass ich in dieser Woche zweimal bei Rebecca war. Moment. Kate sucht gerade den Namen heraus.«

Als er ihn weitergegeben hatte, entschuldigte sich die Ärztin wortreich und versicherte ihnen, dass sie die Angestellte noch am selben Tag fristlos entlassen würde.

»Danke. Das wird den Kolleginnen und Kollegen eine Warnung sein.« Dann fragte Zach, warum sie anrief.

»Rebeccas Zustand hat sich verschlechtert.«

Sein Magen sackte ins Leere. Er sah Kate an, die ebenfalls erschrocken die Augen aufgerissen hatte. »Inwiefern verschlechtert?«

»Sie hat sich eine Niereninfektion zugezogen.«

Er erinnerte sich, dass Dr. Gilbreath bei ihrem ersten Treffen erzählt hatte, Infektionen seien ein ständiger Gefahrenherd. »Wie schlimm ist es?«

»Wir haben die Infektion heute Morgen entdeckt. Rebecca hatte leichtes Fieber, also haben wir ihren Urin analysieren lassen. Standardmäßig würden wir eine intravenöse Behandlung mit einem Antibiotikum vornehmen.«

Das waren zwar solide Informationen, aber sie beantworteten seine Frage nicht. »Wurde Doug schon benachrichtigt?«

»Er war hier, als die Ergebnisse aus dem Labor kamen, also ja, er weiß Bescheid. Er ist gerade bei ihr. Und sehr besorgt, wie Sie sich denken können.«

»Ja, das bin ich auch. Vielleich sollte ein Nierenspezialist sie untersuchen.«

»Ich habe bereits einen Nephrologen konsultiert. Er meint, dass das von mir empfohlene Antibiotikum das stärkste ist, das ihr Körper verarbeiten kann, ohne dass es zu gravierenden Nebenwirkungen kommt.«

»Ich verstehe.« Während er überlegte, welche Frage er als Nächstes stellen sollte, beugte sich Kate zu ihm und legte die Hand auf seine Schulter, eine tröstende Geste, die ihm viel bedeutete. »Was wäre das bestmögliche Szenario, Dr. Gilbreath?«

»Dass das Antibiotikum schnell wirkt.«

»Und wenn nicht? Schlimmstenfalls? Könnte sie an dieser Infektion sterben?«

»Bei einer Patientin wie Rebecca kann jede Infektion tödlich verlaufen, selbst wenn sie behandelt wird. Ich habe das auch Mr. Pratt klarzumachen versucht, der sich daraufhin sehr aufgeregt hat, nicht nur wegen der Infektion, sondern auch, weil er fürchtet, dass Sie die Behandlung untersagen könnten und dann die Natur ihren Lauf nimmt. Er wollte mich überreden, Ihnen nichts von der Infektion zu sagen, aber natürlich bin ich verpflichtet, mit Ihnen darüber zu sprechen.«

»Ja.« Zach massierte seine Stirn, hinter der es zu pochen begonnen hatte. »Gestern hat Doug der Staatsanwältin erzählt, er würde demnächst beantragen, dass die Vormundschaft auf ihn übertragen wird. Wissen Sie, ob er das getan hat?«

»Davon wusste ich bis jetzt nichts, darum habe ich natürlich nicht gefragt, aber ich glaube, wenn er es getan hätte, wäre er jetzt nicht ganz so aufgeregt.«

»Richtig.« Demnach war es an Zach, eine Entscheidung zu fällen. *Jetzt.*

»Ich nehme an, Ihre Unterhaltung mit ihm verlief nicht einvernehmlich«, meinte die Ärztin.

»Nein. Ich hatte gehofft, wir könnten eine Brücke schlagen, aber stattdessen hat sich der Graben vertieft.«

»Das tut mir leid. Dann ist diese Entwicklung …«

»… nicht hilfreich.«

Seine knappe Antwort ließ sie kurz zögern, ehe sie in typischem Ärztinnentonfall erklärte: »Die Entscheidung liegt bei Ihnen, Mr. Bridger. Geben Sie Ihre Einwilligung, mit der Behandlung zu beginnen?«

»Ja.«

»Dann werden wir sofort anfangen.«

Nach einer angespannten Verabschiedung legte Zach auf, ließ das Handy in seinen Schoß fallen und schaute aus dem Seitenfenster. Er beobachtete, wie sich zwei Eichhörnchen gegenseitig um einen Baumstamm jagten, und fragte sich, warum sie so viel Energie für ein scheinbar so nutzloses Unterfangen aufbrachten.

Nach einer vollen Minute sprach Kate ihn an und holte ihn damit aus seinen Gedanken.

»Was das Höllische daran ist?« Er sah immer noch aus dem Fenster. »Ich wollte automatisch alles tun, um ihr Leben zu retten.« Er schnaubte ein freudloses Lachen und drehte sich zu Kate um. »Wie verrückt ist das?«

Sie beugte sich über die Konsole. »Das ist kein bisschen verrückt, und es überrascht mich überhaupt nicht, dass du so reagiert hast. Schon gar nicht nach dem, was du mir vorhin erzählt hast.«

Sie drückte kurz die Lippen auf seinen Mund. Als sie sich wieder aufrichten wollte, legte er die Hand in ihren Nacken und hielt sie fest. Er küsste sie hungrig und hemmungslos. Er küsste sie, als wäre er genauso unbeschwert und sorgenfrei wie diese verdammten Eichhörnchen, als läge nicht das Leben einer Frau in der Waagschale und er allein müsste darüber entscheiden, ob sich die Schale heben oder senken sollte; als säße ihnen kein Soziopath von Eban Clarkes Kaliber im Nacken, der seinem eigenen Anwalt solche Schuldgefühle verursacht hatte, dass er sich das Leben genommen hatte.

Und noch dazu konnte Clarke all dieses Elend auslösen, ohne Strafe fürchten zu müssen.

Er brach den Kuss unvermittelt ab und atmete danach so schwer, als wäre er nach seinem Trainingslauf auf dem Plateau angekommen. »Und wenn dein Boss den Fall nicht zu den Akten gelegt hätte?«

Kate blinzelte den verliebten Schleier aus ihren Augen. »Was?«

»Was würdest du jetzt machen, wenn dein Boss den Fall gegen Eban Clarke nicht beerdigt hätte?«

»Aber das hat er.«

»Aber wenn er es nicht getan hätte«, schüttelte er stur den Kopf. »Gestern Abend hast du mir im Flugzeug kurz vor der

Landung erklärt, dass dir noch ein Zug bleiben würde. Erinnerst du dich?«

»Ja, aber ich bin nicht mehr am Zug. Mein Boss hat mich aus dem Spiel genommen.«

Er grinste. »Aber mich nicht.«

Kapitel 30

Sid trat in die Küche, wo Frida eine Avocado für den Lunch vorbereitete, den er niemals essen würde. Er unterbrach ihr leises Summen. »Frida, können Sie bitte nach oben gehen und Eban wecken? Sagen Sie ihm, er soll aufstehen und zu mir auf die Terrasse kommen. Keine Widerrede. Ich will ihn in zehn Minuten sehen. Allerspätestens.«

»Ist irgendwas, Mr. Clarke?«

»Allerdings.«

Er sah ihr an, dass sein barscher Ton und sein Auftreten sie einschüchterten, aber ehe sie noch mehr Fragen stellen konnte, verschwand er durch die Terrassentür in die überdachte Außenlounge. Dort gab es einen Kamin und teure Tische und Sessel, die nur ein paar Mal im Jahr benutzt wurden, wie ihm plötzlich aufging.

Er setzte sich und ließ den Blick über sein knapp ein Hektar großes Grundstück wandern. Es sah aus wie immer: mit seinen stattlichen Bäumen, Blumenbeeten in den Farben der Saison, den minutiös geschnittenen Rasenrändern, alles makellos gepflegt. All das hatte er immer für selbstverständlich genommen, nie hatte er einen Gedanken an die Gärtner verschwendet, die diesen Garten so gepflegt und sauber hielten, nie hatte er sich Zeit zugestanden, diesen Ausblick zu genießen, oder sich auch nur in einem stillen Moment bewusst gemacht, wie schön alles war. Wie merkwürdig, dass er es ausgerechnet heute tat.

Aber seit heute war alles anders, das Leben wäre nie wieder so wie zuvor.

Up war tot.

Sein Tod traf Sid härter als damals der Tod seiner Frau. Sid hatte Up länger, besser, näher gekannt als die Frau, die seinen Namen getragen und das Bett mit ihm geteilt hatte. Falls er die Stunden addierte, würde die mit Up verbrachte Zeit um ein Vielfaches höher ausfallen als die an der Seite seiner Frau. Zwar hatte er ihr nach ihrem Tod den gebotenen Respekt erwiesen, aber er hatte kaum bemerkt, dass sie nicht mehr um ihn war, wohingegen der Verlust seines uralten Freundes eine Lücke riss, die er niemals würde füllen können.

Up war tot.

Sobald Sid verarbeitet hatte, dass Up todkrank war, hatte er auch schon beschlossen, ihn zu einer Behandlung zu überreden. Er hatte sich geschworen, Up bei jedem Schritt zur Seite zu stehen, bis sie, als ewig unschlagbares Team, diesen scheußlichen Krebs besiegt hätten.

Doch noch während er eine Strategie ausgearbeitet hatte, hatte Up seinen Rückzug geplant.

Er war nicht mehr an seiner Seite. Das war unvorstellbar.

Eban riss ihn aus seinen Gedanken. »Frida will wissen, ob sie den Lunch draußen servieren soll.«

»Nein. Setz dich.«

Eban drehte sich zur Küche um und gab Frida mit einem über die Kehle gezogenen Zeigefinger zu verstehen, dass es keinen Lunch auf der Terrasse geben würde. Er setzte sich Sid gegenüber in einen Sessel, sah ihn kurz an und fragte: »Was ist los?«

»Up ist tot. Irgendwann vergangene Nacht hat er sich erschossen.«

Eban zeigte erst gar keine Reaktion, dann sank er langsam in seinen Sessel zurück und sagte leise: »Wow. Heftig.«

Sid hätte seinen Sohn am liebsten geohrfeigt. »Mehr hast du nicht zu sagen?«

»Was soll ich denn sagen? Dass es mir leidtut? Das versteht sich doch von selbst, oder? War es, weil er Krebs hatte?«

»Das hat mit Sicherheit dazu beigetragen.«

»Er war so melancholisch«, kommentierte Eban mit einem weisen Nicken. »Gar nicht mehr sein altes Selbst. Das habe ich schon während eurer Happy Hour gespürt, direkt nach meiner Entlassung.«

Als Ups ältere Tochter angerufen und Sid über den Suizid informiert hatte, konnte sie kaum ein Wort herausbringen. Aber nachdem sie ihre Gefühle unter Kontrolle bekommen hatte, erzählte sie ihm von Ups Abschiedsbrief. »Du solltest dir das anhören«, hatte sie gesagt. »Er hat auch über Eban geschrieben.«

Während sie das Schreiben vorgelesen hatte, war klar geworden, dass Up weit kritischer über Ebans vorzeitige Entlassung geurteilt hatte, als es seine diplomatisch vorgebrachten Einwände hatten vermuten lassen. Up hatte zwar nicht alle seine Verstöße gegen seine Anwaltspflichten aufgezählt, aber Sid wusste, dass er viele davon nur begangen hatte, um Eban zu decken. Zuletzt hatte er noch Kathryn Lennon gewarnt.

Ein Mann, der sich wenige Minuten später das Hirn aus dem Kopf pusten wollte, hätte so eine gewichtige Warnung wohl nicht ohne guten Grund verfasst.

»Du weißt, wie viel Onkel Up mir bedeutet hat, ich will mir also gar nicht vorstellen, wie du dich jetzt fühlen musst«, sagte Eban jetzt. »Dass er sein Mandat niedergelegt hat, war schon hart, aber wer hätte so was geahnt? Ich meine, Jesus. Mein tiefes Beileid, Dad.« Er stand auf. »Ich lasse dich allein, damit du dich an die guten Zeiten erinnern kannst, die ihr zusammen hattet. Ich hole mir solange was zu futtern.«

»Eban, steckst du hinter der Sache mit Kathryn Lennon und Zach Bridger?«

Absolut unschuldig fragte er: »Pardon?«

»Über den beiden braut sich ein Skandal zusammen.«

»Hm. Wer hätte das gedacht? Ein Sexskandal?«

»Steckst du dahinter?«

»Ich? Warum sollte ich mir die Mühe machen? Mir doch egal, wenn sie sich gegenseitig um den Verstand vögeln.«

Sid wusste, dass er log. Up hatte erkannt, wie verdorben Eban wirklich war. Jahrelang hatte er versucht, Sid die Augen zu öffnen, und ihm geraten, strenger mit seinem Sohn zu sein. Sonst hatte Sid Ups Ratschläge immer befolgt, aber diese Ermahnungen hatte er ignoriert. Ups Tod hatte ihn wachgerüttelt, nun konnte er sich nichts mehr vormachen. Sein Sohn hatte kein Gewissen.

Sid wandte sich ernst und besonnen an ihn. »Ups letzter Ratschlag war, dass du das Land verlassen solltest. Ich glaube, er hat recht. Außerdem wurde dir die Entscheidung sowieso abgenommen. Ich befehle es dir, Eban. Ich will, dass du nach oben gehst, packst und verschwindest. Noch heute.«

Eban starrte ihn mit offenem Mund an und begann dann zu lachen.

Sid sprang aus seinem Sessel auf und baute sich vor ihm auf. »Du findest das lustig?«

»Also, irgendwie ist es schon komisch, denn ich bin dir weit voraus, Dad. Meine Koffer sind schon gepackt. Ich fliege noch heute nach Belize. Cal und Theo kommen mit. Wir haben uns gestern Abend zusammengesetzt und beschlossen, dass es Zeit für einen gemeinsamen Urlaub ist. Wie in den alten Zeiten.«

»Nicht ganz. Sie stehen noch unter Bewährung.«

»Deshalb ist die Wahl auf Belize gefallen.« Er zwinkerte. »Dort werden die Pässe von Passagieren in Privatflugzeugen kaum geprüft. In ein paar Tagen schicke ich die beiden heim. Sie sind wieder in den Staaten, bevor irgendeine Behörde mitbekommt, dass sie weg waren.«

»Was ist mit Cals Missus?«

»Die ist nicht eingeladen.«

»Ich meine, was sagt sie zu diesem Ausflug?«

Er lachte schnaubend. »Sie hat nichts zu sagen. Von uns dreien freut Cal sich am meisten. Falls jemals ein Typ einen Kurzurlaub gebraucht hat … Ach, hör mal, ich habe den Firmenjet reservieren lassen. Ich hoffe, das geht in Ordnung.«

»Wann fliegt ihr?«

»Heute Abend um sechs. Theo wollte unbedingt erst nach der Arbeit los.« Er verdrehte die Augen, schnippte dann aber mit den Fingern. »Ach, verdammt. Wann ist Onkel Ups Beerdigung?«

»Es gibt noch keinen Termin, aber ich werde dich entschuldigen. Du brauchst deswegen nicht herzukommen.«

»Also, Onkel Up wird mich nicht vermissen, das steht fest.« Er ließ ein Grinsen aufblitzen, das sofort wieder erlosch. »Entschuldige. Galgenhumor. Also, dann lasse ich dich weitertrauern. Ich habe noch einen Haufen Sachen zu erledigen, bevor wir fliegen.« Er wollte schon weggehen, zögerte aber und sah Sid mitleidig an. »Das mit Up tut mir wirklich leid. Ich wette, das ist für dich, als hättest du deinen rechten Arm verloren.« Er drehte sich um, joggte über die Terrasse davon und verschwand im Haus.

Sid setzte sich wieder und starrte minutenlang gedankenversunken in eine Betonpflanzschale voller Efeu und weißer Chrysanthemen, dann zog er sein Handy aus der Tasche. Er wählte eine Nummer aus seiner Kontaktliste und wartete.

Sein fest angestellter Pilot meldete sich schon nach dem ersten Läuten. »Ja, Sir, Mr. Clarke?«

»Ich wollte mich nur erkundigen, ob Eban das Catering für seinen Flug nach Belize bestellt hat.«

Der Pilot lachte leise. »Chicken Wings mit allem Drum und Dran.«

»Ach, gut. Oft fällt ihm erst in letzter Minute ein, dass er was zu essen bestellen muss. Und Hähnchen liebt er über alles. Hat er genug für zwei bestellt?«

»Er hat mir erklärt, sie wären zu dritt. Er und zwei Freunde. Hat jemand abgesagt?«

»Es stand auf der Kippe, ob Theo Simpson heute Abend mitkommt, aber offenbar konnte er sich noch freinehmen.« Es fühlte sich falsch an, Eban nachzuspionieren, aber Sid verzieh es sich. Eban hatte ihm wenig Grund gegeben, ihm zu vertrauen.

»Mein Co-Pilot und ich und die beste verfügbare Flugbegleiterin erwarten die drei um 17 Uhr 30 am Charterterminal. Dann können wir um sechs starten.«

»Danke. Und guten Flug.«

»Und Sie wollen bestimmt nicht mitkommen, Mr. Clarke?«

»Nein, ich muss zur Beerdigung eines guten Freundes.«

Sid legte auf, brachte aber nicht die Kraft auf, noch mehr zu tun. Das Handy in der Hand, blieb er noch lange sitzen, starrte in die Leere und fragte sich, wie ein Mann, der solche Reichtümer angehäuft hatte wie er, sich so bankrott fühlen konnte.

Kapitel 31

Kate hatte Zach erklärt, dass ihr nur noch ein möglicher Zug geblieben war, nämlich Cal Parsons und Theo Simpson eine milde Strafe zuzusichern, wenn sie dafür noch einmal aussagten, aber diesmal als Zeugen der Anklage.

Darum hatte er fest damit gerechnet, dass sie begeistert auf seine Idee anspringen würde, dass er mit den beiden reden könnte, weil ihm der Generalstaatsanwalt, anders als ihr, keine Fußfesseln anlegen konnte. Dass sie zögerte, seinen Vorschlag umzusetzen, irritierte und ärgerte ihn.

»Warum nicht?«, fragte er. »So fest steht dein Boss nicht mehr zu seiner Entscheidung, seit er gestern Abend Upton Franklins Abschiedsbrief gelesen hat.«

»Bis zu einem gewissen Grad, ja, aber er hat mir auch kein grünes Licht gegeben, den Fall wieder aufzunehmen. Und solange diese Möglichkeit besteht, will ich nichts unternehmen, was ihn provozieren könnte – etwa hinter seinem Rücken mit Parsons und Simpson zu sprechen.«

»Du würdest nicht mit ihnen sprechen, sondern ich. Was kann er denn machen, wenn du rein zufällig auch dabei bist?«

»Mich feuern.«

»Das wird er keinesfalls. Das wäre ein Schuss ins eigene

Knie. Eine ehrgeizige Staatsanwältin rausschmeißen, die einem Sexualtäter seine verdiente Strafe zukommen lassen will? O nein. Da hätte er sofort die gesamte Frauenbewegung am Hals und könnte sich von deren Stimmen verabschieden.«

»Guter Punkt.« Dennoch war sie nicht überzeugt. »Trotzdem würde ich ihm das gern behutsam nahebringen.«

»Wir haben keine Zeit, behutsam vorzugehen, Kate. Du hast Dr. Gilbreath gehört, Rebeccas Zustand ist trotz der Medikamente labil. Er könnte jeden Moment kritisch werden, und dann stehe ich schon wieder vor einer unmöglichen Entscheidung. Vielleicht täte ich mich damit etwas leichter, und Doug sich auch, wenn wir wüssten, dass du in den Startlöchern stehst, um Clarke zu verhaften, sobald Rebeccas Herz aufhört zu schlagen.«

Sie überlegte kurz, holte dann ihr Handy aus der Tasche und rief ihre Kontaktliste auf. »Ich habe Calvin Parsons' Nummer gespeichert. Aber du musst mir versprechen, dass du ihn nicht zu einem Gespräch erpresst.«

»Versprochen.« Er rief an. Eine Frau ging ans Telefon. Zach fragte, mit wem er spreche, und sie antwortete: »Melinda Parsons.«

»Hallo, Mrs. Parsons. Hier ist Zach Bridger.«

Es folgte die übliche Reaktion: zunächst eine Pause, gefolgt von einem erstauntem »Oh!«.

»Ich würde gern mit Ihrem Mann sprechen.«

»Worüber?«

»Über die Nacht, die unser beider Leben so entscheidend verändert hat.«

Sie zögerte erneut einen Augenblick. »Ich glaube nicht, dass sein Anwalt damit einverstanden wäre.«

»Meiner auch nicht. Ich wollte ganz privat mit ihm reden.«

»Ich glaube nicht, dass das möglich ist«, sagte sie. »Nicht ohne rechtlichen Beistand.«

»Es wird ein rechtlicher Beistand dabei sein. Kathryn Lennon.«

»Kathryn Lennon? Sie ist Staatsanwältin!«, rief sie aus. »Cal sollte wirklich nicht mit Ihnen reden. Auf Wiederhören.«

»Warten Sie! Bitte.« Zach sah Kate an, die vehement den Kopf schüttelte und ihm ein Zeichen gab, das Gespräch zu beenden. Was er aber nicht tat. »Mrs. Parsons, Sie kennen mich nicht, und das meiste, was Sie über mich zu wissen glauben, ist gequirlter Mist, den sich ein paar Leute zusammengereimt haben, die dafür bezahlt werden, den Ruf eines Menschen in aller Öffentlichkeit in Fetzen zu reißen. Aber ich schwöre bei allem, was mir heilig ist, dass es Ihrem Mann nur nützen kann, wenn er sich mit uns trifft.«

Nach langem Schweigen antwortete sie: »Cal ist nicht hier, aber Sie können mit mir sprechen.«

Zach atmete deutlich hörbar aus. »Das ist ja großartig. Wann würde es Ihnen passen?«

»Wie schnell können Sie hier sein?«

»Wir sind schon unterwegs.«

Nachdem sie die Adresse erfragt hatten, machten sie sich unverzüglich auf den Weg quer durch Atlanta, um Melindas Angebot anzunehmen, ehe sie es sich anders überlegte. Noch während Zach an der Tür läutete, fürchtete er, Parsons' Frau könnte ihre Meinung geändert haben, oder aber Parsons könnte sie für seine Frau geändert haben.

Als sie an der Tür warteten, flüsterte Kate: »Vergiss nicht, ich bin nicht in offizieller Mission hier.«

»Klar doch. Du bist nur meine attraktive Begleitung.«

Die junge Frau, die ihnen öffnete, war auf natürliche, bodenständige Art hübsch. Sie hatte lange blonde Locken und bernsteinbraune Sommersprossen auf Wangen und Nase. Nur die roten verweinten Augen beeinträchtigten ihre einfache Schönheit.

»Mrs. Parsons? Ich bin Zach Bridger. Das ist Kate Lennon.«

»Ich bin Melinda.« Sie gab ihnen die Hand.

Kate waren die rot geweinten Augen ebenfalls aufgefallen. »Und es passt Ihnen jetzt?«

»Ja. Kommen Sie bitte herein.«

Kate sah Zach an, der stumm die Brauen hochzog. Ihn verunsicherte Melindas verheultes Gesicht genauso. Er legte Kate die Hand auf den Rücken und schob sie sacht über die Schwelle. Drinnen dankte er Melinda dafür, dass sie mit ihnen sprechen wollte.

Sie lächelte schüchtern. »Ich habe heute ganz bestimmt nicht mit einem Anruf von Zach Bridger gerechnet, aber ich bin froh, dass Sie angerufen haben. Ich weiß nicht, mit wem ich sonst darüber sprechen sollte.«

»Worüber?«, fragte Kate.

»Setzen wir uns.« Sie führte ihre Gäste in ein sonniges, heimeliges Wohnzimmer und deutete einladend auf die Couch. »Möchten Sie etwas trinken?«

Beide lehnten dankend ab.

Melinda setzte sich in einen Sessel und wandte sich an Zach. »Lassen Sie mich zuerst sagen, wie leid mir das tut, was Ihrer Frau passiert ist. Ihrer Ex-Frau, meine ich. Und es tut mir leid, wie sich das alles auf Sie ausgewirkt hat.«

»Danke.«

»Wie geht es ihr?«

»Leider nicht besonders gut.«

Sie schüttelte traurig den Kopf. »Das wird Cal bis an sein Lebensende belasten.«

Zach empfand keinen Groll gegenüber dieser Frau, die Rebeccas Schicksal und die Konsequenzen für ihn wirklich zu bedauern schien. Ihrem Mann gegenüber war er weniger gnädig, auch weil er bezweifelte, dass er die zur Schau gestellte Reue aufrichtig empfand.

Melinda spürte seine Zurückhaltung und sah erst ihn und dann Kate an. »Glauben Sie, dass die Urteile gerecht waren?«

Kate blinzelte nicht einmal. »Nein, das glaube ich nicht. Ich habe Eban Clarkes Fall erst nach seiner Verhandlung übernommen, aber ich habe die Protokolle zu dem Prozess gelesen. Ich glaube, dass Theo Simpson und Ihr Mann Falschaussagen geleistet haben.«

»O ja, das haben sie.« Melinda entging nicht, wie erstaunt beide über diese offenherzige Antwort waren. »Das überrascht Sie.« Sie lächelte milde. »Bevor ich Cal heiratete, beichtete er mir, was für ein verkommenes und verdorbenes Leben er geführt hatte, solange er in Ebans Dunstkreis war, das in der Nacht mit Rebecca Pratt gipfelte. Cal hat mir gestanden, dass er im Zeugenstand nicht die Wahrheit gesagt und dass Rebecca sehr wohl versucht hat, die Sache abzubrechen.«

»Die beiden haben für Eban gelogen?«, fragte Zach.

»Aus Loyalität, ja. Wahrscheinlich hat er sie zusätzlich unter Druck gesetzt. Aber Cal und Theo wurden auch gut dafür entlohnt. Er hat sie bestochen.«

»Er hat ihnen Geld bezahlt?«

»Jeweils mehrere zehntausend Dollar. Natürlich war es auch für sie von Vorteil, zu lügen«, fuhr sie fort. »Beide kamen mit Bewährung davon. Aber die Sache ist die …« Sie musste innehalten und ihre Gefühle unter Kontrolle bringen. »Die Sache ist die – Cal steht immer noch unter Ebans Fuchtel, auch wenn er weiß, wie abartig und manipulativ Eban ist.«

»Inwiefern?«, fragte Zach.

Melinda sah Kate an. »Hilft es Cal, wenn ich Ihnen das erzähle?«

»Das *könnte* es«, sagte Kate leise und betonte dabei die Einschränkung. »Ich kann Ihnen nur versichern, dass die Möglichkeit besteht.«

»Sie zeichnen unser Gespräch aber nicht auf, oder?«

»Nein«, antworteten Zach und Kate gleichzeitig.

»Und wenn ich etwas sagen würde, was später gegen Cal verwendet werden könnte?«

»Würde das vor Gericht nicht zugelassen, weil kein Rechtsbeistand anwesend war.«

Melinda sah Zach an, der ihr versicherte: »Wir wollen Sie nicht überrumpeln. Wenn Sie uns wegschicken, bleibt alles so, wie es ist. Aber wenn wir offen reden, könnte das für alle von Vorteil sein.«

»Ehrenwort?«

»Wie gesagt, ich würde bei allem schwören, was mir heilig ist.«

»Und was ist Ihnen heilig? Wie ist es mit Ihrem Super-Bowl-Ring?«

Er lächelte, aber ohne jede Freude. »Den müsste ich zuerst von meinem früheren Coach Bing holen. Nachdem der Sender mich an die Luft gesetzt hatte, habe ich ihm den Ring in der Hitze des Gefechts an den Kopf geworfen. Ich würde vermuten, er hat ihn noch.«

Die junge Frau nickte nachdenklich, holte dann tief Luft und erzählte ihnen von Ebans Überraschungsbesuch am Vortag. »Wir hatten gerade erfahren, dass wir ein Kind bekommen.« Beide gratulierten ihr, und sie fuhr fort. »Wir schwebten im siebten Himmel. Aber dann tauchte Eban auf und ruinierte alles.« Sie schaute in ihren Schoß, wo sie die Finger so fest verschränkt hatte, dass ihre Fingerspitzen weiß leuchteten. »Gestern Abend wollten wir eigentlich feiern, doch dann hat Cal sich mit Eban und Theo getroffen. Ich habe ihn angebettelt, nicht hinzufahren, aber er meinte, das müsste er, weil Eban uns ewig im Genick sitzen würde, wenn er nicht alle Verbindungen kappte. Aber er hat nicht alle Verbindungen gekappt.« Sie hob den Kopf und schniefte. »Eban hat die beiden früher immer ausgehalten. Aber in Wahrheit ist er ein Parasit, der sich von meinem Mann ernährt.« Ihre Stimme versagte, und sie begann zu weinen.

Ehe Zach reagieren konnte, war Kate von der Couch aufgestanden, ging vor Melindas Sessel in die Hocke und legte die Hände auf die Knie der jungen Frau.

»Entschuldigen Sie.« Melinda zog ein Taschentuch aus ihrer Hemdtasche und schnäuzte sich.

»Sie brauchen sich nicht zu entschuldigen«, sagte Kate. »Sie haben wirklich allen Grund, zu weinen.«

»Cal hat mir erzählt, dass Eban sich Ihretwegen große Sorgen macht, Ms. Lennon.« Dann erklärte sie hitzig: »Bitte sperren Sie ihn endgültig weg.«

»Nichts täte ich lieber«, sagte Kate, »aber er kann nicht zweimal für dasselbe Verbrechen vor Gericht gestellt werden.«

Sie tätschelte Melindas Knie und kehrte dann zu Zach auf die Couch zurück. Kate war anzusehen, dass Melindas beschwörende Bitte ihren Kampfgeist gestärkt hatte. Ihre blauen Augen leuchteten, und sie kaute auf ihrer Wange, als müsste sie sich etwas verkneifen, was sie zu gern ausgesprochen hätte.

»Erklär es ihr«, ermunterte er sie vertraulich. »Ich werde dich nicht verpetzen.«

Melinda wischte die Tränen von ihren Wangen. »Was denn?«

Kate war angespannt wie eine Sprinterin vor dem Startschuss, aber ihre Stimme blieb ruhig. »Momentan ist eine neue Anklage gegen Eban Clarke ausgeschlossen, weil Rebecca Pratt noch am Leben ist. Aber das würde sich ändern, falls Rebecca stirbt, egal wann oder unter welchen Umständen. Danach könnte sich der Generalstaatsanwalt unter Umständen überzeugen lassen, Mordanklage gegen Eban zu erheben. Falls diese Anklage zur Verhandlung käme und Eban verurteilt würde, könnte er ins Gefängnis wandern. Vielleicht nicht für immer, aber jedenfalls für sehr lange Zeit.«

Melinda fuhr sich mit der Zunge über die Lippen. »Das sind ganz schön viele Vorbedingungen.«

»Das ist mir klar.« Kate lächelte melancholisch.

»Würden Sie den Fall vertreten?«

»Das weiß ich nicht. Allerdings sollte die Anklage in jedem Fall über exzellente Munition verfügen.«

»Zum Beispiel?«

»Die Augenzeugenaussage Ihres Mannes.«

»Und diesmal die wahrheitsgemäße«, ergänzte Zach.

Kate hatte sich in Eifer geredet. »Cal war jahrelang eng mit Eban befreundet. Er weiß aus erster Hand, wie destruktiv Eban sein kann, und sein neuestes Lieblingsprojekt ist offenbar die Zerstörung Ihrer Ehe.«

»Weil er auf Cal eifersüchtig ist.«

»Ein guter Gedanke, Melinda«, sagte Kate. »Das glaube ich auch.«

»Eban hat Cal damals als Freund rekrutiert, weil er so gut aussah und Erfolg bei den Frauen hatte.« Sie lächelte schüchtern. »Er ist sexy.«

Kate lächelte ebenfalls und ließ sich Zeit, bevor sie fortfuhr: »Meine nächste Frage ist entscheidend, Melinda, also überlegen Sie bitte gut, bevor Sie antworten. Glauben Sie, dass Cal für die Anklage aussagen würde, falls eins zum anderen käme und Eban tatsächlich noch einmal vor Gericht gestellt würde? Die Staatsanwaltschaft würde ihm bestimmt ein Angebot machen.«

Melinda legte in einer unbewussten Geste die Hand auf ihren Unterleib, als wollte sie ihr Kind beschützen. »Er liebt mich. Das weiß ich sicher. Und er liebt schon jetzt unser Baby. Ich würde gern glauben, dass er auch ohne so einen Anreiz gegen Eban aussagen würde.«

»Verzeihen Sie«, sagte Kate, »aber ich höre da eine gewisse Unsicherheit heraus.«

Melinda nickte. »Eban ist wie einer dieser jähzornigen griechischen Götter. Er spielt mit den Menschen, er zerstört ihr Leben, nur weil es ihm gerade gefällt. Cal sieht das, er weiß es, aber offenbar kann er sich Eban nicht entziehen, obwohl er es möchte.«

Die Verzweiflung war ihr so deutlich anzuhören, dass weder Zach noch Kate etwas sagten. Schließlich fragte Zach: »Was geschah gestern Abend, als Cal von seinem Treffen mit Eban und Theo nach Hause kam?«

»Nichts. Ich war verletzt und wütend. Als er ins Bett kam, stellte ich mich schlafend. Und heute Morgen hat er das Haus mit einem Kabinenkoffer verlassen.« Wieder traten ihr Tränen in die Augen. »Ohne zu frühstücken. Er hat sich weder verabschiedet noch mir erzählt, wohin er will oder wann ich ihn zurückerwarten kann. Er ist einfach aus dem Haus marschiert. Ich muss zugeben, da bin ich in Panik geraten. Ich habe meine Wut vergessen und ihn anzurufen versucht, aber sofort ging die Mailbox ran. Er arbeitet im Elektrizitätswerk meines Vaters. Ich weiß nicht, ob er heute Morgen zur Arbeit erschienen ist, und ich wollte nicht anrufen und nachfragen, weil ich meine Eltern nicht unnötig beunruhigen wollte. Sie vertrauen dem Cal, den sie kennen. Sie lieben ihn. Aber beide haben mir im Vertrauen gestanden, dass sie sich Sorgen machen, Cal könnte nach Ebans Entlassung wieder unter seinen Einfluss geraten.«

»Was ist mit Theo Simpson?«, fragte Kate. »Könnten Sie ihn erreichen?«

»Das habe ich schon versucht. Ich kenne ihn nicht besonders gut. Wir sind uns nur zweimal begegnet, zuletzt bei meiner Hochzeit. Ich weiß, dass er in der Stadt in der Zentralbibliothek arbeitet. Wenn man dort anruft, muss man sich erst durch ein Optionsmenü wählen. Theo hat eine eigene Durchwahl. Ich habe es damit probiert, aber auch dort bin ich auf der Mailbox gelandet. Ich habe ihm meinen Namen genannt und meine Nummer hinterlassen. Bis jetzt hat er nicht zurückgerufen, und ich glaube nicht, dass er es noch tut. Cal behauptet, er sei anhänglich wie ein Welpe und genauso beflissen. Er würde Cal oder Eban niemals hintergehen, glaube ich.« Sie zog die Unterlippe zwischen die Zähne. »Ich habe solche Angst. Ich habe Angst, dass Eban Cal in etwas hineinziehen könnte.«

»Und in was?«, fragte Kate.

»Ich wünschte, ich wüsste es. Als Eban gestern hier war, hat er Cal mit seiner Falschaussage aufgezogen. Er hat sie über ihm baumeln lassen wie ein Damoklesschwert.«

»So wie: ›Wehe, du wendest dich gegen mich und änderst deine Aussage ab‹?«, fragte Zach.

»Genau so«, sagte Melinda. »Dann bestand er darauf, dass Cal sich mit ihm und Theo trifft. Ich war zwar sauer auf Cal, als er hinging, aber gleichzeitig war ich außer mir vor Angst und unendlich erleichtert, als er nach Hause kam.«

Zach rutschte auf seinem Polster nach vorn und beugte sich vor. »Haben Sie Angst, dass Eban Cal etwas antun könnte?«

»Genau«, antwortete sie rau. »Um ihn zum Schweigen zu bringen; um sicherzustellen, dass Cal niemals erzählt, was wirklich in dieser Nacht passiert ist.«

Zach sah Kate über seine Schulter an und ahnte, dass sie genau wie er an Upton Franklins Abschiedsbrief dachte. Man war entweder Ebans treu ergebener Freund oder sein Erzfeind.

»Aber das ist nicht alles«, sagte Melinda und lenkte Zachs Blick wieder auf sich. »Eban ist schlau. Er tut vielleicht so, als wäre ihm alles egal, aber er weiß genau, wie eng es für ihn wird, falls Rebecca stirbt. Ich glaube, er will das Problem bereinigen, ehe es sich zu einem auswachsen kann. Ich habe Angst um das Leben meines Mannes. Und um Ihres«, sagte sie, wobei sie beide einschloss. »Ich habe Angst, dass Eban eine Art Präventivschlag plant – gegen Sie alle.«

Kapitel 32

Cal entdeckte Theos Wagen problemlos auf dem Angestelltenparkplatz der Bibliothek. Der Platz daneben war frei; Cal stellte seinen Wagen darauf. Um Punkt fünf Uhr verließ Theo das Gebäude durch den Angestellteneingang. Er schlug die Kapuze seiner Jacke hoch und joggte quer über den Parkplatz.

Als er bei seinem Auto angekommen war, öffnete er den Kofferraum und holte eine Reisetasche heraus. Nachdem er den Wagen wieder abgeschlossen hatte, verstaute er die Reisetasche auf dem Rücksitz von Cals Auto und setzte sich auf den Beifahrersitz. »Hi.«

»Hi.«

Theo schnallte sich an. »Wartest du schon lange?«

»Seit ein paar Minuten.«

»Auf den Regen könnte ich verzichten.«

Cal fuhr aus dem Parkplatz. »Wir haben wichtigere Dinge zu besprechen als das Wetter, Theo.«

»Ja, wahrscheinlich schon. Du zuerst.«

»Hat Eban dich angerufen und dir angeboten, dich abholen zu lassen?«

»Ja, aber ich habe ihm gesagt, das kann er sich sparen,

wir würden zusammen zum Flughafen fahren, damit wir ein Auto für die Heimfahrt haben, wenn wir zurückkommen.«

»Wann hat er dich angerufen?«

»Kurz nach drei, glaube ich.«

»Hm. Mich hat er um halb drei angerufen«, sagte Cal. »Ich habe ihm dasselbe geantwortet wie du.«

»Warum hat er mich auch noch angerufen?«

»Zur Kontrolle.«

Theo begann, sich auf seinem Sitz vor und zurück zu wiegen, so weit es der Gurt erlaubte. »Warum hält er das für nötig?«

»Weil er Eban ist. Er ist ein Fuchs. Immer berechnend. Immer am Planen. Wie zum Beispiel, dass wir zusammen nach Belize fliegen und dort einen todsicheren Plan entwickeln sollen, Zach Bridger ein für alle Mal zum Schweigen zu bringen.«

Theo nickte eifrig. »Genau das hat er gesagt.«

»Ich glaube nicht, dass es ihm darum geht, Theo. Ich glaube, er hat was anderes vor.«

Inzwischen waren sie auf dem Freeway, wo die Autos wegen des Regenwetters und der Rushhour im Schneckentempo dahinkrochen. Die vielen Staus machten Theo offenkundig noch nervöser. Er wippte nicht nur vor und zurück, er knackte noch dazu mit den Fingerknöcheln. »Melinda hat mich angerufen, Cal.«

Als der Name seiner süßen, liebevollen, vertrauensvollen, schwangeren Frau fiel, krampften sich Cals Finger ums Lenkrad. »Wann denn?«

»Gegen Mittag. Ich war gerade im Pausenraum, um meinen Lunch aus dem Kühlschrank zu holen. Als ich wieder an meinen Schreibtisch kam, leuchtete die Mailboxanzeige. Sie hatte mir aufgesprochen, dass ich sie zurückrufen soll.« Auf Cals fragenden Blick hin fügte Theo schnell an: »Ich hab sie nicht angerufen. Ich hatte Angst, dass ich uns verraten könnte, wenn sie anfängt, Fragen zu stellen.« Er machte eine winzige Pause und ergänzte dann: »Sie klang irgendwie aufgeregt.«

»Das ist sie auch. Den ganzen Tag hat sie immer wieder bei mir angerufen, ich bin aber nicht ans Telefon gegangen und habe auch nicht zurückgerufen.«

»Ist das fair ihr gegenüber? Sie im Dunkeln zu lassen? Wie viel weiß sie?«

»Nichts. Nur dass ich heute Morgen mit einem Koffer aus dem Haus gegangen bin.«

»Hat sie gefragt, wohin du wolltest?«

»Dazu habe ich ihr keine Gelegenheit gegeben.«

»Weil du Angst hattest, sie könnte es dir ausreden?«

»Ich hatte Angst, sie könnte es *versuchen*. Aber sie hätte nichts sagen können, was mich umgestimmt hätte, und ich wollte nicht im Streit gehen.«

»Ja, aber, Cal, sie ist *deine Frau*. Sie …«

»Lass es, Theo. Es ist schon schwer genug, okay?«

Theo brummelte ein Okay. Beide schwiegen eine Weile, dann räusperte sich Theo. »Ich meine ja nur, vielleicht hättest du Melinda in deine Entscheidung einbeziehen sollen. Vielleicht wäre es gar keine schlechte Idee, alles noch mal zu überdenken. Vielleicht sollten wir anhalten und …«

»Ich werde nicht anhalten. Ich will Eban endgültig loswerden. Ich werde nicht zulassen, dass er auch nur einen Tag länger mein Leben bestimmt, mein Leben *ruiniert*. Das kommt nicht infrage.« Cal bekam sofort ein schlechtes Gewissen, weil er auf Theo losgegangen war, der es nur gut gemeint hatte. »Hör zu, Theo, du brauchst nicht mitzumachen. Du bist mir zu nichts verpflichtet. Das hier ist meine Entscheidung. Ich würde es dir nicht verübeln, wenn du dich noch umentscheiden würdest. Du brauchst nur ein Wort zu sagen, und ich fahre dich zurück zur Bücherei.«

Theo starrte eisern durch die verregnete Windschutzscheibe auf die zahllosen roten Heckleuchten, die sich auf drei Spuren bis zum Horizont erstreckten. »Nein, wir haben das gemeinsam beschlossen. Ich bin dabei. Ich mache keinen Rückzieher.«

»Sicher?«

»Ganz sicher.«

Er hatte aufgehört, mit den Knöcheln zu knacken. Er wiegte sich nicht mehr vor und zurück. Sein wippendes Bein war zur Ruhe gekommen. Zum ersten Mal überhaupt, soweit Cal sich erinnern konnte, saß Theo ganz ruhig da.

»Auch für mich ist es höchste Zeit, diesen Bastard abzuschütteln, Cal. All die Jahre hat er so getan, als wäre er mein Freund. Dabei war ich bloß der Narr an seinem Königshof. Eban hat mich nur zu seinem Vergnügen um sich geduldet. Um jemanden zu haben, über den er sich lustig machen konnte. Indirekt. Subtil. Mit anderen.« Er sah Cal an. »Ich glaube, ihm ist nicht klar, dass ich das längst kapiert habe. Es wird Zeit, dass er es erfährt.«

Cal nickte. Theo hatte den schärfsten Blick von ihnen allen. Er hatte Eban exakt beschrieben. »Also gut, Bro. Dann machen wir's.«

Theo sah wieder nach vorn durch die Windschutzscheibe. »War es schwer, eine Waffe zu besorgen?«

Cal antwortete mit tödlicher Ruhe. »Überhaupt nicht. Während mein Schwiegervater in einem Kundengespräch war, bin ich mit der Pistole aus seiner Schreibtischschublade rausgeschlichen.«

Zach und Kate fuhren vom Haus der Parsons weg. Sie waren ratlos und irgendwie über Kreuz, auch wenn er den Grund dafür nicht benennen konnte.

Während sie aus der Wohngegend in ein Viertel mit mehr Geschäften kamen, sagte er: »Ich könnte einen Kaffee vertragen.«

»Fein.«

»Ist dir klar, dass die letzten zehn Wörter, die du mit mir gesprochen hast, jeweils höchstens zwei Silben hatten?«

»Du hast meine Silben gezählt?«

»Ich kann bis zehn zählen. *Hut-hut.*« Doch der Scherz mit dem Footballstartsignal fiel auf steinigen Boden.

»Wahnsinnig lustig.«

»Willst du meine Meinung hören?«

»Habe ich darum gebeten?«

»Nein, aber du bittest – bettelst – um einen Streit«, sagte er. »Warum?«

Sie fuhr sich mit den Fingern durchs Haar, das daraufhin in Stacheln abstand wie bei der Freiheitsstatue. Angesichts ihrer streitlustigen Stimmung verzichtete er klugerweise auf einen Kommentar.

»Ich weiß nicht, was ich mit Melindas Warnung anfangen soll.«

»Also, hier kommt die Meinung, um die du nicht gebeten hast. Du fängst Folgendes damit an: Du gibst diese Warnung an deinen Boss weiter, und dann verziehen wir beide uns in die Berge.«

Sie starrte ihn mit weit aufgerissenen Augen an. »Verzeihung? Ich habe dir schon erklärt, dass ich das nicht tue.«

»Du hast gesagt, das würdest du dich nicht trauen, aber da wussten wir noch nicht, was Franklin in seinem Abschiedsbrief geschrieben und was Melinda uns erklärt hat.«

Sie zog die Brauen zusammen. Er nahm das als Anzeichen dafür, dass sie allmählich Vernunft annahm, darum fuhr er fort: »Wir fahren zu mir. Die Sachen, die wir für unseren ursprünglich geplanten längeren Aufenthalt in New Orleans gepackt hatten, stehen immer noch dort.« Er nickte zum Laderaum. »Du brauchst nicht einmal nach Hause zu fahren. Mein Truck steht gut in deiner Garage. Wir fahren zu mir, dann können wir uns neu sortieren und planen einen Tackle. Falls du nicht weißt …«

»Ich weiß, was Tackling ist.«

Sie war immer noch biestig, aber er machte Fortschritte. »Also, fahren wir nach North Carolina?«

»Sieht wohl so aus.«

Er lenkte den Wagen auf den Parkplatz einer Kaffeekette. »Ich bestelle drinnen, das geht schneller als beim Drive-in. Du kannst währenddessen deinen Boss anrufen.«

Zach stieg aus. Auch an der Theke standen die Gäste Schlange. Während er wartete, rief er Bing an. »Hey, was treibst du so?«

»Ich schau mir gerade ein altes Basketballspiel an.«

»Wer gewinnt?«

»Das Team mit den meisten Tattoos. Was willst du?«

»Bist du gut nach Hause gekommen?«

»Ich bin nicht zu Hause.«

»Was?«

»Du hast zwar eine bezaubernde Abschiedsszene in Szene gesetzt, aber ich war nicht bereit, euch auf dem Spielfeld allein zu lassen. Sobald du und Kate vom Parkplatz gefahren seid, habe ich kehrtgemacht und wieder in dem Zimmer eingecheckt, aus dem ich gerade erst ausgecheckt hatte.«

Zach lachte leise. »Raffiniert. Aber vielen Dank, Bing.«

»Was soll ich für dich tun?«

Zach erzählte ihm kurz von dem Gespräch mit Melinda Parsons. »Sie wollte ihre Eltern nicht verschrecken, und jetzt sitzt sie ganz allein zu Hause und ist außer sich vor Angst. Sie liebt diesen Typen, das steht fest. Und sie erwarten Nachwuchs.«

»Ein Baby?«

»Natürlich ein Baby, was glaubst du denn? Sie sollte nicht allein bleiben, bis ihr Mann wieder aufgetaucht ist.«

»Ich bin aber keine Hebamme.«

»Behalte sie einfach im Auge, okay? Wenigstens bis morgen früh. Du hast schon öfter in deinem Auto geschlafen.«

»Soll sie wissen, dass ich da bin?«

Zach überlegte. Melinda war schon jetzt mit den Nerven am Ende. Ein unbekannter Wagen, der vor ihrem Haus parkte, würde ihr noch mehr Angst einjagen. »Ich sage ihr, dass du kommst«, beschloss er. »Dann liegt es an ihr, ob sie dich ins Haus lässt oder nicht. Sie ist völlig durch den Wind, also sei nett.«

»Bin ich nicht immer nett?«

»Richtig. Und zieh um Gottes willen eine Hose an.«

Bing schnaufte einen seiner Mit-mir-kann-man-es-ja-machen-Seufzer. »Schick mir ihre Adresse.«

Als Zach mit zwei Kaffeebechern zum Auto zurückkehrte, beendete Kate eben das Gespräch mit dem Generalstaatsanwalt. Er reichte ihr einen Becher. »Für dich. Mit Schaum. Und Vanillearoma. Achtung, heiß.«

»Danke.« Sie stellte den Becher ungeöffnet in die Halterung.

»Wenn du das Telefon schon in der Hand hast«, sagte er, »dann schick doch bitte Melinda eine Nachricht.«

»Und was soll ich ihr schreiben?«

Er erzählte ihr von Bing. »Schreib ihr, dass ich die Hand für ihn ins Feuer legen würde. Sie kann ihm vertrauen.«

»Nicht gerade meine Idealvorstellung von einem Kindermädchen.«

»Dann stell ihn dir als Bodyguard vor.«

Er spürte, dass Kate mit seiner Maßnahme einverstanden war; sie wollte ihm nur nicht zugutehalten, dass er daran gedacht hatte, textete etwas in ihr Handy und schickte die Nachricht ab.

»Wie lief deine Unterhaltung mit dem Obermacker?«, fragte er.

»Er war nicht erfreut, dass ich mit Melinda gesprochen habe, ohne dass ein Anwalt dabei war.«

»Du solltest doch mir die Schuld in die Schuhe schieben.«

»Oh, das habe ich getan. Er meint, du wärst eindeutig zu weit gegangen, und auf seinem Spielfeld würde immer noch er die Regeln bestimmen. Du seist kein berühmter Quarterback mehr, und ob dir das noch keiner gesagt hätte.«

Er lächelte sardonisch. »Nur jeder Sportjournalist im ganzen Land.« Er ließ den Motor an und lenkte den Wagen zurück auf die Straße, bevor er fragte, ob der Generalstaatsanwalt etwas zu Melindas Bedenken gesagt hätte.

»Er war zwar extrem unglücklich über unser Vorgehen«, sagte Kate, »aber er konnte nicht ignorieren, was Melinda uns erzählt hatte. Männer lassen gern mal ihre Ehefrauen im Dunkeln. Für sich gesehen ist es nicht alarmierend, dass Cal die Anrufe seiner Frau nicht beantwortet. Doch in Kombination mit der Warnung in Uptons Abschiedsbrief glaubt der Chef auch, dass ihre Ängste begründet sind.« Nach einer kurzen Pause ergänzte sie: »Und er war ebenfalls der Meinung, dass ich mich ein paar Tage unsichtbar machen sollte.«

»Er ist kein Idiot. Er sorgt sich um dein Wohlergehen.«

»Er ist kein Idiot. Er sorgt sich um seins.«

»Seins? Worum muss er sich Sorgen machen?«

»Seine Wiederwahl. Bis jetzt ist Upton Franklins Brief unter Verschluss, aber falls bekannt wird, was darin über Eban steht, könnte Sid Clarke Krawall schlagen, und dann würde alles im Schoß des Generalstaatsanwalts landen. Falls das passiert, ist es besser, wenn ich mich nicht dazu äußern kann, denn immerhin habe ich den ganzen Aufruhr ausgelöst.«

»Das hast du nicht. Das war Eban Clarke.«

»Das habe ich auch eingewandt. Er hat zustimmend gegrunzt. Vorerst bleibe ich in meinem Job, und sobald es sich arrangieren lässt, wird er Eban Clarke wieder beschatten lassen.«

»*Wieder?*«

»Er hat meine Bitte vorgestern Abend abgeschmettert.«

»Das hast du mir nicht erzählt.«

»Weil ich wusste, dass du dann mit mir streiten würdest.«

Sie wollte ihn immer noch provozieren, aber er ließ das nicht zu. »Und wann soll die Überwachung wieder aufgenommen werden?«

»Das hängt davon ab, wann jemand verfügbar ist.«

»Es sollte schon jetzt jemand an Eban dran sein. Vielleicht beauftrage ich selbst einen Privatdetektiv.«

»Zach, er kann erst festgenommen werden, wenn er etwas *Kriminelles* getan hat. Diesen Vorbehalt hat der Generalstaatsanwalt noch einmal betont.«

»Falls irgendwer durch Clarke zu Schaden kommt, werde ich ihm seinen Vorbehalt in den Arsch schieben!« Zum ersten Mal wurde er lauter. »Und ich bin vielleicht kein Footballsuperstar mehr, aber wenn ich erst anfange zu reden, wird verflucht noch mal jeder hören wollen, was ich zu sagen habe, und man wird mich dabei filmen wollen. Wenn dein Boss nicht völlig verblödet ist, dann sollte er Angst vor *mir* und davor haben, was ich der Presse über *ihn* erzählen könnte.« Damit hatte er Dampf abgelassen, und halbwegs besänftigt fuhr er fort. »Wenigstens ist er so schlau, dir zu empfehlen, dass du dich unsichtbar machen sollst. Hast du ihm verraten, wohin du verschwindest?«

»Um alles noch schlimmer zu machen? O nein.«

Heißer, wütender Zorn durchlief ihn. Er setzte den Blinker und zog praktisch im selben Moment auf die rechte Spur, um auf den Parkplatz eines riesigen Supermarkts zu biegen, wo er mit voller Wucht auf die Bremse trat und den Leerlauf einlegte.

»Ich mag es nicht, wenn du es so hinstellst, als wäre ich *schlimm* für dich, Kate. Es geht diesen Typen nichts an, was wir beide tun.«

»Er ist kein Typ, Zach, sondern der oberste Rechtsvertreter in diesem Bundesstaat. Außerdem ist er mein Chef. Und in dieser Eigenschaft findet er, dass wir beide ihn sehr wohl etwas *angehen*, und zwar zu Recht. Unethisches Verhalten bleibt unethisches Verhalten, selbst wenn es nur ein bisschen unethisch ist.« Ihre Geste deutete Ungeduld mit ihr selbst an. »Wie konnte ich mich nur breitschlagen lassen, mit dir zu kommen?«

»Ich habe dich zu gar nichts breitgeschlagen. Soweit ich mich erinnere, habe ich gesagt: ›Also fahren wir zu mir?‹, und du hast gesagt: ›Sieht so aus.‹«

»Was Unsicherheit impliziert. Dabei dachte ich eigentlich, dass wir auf Abstand gehen sollten.«

»Dann hättest du das auch sagen sollen. Ich bin kein verflixter Gedankenleser.«

»Und *jetzt* sage ich, dass ich nach Hilton Head fahren und bei meinen Eltern bleiben sollte, wenn ich schon untertauchen muss.«

»In Hilton Head gibt es ein Unwetter.«

»In North Carolina auch.«

»Ja, aber für die Berge wurden noch keine Flutwarnungen ausgegeben.«

Sein Witz fiel nicht auf fruchtbaren Boden. Er fluchte leise, aber so inbrünstig, dass die Windschutzscheibe unter seinem Atem beschlug. Ein, zwei Sekunden köchelte er vor sich hin, ehe er das angespannte Schweigen brach. »Von hier bis zu mir nach Hause brauchen wir knapp drei Stunden. Sollen wir die ganze Strecke über streiten?«

»Ich habe einfach das Gefühl, dass wir irgendetwas unternehmen sollten.«

»Wir unternehmen etwas, Kate. Wir machen uns aus dem Staub. Was Melinda gesagt hat, war praktisch ein Echo von Upton Franklins Warnung.«

»Ich kann verstehen, dass Melinda sich Sorgen um ihren Mann macht. An ihrer Stelle würde ich genauso empfinden. Ich wäre außer mir. Aber nicht einmal Eban Clarke kann nach Lust und Laune Menschen verstümmeln oder umbringen.«

»Nein, aber du kannst verdammt sicher sein, dass er irgendwas plant, und weder Melinda noch Upton Franklin oder du oder ich wissen, *was* er vorhat. Und falls dir der Gedanke noch nicht gekommen ist, er wird seine geplante Rache noch schneller umsetzen wollen, wenn er erfährt, dass es Rebecca seit heute Morgen schlechter geht. Wenn er annimmt, dass sie bald stirbt …«

»Wird er in den Jet seines Daddys springen und das Land verlassen. Und wir wären außer Gefahr.«

»Möglicherweise. Oder aber er reagiert verzweifelt, wenn er glaubt, dass sie im Sterben liegt, und verzweifelt heißt gefährlich. Wenn du an deiner Zweiyardlinie einer Defense gegenüberstehst, die um jeden Preis einen Turnover herausholen will, dann darfst du ihnen keine Gelegenheit dazu lassen. Du machst keinen dummen Fehler, wie aus der eigenen Endzone zu werfen. Stattdessen gehst du auf Nummer sicher und nutzt dein Running Game, um Yards gutzumachen.«

»Schon wieder ein Footballvergleich?«, fragte sie gereizt. »Im Ernst?«

»Tut mir leid. Andere habe ich nicht.«

Sie schwieg kurz, deckte mit der Hand ihr Kichern ab, gab dann auf und lachte. »Hat Bing dir das beigebracht?«

»Genau, und noch viel mehr. Zum Beispiel, dass du deine sexuelle Frustration keinesfalls an der Frau auslassen solltest, auf die du scharf bist!« Nachdem er das fast gebrüllt hatte, ergänzte er grummelnd: »Damit verbaust du dir sämtliche Chancen.«

Nach angespanntem, langem Schweigen bemühte er sich, seine Würde wiederherzustellen. Er überspielte seinen Ärger und sah sie an. »Du willst lieber zu deinen Eltern fahren? Dann fahre ich dich nach Hause, hole meinen Pick-up ab, und wir gehen getrennte Wege.«

Sie überlegte und zog dabei die Lippen zwischen die Zähne. »Wenn Mom und Dad dahinterkämen, dass Eban Clarke mir was antun will, würden sie mich in meinem Zimmer einsperren.«

»Sie würden dir sagen, dass du lieber mit mir in die Berge fahren solltest.«

Sie sah ihn an. »Wenn sie glauben würden, dass ich mit dir in die Berge fahre, würden sie mein Zimmer zusätzlich mit einem Vorhängeschloss sichern.«

Er lächelte. »War das unser erster Streit? Sind wir jetzt fertig?«

»Solange wir unterwegs sind und du hinter dem Lenkrad sitzt, ja.«

»Wohin jetzt, Kate? Nach Norden oder Süden?«

Sie seufzte. »Norden.« Aber nicht, ohne ihn zu warnen: »Unser Streit ist noch nicht zu Ende. Wir klären das, wenn wir angekommen sind.«

»Dann habe ich schon was, worauf ich mich freuen kann.« Er zwinkerte, was sie ärgerte, aber er lachte nur.

Es hatte zu nieseln begonnen. Bevor er auf den überfüllten Freeway zurückfuhr, schaltete er die Scheibenwischer ein. Den Blick fest auf die Straße gerichtet, bat er Siri, John Meeker aus seiner Kontaktliste anzurufen. Er merkte, dass Kate eine Braue hochzog, als sie die Stimme aus dem Lautsprecher hörte: »Sheriff's Office?«

Er wurde zu Meeker durchgestellt, und nach einem kurzen Hallo erklärte der Sheriff: »Sie sind wieder in den Nachrichten, Mr. Bridger. Meine Frau hat mir erzählt, die Ladys im Schönheitssalon hätten heute Morgen über nichts anderes geredet. Und alle wollen jetzt die Haare wie Ms. Lennon haben.«

»Genau darum rufe ich an. Ich bin auf dem Heimweg. Wartet die Presse schon auf mich, wenn ich ankomme?«

»Nein, Sie sind immer noch das bestgehütete Geheimnis des ganzen Ortes.«

»Das war ich vielleicht bis vor einer Woche«, sagte er. »Seither hat sich einiges geändert«, ergänzte er und warf Kate einen anklagenden Blick zu. »Was ist mit den Ladys im Schönheitssalon?«

»Die quatschen nur untereinander. Sie respektieren Ihre Privatsphäre.«

Zach war da weniger zuversichtlich. »Wäre es möglich, die Straße zu meinem Haus irgendwie abzusperren? Dafür bekommen Sie auch meine Stimme bei der nächsten Wahl.«

»Wie sieht's mit einem Autogramm aus?«

»Auch das.«

»Kein Problem. Ich lasse eine Kette mit einem Zahlenschloss installieren und schicke Ihnen die Kombination.«

»Danke, Sheriff. Tut mir leid, dass ich Sie damit behelligen muss. Mir ist klar, dass Sie wichtigere Dinge zu tun haben.«

»Tatsächlich stehen Sie sowieso auf meiner To-do-Liste.«

»Ach ja? Warum?«

»Ich muss mit Ihnen über Dave Morris sprechen. Sein Gesicht ist völlig verbeult. Was können Sie mir dazu sagen?«

»Er ist auf Tuchfühlung mit dem Kühlergrill an meinem Pick-up gegangen.«

»Hm. Das Gerücht stimmt also. Sie beide hatten einen Zusammenstoß. Wer hat angefangen?«

»Was sagt Morris dazu?«

»Nicht viel.«

Zach lieferte dem Sheriff eine entschärfte Version seines Kampfs mit dem Deputy. Er erzählte nicht, dass Morris Geld von Doug Pratt genommen hatte, und auch nichts von seiner Eifersucht wegen Kate, nur dass er wütend auf seine Freistellung vom Dienst war, wofür er Zach und nicht dem Manager von GreenRidge Schuld gab.

»Ich war auf dem Heimweg. Morris bog direkt vor mir aus einer kleinen Seitenstraße. Ich wäre um ein Haar in ihn reingerauscht. Erst flogen die Worte hin und her, dann die Fäuste. Sie kennen das.«

»Hmm. Er war heute hier und wollte wissen, ob er wieder arbeiten darf. Aber wenn Sie Anzeige erstatten wollen …«

»Nein. Auf keinen Fall. Wir sind aneinandergeraten. Aber wir haben das geklärt.«

»Na schön. Trotzdem betrifft es auch mein Department.«

»Wie Sie Ihr Department leiten, ist allein Ihre Sache.«

»Streng. Wenn ich Dave noch zwei Tage unbezahlt freistelle, wird das allen anderen eine Warnung sein.«

»Klingt gut«, sagte Zach.

»Wann kommen Sie schätzungsweise an?«

»In ein paar Stunden.«

»Ich lasse gleich diese Kette anbringen. Passen Sie auf, wenn Sie hochfahren. Es ist neblig und regnerisch.«

»Ist notiert. Danke. Und vergessen Sie nicht, mir die Kombination zu schicken.«

»Und Sie nicht das Autogramm, das Sie mir schulden.«

Kapitel 33

Der Sheriff hatte Wort gehalten. Als sie an die Abzweigung zu Zachs Haus kamen, war die Zufahrt mit einer schweren Eisenkette abgesperrt. Zach stieg aus, öffnete das Schloss, fuhr durch und verschloss es wieder.

»Daran kommt keiner vorbei«, sagte er beim Einsteigen zu Kate. »Die Kette ist armdick, und das Schloss hat sechs Ziffern.«

»Kannst du in diesem Nebel überhaupt was sehen?«

Er lächelte sie an. »Übung.«

Sie erwiderte sein Lächeln nicht. Wegen ihrer Höhenangst waren die letzten fünfzig Meilen für sie die reine Tortur gewesen. Je höher sie gekommen waren, desto dichter wurde der Nebel. Und nachdem sie seit der Staatsgrenze ständig bergauf fuhren, waren sie inzwischen in einem meteorologischen Wattebausch gelandet.

In jeder Haarnadelkurve hatte sie nur die ausgefransten Strahlen der Scheinwerfer gesehen, die nichts als Nebelschwaden erhellt hatten. Sie hatte sich mit einer Hand an dem Angstgriff festgeklammert und mit der anderen an Zachs Schenkel.

Irgendwann hatte sie gefragt: »Da sind doch Leitplanken, oder?«

»Nicht auf diesem Abschnitt, aber keine Angst.«

Zach hatte seine rechte Hand auf ihre gelegt und ihren Todesgriff an seinem Bein gelockert. Sie hätte ihn zwar am liebsten ermahnt, beide Hände am Lenkrad zu lassen, aber es nicht getan. Seine starke, breite Hand hatte sich zu beruhigend angefühlt.

Jenseits der Absperrung verlief Zachs Privatstraße relativ eben. Es gab keine steilen Böschungen mehr, nur noch dichten Wald. Kurz vor dem Haus schaltete er mit einer App auf seinem Handy die Außenbeleuchtung ein. Als die Lichtkreise den Nebel durchdrangen und sich das Haus im Dunst abzeichnete, ließ der Druck auf ihrer Brust langsam nach. Sobald der Wagen ausgerollt war, drückte sie die Beifahrertür auf und stieg aus, dankbar, wieder festen, flachen Boden unter den Füßen zu haben.

Aus Angst, ihn zu verlieren, falls er sich zu weit entfernte, blieb sie ihm dicht auf den Fersen, während er auf die Veranda stieg, die Tür aufschloss und die Alarmanlage ausschaltete. »Geh schon rein. Ich hole unsere Taschen.«

Sie kam seiner Bitte nach und tippte auf den Wandschalter, mit dem er damals die Lichter eingeschaltet hatte. Der weiche Lichtschein war wie eine warmherzige Umarmung. Sie fand den Thermostat und drehte die Heizung auf.

Zach trat ein, stellte die Taschen hinter der Tür ab und schob sie mit der Hacke zu. »Ich habe Bing geschrieben. Melinda hat ihn ins Haus gelassen. Er meint, sie sei ›mit den Nerven durch‹, aber er muntert sie auf und leiht ihr ein mitfühlendes Ohr.«

»Noch nichts Neues von Cal?«

»Nichts.«

»Ist er nur ein Vollidiot, oder ist ihm was Schreckliches zugestoßen?«

»Könnte beides sein. Deshalb ist sie so mit den Nerven durch. Bing hat ihr vorgeschlagen, eine Vermisstenanzeige aufzugeben, aber das will sie nicht, weil er noch auf Bewährung ist. Ich habe Bing gesagt, er soll uns auf dem Laufenden halten.« Er deutete zum Kamin. »Feuer?«

»Ja bitte.«

»Wein?«

»Ja bitte!«

Er grinste. »Du weißt, wo er steht.«

Er zog auf dem Weg zum Kamin die Lederjacke aus. An der Bar entdeckte sie die Rotweinflasche, die er für sie geöffnet hatte – vor wie vielen Tagen? So wenigen?

Sie goss sich ein Glas Wein ein, ihm einen Bourbon on the Rocks und nahm beide Gläser mit zum Kamin, wo Zach in die Hocke gegangen war und Zunder unter das auf dem Rost aufgetürmte Feuerholz schob. Sie reichte ihm den Whisky, sie stießen an und nahmen beide einen kleinen Schluck.

»Danke«, sagte er.

»Gern geschehen.« Sie schlüpfte aus ihrer Jacke und legte sie neben seine auf das Sofa. »Hast du irgendwas zu essen im Haus?«

»Schau nach, während ich hier weitermache.«

»Ach so, das Frauchen soll in der Küche verschwinden, während du die Männersachen machst?«

Er sah über die Schulter zu ihr auf, eine Braue war hochgezogen. »Männersachen, wie dich nach einer gefahrvollen Fahrt durchs neblige Gebirge wohlbehalten abzusetzen, während du vor Angst geschlottert hast und mir blaue Flecken in den Schenkel gebohrt hast? Da habe ich keine bissigen Kommentare über Männersachen gehört.«

Er erhob sich langsam aus der Hocke, bis er in voller Pracht vor ihr stand, gut vierzig Zentimeter größer als sie. Dennoch ließ sie sich nicht einschüchtern. Er fixierte sie über sein Glas hinweg, während er einen Schluck Bourbon trank, dann stellte er das Glas langsam auf dem Couchtisch ab.

Er machte einen Schritt auf sie zu und senkte den Kopf, bis seine Lippen um Haaresbreite über ihren schwebten. »Immer noch auf einen Kampf aus, wie?« Er fuhr blitzschnell mit der Zunge über ihre Unterlippe. »Den kannst du haben, Süße.«

Er legte die Hände auf ihre Hüften und zog sie zu sich her. Er war hart, fest, groß, kräftig, *männlich*, und sie wollte ihn. Sie wollte alles. Sie wollte ihn ganz und gar. »Ich habe nicht mit dir gekämpft. Sondern mit mir selbst. Aber ich kapituliere.« Sie schlang die Arme um seinen Hals und hakte ein Bein über seinen Schenkel, der zweifellos blaue Flecken hatte, wo ihre Finger sich ins Fleisch gebohrt hatten.

Er beugte sich vor und umfasste ihr Knie, hob ihr Bein an und hielt es über seinem fest. Der Kuss, der diese Bewegung begleitete, war energiegeladen, sündig und unbeschreiblich erotisch. Er schmeckte nach Whisky, er schmeckte nach Zach, und beides stieg ihr sofort zu Kopf. Sie genoss es, wie sein Dreitagebart über ihre Haut schabte. Seine Zunge war schlank und geschickt, und ein leises Brummen löste sich aus den Tiefen seiner Brust, als Kate sie in ihren Mund zog.

Der Ansatz ihrer Lippen änderte sich, sie legten die Köpfe schräg, ohne dass sie den Kontakt unterbrochen hätten, bis sie beide schließlich Luft holen mussten. Seine offenen Lippen wanderten an ihrem Hals entlang und überzogen ihn mit langsamen, sengenden Küssen. Dann senkte er seinen Mund in die Vertiefung zwischen Kehle und Schlüsselbein.

»Kate, wenn du das nicht willst, dann …«, raunte er leise.

»Und wie.«

»Gott sei Dank.«

Er hob den Kopf zu einem weiteren Kuss, der aber auf peinliche Weise unterbrochen wurde, als er mit dem Schienbein den Couchtisch gegen das Sofa zu schieben versuchte, um Platz vor dem Kamin zu schaffen. Ihr hochgeschlungenes Bein rutschte ab.

Leise fluchend, weil sie beide umzufallen drohten, gab Zach sie frei und schob den Couchtisch mit den Händen beiseite. Er nahm eine zusammengefaltete Decke von der Rückenlehne des Sofas und breitete sie auf dem Teppich aus. Es hatte ihn nur Sekunden gekostet, alles zu arrangieren, trotzdem waren seine Küsse danach noch fiebriger als zuvor.

Er löste den Haken vorn an ihrer Hose, und sie wand sich aus Hose und Slip. Ihr langer Schlabberpullover bedeckte sie notdürftig, als sie sich auf das von ihm bereitete Lager legte.

Er knöpfte sein Hemd nur halb auf, dann zerrte er es ungeduldig über den Rücken und den Kopf. Er riss sich die Stiefel von den Füßen und schleuderte sie beiseite, stellte sich mit gespreizten Beinen über ihre Schenkel und sank auf die Knie. Sie legte die Hand an den obersten Knopf seiner Jeans. Während sie versuchte, ihn zu öffnen, berührten ihre Knöchel sein Glied, und er stieß einen heiseren Fluch aus.

»So schüchtern?«, neckte sie ihn.

Ungeduldig schob er ihre Hände beiseite und öffnete die Knöpfe selbst, dann stand er kurz auf und zerrte die Jeans nach unten. »Selbst wenn ich schüchtern bin«, erklärte er rau, »ist er es nicht.«

»Wie deutlich zu sehen ist«, flüsterte sie.

Er schob den Pullover über ihre Taille und nahm sich ein, zwei Herzschläge Zeit, um den Anblick zu genießen. Dann teilte er ihre Schenkel, kniete dazwischen nieder und senkte sich auf sie, verstärkte Druck und Gewicht, bis er ganz in ihrer Mitte ruhte.

Ruhe fanden sie allerdings nicht. Wie im Fieber pressten sie sich aneinander. Er erhöhte den Druck. Immer weiter. Mit herrischen Vorstößen wurde sein Verlangen immer dringlicher, und als sie ihm endlich Einlass gewährte, nahm sie ihn feucht und voller Lust auf. Energisch und besitzergreifend drang er ein, bis er sie ganz und gar an sich geschmiedet hatte.

Auf die Arme gestützt, sah er ihr in die Augen. Sein Gesicht war erhitzt und angespannt. In seinen Augen flackerten das Kaminfeuer und unbändige Lust. Sein Körper glühte heißer als die Flammen, die an den Scheiten leckten.

Sie bewegte sich unter ihm. Hob leicht die Hüfte an. Ließ sie langsam kreisen.

»Jesus, Kate«, zischte er.

Zach drang noch tiefer ein, senkte seinen Oberkörper auf ihren und nahm ihren Mund mit einem leidenschaftlichen Kuss in Besitz, während er sich rhythmisch zu bewegen begann. Ihr Körper begann wie von selbst, sich anzuspannen und zu entspannen. Sie wollte ihn festhalten, tief in ihrem Inneren, aber wenn er sich langsam zurückzog und dann schnell wieder zustieß, war das ein so göttliches Gefühl, dass sie sich einfach seinem Rhythmus anpassen musste.

Als sie auf den Höhepunkt zusteuerten, senkte er den Kopf und murmelte eine erotische Litanei in ihr Ohr. Die Worte waren teils romantisch, teils äußerst irdisch, manchmal sogar schmutzig und oft unverständlich.

Doch als sie kam, kam auch er, und sein raues Flüstern war klar, wunderbar und unmissverständlich: »Du bist es, Kate.«

Kate blickte versonnen in Zachs Gesicht und spürte das rührselige Lächeln auf ihrem Gesicht. Er lag mit geschlossenen Augen auf dem Rücken, die Lippen leicht geteilt, die Gliedmaßen entspannt und ruhig, eine Studie in innerer Gelassenheit. Gerade als sie fragen wollte, ob er wach sei, begann er, leise zu schnarchen. Sie merkte, wie ihr Lächeln noch rührseliger wurde.

Natürlich hatte sie schon vor ihrer ersten Begegnung gewusst, wie er aussah. Aber sie war nicht darauf gefasst gewesen, dass er *so* sexy war. Jedes Mal, wenn sie ihn ansah, überwältigte sie seine Ausstrahlung. Kein Wunder, dass die Leute stehen blieben und sich nach ihm umdrehten, wenn er vorbeiging. Sein markantes Gesicht, die bernsteinbraunen Augen, das zerwühlte rotbraune Haar, das er nie zu frisieren schien, und sein athletischer Körper waren nicht die Attribute eines realen, gewöhnlichen Menschen, sondern die eines Götterlieblings, eines vom Glück begünstigten Geschöpfs, das genetisch von den Sternen beschenkt worden war.

Aber am wenigsten war sie auf den Mensch hinter diesem unglaublichen Paket vorbereitet gewesen. Sie hätte nie geglaubt, dass sie ihn so nett finden würde, gut aussehend hin oder her. Sie hatte ihn für einen Unsympathen gehalten, aber abgesehen von ihrer ersten feindseligen Begegnung hatte er sich stets wie ein Gentleman verhalten. In seiner Nähe fühlte sich jeder wohl.

Er konnte arrogant sein, das schon, aber seine Rekorde auf dem Spielfeld gaben ihm jedes Recht dazu. Sein Ruhm war ihm nicht wichtig, aber immer, wenn ein Fan seinen Mut zusammennahm und ihn ansprach, erkundigte er sich zuerst nach dessen Namen. Dann wiederholte er ihn, als wollte er ihn im Gedächtnis abspeichern. Sein warmherziges Lächeln sagte: *Du bist dieser ganz besondere Fan, den ich immer kennenlernen wollte*, und wenn der Fan wegging, glaubte er das auch. Obwohl Zach das Gegenteil behauptete, störte es ihn nicht, wenn er erkannt wurde, aber nicht weil es ihn glücklich gemacht hätte, sondern weil er damit seine Fans glücklich machte.

Ihr größtes Fehlurteil war gewesen, dass sie geglaubt hatte, er hätte Rebecca nach dem Schicksalsschlag vor vier Jahren sich selbst überlassen. Nachdem er nicht zu Clarkes Verhandlung und Anhörung erschienen war, hatte sie angenommen, Rebeccas Zustand würde ihn überhaupt nicht interessieren.

In dieser Hinsicht hatte sie ihn falsch eingeschätzt. Komplett. Seine Gewissensbisse ließen Zach seit Jahren nicht zur Ruhe kommen. Er konnte sie ebenso wenig ablegen wie seine Fingerabdrücke. Sie folgten ihm wie ein Schatten. Sie lasteten auf ihm, bestimmten alle seine Entscheidungen, jede Tat.

Darum tat er ihr leid.

Doch über all das würde sie später nachdenken. Jetzt wollte sie nur diese geschenkten Stunden ausnutzen und den Anblick genießen. Ihre Augen wanderten die haarige Spur entlang, mit der zahllose Poster an Frauen verkauft worden waren, die sich ansonsten einen feuchten Dreck für Football interessierten. Sie strich mit einer Fingerspitze über den seidigen Streifen, und prompt stockte ihm der Atem, auch wenn seine Augen geschlossen blieben.

»Wurde auch Zeit, dass du aufwachst«, sagte sie.

»Hab nicht geschlafen.«

»Wohl.«

»M-m.«

»Du hast geschnarcht.«

»Ich habe geatmet.«

Lachend beugte sie sich über ihn und fuhr mit der Zunge die seidige Haarspur nach, bis die glatten Haare lockig wurde. Ihr Mund umspielte sein massiges Glied, und ihre Zunge schmeckte das Salz an der samtigen Spitze.

Er riss die Augen auf. »Ich bin wach.«

Das war er. Und wie.

Ohne jede Anstrengung hob er sie rittlings auf sich, richtete seinen Oberkörper auf und nahm ihr Gesicht zwischen beide Hände, um sie heiß und lange zu küssen.

Als er fertig war, sank sie auf seine Brust und erklärte atemlos: »Ich verzeihe dir, dass du weggepennt bist.«

»Ich habe geträumt.«

»Wirklich?«

»O ja.«

»Wovon?«

»Von diesem absolut unglaublichen, überirdischen Fick.«

Sie lachte und seufzte an seinen Lippen: »Dann hatten wir denselben Traum.«

»Und er ist noch nicht vorbei.« Er grinste diabolisch, hob

den Saum ihres Pullovers an, schob die Hände darunter und strich an ihren nackten Schenkel aufwärts. Federleicht flogen seine Fingerspitzen über ihre feuchte Mitte und das weiche Haar. »Mir gefällt dein Outfit.«

Sie wiegte sich auf seinen forschenden Fingern. »Ach ja?«

»Und wie. Erst wollte ich dich fragen, ob du den Pullover ausziehst, aber dann …« Seine Hände wanderten an ihrem Rücken aufwärts und hakten den BH auf. »Irgendwie mag ich ihn.« Er ließ die Hände wieder nach vorn wandern und schob sie in die BH-Körbchen, wog ihre Brüste und spielte an ihren Brustwarzen. Er hob Pullover und BH an und strich rau mit den Lippen über ihre Nippel, tupfte sie mit seiner Zunge. »Er gibt mir das Gefühl, dass ich was richtig Schmutziges machen darf.« Er zog einen Nippel in seinen Mund.

Sie krallte sich an seinen Haaren fest. »Du darfst machen, was du willst. Hauptsache, du hörst nicht auf.«

Er setzte wieder beide Hände an ihren Schenkelansatz, schob die Finger über die schmale Furche und zog dann mit dem Daumen gemächliche Kreise über ihrer empfindsamsten Stelle. Unter seinen Zärtlichkeiten spannte sich ihr Körper an, und ihr Atem strich über sein Gesicht, bis sie den Kopf in den Nacken warf und klagend seinen Namen stöhnte.

Er hob sie an und drang gerade noch rechtzeitig in sie ein, um ihren Höhepunkt zu spüren, der jetzt viel ausdauernder war als beim ersten Mal und ihn ebenfalls zu einem erschütternden Orgasmus brachte.

Sie klammerten sich aneinander, bis das Gefühl abgeflaut war, dann sank er zurück und zog sie mit sich. Erfüllt, aber immer noch voller Lust, entließ er sie aus seiner Umarmung, aber beide wollten sich noch nicht voneinander lösen. Ihr

Geschlecht war für ihn wie ein behaglicher Hafen, als sie sich neben ihm ausstreckte und ihre Wange auf seine Bauchmuskeln bettete.

Lange blieben sie so liegen, ohne sich zu bewegen oder etwas zu sagen. Er genoss die Stille. Er wollte sie in aller Ruhe auskosten, denn seit jenem ersten Tag, an dem Kate ihn so kalt abgefertigt hatte und dann zu ihrem arroganten SUV zurückstolziert war, hatte er von genau so einem Moment geträumt. Nicht nur weil er um jeden Preis mit ihr schlafen wollte.

Obwohl … verflucht noch mal.

Aber vor allem, weil er wieder einer Frau nahe sein wollte. Einer Frau, die wirklich zählte.

Er hatte diesem *Etwas*, das in seinem Leben gefehlt hatte, nie einen Namen gegeben. Selbst auf dem Gipfel seines Ruhms, in all dem Trubel und Glamour, der ihm natürlich zu Kopf gestiegen war, hatte er eine innere Leere gespürt, die er nicht recht identifizieren konnte. Er hatte seine Eltern ab und an vermisst und würde immer um sie trauern. Aber diese Leere war anders.

Nachdem Rebecca ins Koma gefallen war, war diese Leere zu einem Abgrund angewachsen, der sich über die letzten vier Jahre hinweg ganz langsam und unaufhaltsam auf ihn zubewegt hatte, bis sich Zach in einer bodenlosen seelischen Einsamkeit verloren hatte.

Jetzt begriff er, dass ihm nicht irgendetwas Abstraktes gefehlt hatte. Sondern ein Mensch. Eine Frau. Nein, nicht *eine* Frau. Eine ganz bestimmte Frau. Und sie hatte einen Namen.

»Kate.« Er merkte erst, dass er ihn laut ausgesprochen hatte, als sie mit einem gemurmelten »Hmm?« reagierte.

Er behielt seine Gedanken für sich. Ein so frühes, so ernsthaftes Bekenntnis konnte sie verschrecken.

Und er konnte sich auch zu nichts verpflichten, solange das *Thema* nicht geklärt war und er bis zum Hals darin feststeckte. Solange er sich nicht daraus befreit hatte, konnte er weder Kate noch sonst jemanden in diesen moralischen Sumpf hineinziehen.

»Ich habe mich nur gefragt«, sagte er stattdessen, »warum wir beide noch halb angezogen sind.«

»Weil du ungeduldig warst. Primitiv. Animalisch.«

»Tiere vögeln immer nackt.«

Sie hob den Kopf und stapelte die Hände auf sein Brustbein. »Exzellenter Punkt. Hast du tatsächlich einen Whirlpool, oder war das nur leeres Gerede?«

»Groß genug für zwei.«

»Aber um den zu benutzen, müssen wir uns ausziehen.«

Sekunden später waren sie auf dem Weg nach oben, mitsamt der Sofadecke, in die sie ihre Stiefel und die hastig abgelegten Kleidungsstücke gepackt hatten. Auf dem Weg durch das geräumige Schlafzimmer versprach er ihr, dass sie es später nach Herzenslust erforschen könnte. Aber später. Er führte sie ins Bad und drehte den Hahn auf.

»Die Temperatur ist voreingestellt«, erklärte er und stieg aus seinen Jeans, bevor er ihr den Pullover über den Kopf zog. Ihr BH fiel fast von selbst herab, und seine Hände landeten sofort auf ihren Brüsten und umschmiegten sie wohlgefällig. Auf einer war eine rote Schramme zurückgeblieben. Er streichelte sie liebevoll. »Das tut mir leid.«

»Mir nicht.«

Er lächelte, aber nur kurz, und sah dann von ihren wunderschönen Brüsten in ihre unendlich blauen Augen. »Wie ist dein Dad so?«

»Mein *Dad*?« Sie lachte. »Er sieht mir überhaupt nicht ähnlich.«

»Hat er eine Schrotflinte?«

Sie sah ihn an, als hätte er den Verstand verloren. »Endlich sind wir nackt, und du willst ausgerechnet *darüber* reden?«

Er holte tief Luft und raunte beim Ausatmen: »Vielleicht habe ich seine Tochter heute Nacht in Schwierigkeiten gebracht.«

Als sie langsam verstand, färbten sich ihre Wangen rosa. »Ach so. Nein. Keine Angst.«

»Um mich hatte ich keine Angst. Wenn es für dich in Ordnung ist, ist es das auch für mich.«

»Für mich ist es okay.« Sie schlang die Arme um seinen Hals. »Eigentlich viel besser als okay.«

Er zog sie an sich, hielt sie fest und legte das Kinn auf ihren Scheitel. Seine Hände fuhren über ihren Rücken und über ihren glatten, formvollendeten Hintern. Er hätte sie ewig berühren können, aber schließlich löste er sich von ihr und warf einen Blick in die Wanne. »Wenn wir noch mehr Wasser einlassen, gehst du unter.«

Sie nahm seine Hand und hob sie an ihre Lippen. Sie küsste den knotigen Knöchel des Zeigefingers, der dreimal von verschiedenen Linemen mit riesigen Füßen gebrochen worden war, und legte den Kopf in den Nacken, um ihm ins Gesicht zu sehen. »Ich bin schon jetzt nicht mehr zu retten.«

Sie lagen in dem warmen, blubbernden Wasser und erforschten mit Händen und Lippen bislang unentdecktes Terrain.

Immer wieder änderten sie ihre Position, um ihre Neugier zu befriedigen. Wenn ihre Finger Pause machten, plauderten sie über unwichtige Dinge. Über Eban Clarke wurde nicht gesprochen. Auch nicht über Rebecca. Sie nahmen eine Auszeit von der Krise, die sie zusammengeführt hatte und die sie auch wieder auseinanderreißen konnte.

Als sie aus der Wanne stiegen, waren sie ganz ermattet, so lange hatten sie im warmen Wasser gelegen. Nachdem sie sich abgetrocknet hatten, führte Zach Kate ins Schlafzimmer, wo er den Gaskamin einschaltete und sie das Bett bereitete.

Unter der Decke küssten und neckten sie sich, bis er sie schließlich mit dem Rücken zu sich drehte und hinter ihr in Löffelchenstellung ging. Die Lippen an ihrem Nacken, murmelte er: »Weck mich auf, wenn du wieder Lust hast.«

»Du wirst es als Erster erfahren.«

Doch nicht von unerfüllter Lust wurde Kate eine Stunde später geweckt, sondern von ihrem geräuschvoll knurrenden Magen. Sie hatten seit dem Frühstück nichts mehr gegessen, und das war schätzungsweise fünfzehn Stunden her. Bestimmt konnte sie irgendwo etwas Essbares auftreiben. Und falls nicht, wusste sie, dass er Energieriegel hatte.

Sie schlüpfte aus dem Bett, ohne ihn aufzuwecken, und fischte ihre Hose aus dem Kleiderhaufen hinter der Schlafzimmertür. Sie zog sie an, dazu den Pullover, der alles andere als sexy war … wenn nicht gerade Zachs Hände und Lippen darunter auf Erkundungstour gingen.

Die Socken konnte sie im Dunkeln nicht finden, darum tappte sie barfuß aus dem Schlafzimmer und machte sich auf den Weg nach unten. Die Lichter brannten noch. Das Feuer im Kamin war bis auf ein paar Glutnester heruntergebrannt. Sie ging in die Küche und schaltete das Licht an.

Und starrte in die Mündung einer Pistole.

Ihr Blick wanderte am Lauf und an der Hand am Griff entlang hin zu Cal Parsons' ebenmäßigem Gesicht.

»Keine Bewegung«, sagte er. »Und keinen Mucks.«

Damit stieß er bei ihr auf taube Ohren, denn augenblicklich schrie Kate sich die Seele aus dem Leib.

Kapitel 34

Bing hatte jung geheiratet, weil man das damals so machte. Seine Braut war nicht unansehnlich gewesen und eine Königin der Südstaatenetikette. Ihre Familie war von gutem Ruf und skandalfrei bis auf einen saufenden Onkel, der vor Jahren aus dem Schoß der Familie verbannt worden war. Sie war eine gute Köchin, die das Haus sauber hielt und nie aus der Fassung geriet.

Er hatte sich nie so gelangweilt wie damals.

Die einzige Mrs. Ned Bingham in seinem Leben hatte drei Jahre an seiner Seite ausgeharrt, bis er sie aus ihrem Elend erlöst und um die Scheidung gebeten hatte. Sie hatte ihm vorgeworfen, er würde das Coachen mehr lieben als sie, und damit hatte sie recht gehabt. Sie hatte ihm prophezeit, dass er es eines Tages bereuen würde, sie für den Sport aufgegeben zu haben, und damit hatte sie unrecht gehabt.

»Seither hab ich mich vom Altar ferngehalten.« Er hatte seine kurze Ehegeschichte auf Melinda Parsons' Bitte hin erzählt, während sie an ihrem Küchentisch saßen und Kräutertee tranken.

»Keine Kinder?«, fragte sie.

»Ein paar Hundert.« Als sie ihn fragend ansah, sagte

er: »Alle Jungs, die ich jemals trainiert habe. An ein paar Namen kann ich mich zwar nicht mehr erinnern, aber die Gesichter sehe ich noch alle vor mir. Die Jungs haben mit den Jahren gewechselt, trotzdem ist mir jeder einzelne Spieler im Gedächtnis geblieben, der nach meiner Pfeife trainiert hat.«

»Ich wette, dass sich auch alle an Sie erinnern.«

Er lachte keckernd. »Oh, dafür habe ich gesorgt. Zu einer ganzen Reihe von ihnen war ich ziemlich hart, weil sie Potenzial hatten, aber sich nicht wirklich anstrengen wollten und sich dadurch ihre Möglichkeiten verbauten. Ich konnte es nicht ertragen, wenn Potenzial verschenkt wurde. Darum war ich zu denen, die wahres Talent hatten, besonders streng.«

»So wie bei Zach Bridger.«

»Nein, keiner von denen kam Zach auch nur nahe. Er war einzigartig. Für mich *ist* er einzigartig.« Er starrte in das dunkle Gebräu, das nach toten Blumen roch und schmeckte wie das abgestandene Wasser, in dem sie verfault waren. Der Höflichkeit halber hatte er ein paar Schlucke hinuntergezwungen.

»Zach ist der beste Spieler, den ich je gesehen habe«, sagte er. »Er spielte mit dem Herzen, mit Leib und Seele. Als Coach erlebt man in seiner Laufbahn nur einmal einen Spieler wie Zach, und das auch nur, wenn man Glück hat. Ungefähr so viel Glück wie bei einem Millionengewinn im Lotto.«

»Und was lief am Schluss falsch?«

»Seine Fähigkeiten und seinen Ehrgeiz hat er nie verloren. Er hatte seine *Einstellung* verloren. Diese Frau war sein Untergang.«

»Rebecca.«

»Ich rede nicht gern schlecht über sie, angesichts der Umstände, aber sie war das Verderben in Person.«

Melinda starrte versonnen ins Nichts. »Wir können uns nicht aussuchen, wen wir lieben. Wir lieben, ohne dass wir etwas dagegen unternehmen können.«

»Und sehen Sie, genau das ist die eigentliche Tragödie. Rebecca liebte niemanden außer sich selbst, und Zach liebte Rebecca auch nicht. Er hatte sich in die *Idee* von ihnen als Paar verliebt, so wie fast jeder damals. Der ganze Rummel war ihm zu Kopf gestiegen, auch weil sie ihn bezirzte. Das Mädel verstand, sich anzuziehen und sich zu bewegen. Sie war rundum atemberaubend und sexy, was sie einzusetzen wusste. Welcher halbwegs normale Kerl würde sich da erst eine Auszeit nehmen und über die langfristige Substanz und die wahre Natur einer so heißen Romanze nachgrübeln? Er hat es jedenfalls nicht getan. Die Paparazzi versuchten, Rebecca mit einem Verlobungsring zu erwischen, und eines Tages hatte sie acht Karat am Finger.« Er zog die Schultern hoch. »So lief es eben. Sie hatte einen scharfen Blick für edle Dinge. Also nahm sie ihn in Besitz.« Er betrachtete wieder nachdenklich den Inhalt seines Teebechers und meinte dann: »Was ich wirklich schlimm finde? Dass sie ihn seither noch fester in ihren Fängen hat als zuvor.«

Melinda brauchte nicht *seit wann* zu fragen. Der Abend in der Villa der Clarkes und die Rolle ihres Ehemanns wurden mit keinem Wort erwähnt, aber er hing in der Luft wie der muffige Teegeruch.

»Weder er noch Ms. Lennon hatten einen Grund, nett zu mir zu sein, und doch waren sie es.«

»Schätzchen, die beiden haben nichts gegen Sie. Warum

hätte Zach mich sonst zu Ihnen geschickt, damit ich Ihnen Gesellschaft leiste?«

»Das war sehr fürsorglich von ihm, wenn man bedenkt, was die zwei gerade durchmachen. Was glauben Sie, wer die Videos und Bilder durchsickern lässt?«

»Die beiden glauben, es ist Eban Clarke.«

»Ich auch«, sagte sie. »Es ist gerissen. Es sähe ihm ähnlich.« Sie zögerte. »Ist irgendwas an dem dran, was über sie geredet wird?«

»Kann ich nicht sagen.«

Sie lächelte. »Das heißt Ja.«

Genau in dem Moment läutete ihr Handy. Sie griff so hastig danach, dass sie beinahe ihren Teebecher umgestoßen hätte. Als sie aufs Display sah, fiel ihre hoffnungsvolle Miene in sich zusammen. »Das ist mein Dad.« Sie nahm das Gespräch an. »Hi, Daddy. Fein. Nein, Cal ist im Moment nicht hier.«

Sie schob den Stuhl zurück, stand vom Küchentisch auf und ging nach nebenan, um ungestört zu telefonieren. Bing stand ebenfalls auf, stellte sich an die Spüle und verstaute das Geschirr vom Abendessen in der Spülmaschine.

Er war nicht begeistert gewesen, als Zach ihn gebeten hatte, den Babysitter zu spielen, aber jetzt war er froh, dass er für die junge Frau da gewesen war, die eindeutig eine Schulter zum Anlehnen gebraucht hatte. Bing nahm an, dass es sich an der Schulter eines Fremden leichter ausweinen ließ als an der einer guten Freundin, die sie wahrscheinlich davor gewarnt hatte, einen Mann mit so unappetitlicher Vergangenheit wie Cal zu heiraten.

Kurz nach seiner Ankunft war sie in Tränen ausgebrochen, hatte dabei ein Taschentuch zu Tode gewrungen und immer wieder gefragt: »Warum ruft er nicht an? Wo ist er? Was ist da los?«

Jetzt kehrte sie sichtlich gebeutelt und kreidebleich in die Küche zurück. Ganz eindeutig hatte ihr Daddy keine guten Nachrichten überbracht. »Was ist denn, Liebes?«

»Cal war heute Vormittag auf der Arbeit, aber er ist früher gegangen.«

»Hat er irgendwem erzählt, warum oder wohin er wollte?«

Sie schüttelte den Kopf. »Er ist gegangen, ohne irgendjemandem etwas zu sagen. Niemand hat ihn hinausgehen sehen. Er war einfach nicht mehr da.«

»Ist er schon mal einfach so verschwunden?«

»Nicht, seit ich ihn kenne. Nicht, seit er für meinen Vater arbeitet. Daddy hat sich deswegen keine großen Gedanken gemacht. Er dachte, dass vielleicht irgendwas passiert wäre, dass ich Cal zu Hause brauchen würde oder dass es ihm nicht gut gehen würde. Aber dann …« Sie blieb stehen und schluckte schwer. »Aber dann hat er entdeckt, dass die Waffe, die er immer in seiner Schreibtischschublade aufbewahrt, verschwunden ist.«

Der Schrei riss Zach aus dem Schlaf.

»Was zum …« In weniger als einem Sekundenbruchteil hatte er begriffen, dass Kate nicht mehr neben ihm lag. »Kate!« Er warf die Bettdecke zurück, seine Füße setzten auf dem Boden auf, in drei langen Schritten war er an der offenen Tür und stürmte auf die Galerie. Er wollte noch einmal nach ihr rufen, doch der Ruf erstarb ihm auf den Lippen.

Das Bild unten ließ ihm das Herz stocken. Cal Parsons

hielt eine Pistole an Kates rechte Schläfe. Theo Simpson stand links von ihr, hatte beide Hände um ihren Oberarm geklammert und hielt sie fest.

Von allen dreien wirkte Simpson am ängstlichsten. Er stammelte: »Ke-kennen Sie uns?«

»Von Fotos. Aus der Presse. Sie beide geilen sich daran auf, Frauen zu misshandeln.«

»Sie ... sie hatte keinen Grund, zu schreien.«

Parsons sagte nichts, aber er blickte fest auf Zach; sein linker Arm lag um Kates Taille und drückte sie an seinen Körper, und sein rechter Finger schloss sich um den gottverfluchten Auslöser einer kleinen, gemein aussehenden Pistole.

Nicht groß, aber durchaus tödlich.

Zach umklammerte das Geländer der Galerie, als wollte er es aus der Verankerung reißen. »Keinen Grund, außer dass ihr eine Waffe an den Kopf gehalten wird.«

Theo wirkte tatsächlich betreten.

Cal zeigte keine Emotion.

»Sie haben mir nichts getan.« Kate klang bemerkenswert ruhig, allerdings war ihre Ruhe wohl nur gespielt, und vielleicht auch nur ihm zuliebe.

»Ihre Bewährungshelfer werden nicht begeistert sein«, meinte Zach.

»Das ist mir schon längst egal«, erwiderte Parsons.

»Offensichtlich«, sagte Zach. »Sie gehen also volles Risiko?«

»Könnte man so sagen.«

Theo sah an Kate vorbei und seinen Partner an. »Cal, vielleicht ...«

»Halt den Mund, Theo«, fuhr Cal ihn an. »Kommen Sie runter, Bridger.«

Zach sah Kate tief in die Augen. Sie würde vielleicht sterben. Hier vor seinen Augen. Sein Herz galoppierte, seine Gedanken überschlugen sich. Er brauchte eine Waffe. *Jesus!* Er brauchte einen Plan.

Eines stand fest: Splitternackt und mit Kate außerhalb seiner Reichweite konnte er gar nichts unternehmen. Er sah wieder Parsons an. »Lassen Sie mich wenigstens eine Hose anziehen.«

Er drehte sich zum Schlafzimmer um, aber Parsons bellte: »Stopp! Theo, du passt auf, dass er kein Handy oder sonst was einsteckt.« Er schickte ihn mit einem Nicken die Treppe hinauf.

»Und was ist mit ihr?«, fragte Theo.

»Die bleibt bei mir.« Cal fasste Kate fester um die Taille. Theo ließ ihren Arm los und ging sichtbar zögernd in Richtung Treppe.

»Wir haben nicht die ganze Nacht, Theo!«, rief Parsons.

Theo kletterte die Treppe hoch. Als er den oberen Treppenabsatz erreicht hatte, drehte Zach sich ihm zu und sah ihn über die Galerie hinweg an. Zach hatte einen großen Teil seines Lebens in Umkleiden verbracht. Ihn störte es kein bisschen, dass er nackt war, aber sein Gegenüber schien es umso verlegener zu machen.

Theo wandte den Blick ab. »Wo ist Ihre Hose?«

»Meine Jeans liegt im Bad auf dem Boden.«

»Ich hole sie, aber machen Sie keinen Unfug!«

Es war eine lächerliche Warnung, denn Zach fürchtete sich kein bisschen vor Theo Simpson. Nach allem, was er über das Trio gelesen oder gehört hatte, war Theo der Mitläufer, der seine Kommandos und seinen Mut von den beiden anderen bezog.

Eban, der unbestrittene Anführer, fehlte, darum hatte Cal das Sagen. Von ihm ging die Bedrohung aus. Vielleicht wollte er sich hiermit seine Sporen verdienen oder Eban die Anführerschaft streitig machen. Auf jeden Fall würde Zach mit ihm kooperieren, solange er Kate eine Waffe an den Kopf hielt.

Er hob die Hände und sagte: »In Ordnung.«

»Bridger«, rief Cal von unten, »Sie legen die Hände auf den Kopf und treten von der Schlafzimmertür weg. Theo, du beeilst dich.«

Zach tat wie geheißen. Theo huschte an ihm vorbei ins Schlafzimmer. Zach sah Kate an, ohne auch nur einmal den Blick von ihr zu nehmen. Er wünschte, er könnte ihr sagen, wie fantastisch sie war, wie tapfer und klug und schön, und wie unglaublich dieser Abend mit ihr gewesen war.

Alles das und die Erinnerung an jede Sekunde, die er mit ihr verbracht hatte, jagten durch seinen Kopf, bis Theo mit seiner Jeans zurückkam. »Hast du die Taschen kontrolliert?«, fragte Cal von unten.

»Nur ein Autoschlüssel. Kein Handy.«

»Geldbeutel?«

»Der ist in der Reisetasche.« Zach nickte zu der Tasche hin, die gleich hinter der Eingangstür auf dem Boden lag. »Ich sitze nicht gern auf der Geldbörse, wenn ich fahre.«

Cal überlegte kurz und gab Theo dann das Okay. Theo warf Zach die Jeans zu, und er zog sie an.

»In Ordnung, Bridger«, sagte Cal. »Hände wieder auf den Kopf, und Sie gehen voran.«

Zach ging an Theo vorbei und dann wie befohlen die Treppe hinunter, Theo hinterher. Als sie unten angekommen waren, fragte Cal: »Gehört der Schlüssel zu dem Wagen draußen?«

Das ließ sich leicht überprüfen, darum antwortete Zach wahrheitsgemäß: »Ja. Er gehört Kate. Mein Pick-up steht in ihrer Garage in Atlanta. Was ist mit Ihrem Auto? Wie sind Sie damit an der Kette vorbeigekommen?«

»Wir haben den Wagen am Straßenrand im Gebüsch versteckt und sind zu Fuß gekommen.«

»Hm. Und wie sind Sie ins Haus gelangt?«

»Ich habe das Schloss an der kleinen Tür neben der Küche geknackt.«

So viel zu seiner Vorsichtsmaßnahme, die Straße sperren zu lassen. Er war gar nicht auf den Gedanken gekommen, dass sich jemand im dichten Nebel und zu Fuß durch fremdes, gefährliches Gelände wagen würde.

Und *verflucht*, er hatte es ein einziges Mal versäumt, die Alarmanlage wieder einzuschalten. Er war so mit Kate beschäftigt gewesen … Als würde sie die stumme Bitte um Verzeihung in seinem Blick lesen, schenkte Kate ihm ein winziges Lächeln und schüttelte kaum wahrnehmbar den Kopf.

»Bridger«, sagte Parsons. »Sie haben doch ein Handy. Wo ist es?«

Zach nickte zum Sofa hin. »In der Außentasche meiner Jacke.«

Auf ein weiteres Zeichen von Cal ging Theo auf die Suche nach dem Handy. Als er es gefunden hatte, fragte Cal: »Und Ihres?« Er drückte Kates Taille.

»In der Umhängetasche auf der Kommode neben der Eingangstür.«

Als Theo beide Handys in der Hand hielt, befahl Cal: »Wirf sie ins Feuer. Den Autoschlüssel auch.«

Theo schien widersprechen zu wollen, aber dann schob er den Feuerschirm zur Seite und kam Cals Befehl nach.

Die Geräte landeten auf den glühenden Holzscheiten, und alle vier schauten zu, wie sie in Flammen aufgingen. Funken stiegen in den Kamin auf. Einer der glimmenden Scheite flammte mit einem lauten *Plopp* wieder auf.

Zach wusste bis zum letzten Moment nicht, was er tun würde, aber seine ganze Karriere hatte allein auf seinem Instinkt und seinen blitzschnellen Reflexen aufgebaut. Er breitete die Arme aus und bot Parson seine breite Brust als Zielscheibe an.

»Hey!« Parsons schwenkte die Waffe von Kate weg und zielte auf Zach.

Theo rief: »Cal!«

Kate schrie: »Nein!«

Und Zach sagte: »Jetzt mal alle mit der Ruhe.«

Er hatte diesen Satz zahllose Male im Huddle gesagt, wenn ein Spielzug schiefgelaufen war und die Spieler sich gegenseitig die Schuld gaben, weil ein Fehlpass sie wertvolle Yards gekostet hatte. Mit dem richtigen Tonfall konnte er sich dadurch immer Gehör verschaffen, und so auch jetzt.

Alle drei erstarrten, aber alle waren auf dem Sprung, beobachteten ihn und warteten ab, was er tun würde, um dann entsprechend zu reagieren. »Lassen Sie Kate los«, sagte er zu Parsons, immer noch mit ausgebreiteten Armen. »Sie können mich nicht verfehlen. Erschießen Sie mich.«

»Nein!«, flüsterte Kate entsetzt und eindringlich.

»Eban will, dass Sie sterben«, blökte Theo. »Weil nur Sie

bei Ihrer Ex den Stecker ziehen können.« Er schwankte leicht, schaute wie manisch mal auf Cal, mal auf die Pistole, mal auf Zach.

»Klappe, Theo«, knurrte Cal.

»Das hier ist also Ebans Idee?«, fragte Zach. »Wir werden umgebracht, und damit sind all seine Probleme gelöst? Das bezweifle ich schwer, aber möglich wäre es wohl. Für Sie beide fangen die Probleme damit allerdings erst an. Eban bringt Kate und mich ins Fernsehen, macht uns zum Thema, und vierundzwanzig Stunden später wird uns das Licht ausgeblasen.« Er schmatzte übertrieben. »Für Sie ist dieser Plan ein Rohrkrepierer.«

Zach betete, dass seine Ahnung stimmte und dass er mit dem, was er vorhatte, Kate nicht umbringen würde. Wobei er dann Parsons umbringen müsste. Nicht dass ihn das besonders stören würde, aber es würde ihm um Melinda und ihr ungeborenes Kind leidtun.

Er sah Parsons an. »Glückwunsch zu dem Baby.«

»Baby?«, quiekte Theo.

»Hat er es Ihnen noch nicht erzählt, Theo? Er und Melinda sind mit ihrem ersten Kind schwanger.«

Cals strenge Miene zeigte erste Anzeichen von Verunsicherung. »Woher wissen Sie von dem Baby?«

»Wir waren heute bei Melinda«, mischte Kate sich ein.

Parsons sah kurz von Zach weg und sie an. »Wieso das denn, verflucht?«

»Das werde ich Ihnen gern erzählen, aber nicht solange Sie uns bedrohen.«

Dass Zach das Gespräch auf Cals Frau und das Kind in ihrem Bauch gebracht hatte, hatte den gewünschten Effekt.

Cals Hand mit der Waffe war nicht mehr so ruhig wie zuvor. »Sie hatten kein Recht, meine Frau zu belästigen.«

»Tatsächlich hatte ich dieses Recht sehr wohl, denn ich vertrete eine Anklagebehörde«, fuhr Kate ganz sachlich fort. »Aber Melinda war schon völlig aufgelöst, als Zach und ich zu ihr kamen. Sie hatte Sie nicht erreichen können und weinte die ganze Zeit, weil Eban Clarke sich wieder in Ihr Leben drängt, und sie verabscheut ihn.«

»Und noch schlimmer findet sie«, fuhr Zach fort, »dass Sie jedes Mal springen, sobald Eban nur einen Ton sagt.«

»Halten Sie den Mund, Bridger. Sie wissen gar nichts über mich.«

Zach begann, ruhig auf die beiden zuzugehen. »Ich weiß, dass es Ihnen gefallen würde, was Kate zu sagen hat. Warum beenden Sie diesen Irrsinn nicht und hören ihr einfach zu? Melinda hat es getan. Sie hat ihr sehr aufmerksam zugehört. Keine Ahnung, warum sie Sie so liebt, aber die Arme tut es nun mal und …«

»Ich habe gesagt, Sie sollen den Mund halten!«

»… Sie sind schlimmer als Hundescheiße, weil Sie ihr solchen Kummer machen, vor allem jetzt, wo sie Ihr Kind unter dem Herzen trägt.«

Cals Brust hob und senkte sich schwer. Zach fürchtete, dass er zu weit gegangen sein könnte, darum blieb er einige Schritte vor den beiden stehen. »Kate ist barfuß. Sie hat bestimmt kalte Füße. Ich habe jedenfalls welche. Aber ich glaube, die kältesten Füße haben Sie.«

Er gab dem Mann Zeit, zu antworten, doch als Parsons nur stumm innen an seiner Wange kaute, fuhr Zach fort: »Was Sie da tun, ergibt keinen Sinn. Das ist wie eine Two Point

Conversion, nachdem man das Spiel schon mit dem Touchdown gewonnen hat.«

»Was zum Teufel reden Sie da?«

»Das ist eine Footballanalogie«, erklärte Kate. »Die verwendet er dauernd.«

»Ich denke, wenn Sie wirklich und ernsthaft den ganzen Weg hierhergekommen wären, um Kate und mich umzubringen, so wie Eban es Ihnen vermutlich aufgetragen hat, dann hätten Sie Kate einfach erschossen und danach mich, und damit wäre der Fall erledigt gewesen. Sie hätten sich nicht die Mühe mit diesem B-Movie-Auftritt gemacht. Sie hätten sich nicht die Mühe gemacht, unsere Handys zu zerstören. Wozu auch? Wir wären tot gewesen. Nein, wenn Sie uns hätten umbringen wollen, hätten Sie das längst erledigt und wären schon wieder auf dem Heimweg nach Atlanta.«

»Er hat recht, Cal«, sagte Theo.

Zach und die beiden anderen sahen ihn an. Er schwankte nicht mehr. Seine Stimme zitterte nicht mehr, und sein Blick zuckte nicht mehr hin und her, als hätte er Angst, irgendjemanden länger anzusehen. »Wozu es in die Länge ziehen? Es reicht mit der Einschüchterung. Bringen wir es hinter uns, okay?«

»Okay.« Parsons fasste den Revolver fester.

O Fuck, das ging in die Hose, dachte Zack und sah Kate an.

Dann ließ Parsons die Hand mit der Waffe sinken. »Wir gestehen.«

Kapitel 35

Kate war zu perplex, um sich zu bewegen oder etwas zu sagen. Sie war überzeugt gewesen, dass sie als Letztes auf Erden Zachs verzweifeltes Gesicht sehen würde.

Cal löste den Arm von ihrer Taille, ging zu einem Couchtisch und legte die Pistole darauf ab.

Kate hatte die Sprache wiedergefunden. »Woher wussten Sie, dass wir hier sind?«

»Das wussten wir nicht. Aber wir haben die Fernsehbilder von Ihnen beiden zusammen gesehen und die diversen Andeutungen gehört, und darum dachten wir, dass Sie sich bestimmt irgendwo verstecken würden, und das hier ist der Ort, der einem zuerst einfällt.«

»Und wie haben Sie mein Haus gefunden?«, fragte Zach.

»Ich arbeite in einer Bibliothek«, sagte Theo und zuckte entschuldigend mit den Achseln. »Über die County-Grundbücher. Die Ausschlussmethode. Und dann erklärte uns für fünf Dollar ein Mann an einer Tankstelle am Ortsrand, wo wir vom Highway abbiegen müssten. Er sagte, die Privatstraße wäre nicht markiert, aber wir sollten einfach bis zum Ende fahren, dann würden wir zu Ihrem Haus gelangen.«

»Hat Eban die Pistole besorgt?«, fragte Zach Cal.

»Die gehört meinem Schwiegervater. Eban hat Ihren Abgang noch nicht geplant. Er hat darauf gebaut, dass wir ihm dabei helfen, aber damit wollen wir nichts zu tun haben und mit ihm auch nicht.«

»Wenn Sie uns nicht umbringen wollten, wieso haben Sie dann eine Waffe für notwendig gehalten?«, wunderte sich Zach. »Was sollte dieser schmierige Gangsterauftritt?«

»Ich hab's dir gesagt …«, murmelte Theo.

Cal ignorierte Theos Bemerkung. »Hätten Sie uns etwa empfangen wie lang vermisste Freunde?«, fragte er. »Ich konnte nicht voraussehen, wie Sie reagieren würden, und ich wollte mich absichern. Diese Kette über der Straße war wie eine Warnung gegen mögliche Eindringlinge.«

»Es war eine Warnung gegen …«

»Schon gut«, mischte Kate sich ein. »Halten wir uns nicht mit den letzten zehn Minuten auf. Mich interessieren viel mehr die nächsten zehn oder zwanzig, oder wie lange es auch dauern wird, das alles zu besprechen. Aber bevor wir anfangen, will ich meine Stiefel holen. Zach hat recht. Ich habe kalte Füße.«

Zach und sie gingen nach oben und zogen sich an. Beide waren in nicht einmal fünf Minuten wieder unten. Theo saß auf dem Kaminrand, Cal hatte sich in Zachs Lieblingssessel niedergelassen. Der Couchtisch stand wieder an seinem Platz. Kate fragte sich, ob die beiden ahnten, warum er gegen das Sofa geschoben worden war. Oder, schlimmer noch, wussten sie es sogar? Bei dieser Vorstellung wurde ihr flau.

Um den Gedanken abzuschütteln, fragte sie, wie lange sie schon im Haus gewesen waren, bevor sie in die Küche gekommen war.

»Erst ein paar Minuten«, antwortete Cal. »Wir dachten, Sie hätten uns vielleicht durch die Tür kommen hören und wollten nachsehen.«

»Vielleicht habe ich unterbewusst etwas wahrgenommen und nur nicht begriffen, was mich geweckt hat.« Sie sah verlegen auf Zach, der sich neben sie auf das Sofa gesetzt hatte.

Doch er erwiderte ihren Blick nicht, sondern fixierte nur Cal. »Also, Sie sind hier, und wir hören. Was gibt's zu gestehen?«

Cal holte tief Luft und begann mit: »Es tut mir so leid, Bridger.« Aus seiner Haltung und seiner Stimme sprachen Demut. »Diese Entschuldigung ist längst überfällig. Ich hätte Sie schon vor Jahren anrufen und Ihnen erklären sollen, wie leid es mir tat – tut –, was mit Ihrer Frau passiert ist.«

»Sie war damals nicht mehr meine Frau, aber sie war ein Mensch, der noch viele Jahre Leben vor sich hatte und auf grausame Weise darum gebracht wurde.«

»Das wurde sie, ja.« Er senkte den Kopf. »Ich kann gar nicht sagen, wie leid mir das tut.«

»Das gilt auch für mich«, meldete sich Theo zu Wort. »Auch wenn nichts, was wir sagen, ungeschehen machen kann, was wir in dieser Nacht getan oder nicht getan haben. Ich spreche für Cal und mich, wenn ich sage, dass wir uns wünschten, wir könnten die Zeit zurückspulen, ausradieren. Wir würden alles tun, um wiedergutzumachen, was damals passiert ist.«

»Alles, außer bei der Verhandlung die Wahrheit zu sagen«, erklärte Zach. »Das hätten Sie schon mal tun können.«

Kate legte die Hand auf sein Knie, ein stummes Signal, sich zurückzuhalten. Es war verständlich, dass er die beiden hasste. Sie hatten nicht nur Rebeccas Leben zerstört; sie hatten auch seines aus dem Gleichgewicht gebracht. Aber jetzt redeten sie. Und sie wollte, dass sie weiterredeten.

Sie richtete den Blick auf Theo. »Wollten Sie das gestehen? Dass Sie im Zeugenstand gelogen haben?«

Theo sah Cal an, und der antwortete: »Ja.«

»Ihnen ist klar, dass Sie gerade einen Meineid gestanden haben«, sagte Kate.

»Ja.«

»Ihr Anwalt wird nicht glücklich mit Ihnen sein.«

»*Ich* bin nicht glücklich mit mir. Aber ich muss endlich zu dem stehen, was ich getan habe, sonst werde ich nie glücklich. Und Melinda auch nicht.« Gequält fügte er hinzu: »Ich könnte sie deswegen verlieren.«

»Haben Sie mich aufgesucht, weil Sie hoffen, dass wir Ihnen Strafnachlass anbieten, oder weil Sie einen anderen Deal schließen wollen?«, fragte Kate. »Denn ich kann nicht garantieren, dass es dazu kommen wird. Ich habe das auch Melinda klargemacht.«

»Wir sind mit nur einer Hoffnung gekommen«, sagte er. »Dass Eban aus dem Verkehr gezogen wird.«

»Man hatte ihn aus dem Verkehr gezogen«, rief Kate ihm ins Gedächtnis.

»Aber nicht lange genug«, sagte er. »Er hat das Mädchen praktisch umgebracht.«

Sie sah Theo an, der Cals belastende Aussage mit einem Nicken bestätigte.

Kate merkte erst beim Ausatmen, dass sie den Atem angehalten hatte. »Verzichten Sie auf Ihr Recht auf einen Rechtsbeistand? Bitte antworten Sie laut und deutlich.«

Beide bestätigten das.

Innerlich jubelte sie. Endlich bot sich ihr eine Gelegenheit zur Wiedergutmachung, nachdem sie damals nach dem sexuellen Angriff feige und tatenlos geschwiegen und damit zugelassen hatte, dass andere Frauen einem Sexualtäter zum Opfer gefallen waren. Aber ganz abgesehen vom persönlichen Aspekt, war es entscheidend, dass sie diese Chance nutzte, Eban Clarke aus dem Verkehr zu ziehen.

Sie holte tief Luft. »Theo, warum haben Sie Eban damals gedeckt?«

»Also, vor allem wollten wir nicht ins Gefängnis. Aber wir standen auch bei Eban und seinem Dad in der Schuld.«

»Erläutern Sie mir das.«

Sie bestätigten beide, was Melinda ihnen über Clarkes massive Bestechungen erzählt hatte.

»Eban spricht selten direkt aus, was er von einem erwartet«, erklärte Theo. »Das wird immer nur unterschwellig ausgedrückt, aber es ist trotzdem unmissverständlich. Cal und ich wussten, was für diese finanziellen Wohltaten von uns im Zeugenstand erwartet wurde. Wir machten mit. Wie immer.«

»So wie in der Nacht der Party«, sagte Kate.

Die beiden Männer sahen erst einander und dann verlegen Zach an. Er eröffnete das Thema mit einer Frage: »Wer hatte die Idee zu diesem Experiment?«

Beide antworteten gleichzeitig: »Eban.«

»Wurde Rebecca irgendwie erpresst, bedrängt, gezwungen?«, fragte Zach.

»Nein. *Nein.* Ehrenwort«, sagte Cal. »Sie müssen sich die Szene vorstellen. Es war eine von Ebans typischen Orgien. Offenes Haus für jeden, der einen teuren Wagen fuhr und Designersachen trug.«

»Cal und mich eingeschlossen«, sagte Theo. »Eban hatte uns für den Abend eine neue Ausstattung gekauft.«

»Er hatte Türsteher angeheuert, die darüber entschieden, wer auf das Gelände durfte«, fuhr Cal fort. »Essen, Trinken, Sex und Drogen ohne Ende. Alles, was man sich nur vorstellen kann, worauf man nur stehen kann, und alles zur freien Verfügung.«

»War Rebecca Ebans Abendbegleitung?«, fragte Zach.

»Nein, sie tauchte einfach dort auf«, sagte Theo. »So wie alle anderen auch. Aber sie war nicht zu übersehen. Eine Hammerfrau.«

»Seither nicht mehr.« Auf Zachs scharfen Einwurf hin senkten beide Männer den Blick. Er wartete eine Sekunde und fragte dann: »Hatten Sie Rebecca vor dieser Nacht schon einmal mit Eban zusammen gesehen?«

»Nein«, sagte Theo. »Wie sie hieß, erfuhr ich tatsächlich erst am nächsten Tag, als ich von der Polizei befragt wurde. Erst da wurde mir klar, dass sie Ihre Ex war.«

»Ich war mit Eban zusammen, als er sie entdeckt hat«, sagte Cal. »Er machte eine abfällige Bemerkung, Männergerede, Sie können es sich vorstellen, und dann steuerte er auf sie zu. Später habe ich sie zusammen ein paar Lines Kokain ziehen sehen. Dazu tranken sie Wodka aus der Flasche.«

Mit einer Spur von Ungeduld schaltete Kate sich ein. »Das haben Sie alles auch vor Gericht ausgesagt. Zach und ich haben das Protokoll gelesen. Erst von diesem Punkt an wird Ihre Geschichte schwammiger. Sie haben behauptet, Sie könnten sich kaum an Details erinnern, weil Sie an diesem Abend so stoned gewesen wären. Aber Sie wissen mehr, als Sie dem Gericht erzählt haben, und mehr, als Sie uns jetzt erzählen.«

»Springen wir gleich zu dem Teil, an dem Sie gelogen haben«, sagte Zach.

Beide Männer blieben stumm. Kate musste sich auf die Zunge beißen, aber sie wollte, dass sie von selbst und unbeeinflusst zu erzählen begannen. Sie sah Zach an, dass er kurz davor war, etwas zu sagen, und drückte verstohlen sein Knie.

Cal sprach zuerst. »Die Party wurde wilder. Lauter. Eben …« Er suchte nach dem richtigen Wort, bis Theo einsprang: »Orgiastischer.«

»Genau«, sagte Cal. »Eban und Rebecca kamen zu Theo und mir und schlugen vor, wir sollten zu viert nach oben in eins der Gästezimmer gehen und dort ›Erwachsenenspiele‹ machen.«

Theo nickte. »Genau so hat er sich ausgedrückt.«

»Sie haben vor Gericht ausgesagt, dass diese Einladung an sich nicht ungewöhnlich war«, sagte Kate.

»Das war sie auch nicht. Wir hatten schon öfter Gruppensex«, sagte Cal.

»Jeder wie er mag«, sagte Zach. »Das interessiert hier keinen. Wie kam es dazu, dass Rebecca keine Luft mehr bekam?«

Theo wirkte gepeinigt. Er beugte sich vor, umklammerte seine Ellbogen und überließ Cal das Erzählen. Kate sah Cal fragend an, und der erklärte: »Eban schaut gern zu. Er gibt gern Anweisungen, führt Regie. Wie beim Film.«

»Das macht ihn an«, sagte Zach.

Cal zuckte mit den Schultern. »Jedenfalls zum Aufwärmen.«

»Was geschah, als Sie im Schlafzimmer waren?«, fragte Kate.

»Sie ließ das Kleid von ihren Schultern gleiten. Sie trug nichts darunter. Dann zogen Eban und wir uns aus. Eban sagte, wir sollten zuerst loslegen.«

»Sie hatten Sex mit Rebecca«, fasste Kate zusammen.

Cal sah kurz auf Zach und dann wieder sie an. »Ja. Zu dritt. Das haben wir auch so ausgesagt.«

»Sie haben damals auch ausgesagt, dass sie da noch bei Bewusstsein war. Korrekt oder falsch?«

»Ja, sie war bei Bewusstsein«, sagte er, und eine leise Gehässigkeit schlich sich in seine Stimme. »Verflucht, ja. Sie war zwar stoned, aber zu allem bereit. Nein, *willig*. Sie war albern, anzüglich, auffordernd. Hemmungslos«, schloss er mit Nachdruck und Trotz. »Sie konnte sich jedenfalls auf Händen und Knien halten, okay? Eban arrangierte alles. Theo vor ihr, ich dahinter. Er sagte, wir sollten nicht nachlassen und auch nicht kommen, bis sie einen Orgasmus gehabt hatte.«

»War Rebecca mit diesem ›Spiel‹ einverstanden?«, fragte Kate. »Und damit, ein Publikum zu haben?«

»Ja«, sagte Cal angespannt. »Ich schwöre es. Ich schwöre es bei dem Leben meines Babys, sie stand darauf.«

»Es ist nicht leicht, darüber zu sprechen«, fügte Theo hinzu und sah Zach betreten an.

Zach knurrte einen Fluch. »Also, Sie brauchen wirklich kein Blatt vor den Mund zu nehmen, okay? Mir ist egal, was Sie ansonsten miteinander getrieben haben. Ich will nur endlich erfahren, warum Rebecca seither durch einen Gummischlauch ernährt werden muss.«

Sichtlich gestresst presste Theo die Hand auf den Mund.

Kate ließ allen Zeit, sich zu beruhigen, und fragte dann: »Was geschah nach dem Dreier?«

Cal nahm den Faden wieder auf. »Theo und ich waren erst mal erledigt. Theo blieb auf dem Boden liegen, ich streckte mich in einem Loungesessel an der Wand aus. Rebecca blieb auf dem Bett, sie lag auf dem Rücken. Eban brachte ihr die Wodkaflasche, aus der sie beide getrunken hatten, und sagte ihr, sie sollte den Mund aufmachen. Dann schüttete er Wodka hinein. Oder versuchte es wenigstens. Er konnte nicht mehr zielen. Sie machten die Spritzerei zum Spiel. Und dann landete doch was von dem Wodka in ihrem Mund. Sie verschluckte sich. Vielleicht kam Eban da auf die Idee. Oder er hatte alles von Anfang an geplant. Ich weiß es nicht.«

Er verstummte und sah Theo an, der an dem Reißverschluss an seiner Regenjacke herumspielte und Cal weiterhin überließ, alles zu erzählen.

»Jedenfalls begriffen wir anfangs gar nicht, worauf er hinauswollte. So was hatte er noch nie gemacht.«

»Was hat er denn gesagt?«, fragte Kate.

»Er erzählte Rebecca, dass er gern was Abgefahrenes ausprobieren würde. Damit würde er ihr einen Orgasmus wie noch nie verschaffen. Sie würde explodieren. Sie würde Gott sehen.«

»Hat er ihr gesagt, dass er sie würgen würde, damit dieses Wunder geschah?«, fragte Zach.

»Ja, aber liebevoll. Ganz nett. Er setzte sich aufs Bett und strich ihr übers Haar. ›Nur wenn das für dich okay ist‹, sagte er. Und sie ballte ihre Hand zur Faust und sagte: ›Fuck, ja!‹«

Theo meldete sich wieder zu Wort. »Genau. Eban sah nacheinander Cal und mich an und fragte uns: ›Ihr habt gehört, dass ich sie gefragt habe, richtig? Und ihr habt gehört, wie sie Ja gesagt hat?‹ Wir nickten beide. Wir hatten es gehört.«

»Aber Rebecca wollte ein Safeword für den Notfall«, sagte Zach.

»Nein«, korrigierte Theo. »*Eban* sagte, sie bräuchten ein Safeword.«

»Eban?«, fragte Kate. »Sind Sie sicher?«

Cal nickte entschieden. »Ja. Er erklärte ihr, dass man ein Safeword braucht, wenn es wild wird, und ihres wäre ›Porsche‹. Er hätte da einen im Auge, sagte er. Falls Rebecca ›Porsche‹ sagen würde, würde er auf jeden Fall die Ohren spitzen und mit allem anderen aufhören. Sie lachte und meinte: ›Ich glaube nicht, dass du es hören wirst.‹« Als fürchtete er, Zach könnte das bezweifeln, sah er ihm ins Gesicht. »So hat sie es gesagt. Laut und klar.«

Zach ließ die Leine angezogen. »Aber sie hat das Safeword gesagt, oder?«

»Sie hat es versucht.« Cal sah von Zach auf Kate. »Und das haben wir bei der Verhandlung verschwiegen. Eban war über ihr, in der Missionarsstellung«, sagte er und schnaubte ironisch. »Inzwischen weiß ich, dass Leute, die auf solche Würgespiele stehen, von hinten und mit einer Garrotte arbeiten. Aber Eban war über ihr, er hatte beide Hände an ihrer Kehle und drückte zu, direkt auf ihre Luftröhre. Sie war …« Er sah Theo Hilfe suchend an.

»Anfangs kam uns alles noch normal vor«, fuhr Theo fort. »Sie waren schwer bei der Sache, aber das war nichts Besonderes. Dann begann Eban mit diesem merkwürdigen Singsang: ›Du magst das. Du liebst das. Darauf stehst du, oder?‹ So in der Art. Vulgäre Sachen. Mir fiel auf, dass sich ihre

Bewegungen verändert hatten, sie wurden hektischer. Sie zappelte unter ihm, sie bohrte die Füße in die Matratze, sie schlug mit den Fäusten auf seinen Rücken, und nicht wie in Ekstase. Sondern wie in Panik. Ich lag noch fix und fertig auf dem Boden, aber ich war immerhin so weit bei Sinnen, dass ich erkannte, dass sie keine Luft bekam, also krabbelte ich zum Bett.« Er verstummte kurz und schluckte. »Ihre Augen waren riesig.« Er machte zwei Kreise mit den Fingern. »Entsetzt. Wie bei einem gefangenen Tier. Ihr Mund stand offen. Sie versuchte, etwas zu sagen, brachte aber nichts heraus. Versuchte zu atmen, schaffte es aber nicht. Ich schrie Eban an, dass er aufhören sollte. Aber er war wie in Trance. Als wäre er besessen. Ein Dämon. Und er hörte nicht mit diesem gespenstischen Singsang auf. Das machte mir höllische Angst. Ich schrie Cal an.«

»Ich war so hinüber, dass ich mich kaum bewegen konnte. Ich hatte ihnen zugeschaut. Aber völlig losgelöst, verstehen Sie? Als würde ich einen Porno ansehen. Als Theo anfing, zu brüllen und auf Ebans Schulter einzuschlagen, und ihn von ihr herunterzerren wollte, begriff ich, dass irgendwas schieflief. Ich konnte kaum stehen, aber ich schaffte es ans Bett. Ich sah schon auf den ersten Blick, dass sie nichts mehr sagen konnte, darum schrie ich ›Porsche, Porsche‹ in Ebans Ohr und versuchte, ihn ebenfalls wegzuziehen. Aber genau wie Theo gesagt hat, er war in anderen Sphären. So hatte ich ihn noch nie erlebt, und ich hatte ihn schon komplett zugedröhnt gesehen. Das hier war anders. Er schien uns gar nicht zu hören oder zu sehen oder zu spüren. Er machte einfach weiter.«

Er hatte hektisch gesprochen, als spürte er das gleiche Adrenalin, die gleiche Panik wie damals, als er verzweifelt die Tragödie abzuwenden versucht hatte. Jetzt sackte er geschwächt in den Sessel zurück und atmete tief durch. Er fuhr sich mit der Hand übers Gesicht, als wollte er die Erinnerung wegreiben, und schloss dumpf mit den Worten: »Eban zog ihn raus und kam auf ihrem Bauch. Dann ließ er sich neben ihr auf den Rücken fallen und sagte: ›Mann, das war absolut *fuck-tastisch*. Wer ist der Nächste?‹«

Das drückende Schweigen, das einsetzte, schien einen eigenen Puls zu haben.

Nach langer Stille fragte Kate: »Wer hat den Notarzt gerufen?«

Theo räusperte sich, brachte aber nur ein Krächzen heraus. »Ich.«

»Eban war stinksauer«, sagte Cal. »Er sagte immer wieder, dass mit ihr alles in Ordnung wäre, dass sie gleich wieder zu sich kommen würde. Aber jeder konnte sehen, dass sie nicht nur in Ohnmacht gefallen war. Theo und ich probierten es mit einer Herzdruckmassage, aber die brachte nichts. Wir waren so breit, dass wir sie wahrscheinlich auch nicht richtig hinbekamen. Während wir uns abmühten, sie wieder zurückzuholen, wiederholte Eban ständig, dass sie nicht das Safeword gesagt hatte. Woher hätte er wissen sollen, dass er zu weit gegangen war? Er redete von nichts anderem, bis der Krankenwagen endlich eintraf. Die Sanitäter übernahmen und fuhren mit ihr weg. Aber da war schon zu viel Zeit vergangen. Mir war klar, dass sie so gut wie tot war.«

Alle vier erstarrten, als aus der Küche eine Stimme kam: »Was für eine Story.«

Dort stand Eban, mit breitem Lächeln, als wäre er verspätet auf einer Party erschienen.

»Und ihr beide habt sie mit solcher Leidenschaft erzählt«, sagte er. »Ich konnte kaum an mich halten. Wirklich. Ich würde euch ja applaudieren, aber …« Er hob die hässlich aussehende Pistole an, die mit einer Halterung an seinem Unterarm befestigt war, »… ich habe beide Hände voll.«

Zach hechtete zum Couchtisch, wo Cal die Waffe seines Schwiegervaters abgelegt hatte.

»Nicht!« Eban zielte auf Zach. »Ich möchte Sie wirklich nicht zuerst erschießen, Bridger. Dann würden Sie alles verpassen. Nein, Sie kommen zum Schluss dran.« Dann schwenkte er den Lauf auf Theo. »Aber du bist schon lange überfällig.«

Drei Schüsse. *Plopp plopp plopp.* Theo öffnete den Mund, aber ein Ton kam nicht mehr heraus. Er sackte langsam vornüber vom Kaminrand auf den Boden.

»Also, das war ja einfach«, sagte Eban.

Kapitel 36

Doug Pratt erwachte abrupt und wackelte mit dem Kopf, der im Schlaf abgeknickt war und ihm jetzt Nackenschmerzen bereitete. Dr. Gilbreath war in Rebeccas Zimmer getreten, begleitet von einer Krankenschwester, die an die andere Bettseite trat und Rebeccas Daten aufzeichnete.

Verlegen, weil man ihn beim Schlafen ertappt hatte, wollte er schon aufstehen, erkannte dann aber, dass ihm die Energie dazu fehlte, und sagte von seinem Sessel aus zu Dr. Gilbreath: »Ich dachte, Sie wären schon nach Hause gegangen.«

»Ich war nur kurz zum Essen zu Hause. Haben Sie etwas gegessen?«

»Mache ich später.«

»Das haben Sie schon vor Stunden gesagt, Mr. Pratt. Sie sollten wirklich etwas essen.«

Er sah auf Rebecca. »Ich bin nicht besonders hungrig.«

Die Ärztin hielt einen braunen Umschlag an ihre Brust gedrückt und wartete offensichtlich darauf, dass die Schwester ihre Routinearbeiten erledigt hatte, damit sie mit ihm allein sprechen konnte. Es kam selten vor, dass sie außerhalb ihrer Arbeitszeit noch einmal ins Heim zurückkehrte. Das tat sie nur, wenn es eine Krise gab, und er wappnete sich für das, was kommen würde.

Diskret arbeitete die Schwester ihre Aufgaben ab und verschwand. Dr. Gilbreath schloss die Tür hinter ihr. »Ich habe die neuen Laborergebnisse.«

Davor hatte er sich gefürchtet.

»Sie sind leider nicht wie erhofft ausgefallen«, sagte Dr. Gilbreath.

»Das Antibiotikum wirkt nicht?«

»Es sieht so aus, als würde sich der Zustand eher verschlimmern als bessern.«

Er holte so tief Luft, dass seine Brust schmerzte. »Und was jetzt? Ein stärkeres Antibiotikum?«

Die Ärztin zog den zweiten Stuhl heran und setzte sich ihm gegenüber. »Ich bin verpflichtet, Mr. Bridger über jede Veränderung ihres Zustands zu informieren.«

»Dann wird er vermutlich in Kürze hier einschweben.«

»Tatsächlich konnte ich ihn nicht erreichen. Bei seinem Handy springt sofort die Mailbox an. Ich habe zwei Nachrichten hinterlassen, aber er hat bisher nicht zurückgerufen. Die zweite Nummer, die er mir gegeben hat, gehört einem Mr. Bingham.«

»Seinem alten Trainer. Sie stehen sich sehr nahe.«

»Ja, ich habe mit ihm gesprochen. Er sagt, Mr. Bridger sei bei sich zu Hause in North Carolina.«

»Vielleicht ist der Handyempfang in den Bergen nicht besonders zuverlässig.«

»Das ist ein Problem, denn laut Mr. Bingham hat Mr. Bridger keinen Festnetzanschluss. Ich habe mich gefragt, ob Sie vielleicht wissen, wie ich ihn dort oben erreichen kann?«

Doug sah seine Tochter an. Er hob die Hand und strich mit dem Fingerrücken über ihre Wange. Er konnte ihr ansehen, dass das Fieber hoch war, höher als noch am Morgen. »Ist die Infektion so bedenklich, dass Sie noch heute Abend mit Zach telefonieren müssen? Das Antibiotikum hatte noch nicht viel Zeit, zu wirken, vielleicht setzt die Wirkung bis morgen früh ein?« Er deutete auf die Mappe mit dem vernichtenden Laborbericht. »Sie könnten dann noch mal alles kontrollieren und die Dosis erhöhen, falls es nötig sein sollte.«

»Dazu bräuchte ich Mr. Bridgers Genehmigung.«

Damit saß er in der Zwickmühle. Er konnte Zeit schinden, indem er sich ahnungslos stellte und es Dr. Gilbreath schwer machte, Zach zu erreichen. Aber währenddessen konnte sich Rebeccas Zustand so verschlechtern, dass kein Antibiotikum sie retten konnte. Falls die Ärztin die Dosis ohne Zachs Segen nicht erhöhen wollte, hatte er keine Wahl.

»Es gibt da oben einen Deputy, der Zach kennt«, sagte Doug. »Er heißt Dave Morris. Ich habe seine Handynummer.«

»Immer noch die Mailbox«, meldete Bing Melinda ärgerlich. »Zach hasst Handys. Hat die schlechte Angewohnheit, Anrufe zu ignorieren. Kein Glück bei Kate?«

Melinda hielt ihr Handy in die Höhe, und Bing hörte Kates aufgesprochene Bitte, Name und Nummer zu hinterlassen. Melinda legte auf.

»Warum gibt sie Ihnen die Handynummer, wenn sie nicht vorhat, Ihre Anrufe entgegenzunehmen?«, fragte Bing gereizt.

»Dafür gibt es bestimmt eine Erklärung.«

»Bestimmt.« Bing meinte zu wissen, was Zach und Kate

davon abhielt, ans Telefon zu gehen. Er zog die Brauen zusammen und erklärte halblaut: »Hoffentlich amüsieren sie sich.«

»Hat die Ärztin in New Orleans gesagt, dass es ein Notfall ist?«, fragte Melinda.

»Nicht ausdrücklich, aber ich hatte trotzdem das Gefühl. Ich kann mir nicht vorstellen, dass sie mich sonst angerufen hätte.«

»Gott.« Melinda presste die Hände aufs Gesicht. »Wenn sie stirbt und Eban das erfährt, ist er zu allem fähig.«

In diesem Moment läutete die Türglocke, als wollte sie ein Ausrufezeichen setzen.

Sie und Bing sprangen von ihren Stühlen auf und eilten zur Haustür. Ausgerechnet in diesem Moment muckte Bings Außenband. Bis er sein Knie wieder unter Kontrolle gebracht und Melinda eingeholt hatte, hatte sie schon die Tür geöffnet.

»Mrs. Parsons? Ich heiße Sid Clarke«, stellte sich der Mann vor.

Bing erkannte ihn von Bildern wieder, und in Melinda sträubte sich sichtbar alles. »Ich weiß, wer Sie sind.«

»Darf ich hereinkommen?«

»Nein.« Sie wollte ihm schon die Tür ins Gesicht schlagen, als er die Hand hob.

»Bitte. Ich muss mit Cal sprechen.«

Bing trat vor. »Was wollen Sie von ihm?«

»Und Sie sind?«

»Was wollen Sie von ihrem Mann?«

Sid Clarke runzelte die Stirn angesichts dieser unhöflichen Begrüßung, aber er erklärte gepresst: »Ich kann Eban nicht finden. Ich hatte gehofft, dass Cal weiß, wo er steckt.«

Melinda sah Bing mit großen Augen an, als müsste er wissen, was in dieser Situation zu tun war. Verflucht, er kannte diese Leute nicht mal. Er wusste nicht, warum Zach nicht an sein verdammtes Handy ging. Er wusste einen Scheiß. Was ging ihn das alles überhaupt an? Warum saß er nicht entspannt mit einem kalten Bier zu Hause in seinem Sessel und schaute zu, wie irgendwelche Ritter sich gegenseitig die Köpfe abhackten?

Seine Stimme klang kehlig. »Sie sollten ihn reinbitten.« Er trat zur Seite, um Clarke in die Diele zu lassen.

Aber weiter durfte er nicht, Melinda versperrte ihm den Weg ins Wohnzimmer. »Cal ist nicht hier. Er war seit heute Morgen nicht mehr zu Hause, und er ist den ganzen Tag nicht ans Telefon gegangen. Ich nehme an, er ist mit Eban zusammen.«

»Wieso nehmen Sie das an?«

Sie lachte bitter und verdrehte ironisch die Augen. »Ich habe keine Ahnung, wo die beiden sind, Mr. Clarke. Wenn ich es wüsste, würde ich hinfahren und Cal notfalls an den Haaren wegzerren, um ihn von Ihrem Sohn fernzuhalten. Der Mann ist pures Gift.«

Trotz der Beleidigung blieb Clarkes Miene ausdruckslos. »Hat Cal etwas davon gesagt, dass er nach Belize fliegen würde?«

»Belize?«

»Das hat Eban mir heute Morgen erzählt. Ein Kurzurlaub. Zu dritt.«

»Mit Theo?«

»Ja. Wie in den alten Zeiten, hat er gesagt.«

Er erzählte ihnen von dem Privatjet, den Eban reserviert

hatte, und von seinem Telefongespräch mit dem Piloten. »Ich glaube, Eban hat alles für den Flug arrangiert, falls ich auf die Idee kommen sollte, ihm nachzuspionieren. Aber selbst nachdem der Pilot den Flug bestätigt hatte, kam mir dieser plötzliche Fluchtplan spanisch vor, beinahe wie ein Ablenkungsmanöver. Also fuhr ich zum Flughafen, angeblich, um die drei zu verabschieden. Das Flugzeug stand aufgetankt und abflugbereit auf dem Rollfeld, das Catering war schon an Bord, der Champagner kalt gestellt. Die zwei Piloten, die Flugbegleiterin, die Controller im Tower, alle warteten auf die drei Passagiere, von denen kein einziger auftauchte.«

Melinda taumelte rückwärts an die Wand und sank dagegen. Sie konnte sich kaum aufrecht halten. Bing fragte sich, wie viele Tiefschläge sie noch einstecken konnte.

Sid Clarke fuhr fort. »Ich habe zwei Stunden gewartet und währenddessen dreimal mit Eban telefoniert. Er war quietschfidel wie immer und entschuldigte sich, dass sie sich verspätet hätten. Er meinte, sie seien aufgehalten worden. Erst durch den Regen, dann durch den Verkehr, und dann hätten sie noch mal umkehren und etwas von zu Hause holen müssen, was er einzupacken vergessen hatte. Eine Lüge, die unsere Haushälterin sofort auffliegen ließ.« Er lächelte traurig. »Mein Sohn hat offenbar keine Skrupel, seinen Vater zu belügen. Letztendlich habe ich den Flug abgesagt und mich auf die Suche gemacht. Zuerst versuchte ich es bei Theo. Seine Kollegen erzählten, er sei wie jeden Tag in der Arbeit gewesen und wie immer um fünf Uhr gegangen. Aber sein Auto steht immer noch auf dem Angestelltenparkplatz.« Er ließ die Worte nachhallen und sagte dann: »Ich frage Sie noch mal, Mrs. Parsons, wissen Sie, wo Cal ist?«

»Was ist, sind Sie taub?« Bing konnte Sid Clarke nicht ausstehen. Er hatte noch nie Männern getraut, die in einer Krise mit dick aufgetragenem Gerede auftrumpfen wollten oder die Schuhe mit Quasten trugen. »Sie hat Ihnen schon erklärt, dass sie es nicht weiß.«

»Schon gut, Bing«, beschwichtigte ihn Melinda. Sie erzählte Clarke, dass Cal heute Morgen zur Arbeit gegangen war, aber früher Feierabend gemacht hatte. »Er hat zu niemandem etwas gesagt. Das sieht ihm gar nicht ähnlich. Und es sieht ihm auch nicht ähnlich, mit einem Koffer aus dem Haus zu gehen und meine Anrufe zu ignorieren.«

Clarke überlegte einen Moment. »Mein bester und ältester Freund hat sich gestern Abend umgebracht.«

Diese Erklärung kam aus heiterem Himmel und hatte nichts mit der ganzen Sache zu tun, soweit Bing feststellen konnte. Melinda wirkte genauso perplex.

»Seine Tochter hat mich heute Morgen angerufen«, sagte Clarke. »Das war ein Schock. Und noch verstörender ist, dass in Ups Abschiedsbrief …«

»Up?«, fiel Melinda ihm ins Wort. »Onkel Up, der Anwalt?«

»Ja. Woher kennen Sie ihn?«

Sie fuhr sich mit der Zunge über die Lippen. »Ich kenne ihn über Cal. Er hatte Cal und Theo bestochen, und zwar in Ihrem Auftrag, damit sie bei der Verhandlung zu Ebans Gunsten aussagten.«

Clarke gab es zwar nicht offen zu, aber er schien resigniert zur Kenntnis zu nehmen, dass Melinda und Bing Bescheid wussten, und fuhr dann mit dem fort, was er vor Melindas Einwurf erzählt hatte. »In diesem Brief schrieb Up, dass vor allem Eban die unerträglichen Schuldgefühle ausgelöst hätte, die Up dazu getrieben haben, sich das Leben zu nehmen.« Er verstummte und atmete dann tief durch. »Und der Brief schloss mit einer Warnung an Mrs. Lennon.«

Bing schreckte auf. *»Was?«*

»Ich habe sie auch gewarnt«, sagte Melinda. »Und ich wusste noch nicht mal was von diesem Abschiedsbrief.«

»Wann war das?«, fragte Clarke.

Melinda erzählte ihm von Kates und Zachs Besuch. »Ich habe ihnen gesagt, ich hätte Angst, dass Eban so etwas wie einen Präventivschlag unternehmen könnte.«

Sid Clarkes Gesicht bekam einen leicht grünlichen Schimmer. »Das ist zutiefst beunruhigend. Eban ist ein kluger Kopf. Er ist raffiniert. Er hat sich diese Belize-Reise ausgedacht, um uns von seiner Spur abzulenken. Ich will gar nicht darüber nachdenken, warum er sich diese Mühe gemacht hat.«

Bing packte Clarke an seinem edlen Kragen. »Sie wollen also nicht darüber nachdenken, ob es Ihr geisteskranker Sohn auf Kate und Zach abgesehen haben könnte?«

»Ich will keine Gespenster ...«

»Lecken Sie mich.« Bing ließ Clarkes Aufschlag los, griff an ihm vorbei zum Garderobenständer, wo seine Jacke hing, und zielte dann mit dem Zeigefinger auf Clarkes aristokratische Nase. »Falls er irgendjemandem auch nur ein Haar krümmt, brauchen Sie sich keine Sorgen mehr um Ihren klugen, raffinierten Eban zu machen, denn dann ist er ein toter Mann. Dann bringe ich den kleinen Scheißer persönlich um.«

Melinda packte ihn am Arm. »Warten Sie, Bing! Cal hat die Pistole dabei, vergessen Sie das nicht!«

»Pistole?«, fragte Clarke.

Ohne ihn zu beachten, heulte Melinda: »Und Cal tut immer, was Eban ihm befiehlt.«

»Ich wette, das tut er nicht mehr, meine Liebe«, sagte Bing. »Ich wette, das tut er nicht mehr. Sie können gern mitkommen.«

Sie schnappte ihre Handtasche, schob sich an Sid Clarke vorbei und rannte Bing hinterher.

Kapitel 37

Als der letzte Schuss von der hohen Decke in Zachs Wohnbereich widerhallte, hechtete Zach trotz Ebans Warnung aus seinem Sessel und nach dem Tisch, auf dem Cals Pistole lag. Doch ein erneuter Schuss brachte ihn so abrupt zum Stehen, dass er durch den Schwung nach vorn pendelte und Mühe hatte, das Gleichgewicht zu halten.

»Du legst es echt darauf an, Bridger, wie?«, sagte Eban. »Du kannst dir die Waffe schnappen, und deine neue Freundin stirbt. Oder du kannst dich *verfickt noch mal hinsetzen*!«

Zach hob die Hände und kehrte rückwärts zu dem Sessel neben Kates zurück, aus dem er gerade aufgesprungen war.

»Nein. Da drüben.« Eban schwenkte die an seinem Unterarm montierte halbautomatische Waffe zu einem hohen Lehnstuhl, einem von zweien zu beiden Seiten des breiten Kamins.

Zach schätzte die Distanz zwischen dem Lehnstuhl und Kate ab. Nein. Da wäre er zu weit von ihr entfernt. Er blieb, wo er war.

»Ach, ich kann dein Dilemma erkennen.« Eban kicherte. »Soll ich es für dich lösen?« Er zielte mit der Pistole auf Kate.

»Schon gut!« Zach ging zu dem Lehnstuhl und setzte sich.

Kate hatte entsetzt die Hände vor den Mund geschlagen, als sie Theos Hinrichtung hatte mitansehen müssen. Jetzt senkte sie die Hände wieder und krallte die Finger um das Sofapolster, als ginge es um ihr Leben.

Ihr Blick traf auf Zachs und teilte ihm stumm mit, dass sie genau verstand, in welcher Gefahr sie schwebten, dass ihr bewusst war, wie irre Eban war, und dass sie unbedingt so lange wie möglich alle seine Forderungen erfüllen mussten, bis sich eine Gelegenheit zur Flucht bot. Falls es irgendwann eine geben sollte.

Eban trat weiter in den Raum. Als er den Couchtisch erreicht hatte, hob er ihn mit der linken Hand an und kippte ihn um. Die Keramiklampe zersprang in tausend Stücke. Das Glas in dem gerahmten Foto von Zach mit seinen Eltern zersplitterte. Die Pistole, die Cal mitgebracht hatte, landete am Ende des Teppichs und schlitterte über den Holzboden, weit weg von Zachs Stuhl. Er konnte sie unmöglich erreichen, ohne dass Eban ihn zuvor erschießen würde, und dann wäre Kate der Gnade dieses Wahnsinnigen ausgeliefert.

Eban schlenderte zu dem auf dem Boden liegenden Revolver, stupste ihn mit der Schuhspitze an und lachte leise und verächtlich. »Meiner ist größer.«

Der phallische Unterton interessierte Zach nicht, aber tatsächlich fiel der Vergleich zwischen den beiden Feuerwaffen beunruhigend aus. Zach war kein Waffenexperte, aber auch er sah den Unterschied zwischen einem kleinen, mit fünf Kammern ausgestatteten Revolver wie dem von Cal und Ebans vollautomatischer .45er. Die dicken Klettverschlüsse, mit denen die Halterung an seinem Unterarm befestigt war, machten die Waffe zu einer Verlängerung seiner Hand. Er konnte sie alle in einem Augenzwinkern ausschalten.

»Wieso bist du nicht in Belize?« Die Frage kam von Cal, der immer noch auf Theos reglosen Körper starrte.

»Aber hallo, Cal«, sagte Eban. »Ich dachte schon, du wärst eingenickt. Schön, dass du wieder dabei bist.«

Ebans fröhlicher Tonfall riss Cal aus seiner Trance. Erbost sah er Eban an. Aus seinen eben noch fassungslosen Augen sprühten jetzt Hass und Verachtung.

»Überrascht, mich zu sehen?« Eban lachte und zwinkerte übertrieben. »Ich hatte das Gefühl, dass Theo und du ein bisschen zu schnell mit meinem vorgeschlagenen Kurzurlaub einverstanden wart. Ich hatte so eine Ahnung, dass ihr euch gegen mich verschwören oder versuchen könntet, einen Deal mit der Staatsanwältin da drüben einzufädeln.« Wieder zielte er mit der Waffe auf Kate, und Zachs Magen krampfte sich zusammen.

Aber Eban wandte sich gleich wieder Cal zu. »Also bin ich heute vorsichtshalber zu deiner Firma und zu Theos Bibliothek gefahren und habe einen Sender – eine Gabe von Simply Simon, der ein ganzes Lager von solchen Spielsachen hat – an euren Autos befestigt. Was lustig ist …« Er lachte kurz. »Ich habe das gemacht, während ich mit dir telefoniert und dir angeboten habe, euch von einer Limousine abholen zu lassen, Cal. Was du so großzügig ausgeschlagen hast.« Er legte einen süßlich femininen Tonfall auf. »›Vielen Dank, Eban, aber Theo und ich fahren selbst zum Flughafen.‹ Richtig zuckersüß, wie du abgelehnt hast. Dabei hast du mir ins Gesicht gelogen. Du hattest nie vor, mit mir nach Belize zu fliegen.«

»Garantiert nicht«, sagte Cal.

Eban schnippte mit den Fingern. »Ich wette, du hattest Angst, es könnte eine Reise ohne Wiederkehr werden. Du hattest bestimmt Angst, du könntest zusammen mit Theo einem Verbrechen zum Opfer fallen oder im Dschungel von einem Jaguar gefressen werden oder in der Karibik ertrinken. Ist dir der Gedanke gekommen, dass ihr vielleicht beide nicht von einem unserer Ausflüge zurückkehren könntet?«

Cal sah ihn stumm und zornig an.

»Wie kannst du nur glauben, ich könnte einen tödlichen Unfall arrangieren, Cal, nachdem wir einander so viel bedeutet haben? Obwohl«, fuhr Eban gedehnt fort, »euer Abgang ausgesprochen praktisch für mich gewesen wäre, denn ihr stellt – stelltet – tatsächlich eine Gefahr für meine Zukunft dar.«

Cal sagte immer noch nichts.

»Jedenfalls«, fuhr Eban fort, »hast du Theo pünktlich abgeholt. So weit, so gut. Aber ihr seid nicht Richtung Flugplatz gefahren. Nein, ihr seid in die entgegengesetzte Richtung davongerast. Ich kann dir nicht sagen, wie tief mich das enttäuscht hat. Sitzen gelassen zu werden von meinen beiden besten Freunden.« Er schüttelte kummervoll den Kopf und zuckte dann mit den Achseln. »Der Sender hat mich direkt zu dir geführt. Meinen Wagen habe ich gleich neben deinem unter den Bäumen bei der Abzweigung geparkt. War allerdings ein Höllenmarsch bis zu diesem Haus, durch den Nebel und so weiter. Aber ich kann nachts exzellent sehen.«

Plötzlich löste sich seine leutselige Haltung in nichts auf, und Eban spießte Cal förmlich mit dem Blick auf.

»Du verfickter Verräter. Hat dich dein süßes Frauchen bequatscht, mich zu verraten? Ist der Kleinen noch nicht aufgegangen, dass sich hinter deinem sexy Lächeln und deinem Schlafzimmerblick nichts als Abschaum verbirgt? Sie …«

»Rede nicht über meine Frau.«

»Denn sonst? Forderst du mich zu einem Duell im Morgengrauen heraus?«

»Dafür wirst du in der Hölle schmoren, Eban.«

»Oh, das glaube ich nicht. Das Puppengesicht hier dachte, sie hätte schon alles in trockenen Tüchern. Nicht wahr, Ms. Lennon?« Er sah Kate an. »Frau Staatsanwältin«, schnaubte er abfällig.

Mit der freien Hand griff er in die Hosentasche und zog etwas heraus, das für Zach wie ein schwarzer Stofffetzen aussah. Doch dann ließ Eban es an einem Finger baumeln, und Zach erkannte, dass es ein Stringtanga war.

»Du bist nichts als eine Pussy«, sagte Eban zu Kate. »Stolzierst in deinen High Heels durch die heiligen Hallen der Justiz und versuchst, einen Männerjob zu machen. Sorry, Baby, dein kleines Projekt ist fehlgeschlagen. Du hast mich unterschätzt.« Er ballte den String zusammen und schleuderte ihn ihr ins Gesicht.

Sie zuckte nicht einmal, sondern ließ den String in ihren Schoß fallen. Dann sagte sie, den Blick ungerührt auf ihn gerichtet: »Ja, Mr. Clarke, ich habe Sie exorbitant unterschätzt.«

»Sie spricht!«, triumphierte er. »Und sie kennt sogar ein paar Fremdwörter!«

»Ich habe unterschätzt, wie verkommen Sie tatsächlich sind«, führte sie aus. »Aber ich verstehe, warum Sie Ihre Verkommenheit so genüsslich ausleben. Mehr haben Sie nämlich nicht. Ohne wären Sie nichts als Platzverschwendung. Nichts als ein hässlicher Klecks.«

Zach war ungeheuer stolz auf sie. Ohne mit der Wimper zu zucken, stellte sie sich einem Monster entgegen. Vielleicht bibberte sie innerlich vor Angst, aber äußerlich blieb sie cool. Sie sprach mit tiefer, sachlicher und leicht verächtlicher Stimme.

Wie diese Sache auch ausgehen würde, sie hatte ihr Ziel erreicht. Sie würde Eban Clarke vielleicht nie vor Gericht bringen, aber indem sie ihm ohne jede Angst begegnet war, hatte sie ihm seine Bedeutungslosigkeit vorgeführt. Es war die beste Attacke, die sie sich hatte ausdenken können.

Bei Eban war die Beleidigung sehr wohl angekommen. Sein Gesicht lief puterrot an.

»Sie hat recht«, sagte Cal. »Du bist nichts als Platzverschwendung. Nur hohle Posen und leere Worte. Ich kann nicht glauben, dass ich dir diesen Mist je abgekauft habe.«

»Du hast einen feuchten Dreck *gekauft*«, feixte Eban. »Ich habe immer für dich bezahlt, und ich kann mich nicht erinnern, dass du dich jemals über meine Großzügigkeit beklagt hättest.«

»Großzügigkeit? Das ist ja zum Lachen. Alles, was du je getan hast, hast du für *dich* getan.«

Eban tat so, als würde er darüber nachdenken, und seufzte dann theatralisch. »Wie wahr.«

»Was hat es dir gebracht, Theo umzubringen?«, klagte Cal ihn mit brechender Stimme an. »Ausgerechnet *Theo*? Jahrelang hat er dir die Stiefel geleckt. Er wollte dir immer nur gefallen, wollte immer nur ein gutes Wort von dir hören, und du hast ihn umgebracht! Wie konntest du nur?«

»Na ja, ich habe den Abzug gedrückt. So.«

Zach sah es kommen, konnte aber nichts dagegen unternehmen. Eban hätte Cal unmöglich verfehlen können. Er war ihm zu nahe, Cals Körper ein zu großes Ziel. Cals Arme kreiselten, als er von der Kugel getroffen wurde, und er kippte rückwärts zu Boden.

Kate schrie entsetzt und fassungslos: »Nein!!!«

Eban schwenkte den Lauf in ihre Richtung, aber Zach war schneller, denn gleichzeitig mit dem Schuss auf Cal war er aus dem Lehnstuhl aufgesprungen. Er packte Ebans rechten Arm und richtete den tödlichen Apparat von Kate weg gegen die Decke. Der nächste Schuss zerschmetterte die Glaskugeln im Kronleuchter. Scherben regneten auf sie herab.

Eban wurde von einer Scherbe im Gesicht getroffen. Er japste auf und hob die linke Hand an die Wange. Zach schlang beide Hände um den fest montierten Pistolenlauf und bog die Waffe von sich und von Kate weg, während er gleichzeitig die Schulter in Ebans Bauch rammte wie in einen Tackling-Dummy. Er setzte nach und verstärkte den Druck immer weiter, bis Eban den Halt verlor und nach hinten kippte. Sein Kopf schlug hart auf dem Granit der Bartheke auf.

Zach drehte den Kopf weg. »Kate! Das Licht!«

Sie war schon vom Sofa aufgesprungen, rannte zum Lichtschalter und schlug mit der Hand dagegen. Der Raum wurde in schwarze Dunkelheit getaucht, doch Zach kannte den Weg zur Haustür. Er stürmte darauf zu, mit eingezogenem Kopf, weil Eban bereits unter Zornesgeheul die nächste Salve abfeuerte.

Kate hatte die Tür bereits geöffnet. Zach schubste sie auf die Veranda, packte ihre Hand und rannte los.

Dave Morris hatte die Glock ersetzen müssen, die dieses Arschloch Bridger bei ihrem Kampf in den Wald geschleudert hatte. Er hatte am nächsten Tag danach gesucht, aber die Sache war hoffnungslos gewesen. Ein Kumpel, der ein Leihhaus betrieb, hatte ihm unter der Theke eine neue verkauft.

Die Schwellung in seinem Gesicht war inzwischen weitgehend abgeklungen, aber die blauen Flecken leuchteten immer noch. Jeder im Ort wusste, wer sie ihm beigebracht hatte, und das war das Schlimmste: dass er Prügel von diesem Kerl bezogen hatte, der seine besten Tage längst hinter sich hatte.

Und obwohl er diesem Arsch einen Gefallen getan hatte, indem er ihm von dem Spionageauftrag seines Schwiegervaters erzählte, hatte sich Bridger bei Sheriff Meeker ausgeheult, der ihn daraufhin ohne Bezahlung auf unbestimmte Zeit vom Dienst suspendiert hatte.

Nachdem Bridger ihm so viele Unannehmlichkeiten bereitet hatte, fragte Morris sich, warum er seinen Hals riskierte und in dieser Erbsensuppe in die Berge fuhr, um ihm eine Nachricht zu überbringen.

Aber die Bitte war von einer Ärztin gekommen – einer Dr. Gilbreath, meinte er, sich zu erinnern –, und es ging dabei weniger um das Arschloch selbst als um seine Ex-Frau, und Morris war nicht völlig gegen jedes Mitgefühl abgestumpft.

Damit leistete er seine gute Tat für heute. Vielleicht auch fürs ganze Jahr.

Doch als er die Abzweigung zu Bridgers Haus erreichte und die Absperrung sah, ließ sein Altruismus sofort wieder nach. *Wer zum Teufel, und was zur Hölle?* Er trommelte mit den Fingern aufs Lenkrad und wog seine Optionen ab. Er war kein Laufbursche. Er war nicht Bridgers Privatsekretär, und er war ganz bestimmt nicht sein bester Freund.

Aber dann musste er daran denken, was für ein heißer Feger Bridgers Ex gewesen war. Das Gesicht eine glatte Zehn, der Körper eine Elf, und jetzt war sie nur noch Gemüse, verflucht noch mal.

In seinem Kofferraum lag ein Bolzenschneider, mit dem er schon Bridgers Pick-up verziert hatte. Um das wiedergutzumachen, würde er ihm diese verdammte Nachricht überbringen, und damit wären sie quitt. Danach wäre er ein für alle Mal fertig mit Mr. Football-Superstar.

Er verfluchte sich für sein weiches Herz, stieg aber trotzdem aus und holte die große Taschenlampe und den Bolzenschneider aus dem Kofferraum, bevor er zu der Kette spazierte und sie in Augenschein nahm.

Als er sah, wie schwer sie war und wie massiv das Schloss, murmelte er: »Keine Chance.« Die massiven Glieder zu durchtrennen, würde mehr Aufwand erfordern, als er leisten wollte, und wahrscheinlich würde eher sein Bolzenschneider den Geist aufgeben als diese Kette.

Und das alles war wirklich nicht Dave Morris' Problem, oder? Um hierher zu fahren, hatte er eine gemütliche Bar, ein kaltes Bier und einen Zehner am Rand eines Pooltisches zurückgelassen. Nein, diese Ärztin unten in New Orleans würde sich was anderes einfallen lassen müssen, wenn sie Kontakt mit Bridger aufnehmen wollte. Er hatte sein Bestes versucht.

Er schlenderte gerade zu seinem Wagen zurück, als er Schüsse hörte und stehen blieb.

Er hatte sein ganzes Leben in dieser Gegend gelebt und

wusste, dass der Nebel täuschen konnte. Er konnte Geräusche dämpfen oder verstärken. Er konnte über die Ursprungsrichtung täuschen und über die Entfernung. Selbst an klaren Tagen hallten die Schallwellen oft so willkürlich von den Bergen wider, dass es jeder physikalischen Gesetzmäßigkeit Hohn sprach.

Aber er wollte verflucht sein, wenn diese Schüsse nicht aus der Richtung von Bridgers Haus gekommen waren.

Als er die nächste Schusssalve hörte, war er ganz sicher. Er ließ den Bolzenschneider fallen, behielt aber die große Taschenlampe in der Hand. Dann ließ er eine Patrone in die Kammer seiner neuen Glock gleiten, sprang über die Kette an der Abzweigung und machte sich durch den Nebel auf den Weg zu Bridgers Haus.

Zach war so vertraut mit seinem Trainingspfad, dass er ihn im Dunkeln und auch im Nebel fand. Er wusste, wo er Felsen ausweichen, sich unter Ästen ducken oder umgestürzte Bäume überspringen musste. Er wusste, wo kleine Bäche flossen, oft nur schmale Rinnsale, die den Waldboden und die Felsen gefährlich glitschig machten.

»Wie kannst du nur sehen, wohin du läufst?« Kate keuchte, aber sie sprach nur flüsternd.

Zach hatte sie gewarnt, leise zu sein, weil er es Eban nicht zu einfach machen wollte, ihnen zu folgen. Er hoffte, dass ihre Schritte im Rauschen des Wasserfalls untergingen.

»Tritt einfach dahin, wo ich auch hintrete«, antwortete er leise.

»Und woher weißt du, wohin du treten musst?«

»Ich gehe diesen Weg mehrmals pro Woche.«

»Das ist dein Training?«

»Genau.«

»Das ist ein *Weg*?«

»Niedriger Ast von rechts.«

Sie tauchte unter dem Ast durch, ohne aus dem Tritt zu geraten. »Glaubst du, Eban ist uns auf den Fersen?«

»Was glaubst du?«

»Mörder hinterlassen ungern Augenzeugen.«

Zach führte sie um einen flachen Felsen herum, an dem er manchmal Pause machte und aus seiner Wasserflasche trank.

»Aber anders als du«, schnaufte sie, »weiß Eban nicht, wohin er läuft. Er kann diesem Weg nicht folgen. Er wird umdrehen. Wahrscheinlich ist er das schon.« Als Zach nicht antwortete, fragte sie nach: »Du glaubst nicht daran, oder?«

»Ich glaube, wir sollten weiterlaufen.«

»Ich auch. Wie weit noch bis zum Wendepunkt?«

Er hatte nicht das Herz, ihr zu erklären, dass der Wendepunkt der rauschende Wildbach unten in der Schlucht war. »Bleib einfach dicht hinter mir, und halte meine Hand fest.«

»Geht es die ganze Zeit bergab?«

»Das kommt uns nur zugute.«

»Aber es ist steil.«

»Ich halte dich, wenn du ausrutschst.«

Gott sei Dank hatten sie ihre Stiefel wieder angezogen, barfuß wäre das hier unmöglich gewesen. Aber sie hatten die Regensachen zurücklassen müssen, und die kalte Luft war mit Dunst beladen. Ihre schweren Atemzüge kondensierten zu Dampf und wirbelten vor ihren Gesichtern durch den Nebel, bis sie sich mit ihm vereinten.

Er wünschte, sie hätten ihre Handys dabei oder den Funkschlüssel zu Kates Auto. Er wünschte, er hätte die Pistole dabei, die Cal so gar nichts genutzt hatte. Er wünschte, Kate würde im Vergleich zu dem rauen, gnadenlosen Terrain nicht ganz so klein und zerbrechlich wirken.

Er hoffte, dass sie recht hatte und Eban nicht das Risiko einging, sie zu verfolgen. Er hoffte, dass Eban seine Munition verschossen hatte. Aber diese Hoffnungen waren wahrscheinlich vergeblich. Eban hielt sich für unbesiegbar. Er würde sich nicht aufhalten lassen.

Und dann verfing sich Kates Stiefel, obwohl er alle Stolpersteine nach bestem Vermögen umgangen hatte, an einer hochstehenden Baumwurzel, und sie stürzte. Sie knallte auf ihr Knie. Instinktiv schrie sie auf.

Zach blieb sofort stehen.

Sie blieb auf dem Boden, bis er ihr die Hand reichte. »O Gott«, flüsterte sie. »Entschuldige.«

»Alles in Ordnung?«

Sie nickte.

»Verletzt?«

Sie schüttelte den Kopf und wollte schon etwas sagen, aber er legte den Zeigefinger auf ihre Lippen. Er lauschte mit schief gelegtem Kopf.

»Juu-huu!«

Der gespenstisch hohe Ruf kam von hinten und weiter oben und zerstörte damit ihre schwache Hoffnung, Eban könnte die Verfolgung aufgegeben haben. Es war schwer, festzustellen, wie weit er zurücklag, aber er war nahe genug, um mitbekommen zu haben, dass sie angehalten hatten.

»Gebt ihr auf?«, rief er fröhlich. »Ihr seid bestimmt schon am Ende. Ich bin es jedenfalls. Wer hat diesen Weg überhaupt angelegt? Das musst du gewesen sein, Bridger.« Er feuerte vier Schüsse ab.

Der laute Hall ließ sie beide zusammenzucken. Aber die Schüsse brachten Zach auch auf eine Idee. Ehe sie ihm entwischen konnte, hielt er sie mit einem Flüstern fest: »Der vierte und letzte Angriff.«

»Was?«, flüsterte Kate.

Er überdachte seine Idee anderthalb Sekunden lang und sagte dann zu Kate: »Mach dir keine Gedanken mehr, ob er uns hören kann oder nicht. Los geht's.«

Ohne weitere Erklärung packte er sie bei der Hand und lief wieder los, schneller als zuvor, um den Abstand wiederherzustellen, den sie bei ihrer Pause verloren hatten. Mit langen Schritten eilte er den Pfad entlang. Kate folgte ihm, ohne zu klagen. Immer wenn er spürte, dass sie ins Stolpern kam, zog er fest an ihrer Hand, um sie auf den Beinen zu halten.

Sie waren so schnell gelaufen, dass sie es sofort spürte, als er langsamer wurde. Die Atemzüge dampften in geisterhaften Wolken aus ihrem Mund. »Wieso werden wir langsamer?«

Er riss sie weiter mit sich, bis sie an den Rand eines Abgrunds kamen. Irgendwann vor langer Zeit hatte ein geologischer Zwischenfall diesen Spalt geschaffen. Soweit Zach festgestellt hatte, zog er sich wie ein schiefes Lächeln über den gesamten Berghang. Sein Weg führte hier darüber hinweg, weil der Spalt an dieser Stelle schmaler war als überall sonst, und er hatte ihn ausgiebig erforscht.

Als Kate begriff, dass sie an einem Abgrund standen, spannte sie sich augenblicklich an und wollte zurückweichen. Zach hielt ihre Hand fest. Er hatte gewusst, dass sie zurückscheuen würde, immerhin hatte sie Höhenangst. Aber sie musste den Spalt überspringen. Blind.

Er legte die Hände auf ihre Schultern. »Er ist nicht breit. Du könntest praktisch einen Schritt darüber machen. Und er ist auch nicht besonders tief.«

»Ich kann nicht bis unten sehen.«

»Das ist der Nebel. Ich gehe voran. Du gehst drei Schritte zurück, nimmst Anlauf und springst. Ich fange dich auf.«

»Das kann ich nicht.«

»Ich werde dich garantiert nicht fallen lassen.«

»Ich kann das nicht.«

»Doch, du kannst das, Kate. Du musst. Und zwar jetzt.«

Er hatte keine Zeit, sie zu überreden. Er gab ihr einen kurzen, festen Kuss, dann ließ er sie los, sprang und landete problemlos auf der anderen Seite. Obwohl er zugeben musste, dass es ihm erheblich mehr Angst gemacht hätte, ins Ungewisse zu springen, wenn er nicht gewusst hätte, dass der Spalt viel schmaler war, als es die Fantasie einem vorgaukelte.

»Seid ihr schon wieder stehen geblieben?«, hörten sie Eban rufen. »Wollt ihr eine Spielpause einlegen?«

»Kate!«, zischte Zach.

»Ich kann dich nicht sehen!«

»Ich bin hier. Spring. *Jetzt!*«

Er hörte, wie sie ein paar Schritte zurückging und dann losrannte. Er wusste genau, wann sie absprang. Er streckte die Hände aus. Tatsächlich war sie zu weit gesprungen und prallte auf seine Brust wie ein flatterndes Vögelchen, das gegen eine Windschutzscheibe knallte.

Zach fing sie mit beiden Armen auf, drückte sie an sich

und zog sie hinter einen dicken Baumstamm. Dann senkte er den Kopf und vergrub sein Gesicht in ihrem Nacken, wo er ihren hämmernden Puls spüren konnte.

»Perfekter Sprung. Perfekt. Und jetzt rühr keinen Muskel, und mach keinen Mucks.«

»Was?«

»Du bleibst hinter diesem Baum.«

»Was?«

»Vertrau mir, Kate. Was auch passiert, du rührst dich nicht und *gibst keinen Laut von dir*. Kapiert?«

Sie krallte sich an seinem Hemdsärmel fest, aber er wand sich aus ihrem Griff und eilte den Weg entlang. Genau wie er gehofft hatte, lenkte der Lärm, mit dem er sich durchs Unterholz schlug, Ebans Schüsse in seine Richtung und damit von Kate weg. Kugeln pfiffen durch den Nebel, eine schlug in einen nahen Baumstamm ein. Eine andere prallte auf einen Felsen, hinter dem Zach in Deckung gegangen war.

Als das Sperrfeuer nachließ, heulte Zach auf. »Nein!«

Aus dem Nebel war Ebans hinterhältiges Gemecker zu hören. »Oje.«

»Kate? Kate? O Jesus!«, schrie Zach scheinbar gepeinigt. »Clarke, du dreckiger Hurensohn!«

Zach hörte Zweige knacken und Steine kullern, als Eban weiter abwärtslief.

»Kate, sprich mit mir«, jammerte Zach.

»Du brichst mir das Herz, Bridger.«

Eban keuchte inzwischen so schwer, dass Zach jedes mühsame Luftholen und Ausatmen hörte. Er wurde schneller und hatte ihn bald erreicht.

Zach stöhnte wieder Kates Namen. »Bitte.«

»Oje, ist sie tot?«, höhnte Eban.

Ein dumpfer Schlag. Er war auf etwas geprallt. Er blieb stehen, fluchte innig und feuerte mehrere Schüsse ab. Dann setzte er sich wieder in Bewegung, schnaufend und stolpernd. »Wirklich jammerschade, Bridger. Ihr wart so ein süßes Paar.«

»Wo steckst du, Clarke?«, brüllte Zach. »Ich bringe dich um!«

»Oh, das glaube ich nicht. Ich …«

Als der Boden unter Eban nachgab, brachte er nur noch einen Entsetzensschrei heraus. Während er in die Tiefe stürzte, klapperte die an seinem Unterarm befestigte Pistole an den nackten Felswänden des Spalts entlang, der viel weiter unten endete, als Zach es Kate verraten hatte.

Im letzten Sekundenbruchteil seines Daseins musste Eban das Ende geahnt haben. Ein scharfer Schrei drang aus dem Felsspalt, aber er wurde gleich darauf von dem undurchdringlichen, schweigenden Nebel verschluckt.

Zach wartete. Als kein Laut mehr zu hören war, kam er hinter seinem Felsbrocken hervor, trat an den Rand des Felsspalts, schaute nach unten und sagte: »Ich glaube nicht, dass du Gott gesehen hast.«

Kapitel 38

»Zach?«

»Hier.«

Er zog Kate hinter dem Baum hervor, wo sie still und reglos abgewartet hatte. Beide hielten sich stumm aneinander fest. Schließlich fuhr er mit der Hand über ihren Kopf, über die feuchten Haare, die ihr am Schädel klebten. »Alles in Ordnung?«

»Mehr oder weniger.«

Sie hielt sich tapfer, aber ihre Zähne klapperten, wahrscheinlich eher wegen der Nachwirkungen des traumatischen Erlebnisses als wegen der Kälte. Er strich ihr über die Wange. »Mehr oder weniger ist im Moment verdammt gut.«

Sie blickte in Richtung des Felsspalts und schauderte. »Und was machen wir jetzt?«

»Wir gehen zurück zum Haus. Benachrichtigen die Behörden. Ich habe kein Festnetztelefon. Wir müssen entweder Cals oder Theos Handy benutzen, um die Morde zu melden.«

»O Zach.«

»Ich weiß. Sie hatten keine Chance. Wir hätten nichts tun können. Trotzdem …«

Auf einmal verwandelte sich der Nebel in ein wallendes, blendend weißes Laken.

»Keine Bewegung!«

Beide blieben stehen. Beide hoben eine Hand und schirmten ihre Augen ab. Zach konnte die Umrisse eines Mannes ausmachen. In seiner linken Hand hielt er eine starke Taschenlampe. In der rechten eine Pistole.

»Morris?«, fragte Zach. »Machen Sie die verdammte Lampe aus.«

»Werfen Sie die Waffe weg.«

»Ich habe keine Waffe.« Zach trat von Kate weg und hob langsam die Hände.

»Können Sie den Lichtstrahl bitte von uns wegrichten?«, fragte Kate. »Er blendet.«

»Damit Bridger im Nebel abhauen kann? Das glaube ich nicht.«

»Ich habe nicht die Absicht, abzuhauen.«

»Sie sind vom Ort eines Verbrechens weggelaufen. Ich habe Schüsse gehört. In Ihrem Haus liegen zwei Tote.«

»Deshalb bin ich auch weggerannt.« Zach wollte schon die Hände senken, aber der Deputy richtete die Waffe wieder auf ihn.

»Die Hände bleiben oben!«

»Sie glauben doch nicht etwa, dass Zach die beiden Männer umgebracht hat!«, rief Kate aus. »Das war Eban Clarke!«

»Clarke? Was hätte der hier oben zu suchen? Wissen Sie was? Sparen Sie sich das. Ich nehme Sie beide fest. Vielleicht gibt mir der Sheriff dann meinen Job zurück.« Er machte einen Schritt auf sie zu.

»Stehen bleiben!«

»Nicht weitergehen!«

Er reagierte auf ihre alarmierten Rufe und blieb stehen.

»Da ist ein Felsspalt«, sagte Kate.

»Ein Felsspalt?«

»Ein ziemlich tiefer«, erläuterte Zach. »Direkt vor Ihnen.«

Der Deputy leuchtete mit der Taschenlampe nach unten und ließ den Strahl über den Boden gleiten, bis er den Rand des Abgrunds erfasst hatte. Die Dunkelheit am Grund wurde von einer dichten Nebeldecke überlagert.

»Da unten liegt Eban Clarke.«

»Heilige Scheiße. Wie tief ist das hier?«

»Tief genug, und er ist ungebremst aufgeschlagen.«

»Tot?«

»Das wäre meine Vermutung.«

Morris wagte sich eine Handbreit vor und rief nach unten. Es kam keine Antwort, kein Stöhnen, kein Geräusch, nicht einmal ein Atemzug. »Jesus. Was ist denn passiert? Und ich möchte die Geschichte von Kate hören, nicht von Ihnen, Bridger.«

»Eban Clarke hat seine zwei Freunde hierher verfolgt.« Sie erklärte ihm, wie sie hießen und wieso sie zu ihr gekommen waren. »Dann überraschte Eban uns alle.« Sie beschrieb seine Ankunft und die brutalen Morde. »Er hatte so ein …« Sie sah Zach Hilfe suchend an.

»Clarke hatte eine fest montierte .45er Automatik.«

»Zach und ich konnten entkommen«, fuhr sie fort. »Aber Eban blieb uns auf den Fersen. Rief nach uns. Schoss immer wieder. Fast hätte er uns eingeholt.« Sie schluckte schwer und sagte dann: »Den Spalt hat er nicht gesehen.«

Die Pistole immer noch auf Zach gerichtet, beugte Morris

sich leicht vor und spähte über den Rand in den Abgrund. »Er ist reingefallen?«

»Ja«, antwortete Kate.

»Er wurde nicht gestoßen, falls Sie das andeuten wollten«, sagte Zach.

»Ganz ruhig, Bridger. Und wie haben Sie beide es auf die andere Seite geschafft?«

»Wir sind gesprungen«, sagte Kate.

Morris schnaubte. »Und das soll ich glauben?«

Ehe Zach begriff, was Kate vorhatte, nahm sie mehrere Schritte Anlauf, rannte los und sprang. Sie landete sicher, trotzdem wäre Zach fast das Herz aus der Brust gesprungen. Er hätte sie nicht auffangen können. Morris hatte beide Hände voll. Er wäre zu perplex gewesen, um sie festzuhalten, falls sie aus dem Tritt gekommen wäre, und er war ein zu großer Trottel, um sie zu retten. *Jesus!*

»Alles, was ich erzählt habe, entspricht der Wahrheit«, sagte sie gerade zu dem Deputy. »Eban Clarke wollte uns umbringen.«

»Erschießen Sie mich, wenn ich rüberkomme?«, fragte Zach. Ohne Morris' Erlaubnis abzuwarten, sprang auch er und meinte schließlich: »Stecken Sie die Waffe weg. Kate und ich sind keine Gefahr für Sie.«

»Nein, nur für meinen Job. Sie verhindern, dass ich wieder arbeiten darf.«

»Das habe nicht ich entschieden, sondern der Sheriff.«

»Aber Sie …«

»Tun Sie jetzt Ihren Job, dann hat er keinen Grund mehr, Sie noch länger zu beurlauben. Haben Sie schon gemeldet, was Sie in meinem Haus entdeckt haben?«

Morris schob sichtlich genervt die Waffe in seine Jacke. »Ja. Die Kollegen sind bestimmt vor uns dort. Aber ich muss dem Sheriff Bescheid geben, dass er einen Bergungstrupp für Clarke losschickt. Ein Hubschrauber kommt nicht infrage.« Er schaute durch den Nebel nach oben. »Der Handyempfang ist zwar schwach, aber vielleicht kann ich ihn erreichen.«

Morris rief an und sprach gleich darauf mit dem Sheriff, in einzelnen kurzen Wortwechseln, unterbrochen von der wiederkehrenden Frage: »Können Sie mich verstehen?«

Kate schob die Hand in Zachs Ellenbeuge, drehte ihn zu sich her und flüsterte: »Der vierte und letzte Angriff. Jetzt weiß ich, wie du das gemeint hast. Du hast Eban eine Abseitsfalle gestellt.«

»Ein beliebter Trick, wenn dir nur noch Inches zum ersten Touchdown fehlen. Meistens funktioniert er nicht. Diesmal schon.«

Sie legte die Hand auf seine Brust. »Danke, dass du mir das Leben gerettet hast.«

»Danke, dass du in meines getreten bist.«

Was ihnen auch sonst noch auf dem Herzen liegen mochte, blieb unausgesprochen. Morris kehrte zu ihnen zurück. »Die Verbindung war mies, aber das Wichtigste ist durchgegangen. Der Sheriff stellt eine Rettungsmannschaft zusammen. Will sie möglichst schnell runterschicken, falls Clarke noch am Leben sein sollte. Aber sie werden nicht wissen, wo sie nach ihm suchen müssen. Er sagt, wenn ich sie hierher führe, habe ich meinen Job wieder.«

»Dann sollten wir keine Zeit verlieren. Bleiben Sie in der Nähe.« Zach verlangte Morris' Taschenlampe und beleuchtete den Boden, während er den anderen voran den Pfad bergauf ging, Kates Hand fest in seiner. Morris bildete die Nachhut.

Zach fragte über die Schulter hinweg: »Morris? Was haben Sie überhaupt hier oben getrieben?«

»O Jesus. Das hatte ich ganz vergessen. Ich habe eine wichtige Nachricht für Sie.«

Sie stiegen so schnell auf, wie es gefahrlos möglich war. Weil Zach klar war, dass Dr. Gilbreath ihm etwas über Rebeccas Zustand mitteilen wollte, wartete er mit dem Rückruf, bis der Empfang gesichert war. Er erklärte Kate, dass er dieses Gespräch nicht abgehackt führen wollte.

Danach sprach er kaum noch, sondern warnte sie und Morris nur noch ab und zu vor Hindernissen auf dem Weg. Die Taschenlampe half zwar, aber bis sie das Plateau erreicht hatten, fühlten sich Kates Muskeln wie Gelee an, und ihre Lunge brannte wie Feuer.

Auf dem Platz vor Zachs Haus war ihr SUV das einzige Fahrzeug ohne Blaulicht. Der Nebel legte einen leuchtenden Schein über die Fahrzeuge und illuminierte alles mit einer pulsierenden Aura, durch die der Anblick noch unwirklicher erschien.

Uniformierte Einsatzkräfte in reflektierenden Westen standen herum und berieten sich. Einige spannten Absperrbänder zwischen den Bäumen.

Zach ging auf einen Deputy zu, lieh sich dessen Handy aus und setzte sich damit auf den Stumpf, auf dem er seinen Kaffeebecher abgestellt hatte, als Kate ihn vor wenigen Tagen morgens aus seiner friedlichen Existenz gerissen hatte.

Sheriff Meeker, der bereits über ihre Ankunft informiert war, kam angelaufen und erwartete sie und Morris an den beiden Steinpfeilern vor dem Weg zur Veranda. Er stellte sich ihr vor. Ein Deputy an seiner Seite reichte Kate eine Wasserflasche, die sie dankbar entgegennahm. Ein zweiter Deputy legte eine Wärmefolie über ihre Schultern, die sie um ihren Körper wickelte.

Das Rettungs- und Bergungsteam war schon abmarschbereit. Morris leerte gierig eine Flasche Wasser, nahm eine zweite mit und marschierte dann erneut den Pfad hinab, gefolgt von dem Rettungstrupp. Er tat ihr tatsächlich leid. Sie würde diesen Marsch kein zweites Mal antreten wollen, vor allem angesichts der schwierigen Aufgabe, die sie am Felsspalt erwartete, selbst wenn Eban noch am Leben war.

»Hier drüben, Ms. Lennon.« Der Sheriff deutete auf einen Krankenwagen, in dessen offener Tür eine Sanitäterin wartete.

»Es geht mir gut.«

Er deutete auf ihr Knie. Ihre Hose war zerrissen. Das Blut war noch frisch. »Ich bin hingefallen und habe mir das Knie aufgeschürft. Ist nicht schlimm.«

»Sie soll es sich trotzdem ansehen.«

Sie hatte das Gefühl, dass er ihr keine Wahl ließ. Unter dem wachsamen Auge des Sheriffs ging sie zum Krankenwagen, bestand aber darauf, sich auf die Türkante zu setzen, statt auf die Trage gehoben zu werden.

Sie sah an dem Sheriff vorbei und hielt nach Zach Ausschau. Er war immer noch am Telefon und kniff sich in die Nasenwurzel, während er sich darauf konzentrierte, was die Ärztin ihm mitteilte. Als der Sheriff sich umdrehte, um festzustellen, was sie so in Bann schlug, sagte sie: »Es ist ein Notfall.«

»Das hat Morris mir erzählt.«

Die Sanitäterin pinselte ihr Knie mit einem brennenden Desinfektionsmittel ein. »Brauchen Sie Sauerstoff?«, fragte die junge Frau.

»Nein. Ich komme schon wieder zu Atem.«

Ihr Blutdruck wurde gemessen. Als sich die junge Frau überzeugt hatte, dass Kate nur erschöpft war, ließ sie sie mit Sheriff Meeker allein.

»Ich habe viel über Sie gehört, Ms. Lennon«, sagte er. »Und nur Gutes. Ich bedauere, dass wir uns unter diesen Umständen kennenlernen müssen.«

Sie nickte geistesabwesend, denn sie konzentrierte sich auf Zach, der jetzt auf sie zukam. Er sah Kate an und schüttelte ernst den Kopf. »Die Infektion hat sich verschlimmert. Doug will weiter Antibiotika geben. Abwarten. Vielleicht die Dosis erhöhen. Dr. Gilbreath wollte meine Meinung hören.«

Kate griff nach seiner Hand. »Was hast du ihr gesagt?«

»Sie soll nichts unternehmen, bis ich komme. Ich muss gleich morgen früh hinfliegen.«

»Wenn das so ist«, schaltete der Sheriff sich ein, »werde ich Sie so bald wie möglich gehen lassen. Morris hat mir kurz geschildert, was Sie ihm über die Ereignisse hier erzählt haben. Die Kriminaltechnik hat die Untersuchungen noch nicht abgeschlossen. Sie werden beide getrennt befragt.« Er sah auf ihre verschränkten Hände. »Sie werden bestimmt verstehen, warum wir korrekt vorgehen sollten, Ms. Lennon.«

»Natürlich.«

»Wir haben die Opfer anhand ihrer Führerscheine als

Theodore Simpson und Calvin Parsons identifiziert. Wem gehört die .22er?«

»Die hat Parsons mitgebracht«, sagte Zach.

»Ich dachte mir schon, dass sie einem der beiden gehört. Ich konnte mir halbwegs zusammenreimen, warum die zwei nicht besonders gut auf Sie zu sprechen sein würden«, sagte er zu Kate. »Aber Morris sagte, Sie hätten ihm erzählt, die beiden seien hergekommen, um zu gestehen?«

»Einen Meineid. Sie haben bei der Verhandlung gegen Eban Clarke gelogen. Seither haben sie aber Gewissensbisse bekommen.«

»Clarke hat sie erschossen, ehe sie ihre Geschichte abändern konnten.«

Kate bestätigte das mit einem leisen »Ja«, hielt sich an den Ellbogen fest und schaute zum Haus. »Sind sie immer noch da drin?«

»Der eine landet auf dem Tisch vom Gerichtsmediziner«, sagte Meeker. »Den anderen haben wir so schnell wie möglich vom Berg runtergeschafft. Wir wissen nicht, ob er es schaffen wird. Es steht Spitz auf Knopf.«

Bing und Melinda sprachen nur wenig auf der langen Fahrt von Atlanta nach North Carolina. Bing musste sich aufs Fahren konzentrieren, während sie angespannt auf dem Beifahrersitz saß und durch die Windschutzscheibe starrte, als könnte sie den Wagen durch bloße Willenskraft ihrem Ziel näher bringen.

Bing konnte es nicht erwarten, endlich anzukommen. Andererseits wusste er nicht, was sie dort erwartete. Wenn er sich vorstellte, was sie dort vorfinden könnten, begannen seine Hände zu schwitzen, und seine Eingeweide verkrampften sich. Immer wieder sagte er sich, dass er sich nicht nur den schlimmsten Fall ausmalen durfte. Dennoch konnte er an nichts anderes denken.

Sie waren eben am Ortsrand angekommen, als sein Handy läutete. Er zog es aus dem Becherhalter, wo es am Ladekabel hing. Als er die fremde Nummer im Display sah, knurrte er: »Schlafen diese Telefonverkäufer denn nie?«

»Vielleicht sollten Sie trotzdem rangehen?«, schlug Melinda vor.

Er grunzte, nahm das Gespräch aber an. »Wer ist da?«

»Ich.«

»Zach!« Bing sah zu Melinda, die sich auf die Lippe biss und ihn ängstlich ansah. »Und wessen Nummer ist das?«, fragte Bing.

»Bist du immer noch bei Melinda?«

»Ja, ja, sie sitzt direkt neben mir.«

»Du musst sie herbringen. Fahrt sofort los. Ohne zu packen oder sonst was zu tun. Ihr müsst so schnell wie möglich herkommen.«

»Wir sind schon fast da.«

»Was?«

»Wir konnten keinen von euch erreichen. Dann kreuzte Sid Clarke bei ihr zu Hause auf und …«

»Sid Clarke?«

»Lange Geschichte. Ich erzähl sie dir, wenn wir da sind.«

»Du kannst nicht zum Haus fahren. Sie haben die Straße abgesperrt.«

»Wer sind sie?«

»Fahr Melinda ins County-Krankenhaus. Cal wurde angeschossen, aber er lebt noch.«

Kapitel 39

Der Nebel löste sich in langen Tentakeln auf, die wie gespenstische Schleier durch den Wald zogen. Das sich bessernde Wetter vereinfachte die Bergung von Eban Clarkes Leichnam. Nachdem er aus dem Spalt gezogen worden war, wurde er mit einem Hubschrauber vom Berg geflogen.

Zach und Kate wurden getrennt voneinander von Sheriff Meekers Ermittlern befragt. Ihre Schilderungen stimmten fast buchstabengetreu überein, trotzdem mussten sie sich den Mund fusselig reden, ehe sie entlassen wurden.

Am Himmel zeigte sich bereits das erste Morgengrauen, als sie in Kates SUV ins Tal zu dem County-Krankenhaus fuhren, in dem sich Cal Parsons seit Stunden eigensinnig dem Tod entgegenstemmte.

Sheriff Meeker hatte Zach ein Handy überlassen, und er und Bing waren während der Nacht immer wieder in Kontakt geblieben. Bei ihren kurzen Telefonaten hatten sie sich gegenseitig über die neuesten Entwicklungen auf dem Laufenden gehalten. Die jüngste war, dass Cal die komplizierte Bauch-OP überstanden hatte.

Jetzt traten Zach und Kate aus dem Aufzug im OP-Bereich, wo Bing und Melinda nebeneinander auf zwei Stühlen in einem kleinen Wartebereich saßen. Beide sahen völlig erschöpft und verängstigt aus. Bing tätschelte Melindas Rücken und hielt ihre Hand, stand aber auf, als er Zach und Kate sah.

Kate setzte sich neben Melinda und sprach ihr Mut zu.

»Irgendwas Neues?«, fragte Bing.

»Er ist immer noch auf der Intensivstation. Der Chirurg meinte, er hätte eine Menge Gedärm flicken müssen.«

»Wie hat er es geschafft, nicht zu verbluten?«

»Da gibt's zwei Antworten. Entweder war's ein Wunder oder ein Werk Gottes.«

»Das läuft auf das Gleiche raus.«

Bing zuckte mit den Achseln. »Du hast gefragt.«

»Wie stehen seine Chancen?«

Bing wackelte mit der Hand hin und her. »Der Chirurg war zweimal in Afghanistan im Einsatz. Er meinte, er hätte schon Männer an harmloseren Verletzungen sterben und mit schlimmeren überleben sehen.«

Zach sah auf Melinda, die leise an Kates Schulter weinte. »Wie hält sie sich?«

»Das arme kleine Ding ist komplett am Ende, aber sie ist störrisch wie ein Maulesel. Wollte auf keinen Fall, dass ich ihr ein Hotelzimmer besorge. Sie schläft nicht, und sie isst nicht. Sie sagt, sie geht nicht weg, bevor sie ihren Mann gesehen hat. Ihre Leute sind auf dem Weg hierher. Vielleicht wird sie auf die hören.« Er verstummte und unterzog Zach einer ausgiebigen Prüfung. »Wann hast du eigentlich das letzte Mal was gegessen oder in einen Spiegel geschaut?«

Er und Kate trugen noch dieselben Sachen wie bei ihrer Verfolgungsjagd den Berg hinab und wieder hinauf. Unter dem Riss in ihrer Hose konnte man den Knieverband erkennen. Ihre Stiefel waren schlammverkrustet. Wo nackte Haut zu sehen war, leuchteten Kratz- und Schürfwunden.

»Sobald der Sheriff uns gehen ließ, sind wir direkt hierher gefahren«, erzählte Zach. »Wir haben uns nicht mal das Gesicht gewaschen. Außerdem hätten wir sowieso keine Privatsphäre gehabt. Das ganze Haus ist voller Polizisten. Unsere Koffer sind immer noch gepackt. Wir haben sie mitgebracht.« Er sah kurz auf Kate und Melinda, als ihm etwas einfiel, was Bing ihm am Telefon erzählt hatte: »Du hast gemeint, Sid Clarke wäre bei den beiden zu Hause aufgetaucht?«

»Aus heiterem Himmel. Er war auf der Suche nach Eban. Gab zu, dass er von seinem durchgedrehten Sohn reingelegt worden war, und jetzt hatte er das üble Gefühl, dass Eban irgendwas im Schilde führte.«

»Das Gefühl hat ihn nicht getrogen.« Zach massierte seine Stirn. »Er hat diese Männer kaltblütig niedergeschossen. Vor Kates und meinen Augen. Er hätte uns auch umgebracht, wenn wir nicht entkommen wären.«

Bing legte die Hand auf Zachs Schulter und drückte fest zu. Er reagierte nicht gerade überschwänglich, aber in seinen Augen standen Tränen, die Zach verrieten, wie glücklich er war, ihn heil und gesund wiederzusehen. Brummig erklärte er: »Ein einziges Mal bin ich nicht da, um dir den Arsch zu retten, und sieh dir an, was passiert.«

»Danke, dass du jetzt hier bist.«

»Wo sollte ich denn sonst sein?«

Zach zog ihn an sich und umarmte ihn fest, dann ging er zu Kate und Melinda und vor ihnen in die Hocke, um mit beiden auf Augenhöhe zu sein. Kates tröstende Worte hatten Melinda geholfen, sich zu sammeln, aber sie sah immer noch so aus, als würde sie jeden Moment zusammenbrechen.

»Hören Sie, Sie werden hier nur krank vor Sorge, und das wird Ihrem Mann gar nicht gefallen. Kate kennt ein nettes Bed and Breakfast hier im Ort. Wir könnten Sie hinbringen und Ihnen ein Zimmer besorgen, Ihnen was zu essen …«

»Nein danke«, unterbrach sie ihn.

Er ließ nicht locker. »Kate bleibt bei Ihnen, bis Ihre Leute eintreffen. Ich muss nach New Orleans, aber …«

»New Orleans?«, mischte Bing sich ein. »Wieso das?«

Zach ignorierte ihn. »Sie müssen sich unbedingt ausruhen, Melinda.«

Sie schüttelte entschlossen den Kopf. »Ich gehe erst, wenn ich Cal gesehen habe, selbst wenn ich nicht mit ihm reden kann.«

»Und wann ist das?«, fragte Zach.

»Sie geben ihr Bescheid.« Bing warf einen verdrießlichen Blick in Richtung der Schwesternstation am anderen Ende des Korridors.

Zach sah erst Kate, dann Melinda an, dann stand er wortlos auf und ging den Gang hinunter. Minuten später kehrte er mit einer Krankenschwester zurück, die zu Melinda sagte: »Ich begleite Sie zu Mr. Parsons' Zimmer, aber Sie müssen einen sterilen Kittel und eine Maske anlegen.«

»Gern.« Melinda dankte Zach und Kate unter Tränen, drückte Bing extrafest an sich und eilte dann mit der Krankenschwester davon.

Während die drei ihnen nachsahen, öffnete sich hinter ihnen die Aufzugtür. Sie drehten sich um und sahen Sid Clarke heraustreten.

Er hatte nichts gemein mit dem Mann, der auf unzähligen Fotos mit seiner aufrechten Haltung Selbstbewusstsein und Arroganz ausstrahlte. Als er auf sie zukam, sah er geschlagen aus, um seinen Stolz und seinen Hochmut gebracht.

Er nahm kurz Augenkontakt mit Bing auf, reagierte aber nicht auf dessen finsteren Blick. Stattdessen wandte er sich an Zach und Kate. »Ich bin Sid Clarke.«

Keiner sagte etwas, aber Zach nickte.

»Die Gerichtsmedizin befindet sich im Untergeschoss des Krankenhauses. Ich habe den Leichnam meines Sohnes dorthin begleitet.« Er sagte das ruhig und ohne Groll. »Theo wurde schon früher hergebracht. Ich habe ihn identifiziert. Ich habe mich auch nach Cals Zustand erkundigt und bekam gesagt, er würde noch operiert. Darum …«, er hob in einer hilflosen Geste die Hände, »wollte ich mich nach ihm erkundigen.«

Nach langem, ernstem Schweigen antwortete Zach: »Bis jetzt hält Cal durch, aber er ist noch nicht über den Berg. Es könnte immer noch übel ausgehen.«

Sid nickte langsam und gequält. »Seine Frau?«

»Ist gerade bei ihm.«

Clarkes Blick kam auf Kate zu liegen. »Kathryn Lennon?«

»Ja.«

Er sah sie prüfend an, bemerkte den Riss in ihrem Hosenbein, den Verband, das zerzauste Haar. »Sind Sie wohlauf?«

»Mir ist nichts weiter passiert.«

»Gut. Das ist gut.« Seine Stimme war belegt, und er schien nicht zu wissen, was er noch sagen sollte. Schließlich atmete er tief durch. »Ich habe Eban zu sehr verwöhnt. Ich habe seine Lust an der Grausamkeit, seinen Hang zur

Gewalt nicht wahrhaben wollen. Infolgedessen bin auch ich für das Leid verantwortlich, das er verursacht hat, vor allem für die unaussprechliche Tragödie um Ihre frühere Frau, Mr. Bridger. Auch Sie haben schwer unter dieser Sache leiden müssen. Eine Bitte um Verzeihung kann in so einem Fall nicht genügen. An Ihrer Stelle würde ich sie zurückweisen. Aber es tut mir *aufrichtig* leid. Falls ich irgendwas für Sie tun kann, würde ich …«

»Sie könnten tatsächlich etwas für mich tun«, sagte Zach und überraschte damit alle, vor allem Sid Clarke selbst, der Zach mit einem Hoffnungsschimmer in den Augen ansah.

»Und was?«

»Sie haben einen Jet. Rebecca Pratt befindet sich in einer Krise. Ich bin ihr verpflichtet. Ich muss nach New Orleans.«

»Wann?«

»Gestern.«

Ohne einen Augenblick zu zögern, drückte Sid Clarke die Abwärtstaste am Aufzug. »Ich werde alles arrangieren. Wir treffen uns in zehn Minuten in der Lobby.«

Nachdem er gegangen war, ging Bing auf Zach los. »Warum zum Teufel bittest du diesen Mann um einen Gefallen?«

»Er tut mir keinen Gefallen, Bing. Ich tue ihm einen.«

Später sollte sich Zach nur bruchstückhaft an die Stunden zwischen seiner Abfahrt aus dem County-Krankenhaus in North Carolina und der Ankunft in New Orleans erinnern.

Bing hatte sich unter einem Vorwand entschuldigt, sodass Zach sich kurz, aber emotional unter vier Augen von Kate verabschieden konnte. »Jetzt lasse ich dich allein mit dem ganzen Mist zurück, dabei war es mein Haus, mein Grundstück, mein Berg«, erklärte er ihr. »Und ich werde nicht da sein, um dir die Schakale von der Presse vom Leib zu halten.«

»Vor denen habe ich keine Angst.«

»Du hast bewiesen, aus welchem Holz du geschnitzt bist.« Er hob ihr Kinn an. »Meine Klippenspringerin. Ich hatte beinahe einen Herzinfarkt, als du ohne Vorwarnung gesprungen bist.«

»Du hast mir nicht die Wahrheit gesagt, wie tief der Spalt ist.«

»Sonst wärst du nie gesprungen.«

Sie lächelten einander an, aber es war ein bittersüßes Lächeln, weil er schon auf dem Sprung war.

»Ohne Eban als Faktor gibt es keinen Druck mehr, so schnell wie möglich über Rebeccas Behandlung zu entscheiden«, sagte sie.

»Keinen legalen Druck mehr, Kate, aber einen Druck anderer Art.«

»Weißt du, was du tun wirst?«

»Ich habe keinen Schimmer, Ehrenwort. Ich hoffe, dass ich klarer sehe, wenn ich erst dort bin.« Nach einem langen, sehnsüchtigen Kuss ließ er sie in Bings Obhut zurück.

Er hatte erwartet, dass Sid Clarke ihn nach Atlanta zurückfahren würde, aber sie fuhren nur ins benachbarte County, wo es einen kleinen Flughafen gab, dessen Landebahn lang genug für Clarkes Jet war.

Während sie auf den Jet aus Atlanta warteten, das nur eine knappe halbe Flugstunde entfernt lag, machte Zach sich in der Dusche des Flughafens frisch und zog saubere Sachen aus seiner Reisetasche an, die er aus Kates Auto geholt hatte.

Bis er fertig war, war der Jet schon gelandet und wartete auf dem Rollfeld. Clarke brachte ihn zum Flugzeug. »Danke«, sagte Zach nur.

Sid wirkte immer noch betreten. »Es ist das Mindeste, was ich tun konnte. Ich schicke ihn nach New Orleans, sobald Sie zurückfliegen möchten.«

»Das ist nicht nötig. Außerdem weiß ich nicht, wann das sein wird.«

»Es reicht, wenn Sie ein paar Stunden vorher Bescheid geben.«

Weil er begriff, dass Clarke mit seiner Großzügigkeit Wiedergutmachung leisten wollte, widersprach Zach nicht weiter, sondern nahm das Angebot dankend an. Sie reichten sich die Hände; danach stieg Zach in den Flieger.

Die Flugbegleiterin servierte ihm ein warmes Frühstück, das er mit Heißhunger verschlang, dann stellte er den Sitz zurück und schlief ein.

Er wachte erst auf, als ihn die Flugbegleiterin auf die Schulter tippte und höflich bat, den Sicherheitsgurt zur Landung anzulegen. Eine von Sid bereitgestellte Limousine mit Chauffeur wartete schon auf ihn und fuhr ihn direkt zum Pflegeheim.

Jetzt war er hier.

Er stand auf dem Bürgersteig, sah an der Fassade des Gebäudes hinauf und versuchte, sich einerseits mit der bitteren Aufgabe auszusöhnen, die Rebecca ihm auferlegt hatte, und sich andererseits auf den Sturm gefasst zu machen, der ihm unvermeidlicherweise entgegenwehen würde.

An diesem Morgen erfuhren die Menschen überall im Land von Eban Clarkes Tod und unter was für bizarren Umständen er gestorben war. Was Zach in den nächsten Stunden auch tat, würde im ganzen Land aufmerksam registriert werden. Was eigentlich eine absolut private Entscheidung in einem seelenverzehrenden Dilemma sein sollte, würde wieder in aller Öffentlichkeit breitgetreten.

Er würde das nur hinter sich bringen, indem er es endlich hinter sich brachte.

Dr. Gilbreath erwartete ihn in ihrem Büro, bereits informiert über die Ereignisse der vergangenen Nacht. Als er ihr gegenüber Platz nahm, sagte sie: »Ich bin froh, dass Ihnen und Ms. Lennon nichts Schlimmes passiert ist. Diese Infektion hätte zu keinem schlechteren Zeitpunkt kommen können.«

»Ich weiß nicht, Dr. Gilbreath. In gewisser Weise hat sich mit Clarkes Tod ein Kreis geschlossen. Das Ganze hat dadurch eine merkwürdige Symmetrie bekommen. Karma. Kosmische Interferenzen. So in der Art.«

Sie nickte verständnisvoll und begann dann, ihm Rebeccas Zustand zu erläutern, nicht in medizinischen Fachbegriffen, sondern in Laiensprache. Sie blieb sachlich. Sie interpretierte nicht, versuchte nicht, ihn zu beeinflussen, und erteilte keine Ratschläge.

»Sie sagen also, dass Rebecca diese Infektion möglicherweise überstehen könnte, dass aber die Nachwirkungen der Krankheit und der Medikamente sie extrem schwächen könnten und sie dadurch empfänglicher für weitere Komplikationen wäre.«

»Genau.«

»Sie wird sich also keinesfalls erholen, sondern auf jeden Fall schwächer werden.« Als sie mit ihrer Antwort zögerte, sagte er: »Ich weiß. Sie sind nicht Gott.« Er senkte den Kopf, bevor er eher zu sich als zu ihr weitersprach: »Wenn sie diese Infektion übersteht, kommt bald die nächste. Und dann stehe ich wieder vor dieser Entscheidung. Und wieder. Und wieder.«

»Bis irgendwann Rebeccas Kräfte erschöpft sind«, sagte sie leise.

»Oder bis Doug sich einverstanden erklärt, die Vormundschaft zu übernehmen.«

»Was er immer noch verweigert.«

»Weil er mich noch länger bestrafen will.«

Dr. Gilbreath sagte nichts dazu, aber sie schenkte ihm einen mitfühlenden Blick, bevor sie aufstand und sagte: »Ich lasse Sie jetzt über Ihre Optionen nachdenken.«

Er blieb sitzen, den Blick ins Leere gerichtet, und ließ seine Gedanken wandern. Mal konzentrierten sie sich auf winzige, grelle Details. Mal trieben sie ziellos dahin. Er erwog verschiedene Alternativen und wie große Wellen sie schlagen würden. Er brütete über der Möglichkeit, einfach gar nichts zu tun, und dem düsteren Szenario, das damit verbunden war.

Schließlich kristallisierten alle seine Überlegungen in einem festen Entschluss: Er würde sich keinen Tag länger von dieser Pflicht fesseln lassen.

Auf den ersten Blick war es eine absolut egoistische Entscheidung, das konnte er nicht abstreiten. Aber irgendwann musste er sich aus diesem endlosen Albtraum befreien, und Rebeccas Vater dazu.

Er stand auf und öffnete die Tür. Dr. Gilbreath stand im Gang, an die Wand gegenüber gelehnt, und wartete mit verschränkten Armen auf seine Entscheidung.

»Ist er hier?«, fragte Zach.

»In der Kapelle.«

Zach drückte die Tür zu dem schummrigen Raum auf. Ein Mittelgang teilte sechs gepolsterte Bänke. Vorn gab es einen kleinen Altar, der aber keiner bestimmten Religion zuzuordnen war. Darüber leuchtete ein falsches Buntglasfenster, das der Kapelle die Ehrfurcht gebietende Atmosphäre eines Gotteshauses verlieh.

Offenbar war der Raum schallgedämpft, denn er war völlig still und leer bis auf Doug Pratt, der mit gesenktem Kopf in der letzten Bank saß. Der Teppichboden dämpfte Zachs Schritte, doch als er die Bank erreicht hatte, drehte Doug ihm den Kopf zu. »Ich habe dich erwartet.«

»Ich bin so schnell gekommen, wie ich konnte.« Zach setzte sich in die vorletzte Bank und drehte sich zur Seite, damit sie sich unterhalten konnten.

»Ich habe gehört, was sich gestern Abend auf deinem Berg abgespielt hat. Eban Clarke ist tot?«

»Ja.«

»Und einer der anderen beiden auch?«

»Theodore Simpson. Cal Parsons' Leben hängt am seidenen Faden.«

Er ließ Doug Zeit für einen Kommentar, doch Doug blieb stumm, also fuhr er fort. »Bevor Eban auftauchte, haben die beiden Kate und mir erzählt, was in der Nacht der Party wirklich passiert war. Sie haben zugegeben, dass sie Komplizen waren.« Er ersparte Doug die Beschreibung der letzten Minuten, die seine Tochter bei Bewusstsein erlebt hatte.

»Sie hatten nicht direkt mit der Strangulierung zu tun, sie haben nur zu lange gewartet, bevor sie Eban aufzuhalten versuchten, und dann waren ihre Bemühungen erfolglos. Sie haben gestanden, dass sie einen Meineid geleistet haben und dass Rebecca sehr wohl versucht hat, sich zu wehren. Sie haben echte Reue empfunden, glaube ich.«

»Ihre Reue hilft Rebecca herzlich wenig.«

»Das haben sie mehr oder weniger zugegeben. Eine Bitte um Verzeihung kann nichts wiedergutmachen. Falls Cal Parsons überlebt, wird er diese Tragödie bis zu seinem letzten Tag bereuen. Da bin ich sicher.«

Doug senkte den Kopf und murmelte leise: »Und das hat er auch verdient.«

Sie versanken in drückendem Schweigen, denn beiden war klar, dass sie damit zum Kern der Sache gekommen waren. Und Zach wollte diese Sache hinter sich bringen.

»Es geht Rebecca wirklich schlecht, Doug. Dr. Gilbreath hat dir erzählt, wie unwahrscheinlich es ist, dass sie sich noch einmal erholt. Ich kann und will nicht mehr ihr Leben verlängern, nur um zusehen zu müssen, wie sie langsam dahinsiecht.«

Doug hob den Kopf und sah ihm ins Gesicht.

»Du hast die Wahl«, sagte Zach. »Entweder, du wirst offiziell Rebeccas Vormund und entlässt mich aus dieser unangemessenen Verpflichtung, die uns beiden ein Stachel im Fleisch ist.«

»Ich soll dich vom Haken lassen.«

»Ja.«

»Nein.«

Das war die Reaktion, die Zach vorhergesehen hatte. Trotzdem traf sie ihn, denn damit zwang Doug ihn zum Handeln. »Dann werde ich mich auf die Vollmacht berufen, mit der Rebecca mich betraut hat, und das tun, was ich aus tiefstem Herzen für ihren Wunsch halte: Ich werde veranlassen, dass alle lebenserhaltenden Maßnahmen eingestellt werden.«

Doug starrte ihn mindestens eine halbe Minute an. Zach ließ sich nicht einschüchtern, wandte nicht den Blick ab, sondern starrte genauso stur zurück.

Nach vollen dreißig Sekunden stand Doug auf und ging ans Ende der Kirchenbank. Zach hätte erwartet, dass er abbiegen und die Kapelle verlassen würde. Stattdessen kam er in die Bank, in der Zach saß, und griff in die hintere Hosentasche.

Er zog ein zusammengefaltetes Blatt Papier heraus. »Deine Vollmacht zählt nicht.« Sorgfältig faltete er das Blatt auf, das an den Knickstellen schon dünn und ausgeblichen war, so oft war es auf- und wieder zusammengefaltet worden. Doug streckte Zach das Blatt entgegen. »*Ich* habe ihre Vollmacht. Schon immer.«

Kapitel 40

Zach sprang auf und riss Doug das Blatt aus der Hand. »Was ist das?«

»Rebeccas letzte Patientenverfügung. Darin wird die Verfügung widerrufen, in der du als ihr Bevollmächtigter benannt wurdest. Stattdessen werde ich eingesetzt.«

Die maschinengeschriebenen Buchstaben schienen auf dem Papier zu tanzen und zu springen, sodass Zach sie kaum zu sinnvollen Worten ordnen konnte. Aber schließlich schälten sich Bruchstücke heraus.

Für den Fall …

… unheilbarer Zustand …

… fordere ich, dass alle Behandlungen eingestellt oder unterlassen werden …

… so sanft wie möglich zu sterben …

… keine lebenserhaltenden Maßnahmen …

… keine künstliche Ernährung oder andere Eingriffe …

Das Dokument war Monate nach ihrer Scheidung aufgesetzt worden, und Rebecca hatte es mit ihrer schwungvollen Unterschrift abgezeichnet. Und es war von zwei Zeugen beglaubigt worden, von denen Zach noch nie gehört hatte.

Genauso zornig wie verständnislos starrte er Doug an und schüttelte das Blatt vor seinem Gesicht. »Warum?«

»Weil ihr Wille meinen Überzeugungen widersprach.«

»Deinen Überzeugungen? Deinen *Überzeugungen*? Mein *Leben*!«, brüllte Zach ihn an. »*Rebeccas* Leben. Du kranker Hurensohn! Du hast absichtlich missachtet, was sie festgelegt hatte. Wie oft hast du mich beschimpft und mich angeschrien, ich müsste mich Rebeccas Wunsch beugen? Und die ganze Zeit …? Gott, wenn ich nur daran denke, welche Hölle ich deinetwegen durchleben musste.«

Er war so zornig, dass er das Blut in seinen Schläfen pulsieren spürte. Er hob beide Hände, ohne die Vollmacht loszulassen, und konnte nur mit größter Mühe der Versuchung widerstehen, dem alten Mann an die Gurgel zu gehen.

»Glaubst du, nur weil du eine Bibel auf dem Nachttisch liegen hast, bist du ein Heiliger? Ein Gerechter? Dass du deswegen das Recht hättest, mit dem Leben anderer Menschen zu spielen? Du bist ein kleinlicher, verlogener, rachsüchtiger Heuchler!« Er blickte auf die Verfügung und klatschte mit dem Handrücken dagegen. »Diese Zeugen. Wer sind die? Existieren sie überhaupt? Und wenn ja, wo waren sie? Warum haben sie nie dein falsches Spiel auffliegen lassen? Wurde diese Vollmacht jemals bei einem Notar hinterlegt?«

Doug ließ ihn eine gefühlte Ewigkeit köcheln. Dann antwortete er so sachlich, dass es Zach rasend machte: »Nach eurer Scheidung flatterte Rebecca von einem Ort zum anderen, ohne irgendwo länger zu verweilen. Ihre Post ließ sie an unsere Adresse schicken, damit ihr nichts Wichtiges oder

Offizielles entging. Dein Anwalt schickte uns die Bestätigung, dass du dein Testament und deine letzten Verfügungen geändert hattest. Ich riet ihr, das auch zu tun. Sie hatte vor, an Mardi Gras nach New Orleans zu kommen. Sie sagte, dann würde sie sich darum kümmern. Ich habe die offiziellen Formulare des Staates Louisiana aus dem Internet ausgedruckt. Es war ein Standardvordruck, nichts Besonderes, aber bindend. Eigentlich sollte alles ganz einfach sein. Aber als es dann ans Detail und um die lebenserhaltenden Maßnahmen ging, änderte Rebecca ihre Meinung um hundertachtzig Grad. Sie behauptete, als ihr beide eure ersten Verfügungen aufgesetzt hattet, hätte sie sich gegen deinen Willen gestellt, nur um dich zu ärgern.«

»Den Teil glaube ich gern«, stimmte Zach ihm köchelnd zu. »Was ist mit den Zeugen?«

»Männer aus meiner Kirchengemeinde.«

»Brüder im Geiste?«

»Ja.« Doug plusterte sich auf. »Männer, die glauben, dass nur Gott ein Leben schenken und nehmen darf.«

»Falsch«, feuerte Zach zurück. »Es sei denn, du glaubst, Eban Clarke hat Gottes Willen erfüllt, als er gestern Abend kaltblütig Theo Simpson erschoss.«

»Auch der Teufel tut sein Werk.«

»Darauf kannst du Gift nehmen. Und das hier ist das Ergebnis.« Er hob die Verfügung wieder an. »Wie bist du damit durchgekommen?«

Dougs Lippen verhärteten sich zu einem störrischen Strich, und er blieb so lange stumm, dass Zach schon fürchtete, er müsste die Antwort aus ihm herausprügeln. Schließlich sagte er: »Ich habe die Zeugen zu absolutem

Stillschweigen verpflichtet. Da sie meine Überzeugungen teilten, schworen sie mir, keinesfalls zu verraten, dass dieses Dokument existiert.«

»Nicht einmal, nachdem Rebecca ins Koma fiel.«

»Gerade dann nicht.«

Zachs Zorn war zu völliger Fassungslosigkeit abgeklungen. Wie konnte ein Mann, der seine Frömmigkeit derart zur Schau stellte, der so stolz war auf seinen starken Glauben, gleichzeitig so verlogen sein? »Du hast das nie bei einem Notar hinterlegt?«

»Nein. Nur Rebeccas neues Testament und eine Generalvollmacht in finanziellen Angelegenheiten.«

»Sie hat das nicht moniert?«

»Nein. Sie war damals gerade mit einem Tennisspieler in England.«

»Ich erinnere mich. Ihre heiße Affäre war in allen Zeitungen.«

»Auch wenn sie nicht länger dauerte als das Turnier in Wimbledon.«

Zach hörte den leisen Kummer in Dougs Stimme und empfand plötzlich Mitleid mit ihm. Was der Mann nicht verdient hatte, ermahnte er sich. »Was sagte Mary zu der neuen Verfügung?«

»Sie wusste nichts davon. Als du im Krankenhaus in Atlanta auftauchtest, war sie überzeugt, dass die alte noch in Kraft war. Sie hatte schreckliche Angst, dass du den Empfehlungen der Ärzte folgen würdest, dass du dich auf diese ›mutmaßliche Willensentscheidung‹ berufen könntest, von der sie ständig redeten, und dass du Rebecca von den Apparaten abhängen würdest.«

Zach musste daran denken, warum er damals den Empfehlungen der Ärzte nicht gefolgt war: wegen Rebeccas geheimer Schwangerschaft. Er konnte sich vorstellen, wie hysterisch Mary und Doug reagiert hätten, wenn sie davon erfahren hätten. »Und wenn ich entschieden hätte, mich auf ihren mutmaßlichen Willen zu berufen, Doug? Hättest du dann dieses Papier hervorgezaubert?« Er klatschte wieder mit der Hand gegen das Dokument.

»Nein. Mary und ich hätten sie sterben lassen müssen.«

»Ja, ihr hättet sie sterben lassen und mir die Schuld gegeben. Obwohl ich genau das getan hätte, was Rebecca in ihrer neuen Verfügung bestimmt hat.«

Doug hob die Schultern zu einem Achselzucken und ließ sie dann wieder fallen.

Zach lachte bitter. »Du hättest mich zu gern als Unmenschen hingestellt, der aus der Karibik angesegelt kommt und die günstige Gelegenheit nutzt, seine fremdgehende Ex-Frau aus dem Weg zu räumen.«

Doug sah ihn stumm unter den schlaffen Lidern hervor an.

»Du hast mich den Kannibalen zum Fraß vorgeworfen. Warum? War das deine Strafe dafür, dass ich mich von deiner Tochter scheiden ließ?«

»Nein, sondern dafür, dass du sie geheiratet hast.«

Zach schüttelte perplex den Kopf. »So sehr hasst du mich? Dass du so weit gehen würdest? Du hast mein Leben zerstört, Doug. Womit habe ich das verdient?«

»Du hast meine Tochter vom rechten Weg abgebracht.«

»Da täuschst du dich«, widersprach Zach hitzig. »Rebecca war schon längst nicht mehr auf dem rechten Weg, als wir uns begegneten. Wir hätten uns nie kennengelernt, wenn sie nicht überall ihre Reize präsentiert und ihre Angel ausgeworfen hätte.«

»Oh, ich weiß, sie führte ein wildes Leben. Ich hatte Schwielen an den Knien, so habe ich für ihre Erlösung gebetet. Doch ich hatte immer noch Hoffnung. Dann bist du in ihr Leben getreten. Mit deinem Ruhm und deinem Geld. Mit den Filmstars und Rockbands in deinem Freundeskreis, sodass sie Zugriff auf jedes nur denkbare Laster hatte.«

»Das mit dem Zugriff mag sein«, sagte Zach. »Aber hingegeben hat sie sich den Lastern allein, nicht mit mir, nie mit mir.« Überwältigt von seinen Erinnerungen an ihre hitzigen Auseinandersetzungen über Rebeccas Drogenkonsum, fuhr er sich mit den Fingern durchs Haar. »Einmal tauchte sie völlig weggetreten bei einem unserer Heimspiele auf und machte sich so zum Spektakel, dass die anderen Ehefrauen in unserem Team die Security riefen und sie aus dem Stadion eskortieren ließen. Glaubst du wirklich, ich hätte so ein Verhalten gefördert oder gutgeheißen, Doug? Nein. Es war beschämend. Die Drogen, der Alkohol, die offenen Affären. Nachdem wir uns getrennt hatten, war sie nur noch peinlich, und zwar nicht nur für mich, sondern auch für sich selbst.«

Doug wich zurück und ließ sich auf die Armlehne am Ende der Bank sinken. Sein ganzer Körper fiel in sich zusammen. Sein Kopf hing schwer zwischen den Schultern. »Mary hat mir immer vorgehalten, es sei falsch, dass ich dich dafür verantwortlich machte. Eigentlich waren wir uns in den meisten Dingen einig, aber in der Sache eindeutig nicht. Sie meinte, es sei falsch, dir die Schuld zu geben. Aber irgendwem musste ich die Schuld geben. Irgendwem außer mir selbst.«

Er drehte den Kopf zur Seite und sah zum Altar, doch Zach hatte den Eindruck, dass er statt des Buntglasfensters eine lange Reihe von Jahren sah, die sich in der fernen Vergangenheit verlor.

»Wir benannten sie nach der Rebecca aus der Bibel. Schon als kleinem Kind bläute ich ihr unseren Glauben ein. Aber sie verschloss ihre Ohren. Sie rebellierte. Machte sich lustig. Je mehr ich ihr predigte, desto ungehorsamer wurde sie. Sie trotzte jeder Bestrafung, sie war unverbesserlich. Als sie in die Highschool kam, war es fast, als hätte sie sich ein Hobby daraus gemacht, uns zu blamieren. Als sie nach dem ersten Semester im Junior College ihr Studium hinwarf, kam es zum Bruch. Das war der Wendepunkt. Sie erklärte uns, sie hätte uns und unser trübes, freudloses Leben satt. Sie sagte: ›Ich mache mein eigenes Ding, und ihr werdet mich nicht aufhalten.‹ Nachdem sie mit ihren Taschen aus dem Haus marschiert war und die Tür hinter sich zugeworfen hatte, weinte Mary tagelang.« Er verstummte kurz und hustete hinter vorgehaltener Faust, um seine Gefühle zu überspielen. »Ich habe sie vom ersten Tag an geliebt. Ich liebe sie immer noch. Aber ich … ich bin nicht sicher, ob ich ihr das je gesagt habe. Jedenfalls nicht ausdrücklich.« Er wischte seine Nase am Ärmel ab. »Viele Stunden habe ich mir seither das Hirn zermartert und mich gefragt, ob ich vielleicht zu streng zu ihr war. Wenn ich ein bisschen nachsichtiger gewesen wäre, wäre sie vielleicht nicht auf dieser Party in Atlanta gelandet und hätte nicht nach immer neuen Abenteuern gesucht. Dann hätte sie … hätte sie sich vielleicht nicht für diese Würgespiele hergegeben.«

Zach wartete eine halbe Minute stumm ab, ehe er durch

die Bank ging und Doug die Verfügung in die Hand drückte. »Ich lasse mich nicht zum Schweigen verpflichten, Doug.«

Doug nahm ihm das Blatt ab und strich es auf seinem Schenkel glatt, wie er es offensichtlich schon zahllose Male getan hatte, erdrückt von seiner Schuld, dieses Dokument geheim gehalten zu haben. »Ich übergebe es Dr. Gilbreath.«

»Dir ist klar, was das heißt?«

»Das heißt, dass du endlich vom Haken bist, Zach.« Mit der Fingerspitze fuhr er die geschwungene Unterschrift auf dem Dokument nach. »Und dass Rebecca ihr eigenes Ding machen wird.«

Epilog

»Ich habe dich vermisst, trotzdem war es sehr anständig von dir, bei Doug zu bleiben.« Kate kuschelte sich an Zach. Sie lag zusammengerollt auf seinem Schoß, während er in seinem Lieblingssessel vor dem Kamin saß, in dem ein kleines Feuer brannte.

»Ich musste ihm helfen, mit allem fertigzuwerden. Dr. Gilbreath war ein wahrer Segen.«

»Ich bin sicher, dass ihr Mitgefühl aufrichtig war, aber bei ihr gehört es zum Job, Trost zu spenden. Dass du bei Doug geblieben bist, war ein Akt der Güte, den er nicht verdient hat. Aber das ist typisch für die Umsicht, die ich so oft bei dir erlebt habe. Das heißt, seit ich dich näher kennengelernt habe.«

»Seit du mich näher kennengelernt hast?«, fragte er.

»Also, an dem ersten Morgen dachte ich, du wärst …«

»… ein absoluter Esel.«

»So wie ich immer angenommen hatte.«

»Was hat dich umgestimmt?«

»Unser erster richtiger Kuss.«

Er drückte sie lachend an seine Brust und hob mit einem Finger ihr Gesicht an, um diesen ersten Kuss zu wiederholen.

Während seines dreiwöchigen Aufenthalts in New Orleans war der Wohnbereich seines Hauses von Grund auf restauriert worden. Er hatte die Arbeiten demselben Innenarchitekten übertragen, den er damals beauftragt hatte und der sein augenblickliches Projekt kurzfristig unterbrochen hatte, um Zachs Heim wieder in den vorkatastrophalen Zustand zu versetzen.

Das Parkett war herausgerissen und durch neues ersetzt worden, genau wie alle Teppiche. Ein neuer Kronleuchter war aufgehängt worden, und alles, was nicht ausgetauscht worden war, war gründlich gereinigt worden.

Dennoch hatte Zach sich gefragt, wie er sich fühlen würde, wenn er dorthin zurückkehrte. Hatten die Ereignisse jener Nacht unauslöschliche Spuren hinterlassen? Würde der Raum immer Erinnerungen daran wecken, was hier passiert war?

Aber als er heute Nachmittag zum ersten Mal seit seiner Abreise nach New Orleans sein Haus betreten hatte, schien die Sonne durch die hohe Fensterwand am anderen Ende. Kate hatte eine blühende Orchidee auf dem neuen Couchtisch arrangiert. Das Foto von ihm mit seinen Eltern war neu gerahmt worden. Bing hatte sich mit einem Elektriker gestritten, der den Dimmer an einer neuen Lampe einzustellen versuchte.

Der heimelige Anblick hatte alle üblen Erinnerungen ausgelöscht. Zach hatte nur eines empfunden, und das war Vorfreude. Er wollte in diesem Haus, das er so liebte, neue Erinnerungen schaffen, und zwar mit dieser Frau, die er so liebte.

Ja, zu diesem Schluss war er gekommen. Er liebte Kathryn Cartwright Lennon und konnte sich keine Zukunft ohne sie vorstellen. Der Kuss, den sie jetzt austauschten, zeigte nur, wie sehr er sich nach diesem Leben mit ihr verzehrte und wie sehr er sich wünschte, es würde möglichst bald beginnen.

Nachdem sie sich voneinander gelöst hatten, streckte er die Beine in Richtung des neuen Couchtisches aus, um die Füße darauf abzulegen. Aber die Tischplatte wurde komplett von einem riesigen Obstkorb eingenommen. »Wer hat eigentlich diese Monstrosität geschickt und wofür?«

»Mr. Mackey Parks.«

»Der Manager von GreenRidge?«

»Er hat den Korb heute Morgen persönlich abgeliefert.«

»Du machst Witze.«

»Während der Renovierung hat er ein paar von seinen Leuten zum Helfen hochgeschickt, damit die Arbeiten rechtzeitig fertig werden. Ich soll dir von ihm ausrichten, dass ihm leidtut, was du durch Eban Clarke ertragen musstest, und dass du nicht länger von seinem Verkaufsteam belästigt wirst. Er meinte, du hättest deine Seite des Berges mehr als verdient.«

»Anständig von ihm.«

»Und er würde zu gern eine Runde Golf mit dir spielen, wenn dir irgendwann danach ist.«

»Mal sehen.«

»Vielleicht wäre es gar nicht schlecht, wenn du ab und zu von deinem Berg herunterkämst«, sagte sie. »Wenn du ein paar Kerle aus dem Ort kennenlernen würdest, mit denen du abhängen, ein paar Biere kippen, dreckige Witze reißen, rülpsen und dich am Sack kratzen kannst.«

»Woher weißt du, was Männer tun, wenn sie miteinander abhängen?«

»Versuch nicht abzulenken.« Sie strich mit dem Finger über seine Wange. »Du warst so lange ein Eremit. Zu lange.«

»Du klingst schon fast wie Bing. Gott steh mir bei.«

Seine ironischen Bemerkungen konnten sie nicht davon abbringen, den Elefanten im Raum anzusprechen. Sie hob die Hand und strich eine Haarsträhne aus seiner Stirn. »Du brauchst nicht mehr so abgeschieden zu leben, Zach. Es ist vorbei. Aus. Bist du bereit, darüber zu sprechen?«

»Mit dir, ja. Sonst nicht.«

»Ich verspreche dir hoch und heilig zu schweigen.«

Er starrte in die flackernden Flammen. »Nachdem Doug die Verfügung abgegeben hatte, dauerte es noch drei lange Tage. Rebecca musste nicht leiden, er umso mehr. Für ihn waren es Höllenqualen. Fast die ganze Zeit war er bei ihr im Zimmer. Ich habe ihn allein gelassen, bis sie gestorben war. Anschließend war er völlig verloren, darum bin ich noch geblieben. Er konnte keinen klaren Gedanken mehr fassen, brachte nichts mehr zustande. Ich habe ihm unter die Arme gegriffen. Die Leute reagieren immer noch, wenn *Zach Bridger* etwas möchte. Ich spielte die Prominentenkarte aus, damit alles so glatt wie möglich lief.«

»Er hat dir übel mitgespielt, Zach. Und du hast ihm mehr als vergeben. Wie hast du das geschafft?«

Er überlegte kurz. »Wenn es mein Kind gewesen wäre? Mein einziges Kind?« Er sah ihr in die Augen. »Wenn es du gewesen wärst? Ich glaube, ich hätte jeden umgebracht, der mich zu zwingen versucht hätte, dich gehen zu lassen.«

Ihre Augen füllten sich mit Tränen. »Du willst unbedingt, dass ich mich in dich verliebe, oder?«

»Ich arbeite daran.«

Sie sahen sich eine halbe Ewigkeit in die Augen. Ihre Stimme bebte immer noch leicht, als sie fragte: »Du hast ihm trotzdem nichts von Rebeccas Schwangerschaft, von dem verlorenen Kind erzählt?«

»Nein. Das habe ich ihm erspart.«

»Wie war Rebeccas Beerdigung?«

»Untypisch für New Orleans. Keine Jazzband. Es war eine ernste, private Feier mit Dr. Gilbreath, mir, ein paar Angestellten aus der Einrichtung und einer Handvoll Freunde von Doug und Mary aus der Kirche.«

»Die Presse?«

»War nicht dabei.«

»Du hast sie so zurechtgestutzt, dass sie nicht mehr kamen.«

Nach Rebeccas Tod war er vor den Eingang des Pflegeheims getreten, um sich an die Menge von Reportern und Fotografen zu wenden, die seit Tagen auf dem Rasen und auf der Straße Position bezogen hatten und auf Neuigkeiten warteten. Er hatte sich ausgerechnet, dass sie ihn und Doug umso länger und hartnäckiger jagen würden, je länger er ihnen auswich und jeden Kommentar verweigerte. Um das zu vermeiden, hatte er sich ihnen gestellt.

Er hatte stumm abgewartet, bis ihm keine Fragen mehr entgegengeschleudert wurden, dann hatte er erklärt, dass Rebecca friedlich eingeschlafen sei und dass er keine Fragen nach ihrem Tod beantworten würde.

Seine Antworten wurden landesweit im Fernsehen übertragen. Hatte man ihm erzählt. Er hatte es sich nicht angesehen.

»Es war ein brillantes Statement, Zach«, sagte Kate. »Du

hast genau den richtigen Ton angeschlagen. Die Passage über den Gladiator war besonders inspirierend.«

»Gladiator?«

»Du hast gesagt, die neuen Kommunikationsmittel und sozialen Medien hätten die Welt zum Positiven verändert. Aber dass sie auch eine öffentliche Arena geschaffen hätten, in der jeder, nicht nur Prominente, sondern absolut jeder seine Privatsphäre, seine Integrität, manchmal sogar sein Leben gegen die Sensationsgier eines riesigen, blutrünstigen Publikums verteidigen müsste.«

»Von einem Gladiator habe ich nichts gesagt.«

»Aber genau so hast du es gemeint.«

»Was ich auch gesagt habe, jedenfalls hat es die Menge vor dem Heim zerstreut, und sie haben sich von der Beerdigung ferngehalten.«

»Wegen der Umstände, unter denen er starb, war es auch bei Upton Franklin eine schlichte Beerdigung«, sagte sie. »Der Generalstaatsanwalt war dort. Er hat mir erzählt, Sid Clarke hätte allein in einer Bank gesessen und die ganze Zeit geweint.«

»Was ist mit Ebans Beerdigung?«

»Da gab es gar keine Feier, nur eine private Beisetzung im Familiengrab. Es geht das Gerücht um, dass Sid die Leitung seines Konglomerats den diversen CEOs überlassen hat und für eine unbestimmte Zeit ins Ausland gegangen ist. Er wurde durch seinen Sohn bloßgestellt und ist tief gefallen. Man könnte fast Mitleid mit ihm haben, oder?«

Zach, dem Dougs tiefe Trauer noch frisch im Gedächtnis war, zeigte sich nicht gewillt, so gnädig über Sid Clarke zu urteilen wie Kate, aber er beneidete ihn nicht um die Jahre, die er damit verbringen würde, die von seinem Sohn verursachten Tragödien zu verarbeiten.

»Und Theo?«, fragte er.

»Auch ein stilles Begräbnis. Ich konnte nicht hinfahren, aber ich habe Blumen geschickt und für uns beide unterschrieben.«

»Danke. Und deine Aktien beim Generalstaatsanwalt stehen wieder gut?«

»Oh, aber ja.« Sie lächelte spröde. »Insgeheim ist er wahrscheinlich erleichtert, wie alles ausgegangen ist.«

»Damit kann er den Fall abhaken.«

»Korrekt. Problem gelöst. Er brauchte nicht öffentlich zu einem komplexen Thema Stellung zu nehmen, und er hat sich nicht die Hände schmutzig gemacht. Bei einer Pressekonferenz hat er mich öffentlich für meinen Mut gelobt, schwere Fälle anzugehen.«

»Hat der Drecksack auch erwähnt, dass du beinahe dabei gestorben wärst?«

»Als Fußnote.«

»Bastard«, murmelte Zach.

»Ist egal. Ich weiß, dass er immer zuerst Politiker bleiben wird.«

Nach weiterem Gegrummel fragte Zach: »Und Cal ist immer noch auf dem Weg der Erholung?« Er war aus dem hiesigen Krankenhaus nach Atlanta verlegt worden.

»Er wird sich wahrscheinlich voll erholen, im Idealfall noch bevor das Baby kommt. Bing wollte in Atlanta Station machen, wenn er nach Greenville fährt, und den beiden einen Besuch abstatten. Er und Melinda haben einen guten Draht zueinander.«

»Muss ich eifersüchtig werden?«, fragte Zach.

Sie lachte. »Ich glaube nicht. Er vergöttert dich, Zach. Er liebt dich.«

»Fluch und Segen zugleich.«

»Mir kannst du nichts vormachen. Du liebst ihn genauso. Jedenfalls hat er sich vor seiner Abfahrt zu Thanksgiving bei uns eingeladen.«

Er sah sie zweifelnd an. »Kannst du überhaupt kochen?«

»Na ja, einfache Sachen schon. Aber ein Thanksgiving-Dinner überschreitet meine Fähigkeiten bei Weitem, darum hat Bing angeboten, den Truthahn zu braten.«

»Du kannst dich jetzt schon fürchten.«

Wieder lachte sie. »Er wird Hilfe bekommen. Mutter macht die Beilagen.«

Er zog eine Braue hoch.

»Ich habe auch meine Eltern eingeladen«, bekannte sie leicht verlegen. »Ich hoffe, das ist in Ordnung.«

»Klar. Solange sie Football mögen.«

»Keine Sorge. Sie sind absolute Fans. Aber sei gewarnt, Daddy ist bestimmt hingerissen von dir.«

»Obwohl ich mit seiner Tochter schlafe?«

»Nur einmal.«

Er knurrte. »Mehr als einmal.«

»Aber wir haben nur eine Stunde geschlafen.«

»Trotzdem waren es drei Mal.«

»Dreimal, wenn du … *das* mitzählst.«

»Oh, und wie ich *das* mitzähle.« Er fuhr mit dem Daumen über ihre Unterlippe, verstärkte den Druck und schob die Daumenspitze zwischen ihre Zähne bis zur Zunge. »Bevor wir *das* gemacht haben, fand ich, dass ich noch nie was so Erotisches gesehen hatte, wie dich beim Kaffeeschaumschlecken zu beobachten.«

Sie wurde rot und stieß einen kleinen atemlosen Laut aus, als er seine Hand von ihrem Mund löste. »Du bringst uns schon wieder aus der Spur.«

»Gar nicht. Ich bin absolut in der Spur.« Er schob die Hand unter ihr Top und in ihren BH. »Was nur gut ist, weil es so aussieht, als hättest du vor, hier viel Zeit zu verbringen.«

»Nun ja.« Sie nahm seine Hand von ihrer Brust und erklärte dann mit fester Staatsanwältinnenstimme: »Zuerst müssen einige logistische Probleme geklärt werden, Mr. Bridger.«

»Wie zum Beispiel?«

»Mir fehlt noch eine Einladung von dir.«

»Hiermit bist du eingeladen. Was noch?«

»Ich habe einen Job. In dem ich gut bin. Und den ich behalten will.«

»Dann behalte ihn. Ich habe auch einen Job, in dem ich gut bin, und ich will ihn auch behalten.«

»Aber ich will auch dich. Unbedingt.«

»Mehr muss ich gar nicht hören, Kate. Das ist das Einzige, was zählt. Die logistischen Probleme können wir immer noch lösen. Eins nach dem anderen. Okay?«

»Okay. Aber …«

»Aber?«

»Ich bin eine Planerin.«

»Ich habe auch Pläne.« Er sah sich um. »Das ist ein großes Haus. Wir sollten es mit Leben füllen.«

»Dein Innenarchitekt hat es wirklich gut eingerichtet.«

»Ja, aber ich dachte eher an so was wie einen Jungen, dem ich das Werfen beibringen kann. Mit Mädchen kenne ich mich nicht so gut aus, aber es gibt keinen Grund, warum die nicht auch Bälle werfen sollten, oder?«

Kate schob ihn weg und setzte sich auf. »Du überspringst mindestens fünf Stufen.«

Er hob sie hoch und ging mit ihr in Richtung Treppe. »Eine Stufe, die wir übersprungen haben, werde ich sofort nachholen.«

Selbst mit ihr in den Armen nahm er immer zwei Stufen auf einmal. Im Schlafzimmer setzte er sie ab und legte beide Hände an ihre Wangen. »Willst du ins Bett?«

»Nicht unbedingt.«

Den Mund auf ihren gepresst, drückte er sie an die Wand. Nach einem feurigen Kuss begann er, sie auszuziehen, an ihren Kleidungsstücken zu zerren – wobei er die unkooperativen unter Flüchen zur Seite schleuderte, wenn er sie daraus befreit hatte –, bis er schließlich auf Knien ihre Hose von den Beinen schälte. Er küsste sie durch ein Höschen hindurch, das so klein und durchsichtig war, dass es beinahe rein symbolisch wirkte. Auch das war bald Geschichte.

Und dann lag sein Mund auf ihr, kostete sie, suchte mit der Zunge jenen lustvollen Punkt, bis sie nach kürzester Zeit die Hand in seine Haare krallte und seinen Namen stöhnte. Er ließ nicht ab, bis ihr Höhepunkt abklang und sie über ihm zusammensackte.

Er stand auf, nahm ihren erschlafften Körper in die Arme und trug sie zum Bett. Sie verfolgte schläfrig, aber erregt, wie er sich auszog. »Du bist fantastisch, und ich liebe dich.« Sie streckte die Hand nach ihm aus. »Komm her.«

Er streckte sich über ihr aus, und wie im Fieberrausch drang er mit einem animalischen atemberaubenden Stoß in ihr weiches, empfängliches Innerstes vor, so als wollte er sie endgültig in Besitz nehmen.

Der Quarterback, der so viele schwer umkämpfte, knochenharte Meisterschaftsspiele mit einem tödlichen Pass in der letzten Sekunde entschieden hatte, war endlich erlöst, erlöst durch diese wunderschöne, zierliche Gestalt mit den Haaren in der Farbe des aufgehenden Vollmonds und den topasblauen Augen.

Bei jedem Stoß raunte er fiebrig ihren Namen und dankte dem Tag, an dem sie auf sein Grundstück und in sein Leben getreten war.

Als er tief in ihr kam, zersprang seine Seele nicht.

Sie war endlich befreit.

Leseprobe

aus »Sicher bist du nie«
von Sandra Brown

Prolog

Fürs Protokoll …

Sollte ich wider Erwarten irgendwann gefasst werden, werden alle behaupten, ich sei wahnsinnig.

Das trifft es sogar, aber nur wenn man wahnsinnig als Synonym für wütend verwendet.

Um einen Plan wie den meinen in die Tat umzusetzen, darf man geistig nicht fragil sein. Ich bin vollkommen zurechnungsfähig. Ich handle rational. Meine Tat wird nicht geisteskrank wirken, denn das bin ich nicht.

Ich bin einfach nur wütend.

In mir brodelt heißer Zorn. Und das schon lange. Andere, die etwas Ähnliches planen wie ich, sind so dumm, ihr Vorhaben anzukündigen. Sie machen ihrem Groll in den sozialen Medien Luft, vertrauen ihre morbiden Gedanken vermeintlichen Freunden an, bannen ihre manischen Fantasien auf Papier, entwerfen gespenstische Szenen von Tod und Zerstörung. Sie füllen Notizbuchseiten mit hingekrit-

zeltem Unfug, den Psychologen und FBI-Profiler im Nachhinein zu entziffern versuchen, weil sie hoffen, ein Motiv für eine Tat zu finden, die gemeinhin als »sinnlos« beschrieben wird.

Sinnlos ist allenfalls der Versuch, sie zu analysieren. Damit werden nur Zeit und Steuergelder vergeudet. Ein Individuum, das so eine Tat begeht, ist nicht notwendigerweise psychisch krank, es muss nicht von einem persönlichkeitsverändernden Tumor befallen sein, unter einer selten hormonellen Schieflage leiden oder mit ungezügelter Triebhaftigkeit geschlagen sein.

Nein. Gut möglich, dass dieser Mensch einfach nur stinkwütend war.

So wie ich. Ich bin stinkwütend, aber gesund. Und ich werde meiner Wut auf eine Art und Weise Luft machen, an die man sich noch lange und unter Wehklagen erinnern wird. Aber ich werde nicht den Fehler begehen, das vorab anzukündigen. All die Idioten, die zu ungeduldig sind, werden festgenommen oder von einem Sondereinsatzkommando liquidiert, wenn sie nicht von eigener Hand sterben.

Ich habe nicht vor, so zu enden. Ich weiß genau, dass ich nicht gefasst werde.

Ich werde diese Waffe benutzen. Sie kann unmöglich zurückverfolgt werden. Dafür habe ich gesorgt. Sie wurde noch nie bei einem Verbrechen verwendet. Sie ist leicht zu transportieren und zu verbergen, dabei aber nicht weniger tödlich als ein AR-15 Sturmgewehr.

Wie man sieht, habe ich alles bedacht.

Es bleibt nur ein winziges Problem, ein einziger, leicht beunruhigender Haken: Ich weiß nicht, wann und wo ich mei-

nen Plan in die Tat umsetzen werde. Ich muss notgedrungen einen günstigen Augenblick nutzen, sobald er sich bietet und wie er dann auch aussehen mag.

Aber ich bin nicht blöd. Wenn mir etwas komisch vorkommt oder zu viel Polizei vor Ort ist oder etwas anderes nicht stimmt, blase ich die Sache ab und verschiebe mein Vorhaben auf einen anderen Tag.

Schon mehrmals musste ich solche bedauerlichen Rückschläge hinnehmen. Mehrere Male erschienen die Umstände anfangs ideal, und ich dachte: Heute passiert's Doch dann kam jedes Mal irgendetwas dazwischen, was mich davon abhielt, den entscheidenden Schritt zu tun. Einmal war es ein Gewitter. Ein anderes Mal waren die Bedingungen optimal, doch dann bekam ein alter Mann einen Schlaganfall. Wer hätte das gedacht? Plötzlich war alles voller Sicherheitskräfte und Sanitäter. Es wäre dumm gewesen, an meinem Plan festzuhalten.

Diese Rückschläge sind frustrierend und ärgerlich und hinterlassen einen bitteren Nachgeschmack.

Es ist zwar ein Nachteil, dass ich Zeit und Ort nicht selbst bestimmen kann, doch diese Unberechenbarkeit hat auch Vorteile. Ich kann mich nicht durch eine unbedachte Bemerkung verraten, ich kann nicht aus Versehen einen Hinweis geben, der jemanden auf mich aufmerksam machen oder Misstrauen erregen könnte.

Spontan zu handeln ist auch insofern von Vorteil, als ich dadurch nicht groß Zeit habe, nervös zu werden oder Skrupel zu entwickeln, wenn sich endlich eine günstige Gelegenheit bietet und alle Systeme auf Start stehen. Dann muss ich zielstrebig und ohne Zögern zuschlagen.

Deshalb bin ich allzeit bereit. Ich bin wachsam. Ich kann jederzeit loslegen. Ich werde es wissen, wenn der Zeitpunkt gekommen ist. Und dann werde ich handeln.

Und das Beste daran? Niemand wird mich verdächtigen.

Kapitel 1

»Sie haben nicht gelogen, als Sie behauptet haben, Sie seien der Beste.« Der CEO von John Zimmerman Industries überreichte ihm strahlend lächelnd einen Überweisungsbeleg. »Vor einer Stunde wurde Ihr Honorar auf Ihr Konto überwiesen zusammen mit sämtlichen angefallenen Bonuszahlungen.«

»Danke.« Calder Hudson kontrollierte die Zahlen auf dem Beleg. Die Kontonummer war korrekt, und die Summe vor dem Komma setzte sich aus sechs fetten schwarzen Ziffern zusammen.

»Scheint in Ordnung zu sein.« Calder faltete den Beleg zusammen, schob ihn in die Brusttasche seines Maßanzugs und lächelte die versammelte Geschäftsleitung an. »Es war mir ein Vergnügen, meine Damen und Herren. Darf ich JZI als Referenz angeben?«

Der CEO sprach im Namen aller Anwesenden, als er sagte: »Natürlich, natürlich. Wir werden Ihnen eine exzellente Bewertung geben.«

Calder zog eine Braue hoch. »Mit besonderem Augenmerk auf Diskretion.«

Die Gruppe lachte leise.

»Versteht sich«, sagte der CEO.

Calder nickte zufrieden, bedankte sich bei der Gruppe im Ganzen und ging dann mit gemessenen Schritten den Kreis ab, wobei er jedem Einzelnen die Hand drückte wie ein Segen spendender Geistlicher. Er wünschte allen einen schönen Abend, nahm seinen Aktenkoffer und verließ den Konferenzraum.

Bis zum Aufzug behielt er seinen trügerisch entspannten Gang und die lockere Körperhaltung bei, doch in seinem Kopf feierte er jetzt schon *Mardi Gras, Baby,* und er allein führte die Karnevalsparade an.

Es war eine lange Aufzugfahrt vom obersten Stockwerk des Wolkenkratzers aus Glas und Stahl im Herzen von Dallas bis in die Tiefgarage, doch noch beim Aussteigen kribbelten Calders Adern so vor Selbstverliebtheit, dass er sich mit einem Faustpumpen gratulieren musste. Sein Triumphschrei hallte durch die leere Betonhöhle.

Wie gewünscht war sein Jaguar auf einem VIP-Stellplatz in der ersten Reihe abgestellt. Mehr als drei Monate war er in einem Mietwagen herumgegurkt und darum überglücklich, wieder in seinem geliebten Sportwagen sitzen zu können.

Er küsste seine Fingerspitzen und klopfte damit aufs Autodach. »Hi, Süße. Hast du mich vermisst?« Dann streifte er den Mantel ab, legte ihn zusammen mit dem Aktenkoffer auf den Beifahrersitz, startete den Motor und lauschte mit einem wohligen Schauer dem leisen, gefährlichen Grollen, das er so vermisst hatte.

Er setzte rückwärts aus dem Parkplatz und nahm die scharfen Kurven der Auffahrt so rasant, dass die Reifen quietschten. »Bahn frei für den König der Straße«, flüsterte er und schoss mit einem süffisanten Lächeln aus der Tiefgarage.

Die Rushhour war schon vorbei, der Berufsverkehr abgeflaut. Aber es hätte ohnehin kein Autofahrer gewagt, ihm den Weg abzuschneiden. Nicht heute. Er schoss an mehreren Innenstadtkreuzungen über gelbe Ampeln und bog schließlich auf die Rampe zum Freeway.

Die untergehende Sonne färbte den Himmel mit blutorangeroten Streifen, und er setzte die Sonnenbrille auf, bevor er Shauna über die Freisprechanlage anrief.

Sie antwortete beim zweiten Läuten. »Hallooo, schöner Mann.«

»Hallooo, meine Schöne.«

»Wie ist es gelaufen?«

»Also, ich kann nicht für alle sprechen, aber für *mich* lief es super.«

»Ich hör es an deiner Stimme. Sie trieft nur so vor Einbildung.«

»Ich reiße mich wirklich zusammen, aber du weißt …«

»Ja, ich weiß. Ich kenne das zur Genüge, und ich finde es unerträglich.«

Er grinste. »Du erträgst es aber trotzdem, oder?«

»Nicht so hochnäsig, bitte! Wo bist du?«

»Auf dem Weg nach Hause. Und du?«

»Nach Hause? Du solltest doch hierherkommen.«

Calders gute Laune kühlte schlagartig um einige Grad ab, als ihm einfiel, dass Shauna heute Abend arbeiten sollte. Ihm wollte nur nicht einfallen, wo sie ihren Einsatz hatte. »Bist du noch im Studio?«

»Nein, wir sind schon auf dem Festgelände. Ich schlage im Übertragungswagen die Zeit tot, während die Crew alles für das Interview vorbereitet.« Sie schnaufte genervt. »Du hast es vergessen, habe ich recht? Ehrlich, Calder. Du hast versprochen, dass du kommen würdest.«

Das Volksfest. Richtig. »Ich habe gesagt, ich würde es mir überlegen.« Wobei es nichts zu überlegen gegeben hatte. Schon während seiner Antwort hatte er gewusst, dass er sich drücken würde. Er würde auf gar keinen Fall auf einen Jahrmarkt fahren. »Wie lange wirst du brauchen?«

»Wir machen das Interview eine Stunde vor Konzertbeginn. Ich will das Backstage-Flair vor dem Auftritt einfangen. Auch wenn ich nicht bis zum Ende bleiben muss, eine Weile bin ich bestimmt noch hier.«

Nichts von dem, was sie sagte, gefiel ihm. »Ich habe gerade meinen größten Auftrag abgeschlossen. Ich bin über hundert Riesen reicher, und die großen Tiere haben mir praktisch die Füße geküsst, weil sie mich bezahlen durften. Das will ich feiern, und zwar gleich.«

»Wir werden das feiern. Aber erst in ein paar Stunden, weil der Produzent in letzter Sekunde das Interview in die Zehn-Uhr-Nachrichten eingeschoben hat.«

Ein paar *Stunden?* »Wer ist denn so wichtig? Ist der Präsident in der Stadt?«

»Besser: Bryce Conrad.«

»Wer?«

»Nur der strahlendste Superstar am Country-Himmel.« Sie versuchte gar nicht erst, ihre Begeisterung zu verhehlen.

»Nie von ihm gehört.«

»Und ob! Ich habe dir erzählt, dass er normalerweise wahnsinnig kamerascheu ist, aber dass er *mir* ein Interview geben will. Wir haben mindestens zehn Minuten darüber geredet.« Eine Pause, dann: »Aber du hast nicht zugehört, war ja klar.«

»Setz mir nicht so zu, okay? Ich musste mich auf meinen Job konzentrieren. An diesem Wochenende stand für mich eine Menge auf dem Spiel.«

»Für mich auch, Calder«, fuhr sie ihn an. »Wenn du zugehört hättest, wüsstest du, dass dieses Interview mit Bryce Conrad ein echter Coup ist. Ein *Riesencoup.* Heute Nachmittag hat *Entertainment Tonight* angerufen. Sie bringen am Wochenende ein Feature über ihn und wollen ein paar Ausschnitte aus meinem Interview reinschneiden. Du bist also nicht der Einzige, der einen Supertag hatte, okay? Und danke der Nachfrage übrigens.«

Wenn sie so weitermachten, würde sein Höhenflug in einem Absturz enden. Er wollte sich seine Laune nicht durch einen Streit über einen dahergelaufenen Countrysänger vermiesen lassen. Also musste er wohl oder übel gut Wetter machen. »Na schön, tut mir leid. Ich hätte besser zuhören sollen. Das mit *ET* ist genial.«

Besänftigt erwiderte sie: »Selbst wenn sie mein Interview nicht verwenden, haben sie mich immerhin auf dem Radar.«

»Ein Grund mehr, heute Abend zu feiern. Wann bist du ungefähr zu Hause? Dann stelle ich den Champagner kalt.«

»Kannst du wirklich nicht herkommen wie abgemacht?«

»Auf einen Rummelplatz?« Er schnaubte. »Ernsthaft, Shauna.«

»Gut, es ist ein bisschen weit draußen, trotzdem …«

»Shit, das ist praktisch in Oklahoma.«

»Es sind fünfundvierzig Minuten, wenn du den Expressway nimmst. Bitte. Es wird bestimmt spaßig.«

»Verglichen womit? Einer Darmspiegelung? Außerdem musst du arbeiten, während ich dumm rumstehe und Taschenbillard spielen darf.«

»Bis du hier ankommst, bin ich mit dem Interview wahrscheinlich schon durch. Komm schon. Es ist so ein schöner Abend.«

»Shauna …«

»Ich hinterlege am Nordeingang, da gibt es auch reservierte Parkplätze, einen VIP-Pass für dich. Schreib mir, wenn du da bist, dann sage ich dir, wo du mich findest. Wir bleiben nur ein paar Songs, danach verschwinden wir, versprochen.«

»Ich kann mir nicht vorstellen, worauf ich heute Abend weniger Bock hätte als auf einen Provinzrummel. Viel Glück mit deinem Interview. Wir sehen uns später zu Hause. Bis dann.«

Calder legte auf. Seine Euphorie hatte sich in Groll und Enttäuschung aufgelöst. Er drehte das Radio lauter, ärgerte sich über den Song, der gerade lief, und schaltete es aus.

Er hatte sich in seinem Erfolgsrausch ausgemalt, wie ihn zu Hause Shaunas heißer Körper und eine Flasche eiskalter Champagner auf den Seidenlaken erwarten würden. Ein überlaufenes, verdrecktes Festgelände war das Gegenteil dieser Fantasie. Er hatte jedes Recht, eingeschnappt zu sein.

Aber nach ein, zwei Meilen auf dem Freeway nahm er den Fuß vom Gas und gestand sich zähneknirschend ein, dass er ihren Einsatz heute Abend tatsächlich verschwitzt hatte. Offenbar war dieses Interview ein Meilenstein in ihrer Karriere, und die war ihr extrem wichtig.

Sie würde schmollen oder ihn sogar mit eisigem Schweigen strafen, wenn sie heimkam. Ihm stand ein Abend in der

Beziehungstiefkühltruhe bevor. An Sex wäre nicht zu denken. Ganz ohne Frage.

Und wenn er stattdessen unerwartet auf dem Volksfest auftauchte? Sie überraschen? Er würde sich entschuldigen: *Ich war ein Esel. Tut mir leid.* Was zwar nicht die Wahrheit wäre, trotzdem konnte er nach einer Entschuldigung auf Tauwetter hoffen und damit seine Chancen, sie flachzulegen, deutlich erhöhen, und dieser Punkt hatte oberste Priorität.

Alles in allem …

Er schwenkte direkt vor einem Sattelschlepper über dessen Spur und wurde dafür mit lautem Hupen bestraft. Calder zeigte dem Fahrer den Mittelfinger, trat wieder aufs Gas und steuerte mit seinem Jaguar die Ausfahrt an.

***

»Charlie, schau hierher, Charlie. Schau Mommy an!«

Elle schaffte es, mit ihrer Handykamera ein sabberiges, breites Strahlen einzufangen, als ihr Sohn auf dem Minikarussell an ihr vorbeiglitt. Bei der nächsten Runde konnte sie dank Glendas hilfreicher Unterstützung sogar ein mehrere Sekunden langes Video mit einem winkenden Kind aufnehmen. Glenda hatte großherzig angeboten, eine Runde mitzufahren; es war bereits Charlies fünfte Fahrt.

Als das Karussell langsamer wurde und anhielt, stieg Glenda mühsam ab und versuchte dabei gleichzeitig, den zappelnden Zweijährigen festzuhalten, der um jeden Preis auf seinem lackierten Pony sitzen bleiben wollte. Sie schleppte Charlie zu Elle, die ihr den Jungen abnahm.

»Danke«, sagte Elle. »Noch eine Runde auf dem Ding und ich hätte mich übergeben müssen.«

Glenda lachte. »Weil dir schwindlig war oder wegen der Musik?«

»Beides. Diese Drehorgel wird mir noch tagelang in den Ohren klingen.«

»Mir auch, aber ich hätte um nichts auf der Welt auf einen Ausritt mit meinem Lieblingscowboy verzichten wollen.« Glenda tätschelte Charlies Wange. Sein Gesicht klebte vor Zuckerwatte, aber Glenda überging Elles Entschuldigung mit einem Lachen. »Kein Thema, aber ich muss jetzt los. Die Mädels haben mir geschrieben. Sie sitzen drüben im Biergarten bei einem Pitcher Frozen Margarita, der angeblich laut nach mir ruft.«

»Dann zisch ab«, sagte Elle, die gerade versuchte, Charlie im Kinderwagen festzuschnallen. Er streckte den Rücken durch, um sie daran zu hindern. »Ich wollte sowieso nicht so lange bleiben und sollte schleunigst verschwinden. Ich habe das Gefühl, dass mir ein Übermüdungstobsuchtsanfall bevorsteht.«

Sie fischte Charlies Schlappohrhasen »Bun« aus der Tasche hinten am Kinderwagen und drückte ihn ihrem Sohn in die Hand. Kurzzeitig besänftigt, stopfte er sich das Stofftier unter den Arm.

Glenda meinte bedauernd: »Zu schade, dass du nicht mit uns aufs Konzert gehen kannst.«

»Finde ich auch, aber das war ein spontaner Ausflug. So kurzfristig ist kein Babysitter zu finden.«

Nach einem Vormittag mit Wäschewaschen und ein wenig Haushalt hatte sie sich zum Arbeiten in ihr Homeoffice zurückgezogen, wo sie Charlie mit seinen Spielsachen, Büchern und mehreren Paw-Patrol-Videos beschäftigt hatte.

Im Lauf des Nachmittags war er allerdings grätig geworden und hatte ihre Aufmerksamkeit eingefordert, die er auch verdient hatte, nachdem er den ganzen Tag eingesperrt gewesen war. Also hatte sie mitten in einer kreativen Hochphase den Computer heruntergefahren, Charlie auf ihren Schoß gehoben und ihn zwischen zahllosen kleinen Küssen gefragt, ob sie Glenda anrufen sollten. »Das Volksfest ist nur noch heute. Wir könnten sie fragen, ob sie mitkommen möchte.«

Charlie verstand zwar nur »Glenda« und »kommen«, aber Elle musste trotzdem nicht zweimal fragen.

Glenda war nur zu gern bereit, in ihrer Immobilienfirma früher Schluss zu machen. »Das passt perfekt! Ein paar Freundinnen aus meinem Pilateskurs haben heute einen Mädelsabend geplant. Wir wollen aufs Konzert gehen. Ich leiste dir und Charlie Gesellschaft und stoße später zu ihnen.«

Sie hatten eine Uhrzeit und einen Treffpunkt am Nordeingang vereinbart. Glenda, ihres Zeichens Immobilienmaklerin und CEO von Foster Real Estate, war bei ihrem Eintreffen gekleidet wie ein Model für eine Westernmode-Edelboutique: langer Jeansrock, Cowboystiefel mit Silberbeschlag, Fransenlederjacke und türkisfarbene Perlenketten.

»Neben dir fühle ich mich absolut underdressed«, hatte Elle mit einem selbstironischen Lächeln bemerkt. »Und grauenvoll altbacken.«

Glenda hatte sie von oben bis unten gemustert. »Wenn du deine Jeans eine Nummer kleiner tragen würdest, hättest du einen Mörderhintern.«

»Wohl kaum.«

»Ich würde meinen Allerwertesten jederzeit gegen deinen eintauschen und von deinen Haaren will ich gar nicht erst anfangen. Das ist einfach unfair. Aber dein Shirt könnte ein Upgrade vertragen und dir fehlt ein bisschen Glitter.«

Elle lachte. »Glitter passt total in mein Leben.«

Während der nächsten beiden Stunden hatten die beiden Freundinnen abwechselnd Charlies Kinderwagen durch die Menge manövriert. Sie hatten den Streichelzoo, den Weihnachtsmarkt und mehrere Verkaufsausstellungen besucht, bevor sie schließlich, als die Sonne schon unterging und sich der Himmel violett färbte, in die Straße mit den Fahrgeschäften gebogen waren.

Die blinkenden bunten Lichter waren gerade angegangen und Charlie war überwältigt. Elle hatte mit ihm im Kleinkinderbereich ein paar Fahrten absolviert, und Glenda hatte mit ihrem Handy Fotos gemacht, die sie Elle später schicken wollte. Charlies Lieblingsattraktion war mit Abstand das Karussell gewesen. Es war der perfekte Abschluss.

Während Elle ihre Freundin zum Abschied umarmte, erklärte ihr Glenda: »Hier sind unglaublich viele süße Typen unterwegs. Du solltest dich nicht so rarmachen, Elle.«

Wenn Sie wissen möchten, wie es weitergeht, lesen Sie
Sandra Brown
Sicher bist du nie

Bereits jetzt als Hardcover und eBook erhältlich
ISBN 978-3-7645-0886-9 / ISBN 978-3-641-32176-5 (eBook)
und ab Juli 2026 auch als Taschenbuch
ISBN 978-3-7341-1537-0
Blanvalet